Abraham Lincoln
Cazador de vampiros

books4pocket

Seth Grahame-Smith

**Abraham Lincoln
Cazador de vampiros**

Traducción de Camila Batlles Vinn

EDICIONES URANO
Argentina - Chile - Colombia - España
Estados Unidos - México - Perú - Uruguay - Venezuela

Título original: *Abraham Lincoln Vampire Hunter*
Editor original: Grand Central Publishing Hachette Book Group, New York
Traducción: Camila Batlles Vinn

Copyright © 2010 *by* Seth Grahame-Smith
All Rights Reserved
© de la traducción: 2012 *by* Camila Batlles Vinn
© 2012 *by* Ediciones Urano, S.A.
        Aribau, 142, pral. – 08036 Barcelona
        www.umbrieleditores.com
        www.books4pocket.com

1ª edición en **books4pocket** enero 2015

Impreso por Novoprint, S.A.
Energía 53
Sant Andreu de la Barca (Barcelona)

Fotocomposición: Moelmo, S.C.P.

ISBN: 978-84-15870-47-0
Depósito legal: B-22.967-2014

Código Bic: FA
Código Bisac: FIC000000

Impreso en España – *Printed in Spain*

Para Erin y Joshua

Índice

Los límites que separan la vida de la muerte son, en el mejor de los casos, vagos e imprecisos. ¿Quién puede decir dónde termina una y empieza la otra?

EDGAR ALLAN POE

Hechos

1. Durante más de doscientos cincuenta años, entre 1607 y 1865, los vampiros prosperaron en las sombras del territorio que ahora conocemos como Estados Unidos. Pocos humanos creían en ellos.
2. Abraham Lincoln fue uno de los más hábiles cazadores de vampiros de su época, y relató en su diario secreto la guerra que libró toda su vida contra ellos.
3. Los rumores sobre la existencia de este diario han sido desde hace tiempo uno de los temas favoritos de los historiadores y de los biógrafos de Lincoln. La mayoría lo tildan de mito.

Introducción

No puedo hablar de las cosas que he visto, ni buscar
consuelo por el dolor que siento. Si lo hiciera, esta nación caería en una locura más profunda, o creería que su
presidente estaba loco. Me temo que la verdad debe
vivir como papel y tinta. Oculta y olvidada hasta que
todas las personas que nombro aquí hayan fallecido.

Abraham Lincoln, en una entrada de su diario
3 de diciembre de 1863

I

Yo seguía sangrando..., las manos me temblaban. Supuse que
él continuaba aquí, observándome. En alguna parte, a través
de un inmenso abismo de espacio, había un televisor encen-
dido. Un hombre hablaba sobre unidad.

Nada de ello importaba.

Los libros dispuestos ante mí eran las únicas cosas que
existían ahora. Los volúmenes encuadernados en cuero de di-

versos tamaños, cada uno de un tono negro o marrón distinto. Algunos simplemente viejos y manoseados. Otros cuyas maltrechas cubiertas apenas los sostenían juntos, con unas páginas que parecía como si fueran a desintegrarse si algo más potente que el aliento soplara sobre ellas. Junto a ellos había un puñado de cartas sujetas por una cinta elástica roja. Algunas con los bordes chamuscados. Otras tan amarillentas como los filtros de cigarrillo diseminados por el suelo del sótano más abajo. Lo único que destacaba entre estas antiguallas era un flamante folio blanco. En un lado, los nombres de once personas que yo no conocía. No había ningún número de teléfono. Ningún correo electrónico. Sólo las direcciones de nueve hombres y dos mujeres, y un mensaje escrito en la parte inferior de la página.

Te esperan.

En alguna parte ese hombre seguía hablando. Colonizadores... esperanza... Selma.

El libro que sostenía en las manos era el más pequeño de los diez, y sin duda el más frágil. Su desteñida tapa marrón estaba desgastada y cubierta de arañazos. El broche de metal que antaño había guardado sus secretos a buen recaudo estaba roto. Dentro, cada centímetro de papel estaba cubierto de tinta; en algunas partes, tan oscura como el día en que se había secado; en otras, tan desteñida que apenas podía leer lo que había escrito. En total, había ciento dieciocho páginas escritas a mano, por ambas caras, adheridas a duras penas al lomo. Estaban llenas de íntimos anhelos; teorías; estrategias; toscos dibujos de hombres con rostros extraños. Estaban llenas de historias de segunda mano y detalladas listas. Mientras las leía, observé cómo la caligrafía del autor evolucionaba, pasando de la letra excesivamente cauta de un niño a la letra firme y compacta de un joven.

Cuando terminé de leer la última página, me volví para cerciorarme de que seguía solo, y regresé a la primera. Tenía que releer el manuscrito. Ahora, antes de que la razón arrojara a sus perros contra las peligrosas opiniones que empezaban a desfilar por mi mente.

El librito comenzaba con estas siete absurdas y fascinantes palabras:

Éste es el diario de Abraham Lincoln.

Rhinebeck es una de esas poblaciones del interior de la que el tiempo se ha olvidado. Una población cuyas calles están llenas de establecimientos regentados por familias y de rostros conocidos, donde la posada más antigua de Norteamérica (en la que, como cualquier habitante le informará con orgullo, durmió, sin peluca, el mismísimo George Washington) sigue ofreciendo sus comodidades a precios asequibles. Es una población donde las personas se regalan unas a otras colchas de retales hechas a mano y utilizan estufas de leña para calentar sus casas; y donde he visto, en más de una ocasión, una tarta de manzana enfriándose sobre la repisa de una ventana. Un lugar como los que se ven en una bola de nieve de cristal.

Como buena parte de Rhinebeck, la tienda de todo a un dólar en East Market Street (antes a cinco y a diez centavos) es la viva imagen de un pasado que agoniza. Desde 1946, los lugareños lo adquieren todo allí, desde relojes de arena para cocer huevos y cinta para dobladillos hasta lápices y juguetes navideños. «Si nosotros no lo vendemos, no lo necesita», dice el letrero sobre el que el sol cae a plomo en la vitrina. «Y si a pesar de todo lo necesita, nosotros se lo encargaremos.» Dentro, entre superficies de linóleo con dibujos a cuadritos y luces fluorescentes poco favorecedoras, hallará todos los objetos que existen sobre la faz de la tierra organizados en bandejas. Los precios están escritos con rotulador. Las tarjetas de crédito se aceptan a regañadientes. Éste era mi hogar, desde las ocho y media de la mañana hasta las cinco y media de la noche. Seis días a la semana. Cada semana.

Siempre había sabido que acabaría trabajando en esa tienda cuando me graduara, como venía haciendo todos los veranos desde que había cumplido quince años. Yo no era de la familia en el sentido estricto de la palabra, pero Jan y Al siempre me habían tratado como a uno de sus hijos, ofreciéndome trabajo cuando más lo necesitaba; dándome un poco de dinero cuando estudiaba. Yo calculaba que les debía seis meses, desde junio hasta Navidad. Ése era el plan. Seis meses trabajando en la tienda de día, y en mi novela por las noches y los fines de semana. Tiempo de sobra para terminar el primer borrador y darle un buen repaso. Manhattan estaba sólo a hora y media en tren, y allí me dirigiría cuando hubiera terminado, con un par de kilos de oportunidad no solicitada y revisada bajo del brazo. Adiós, valle del Hudson. Hola, circuito de conferencias.

Nueve años más tarde, seguía en la tienda.

En cierto momento entre el hecho de casarme, sobrevivir a un accidente de coche, tener un hijo, abandonar mi novela, iniciar y abandonar otra media docena, tener otro hijo y tratar de mantenerme al corriente de todas las facturas, ocurrió algo tan inesperado como deprimentemente típico: dejó de interesarme escribir y empecé a interesarme por todo lo demás: los niños; el matrimonio; la hipoteca; el negocio. Me enfurecía cuando veía a los lugareños entrar a comprar en la tienda de informática situada a pocos metros. Adquirí un ordenador para mantener el inventario al día. Ante todo, me dedicaba a idear nuevos métodos para que la gente entrara en nuestro establecimiento. Cuando la librería de viejo en Red Hook cerró, compré parte de sus existencias e instalé una estantería de libros de préstamo al fondo. Sorteos. Liquidaciones. Wi-Fi. Lo que fuera con tal de conseguir que la gente entrara en la tienda. Cada año probaba algo nuevo. Y cada año lográbamos a duras penas mantenernos a flote.

Hacía aproximadamente un año que Henry* se pasaba de vez en cuando por la tienda cuando un día empezamos a conversar. Hasta entonces sólo habíamos cambiado frases cordiales de rigor: «Que vaya bien», «Hasta pronto». Sólo conocía su nombre por los rumores que corrían por Market Street. Decían que Henry había adquirido una de las mansiones más imponentes junto a la Nacional 9G, y que había contratado a una legión de obreros para que la remozaran.

---

* No era el nombre que utilizaba a la sazón. En aras de la coherencia, a lo largo del libro, inclusive aquí, me refiero a él por su verdadero nombre. (*N. del A.*)

Era algo más joven que yo, tenía unos veintisiete años, el pelo oscuro y alborotado, lucía un bronceado que le duraba todo el año y unas gafas de sol distintas en cada ocasión. Saltaba a la vista que tenía dinero. Su ropa lo proclamaba a gritos: camisetas *vintage*, blazers de pura lana, vaqueros que costaban más que mi coche. Pero no era como otras personas adineradas que acudían a la tienda. Los domingueros gilipollas que se referían entusiasmados a nuestra «encantadora» población y nuestra «adorable tiendecita»; que pasaban frente a nuestro cartel que decía «NO SE ADMITEN BEBIDAS NI COMIDA» con sus grandes tazas de café con sabor a avellana, sin gastarse jamás un centavo. Henry era educado. Discreto. Lo mejor era que nunca se marchaba sin gastarse al menos cincuenta dólares, principalmente en reliquias que hoy en día sólo se encuentran en tiendas especializadas, como pastillas de jabón Lifebuoy, botes de Angelus Shoe Wax y demás. Entraba, pagaba en efectivo y se marchaba. «Que vaya bien. Hasta pronto.» Un buen día, en otoño de 2007, alcé la vista de mi cuaderno con espiral y vi a Henry. Estaba al otro lado del mostrador, mirándome como si yo acabara de decir algo repugnante.

—¿Por qué lo ha dejado?

—Perdón..., ¿cómo dice?

Henry indicó la libreta que tenía ante mí. Siempre tenía una junto a la caja registradora, por si se me ocurría alguna idea u observación brillante (lo cual no ocurría nunca, pero como suele decirse, *semper fidelis*). Durante las cuatro últimas horas, había llenado media página con ideas sobre historias que ocupaban una línea, ninguna de las cuales merecía una segunda línea. La parte inferior de la página se reducía al dibujo de un hombrecillo haciendo el gesto de «que te den» a una feroz y gigantesca águila de garras afiladas como cuchillas. Debajo decía: «Mofarse de un ave asesina», un juego de palabras con el título de la novela *Matar a un ruiseñor*. Lamentablemente, era la mejor idea que se me había ocurrido en varias semanas.

—Lo de escribir. Me intriga que lo haya abandonado.

Entonces fui yo quien le miré atónito. Por alguna razón, de pronto pensé en un hombre armado con una linterna que registraba los estantes cubiertos de telarañas de un lúgubre almacén. No era un pensamiento agradable.

—Lo siento, pero no...

—No lo comprende. Es lógico. Disculpe, no debí interrumpirle. Ha sido una grosería.

Joder... Ahora me sentía obligado a disculparme por sus disculpas.

—No tiene importancia. Es que... ¿Qué le indujo a...?

—Me pareció una persona aficionada a escribir.

Señaló la estantería de libros de préstamo situada al fondo.

—Está claro que ama los libros. Le veo escribir de vez en cuando... Deduje que era una pasión. Sentí curiosidad por averiguar por qué no se había dedicado a ella.

Era razonable. Un tanto pomposo (¿acaso el hecho de que trabaje en una tienda de todo a un dólar significa que no me dedico a escribir?), pero lo bastante razonable para relajar la tensión. Le ofrecí una respuesta sincera y deprimentemente típica, algo así como: «La vida es lo que ocurre mientras haces otros planes». Eso nos llevó a una discusión sobre los Beatles, que nos llevó a una discusión sobre John Lennon, que nos llevó a una discusión sobre Yoko Ono, que no nos llevó a ninguna parte. Conversamos. Le pregunté si le gustaba esta zona. Cómo iban las reformas de su casa. A qué se dedicaba. Henry me dio respuestas satisfactorias a todas estas preguntas. No obstante —mientras conversábamos amistosamente, como dos tipos charlando de nimiedades—, no pude evitar pensar que se desarrollaba otra conversación paralela. Una conversación en la que yo no participaba. Tuve la impresión de que las preguntas de Henry eran cada vez más personales. Tuve la impresión de que mis respuestas también lo eran. Él me preguntó por mi esposa. Mis hijos. Mis libros. Me preguntó por mis padres. Si me arrepentía de algo. Yo respondí a todas sus preguntas. Sabía que era extraño. Pero no me importaba. Quería contárselo. A este hombre joven, rico, con el pelo alborotado, que lucía unas gafas de sol y unos vaqueros carísimos. Un tipo al que nunca le había visto los ojos. A quien apenas conocía. Deseaba contárselo todo. Surgió a borbotones, como si Henry hubiera extraído una piedra que se me hubiera quedado atascada en la boca hacía años, una piedra que mantenía todos mis secretos estancados. La muerte de mi madre siendo yo niño. Los problemas con mi padre. Cuando me fugué de casa. Mi afición a escribir. Mis dudas. La enojosa certeza de que existía algo más que esto. Nuestros apuros económicos. Mi lucha contra la depresión. Las veces que había pensado en escapar de aquí. Las veces que había pensado en suicidarme.

Apenas recuerdo haberle contado la mitad de estas cosas. Quizá no lo hice.

En cierto momento, pedí a Henry que leyera mi novela inconclusa. La idea de que él u otra persona lo hiciera me horrorizaba. Incluso me horrorizaba la idea de volverla a leer. Pero se lo pedí.

—No es necesario —respondió.

Fue la conversación más extraña que yo había mantenido (hasta la fecha). Cuando Henry se disculpó y se fue, me sentí como si hubiese recorrido veinte kilómetros en un *sprint* demoledor.

No volvió a ocurrir. La siguiente vez que vino, cambiamos las frases corteses de rigor, nada más. «Que vaya bien. Hasta pronto.» Henry compró su jabón y su betún. Pagó en efectivo. Siguió viniendo de vez en cuando, pero cada vez con menos frecuencia.

La última vez que apareció, en enero de 2008, llevaba un pequeño paquete envuelto en papel marrón atado con un cordel. Sin decir palabra, lo depositó junto a la caja registradora. Su jersey gris y su bufanda de color rojo tenían unos copos de nieve adheridos, y unas minúsculas gotitas habían salpicado sus gafas de sol. No se molestó en limpiarlas. Lo cual no me chocó. Sobre el paquete había un sobre blanco con mi nombre escrito en él; la tinta se había mezclado con un poco de nieve derretida y había empezado a correrse.

Metí la mano debajo del mostrador y apagué el volumen del pequeño televisor que tenía allí para ver los partidos de los Yankees. Hoy había puesto las noticias. Era la mañana de las primarias en Iowa, y Barack Obama andaba empatado con Hillary Clinton. Lo que fuera con tal de entretener el tiempo.

—Quiero darle esto.

Durante unos instantes, le miré como si lo hubiera dicho en noruego.

—Espere, ¿esto es para mí? Pero ¿qué...?

—Lo siento, me espera un coche fuera. Lea primero la nota. Me pondré en contacto con usted.

Y se marchó. Observé a Henry atravesar la puerta y salir al gélido exterior, preguntándome si alguna vez dejaba que alguien terminara una frase, o si sólo hacía eso conmigo.

II

El paquete permaneció debajo del mostrador el resto de día. Me moría de ganas de abrir el dichoso paquetito, pero como no tenía idea de quién era ese tipo, no quería arriesgarme a desenvolver una muñeca hinchable o un kilo de heroína en el preciso momento en que entrara una *girl scout*. Dejé que mi curiosidad se consumiera hasta que las calles se oscurecieron y la señora Kallop se decidió por fin por el hilo de color verde oscuro (después de noventa minutos de angustiosas dudas), tras lo cual cerré la puerta unos minutos antes de lo habitual. ¡Al cuerno con los clientes rezagados esta noche! La Navidad ya había pasado, y en cualquier caso teníamos poca clientela. Por lo demás, todo el mundo estaba en casa viendo cómo se desarrollaba el drama en Iowa entre Obama y Hillary. Decidí fumarme un cigarrillo en el sótano antes de irme a casa para ver los resultados. Tomé el regalo de Henry, apagué las luces fluorescentes y subí el volumen del televisor. Si daban alguna noticia sobre las elecciones, oiría el eco a través de la escalera.

El sótano contenía pocas cosas. Aparte de unas cajas llenas a rebosar de género colocadas junto a las paredes, el cuarto estaba prácticamente vacío, con un cochambroso suelo de hormigón y una bombilla de cuarenta vatios que colgaba del techo. Había una vieja mesa-archivador de acero inoxidable sobre la que había colocado el ordenador del inventario, un archivador con dos cajones donde guardábamos algunos documentos, y un par de sillas plegables. Un calentador de agua. Una caja de fusibles. Dos ventanucos que daban al callejón que había arriba. Principalmente, era donde bajaba a fumar durante los fríos meses de invierno. Acerqué una silla plegable a la mesa, encendí un pitillo y empecé a desatar el cordel del paquete...

La carta.

Se me ocurrió de golpe, como una de esas brillantes ideas u observaciones que anotaba en la libreta cuando se me ocurrían. Henry me había dicho que leyera primero la carta. Saqué la cuchilla del ejército suizo del bolsillo de mi pantalón (siete dólares con veinte centavos más IVA, más barata que en cualquier otro lugar de Dutchess County, se lo aseguro), y abrí el sobre con un rápido movimiento de la muñeca. Contenía un folio de color blanco con una lista de nombres y direcciones mecanografiados en una cara. En la otra, una nota escrita a mano:

Hay ciertas condiciones que debo pedirle que acepte antes de que abra el paquete.

En primer lugar, entienda que no se trata de un regalo, sino de un préstamo. Más adelante, cuando lo estime oportuno, le pediré que me devuelva estos objetos. Ante todo, debe prometerme solemnemente que los protegerá a toda costa, y que los tratará con el cuidado y respeto con que trataría cualquier objeto de gran valor.

Segundo, el contenido de este paquete es de una naturaleza extremadamente sensible. Por tanto, debo pedirle que no comparta ni hable con nadie del asunto, aparte de mí y las once personas que figuran en la lista, hasta que yo le autorice a hacerlo.

Tercero, estos objetos le han sido prestados a condición de que escriba un manuscrito sobre ellos de, digamos, una extensión considerable, que deberá someter a mi aprobación. Puede tomarse el tiempo que necesite. Cuando haya completado el manuscrito de acuerdo con lo estipulado, percibirá una compensación justa por su trabajo.

Si no puede cumplir ninguna de estas condiciones por el motivo que fuere, le ruego que se detenga y espere a que me ponga en contacto con usted. No obstante, si accede a acatarlas, puede proseguir.

Creo que es lo que se propone hacer.

H

¡Caray con la nota! ¡Ahora era imposible que no abriera el paquete!

Arranqué el papel, descubriendo un puñado de cartas sujetas por una cinta elástica roja, y diez libros encuadernados en cuero. Abrí el primer libro del montón. Al hacerlo, un mechón rubio cayó sobre la mesa. Lo tomé, lo examiné y jugueteé con él mientras leía al azar un pasaje de las páginas entre las que lo habían guardado.

...ojalá pudiera desaparecer de esta tierra, donde ya no hay amor. Me la han arrebatado, y con ella me han arrebatado toda esperanza de...

Hojeé el resto del primer libro, fascinado. Arriba, una mujer enumeraba nombres de condados. Páginas y páginas..., cada centímetro de las mismas cubierto con una letra apretada. Con fechas como 6 de noviembre de 1835; 3 de junio de 1841. Con dibujos y listas. Con nombres como Speed, Berry y Salem. Con una palabra que aparecía una y otra vez:

Vampiro.

Los otros libros eran iguales. Sólo cambiaban las fechas y la caligrafía. Los hojeé todos.

...allí vi, por primera vez, a hombres y niños vendidos como... precauciones, pues sabíamos que Baltimore estaba repleto de... era un pecado que yo no podía perdonar. Me vi obligado a degradar a...

Dos cosas eran evidentes: todos los libros estaban escritos por la misma persona, y todos eran muy antiguos. Aparte de eso, yo no tenía idea de qué eran, ni qué había inducido a Henry a prestármelos. De pronto me fijé en la primera página del primer libro, y en esas siete palabras absurdas: «Éste es el diario de Abraham Lincoln». Solté una carcajada.

Todo tenía sentido. Me quedé asombrado. Patidifuso, como si me hubieran asestado una patada en la boca. No porque sostuviera en mis manos el desaparecido diario del Gran Emancipador, sino por haberme equivocado tanto al juzgar a Henry. Había interpretado su reserva como señal de un carácter solitario. Había interpretado su fugaz interés en mi vida como señal de un carácter sociable. Pero ahora era obvio. Ese tipo estaba como una chota. O bien pretendía volverme loco a mí. Jugarme una de esas bromas pesadas que suelen hacer los tíos ricos para divertirse. Pero era imposible que fuera una broma pesada. ¿Quién iba a molestarse hasta estos extremos? ¿O quizás era... una novela que el propio Henry había abandonado? Me sentí fatal. Sí. Seguro que era eso. Hojeé los libros de nuevo, confiando en detectar pequeñas pistas que apuntaran al siglo XXI. Pequeñas grietas en la armadura. Pero no había ninguna, al menos que yo viera a primera vista. Por otra parte, había algo que no cesaba de darme vueltas en la cabeza: si esto era el proyecto de una novela, ¿a qué venían los once nombres y direcciones? ¿Por qué me había pedido Henry que escribiera un manuscrito sobre los libros, en lugar de pedirme que los reescribiera? La aguja empezó a inclinarse de nuevo hacia la palabra «loco». ¿Era posible? ¿Creía realmente Henry que estos diez libritos constituían el...? ¡No, era imposible que lo creyera! ¿O no?

Estaba impaciente por contárselo a mi mujer. Estaba impaciente por compartir esta locura con otra persona. En una larga lista de chalados de poca monta, este tío se llevaba la palma. Me levanté, recogí los libros y las cartas, aplasté el cigarrillo con el tacón y me volví para...

Había algo a un palmo frente a mí.

Retrocedí tambaleando, tropecé con la silla plegable y me caí, golpeándome la cabeza contra la esquina de la vieja mesa de acero inoxidable. Se me nubló la vista. Sentí la tibieza de la sangre que se deslizaba a través de mi pelo. Algo se inclinó sobre mí. Sus ojos eran dos canicas negras. Su piel, un *collage* translúcido de venitas azules que pulsaban. Y su boca... Su boca apenas contenía unos húmedos y relucientes colmillos.

Era Henry.

—No voy a lastimarle —dijo—. Sólo quiero que comprenda.

Me agarró por el cuello de la chaqueta y me levantó del suelo. Sentí la sangre que me chorreaba por la nuca.

Perdí el conocimiento.

«Que vaya bien. Hasta pronto.»

III

Me han ordenado que no entre en detalles sobre adónde me llevó Henry esa noche, ni lo que me mostró. Baste decir que hizo que me sintiera físicamente indispuesto. No por los horrores que pude haber presenciado, sino por el sentimiento de culpa de haber sido cómplice de ellos, voluntario o no.

Permanecí menos de una hora con él. En ese breve espacio de tiempo, mi comprensión del mundo quedó totalmente destruida. Lo que pensaba sobre la muerte, el espacio, Dios... Todo ello cambió de forma irrevocable. En ese breve espacio de tiempo, llegué a creer —con meridiana claridad— algo que hacía sólo media hora me habría parecido una locura.

Los vampiros existen.

Durante una semana no pegué ojo, primero debido al terror, luego a la emoción. Cada noche me quedaba en la tienda hasta tarde, leyendo los libros y las cartas de Abraham Lincoln. Contrastando las increíbles afirmaciones con los «hechos irrefutables» de aclamadas biografías de Lincoln. Empapelé las paredes del sótano con copias impresas de viejas fotografías. Fechas. Árboles genealógicos. Escribía hasta el amanecer.

Durante los dos primeros meses, mi esposa se mostró preocupada. Durante los dos siguientes, recelosa. Al cabo de seis meses nos separamos. Yo temía por mi seguridad. Por la seguridad de mis hijos. Por mi cordura. Tenía un montón de preguntas, pero Henry no volvió a aparecer. Por fin hice acopio del suficiente valor para entrevistar a las onces «personas» de su lista. Algunas se mostraron reticentes. Otras claramente hostiles. Pero con su ayuda (aunque a regañadientes) empecé a tejer lentamente la historia oculta de los vampiros en Norteamérica. El papel que habían desempeñado en el nacimiento, desarrollo y casi muerte de nuestra nación. Y del hombre que había salvado a esa nación de su tiranía.

Durante diecisiete meses, lo sacrifiqué todo por esos diez libros encuadernados en cuero. Por el puñado de cartas sujetas con una cinta elástica de color ojo. En cierta forma, fueron los mejores meses de mi vida. Cada mañana, me despertaba sobre esa colchoneta hinchable en el sótano de la tienda con un propósito. Sabiendo que lo que hacía era realmente importante, aunque me sintiera completa y desesperadamente solo en esa empresa. Aunque hubiera perdido la razón.

Los vampiros existen. Y Abraham Lincoln fue uno de los cazadores de vampiros más hábiles de su época. Su diario —que arranca cuando tenía doce años y continúa hasta el día de su asesinato— constituye un documento insólito, conmovedor, revolucionario. Un documento que arroja nueva luz sobre muchos de los acontecimientos decisivos en la historia de Norteamérica y añade una inmensa complejidad a un hombre considerado extraordinariamente complejo.

Hay más de quince mil libros sobre Lincoln. Su infancia. Su salud mental. Su sexualidad. Sus opiniones sobre raza, religión y litigios. La mayoría contienen una gran dosis de verdad. Algunos insinúan incluso la existencia de un «diario secreto» y «una obsesión con lo oculto». Pero ninguno de ellos contiene una sola palabra sobre la lucha central de su vida. Una lucha que acabó extendiéndose a los campos de batalla de la Guerra Civil.

Al parecer el gigantesco mito del Honesto Abe, el que nos inculcaron en nuestros primeros recuerdos en la escuela primaria, es intrínsecamente deshonesto. Tan sólo un mosaico de medias verdades y omisiones.

Lo que sigue estuvo a punto de destruir mi vida.

Lo que sigue es, por fin, la verdad.

Seth Grahame-Smith
Rhinebeck, Nueva York
Enero de 2010

PRIMERA PARTE

Niño

1

Un niño excepcional

En este triste mundo nuestro, todos experimentamos desdichas; y los jóvenes las experimentan con amargo dolor, porque les coge desprevenidos.

Abraham Lincoln, en una carta a Fanny McCullogh
23 de diciembre de 1862

I

El niño llevaba tanto tiempo acuclillado que se le habían dormido las piernas, pero no se atrevía a moverse. Pues aquí, en un pequeño claro en el gélido bosque, estaban los animales que esperaba ver desde hacía mucho rato. Los animales que le habían encargado matar. Se mordió el labio para que los dientes no le castañetearan, y apuntó el rifle de llave de chispa de su padre tal como éste le había enseñado. «Al cuerpo —recordó—. Al cuerpo, no al cuello.» Sigilosamente, con cuidado, amartilló el arma y apuntó el cañón hacia su objetivo, un enorme macho que se había quedado rezagado del resto.

Décadas más tarde, el chico recordaría lo que había ocurrido a continuación.

Dudé. No por reparos de conciencia, sino por temor a que mi rifle estuviera demasiado mojado y no se disparara. No obstante, mi temor era infundado, pues cuando apreté el gatillo, la culata me golpeó en el hombro con tal fuerza que caí de espaldas.

Los pavos se dispersaron en todas direcciones mientras Abraham Lincoln, de siete años, se levantaba del suelo cubierto de nieve. Al ponerse de pie, se tocó la extraña tibieza que sentía en la barbilla. «Me había mordido el labio con fuerza —escribió—. Pero apenas solté un grito. Estaba ansioso por saber si había alcanzado al pobre animal o no.»

En efecto, lo había alcanzado. El enorme macho agitaba las alas frenéticamente, arrastrándose a través de la nieve en pequeños círculos. Abe le observó de lejos, «temeroso de que consiguiera levantarse y me despedazara». El batir de alas; las plumas al arrastrarse por la nieve. Eran los únicos sonidos en el mundo. A ellos se unieron los resonantes pasos de Abe cuando hizo acopio del suficiente valor para acercarse. Las alas batían ahora con menos fuerza.

El animal agonizaba.

Abe le había disparado un tiro que le había atravesado el cuello. Su cabeza colgaba en un ángulo anómalo, mientras el ave seguía arrastrándose por el suelo y agitando las alas. «Al cuerpo, no al cuello.» Con cada latido de su corazón, la sangre manaba de la herida sobre la nieve, donde se mezclaba con las oscuras gotitas del labio ensangrentado de Abe y las lágrimas que empezaban a rodar por su rostro.

Boqueaba, pero no podía respirar, y sus ojos mostraban un temor que yo no había visto jamás. Permanecí de pie junto a la pobre ave durante lo que me pareció un año, rogando a Dios que sus alas dejaran de batir. Implorando su perdón por haber herido a una criatura que no me había hecho ningún daño; que no presentaba ninguna amenaza contra mi persona ni prosperidad. Por fin se quedó quieta, y yo, haciendo acopio de todo mi valor, la arrastré dos kilómetros a través del bosque y la deposité a los pies de mi madre, con la cabeza gacha para ocultar mis lágrimas.

Abraham Lincoln no volvería a cobrarse ninguna vida. Sin embargo se convertiría en uno de los mayores asesinos del siglo XIX.

Esa noche el apenado niño no pegó ojo. «No dejaba de pensar en la injusticia que había cometido contra otro ser vivo, y el temor que había visto en sus ojos a medida que la vida se le escapaba.» Abe se negó a probar la carne del animal que había matado, y durante dos semanas se alimentó de poco más que pan, mientras su madre, su padre y su hermana mayor apuraban los restos del pavo. No hay constancia de la reacción de su familia ante la huelga de hambre del niño, pero cabe pensar que la considerarían una excentricidad. A fin de cuentas, el pasar hambre voluntariamente, por principio, era una decisión inaudita en aquel entonces, y más en un niño que había nacido y se había criado en la frontera de la colonización del territorio norteamericano.

Pero Abe Lincoln siempre había sido diferente.

Norteamérica estaba aún en mantillas cuando el futuro presidente nació el 12 de febrero de 1809, tan sólo treinta y tres años después de la firma de la Declaración de Independencia. Muchos de los gigantes de la Revolución Norteamericana —Robert Treat Paine, Benjamin Rush y Samuel Chase— aún vivían. John Adam y Thomas Jefferson no reanudarían su tumultuosa amistad hasta al cabo de tres años, y no morirían hasta diecisiete años más tarde, increíblemente, el mismo día. El Cuatro de Julio.

Durante esas primeras décadas Norteamérica experimentó un desarrollo y gozó de unas oportunidades aparentemente ilimitados. Cuando nació Abe Lincoln, los residentes de Boston y Filadelfia habían visto cómo el tamaño de sus ciudades se había duplicado en menos de veinte años. La población de Nueva York se había triplicado en el mismo espacio de tiempo. Las ciudades eran más pujantes, más prósperas. «Por cada agricultor, hay dos camiseros; por cada herrero, un teatro de ópera», ironizó Washington Irving en su periódico neoyorquino, *Salmagundi*.

Pero conforme las ciudades se hicieron más populosas, también se volvieron más peligrosas. Al igual que sus homólogos en Londres, París y Roma, los habitantes de las ciudades norteamericanas habían llegado a acostumbrarse a cierta tasa de delincuencia. El robo era el delito más común. Puesto que sus huellas dactilares no constaban en los archivos de la policía ni tenían que temer a las cámaras de vigilancia, los ladrones estaban limitados sólo por su conciencia y su astucia. Los atracos apenas merecían ser comentados en la prensa local, a menos que la víctima fuera una persona importante.

Hay una historia sobre una anciana viuda llamada Agnes Pendel Brown, que vivía con su viejo mayordomo (casi tanto como ella, y sordo como una tapia) en una mansión de piedra de tres plantas en Amsterdam Avenue. El 2 de diciembre de 1799, Agnes y su mayordomo se retiraron a descansar, él en el primer piso, ella en el tercero. Cuando se despertaron a la mañana siguiente, todos los muebles, obras de arte, vestidos, bandejas y candelabros (incluidas las velas) habían desaparecido. Lo único que habían dejado los sigilosos ladrones eran las camas en las que dormían Agnes y su mayordomo.

De vez en cuando se producía también un asesinato. Antes de la Guerra Revolucionaria, los homicidios eran muy raros en las ciudades norteamericanas (es imposible ofrecer números exactos, pero un análisis de tres periódicos de Boston entre 1775 y 1780 arroja sólo la cifra de once casos, diez de los cuales habían sido rápidamente resueltos). Casi todos eran supuestos asesinatos por honor, como duelos o rencillas familiares. En la mayoría de los casos, nadie había presentado cargos. Las leyes de principios del siglo XIX eran imprecisas, y debido a la ausencia de fuerzas policiales regulares, difíciles de aplicar. Cabe destacar que matar a un esclavo no era considerado un asesinato, al margen de las circunstancias. Se consideraba tan sólo «la destrucción de un bien».

Inmediatamente después de que Norteamérica alcanzara su independencia, empezó a ocurrir algo extraño. La tasa de asesinatos en las ciudades comenzó a aumentar de forma espectacular, casi de la noche a la mañana. A diferencia de los asesinatos por honor de años precedentes, éstos parecían ser asesinatos fortuitos, sin sentido. Entre 1802 y 1807, sólo en

Nueva York se registró la increíble cifra de doscientos cuatro homicidios que nunca se resolvieron. Se trataba de homicidios sin testigos, sin móvil y a menudo sin una causa aparente de la muerte. Dado que los investigadores (en su mayoría voluntarios que carecían de formación) no abrieron expedientes de dichos asesinatos, las únicas pistas de que disponemos provienen de un puñado de artículos de viejos y desteñidos periódicos. Especialmente uno, el *New York Spectator*, describe el pánico que había cundido en la ciudad en julio de 1806.

Un tal señor Stokes, que vive en el número 210 de la calle Décima, se encontró a la pobre víctima, una mujer mulata, durante su paseo matutino. El caballero comentó que la mujer tenía los ojos abiertos, y el cuerpo muy rígido, como si se hubiese secado al sol. Un policía llamado McLeay me informó de que no habían hallado restos de sangre junto a la desdichada, ni en su ropa, y que la única herida era un pequeño orificio en su muñeca. Es la cuadragésima segunda víctima que muere de esa forma este año. El alcalde, el honorable Dewitt Clinton, recomienda respetuosamente a los honrados ciudadanos que prolonguen su vigilancia hasta que el canalla haya sido capturado. Asimismo, aconseja que las mujeres y los niños caminen siempre por las calles acompañados de un caballero, y a los caballeros que caminen siempre por las calles en parejas después de que haya oscurecido.

La escena guardaba una inquietante semejanza con otra docena de casos acaecidos ese verano. No había sangre. La víctima tenía los ojos abiertos y el cuerpo rígido. Su rostro era una máscara de terror. Al poco tiempo emergió un patrón entre las víctimas: eran negros libres, vagabundos, prostitutas, viajeros y discapacitados psíquicos, personas con escasa o ninguna vinculación con la ciudad, sin familia, y cuyos asesinatos no era probable que incitara a las airadas masas a buscar justicia. Nueva York no era el único lugar que padecía esa plaga. En la prensa de Boston y Filadelfia aparecieron numerosos artículos ese verano sobre el pánico que se había apoderado de sus habitantes. Se hablaba de siniestros locos. De espías extranjeros.

Incluso se hablaba de vampiros.

II

Sinking Springs Farm se hallaba tan alejada de la ciudad de Nueva York como era posible en la Norteamérica del siglo XIX. Pese a su nombre, la «granja» de ciento veinte hectáreas consistía principalmente en terreno boscoso, y su pedregoso suelo del este de Kentucky hacía poco probable el cultivo de buenas cosechas. Thomas Lincoln, de treinta y un años, la había adquirido por un pagaré de doscientos dólares unos meses antes de que naciera Abe. Carpintero de profesión, Thomas se había apresurado a construir una cabaña de una habitación en su nueva parcela. La cabaña medía unos cinco metros por seis, y su duro suelo de tierra estaba helado todo el año. Cuando llovía, el agua se filtraba a mares por las goteras en el techo. Cuando el viento aullaba, las corrientes de aire penetraban por las innumerables grietas en las paredes. Fue en estas humildes circunstancias que, una mañana de domingo insólitamente templada, vino al mundo el decimosexto presidente de Estados Unidos. Dicen que al nacer no lloró, sino que miró a su madre, perplejo, y sonrió.

Abe no guardaba ningún recuerdo de Sinking Springs. Cuando cumplió dos años, se produjo una disputa sobre la escritura de la parcela y Thomas trasladó a su familia a un lugar situado a unos quince kilómetros al norte, a una granja más pequeña y fértil llamada Knob Creek Farm. Pese a que el suelo era muy apto para el cultivo, Thomas —que habría podido ganarse holgadamente la vida vendiendo maíz y grano a los colonos vecinos— cultivó menos de media hectárea.

Era un hombre analfabeto e indolente que no sabía siquiera estampar su firma hasta que mi madre le enseñó a hacerlo. No tenía la menor ambición..., no le interesaba mejorar sus circunstancias ni procurar a su familia más que lo estrictamente indispensable. Jamás plantó una hilera más de la necesaria para impedir que padeciéramos retortijones de hambre, ni procuró ganar un penique más del necesario para comprarnos las prendas más sencillas.

Un juicio excesivamente duro, escrito por Abe a los cuarenta y un años el día del funeral de su padre (al que decidió no asistir, lo cual es posible que le causara remordimientos de conciencia). Aunque nadie podía acusar a Thomas Lincoln de ser «ambicioso», todo indica que era un padre de familia responsable que mantenía a su esposa e hijos de forma decorosa, aunque sin lujos. El hecho de que no abandonara a su familia en los duros tiempos de penuria económica y desdichas, ni abandonara la frontera de las tierras colonizadas por las comodidades que ofrecía la vida en la ciudad (como hicieron muchos de sus coetáneos), dice mucho sobre su carácter. Y si bien es cierto que no siempre comprendió o aprobó las aspiraciones de su hijo, éste siempre acababa convenciéndole para que le permitiera perseguirlas. No obstante, Abe nunca le perdonaría la tragedia que transformaría las vidas de ambos.

La vida de Thomas Lincoln, típica de la época, había sido una lucha constante y había estado jalonada por frecuentes tragedias. Nacido en 1778, se trasladó de Virginia a Kentucky con su padre, Abraham, y su madre, Bathsheba, siendo todavía un niño. Cuando tenía ocho años, Thomas vio cómo asesinaban a su padre ante sus ojos. Era primavera, y Abraham padre se afanaba en desbrozar un terreno para cultivarlo «cuando fue atacado por un grupo de salvajes shawnee». Thomas observó impotente cómo su padre era golpeado hasta morir, cómo le degollaban y le arrancaban el cuero cabelludo. El chico ignoraba el motivo del ataque (suponiendo que existiera alguno), o por qué le perdonaron a él la vida. Sean cuales fueran las razones, la vida no volvió a ser la misma para Thomas Lincoln. Sin herencia, tuvo que deambular de pueblo en pueblo, llevando a cabo multitud de trabajos. Trabajó de aprendiz de carpintero, de guardia de una prisión y condujo barcazas por el Misisipi y el Sangamon. Talaba árboles, araba campos y asistía a la iglesia cuando podía. Nada indica que pusiera jamás el pie en una escuela.

Esta vida tan poco memorable no habría pasado a los anales de la historia si Thomas no hubiera ido un día, cuando tenía veintiocho años, a Elizabethtown y se hubiera fijado en la hija menor de un granjero de Kentucky. Su boda, celebrada el 12 de junio de 1806, cambiaría el rumbo de la historia de una forma que ninguno de los dos soñó jamás.

A decir de todos, Nancy Hanks era una mujer inteligente, dulce y bien parecida con un «asombroso» don de la palabra (aunque, debido a su gran timidez, rara vez hablaba cuando se hallaba entre desconocidos). Era culta, pues había recibido una educación formal que su hijo no tuvo nunca. Nancy era una mujer ingeniosa, y pese a que no abundaban los libros en las zonas agrestes de Kentucky, conseguía que le prestaran o regalaran algún que otro tomo para esos raros momentos después de haber concluido las tareas cotidianas. Desde que Abe era un niño de corta edad, Nancy le leía todos los libros que caían en sus manos: *Candide* de Voltaire, *Robinson Crusoe* de Defoe, las poesías de Keats y Byron. Pero lo que más le gustaba al joven Abraham era la Biblia. El pequeño se sentaba muy atento en el regazo de su madre, impresionado por los emocionantes relatos del Antiguo Testamento: David y Goliat, el arca de Noé, las plagas de Egipto. Se sentía especialmente fascinado por la historia de Job, el hombre justo que perdió todo cuanto poseía, que sufrió todo tipo de maldiciones, desgracias y traiciones, pero que siguió amando y alabando a Dios. «De haber sido la vida más benévola con él —escribió un amigo de la infancia seis años más tarde en un panfleto electoral—, Abe pudo haber sido sacerdote.»

Las condiciones de vida en Knob Creek Farm eran muy duras a principios de la década de 1800. En primavera, las frecuentes tormentas inundaban el riachuelo y las cosechas quedaban convertidas en campos donde el barro llegaba a la cintura. En invierno, todo el color desaparecía del gélido paisaje, y las ramas de los árboles parecían dedos retorcidos que golpeaban unas con otras sacudidas por el viento. Fue aquí donde Abe experimentaría muchos de sus primeros recuerdos: persiguiendo a su hermana mayor, Sarah, a través de hectáreas de fresnos azules y nogales de corteza escamosa; paseando a lomos de un poni en verano; partiendo leña con una pequeña hacha en compañía de su padre. Fue también aquí donde experimentaría la primera de las numerosas y trágicas pérdidas en su vida.

Cuando Abe tenía tres años, Nancy Lincoln dio a luz un niño llamado Thomas, como su padre. Los hijos varones eran una doble bendición para las familias de colonos, y Thomas padre sin duda ansiaba que llegara el día en que tuviera dos chicos sanos y robustos con quienes compartir el trabajo. Pero esos sueños no duraron mucho. El bebé murió poco antes de cumplir un mes. Abe escribiría sobre ese acontecimiento veinte años más tarde, antes de haber enterrado a dos de sus hijos.

En cuanto a mi dolor, no lo recuerdo. Quizás era demasiado joven para asimilar el significado o carácter irrevocable de ese hecho. No obstante, nunca olvidaré el tormento de mi madre y mi padre. Describirlo sería un ejercicio vano. Es el tipo de sufrimiento al que las palabras no hacen justicia. Sólo puedo decir esto: sospecho que es una angustia de la que uno no se recupera jamás. Una muerte andante.

Es imposible saber qué mató al pequeño Thomas Lincoln. Las causas más frecuentes eran la deshidratación, la neumonía y el poco peso del recién nacido. Las anomalías congénitas y cromosómicas no serían comprendidas ni diagnosticadas hasta al cabo de más de un siglo. Incluso en las mejores circunstancias, la tasa de mortandad infantil a principios de la década de 1800 era del diez por ciento.

Thomas padre construyó un pequeño ataúd y enterró a su hijo cerca de la cabaña. No queda ninguna lápida que señale el lugar. Nancy se sobrepuso a su dolor y se volcó en sus otros dos hijos, especialmente en Abe. Alentaba su insaciable curiosidad, su pasión innata por aprender de memoria historias, nombres y hechos y recitarlos una y otra vez. Pese a las objeciones de su marido, empezó a enseñarle a leer y escribir antes de que cumpliera cinco años. «A mi padre los libros no le interesaban —recordaría Abe años más tarde—, salvo para quemarlos cuando la leña se mojaba.» Aunque no hay constancia de sus sentimientos, Nancy Lincon debió de intuir que su hijo era un niño muy dotado. Es evidente que estaba decidida a que alcanzara una situación más holgada de la que jamás alcanzarían su marido y ella.

El Viejo Sendero de Cumberland atravesaba Knob Creek Farm. Era una especie de autopista, la carretera principal entre Louisville y Nashville, por la que cada día transitaban en ambos sentidos todo tipo de personajes. Abe, que a la sazón tenía cinco años, solía sentarse sobre la verja durante horas, riéndose del conductor del carro de melaza que maldecía a sus mulas, o saludando con la mano al correo que pasaba galopando a caballo. De vez en cuando veía a esclavos que eran conducidos para ser subastados.

Recuerdo haber visto pasar un carro, lleno de mujeres negras. Eran muchas, de distintas edades. Llevaban las muñecas esposadas y estaban encadenadas unas a otras sobre el suelo del carro, sin un puñado de heno que amortiguara los baches de la carretera, o una manta que las protegiera del aire invernal. Los conductores, como es natural, iban sentados sobre cojines en la parte de delante, abrigados con prendas de lana. Mis ojos se fijaron en la negra más joven, que tenía aproximadamente mi edad. Unos cinco o seis años. Confieso que no fui capaz de mirarla durante más de unos instantes antes de desviar la vista, impresionado por la tristeza que mostraba su semblante.

Como baptista que era, Thomas Lincoln había sido criado con la creencia de que la esclavitud era un pecado. Fue una de las pocas contribuciones duraderas que aportaría al carácter de su hijo.

Knob Creek se convirtió en un lugar donde los fatigados viajeros que transitaban por el Viejo Sendero de Cumberland podían pernoctar. Sarah preparaba la cama para cada huésped en uno de los edificios anexos (la granja consistía en una cabaña, un cobertizo que hacía las veces de almacén y un granero), y al anochecer Nancy les servía una cena caliente. Los Lincoln nunca pedían a sus huéspedes que les pagaran por pernoctar una noche en su granja, aunque la mayoría de ellos hacía alguna aportación, bien en dinero o, a menudo, en especies como trigo, azúcar y tabaco. Después de cenar, las mujeres se retiraban, y los hombres pasaban la velada bebiendo whisky y fumando sus pipas. Abe solía quedarse despierto en su lecho en el desván, escuchando a su padre entretener a sus huéspedes con una reserva ilimitada de historias, emocionantes relatos sobre los primeros colonos y la Guerra Revolucionaria, divertidas anécdotas y alegorías, e historias auténticas (al menos en parte) de sus tiempos de nómada.

Pese a los defectos que tuviera mi padre, en esto era un maestro. Noche tras noche, me maravillaba con su habilidad para captar la atención de los oyentes. Relataba una historia con tanto detalle, tantos adornos, que más tarde un hombre juraba que era un recuerdo suyo, en lugar de una historia que le habían contado. Yo... me esforzaba en permanecer despierto hasta bien pasada la medianoche, tratando de recordar cada palabra, y tratando de hallar el modo de relatar esa historia a mis jóvenes amigos de forma que la comprendieran.

Al igual que su padre, Abe tenía un don natural para contar historias, un arte que con el tiempo llegó a dominar. Su habilidad para comunicar —para reducir complejas ideas a simples e interesantes parábolas— se convertiría más tarde en una poderosa herramienta en su vida política.

A cambio del hospedaje que recibían, los viajeros tenían que contarles alguna noticia del mundo exterior. La mayoría eran historias que habían leído en los periódicos de Louisville o Nashville, o chismorreos que habían oído en la carretera. «Era frecuente escuchar tres veces en una semana la anécdota del mismo borracho que se caía en la misma cuneta, contada por tres voces distintas.» No obstante, de vez en cuando un viajero llegaba portando historias de otro tipo. Abe recordaba haberse echado a temblar una noche debajo de las mantas mientras escuchaba a un inmigrante describir la locura de París en la década de 1780.

La gente había empezado a llamarla *la ville des morts*, según decían los franceses. *La Ciudad de los Muertos*. Cada noche se oían nuevos gritos, y cada mañana aparecían nuevos cadáveres en las calles, pálidos y con los ojos desorbitados, o víctimas con el cuerpo hinchado que eran rescatadas de cloacas por las que corría la sangre. Eran los restos de hombres, mujeres y niños. Víctimas inocentes sin ningún vínculo en común más allá de su pobreza, y no había nadie en Francia que tuviera ninguna duda sobre la identidad de los asesinos. «¡Eran *les vampires*! —dijo el francés—. ¡Los hemos visto con nuestros propios ojos!» Los vampiros, nos contó, habían sido durante siglos la «plaga silenciosa» de París. Pero ahora, debido al hambre y a las enfermedades, con tantos desdichados mendigos hacinados en los barrios bajos..., los vampiros actuaban cada vez con más descaro. Se mostraban cada vez más insaciables. «¡Pero Luis no hacía nada! Él y sus *aristocrates pompeux* no hacían nada mientras los vampiros chupaban la sangre a sus famélicos súbditos, hasta que por fin sus súbditos se sublevaron.»

Como es natural, la historia del francés, como todas las historias de vampiros, fue tachada de absurda, un mito ideado para asustar a los niños. Sin embargo, a Abe le parecían profundamente fascinantes. Pasaba horas inventando sus propias historias de «inmortales alados», sus «blancos colmillos manchados de sangre, aguardando en la oscuridad al próximo desgraciado que se cruzara en su camino». Le encantaba poner a prueba la eficacia de esos relatos con su hermana, la cual «se asustaba con más facilidad que un ratón de campo, aunque la divertían».

Thomas, por otra parte, se apresuraba a regañar a Abe cuando le pillaba contando historias de vampiros. Esas historias eran «tonterías infantiles» y estaban fuera de lugar en toda conversación educada.

III

En 1816, otra disputa sobre tierras puso fin a la estancia de los Lincoln en Knob Creek. El concepto de la propiedad era un asunto turbio en los territorios colonizados, donde se expedían múltiples escrituras de una misma propiedad y aparecían o desaparecían misteriosamente documentos (según la naturaleza del soborno). En lugar de enfrentarse a una batalla legal, Thomas trasladó a su familia por segunda vez en los siete años que tenía Abe, conduciéndolos al oeste a través del Ohio hacia Indiana. Allí, al parecer no habiendo escarmentado tras las anteriores disputas a cuentas de las tierras, Thomas se instaló tranquilamente en una parcela de sesenta y cinco hectáreas en un asentamiento muy boscoso llamado Little Pigeon Creek, cerca del actual Gentryville. La decisión de abandonar Kentucky era al mismo tiempo práctica y moral. Práctica, porque abundaban terrenos a buen precio después de que los indios hubieran sido expulsados a raíz de la Guerra de 1812. Moral, porque Thomas era abolicionista, e Indiana era un territorio libre.

Comparada con las granjas de Sinking Springs y Knob Creek, el nuevo hogar de los Lincoln era profundamente agreste, rodeado por «un monte infinito» en el que merodeaban osos y linces sin límites ni temor al hombre. Los primeros meses vivieron en una covacha construida apresuradamente, apenas lo bastante espaciosa para albergar a cuatro personas y expuesta por un lado a los elementos. El intenso frío de ese primer invierno en Indiana debió de ser insoportable.

Little Pigeon Creek era un lugar remoto, pero no solitario. Había ocho o nueve familias que vivían a menos de dos kilómetros de la vivienda de los Lincoln, muchas procedentes de Kentucky como ellos. «Más de una docena de chicos de mi edad vivían a corta distancia a pie. Formamos una milicia, y emprendimos una campaña de travesuras de la que aún se habla en el sur de Indiana.» Pero la creciente comunidad era algo más que un caldo de cultivo de niños díscolos. Como ocurría a menudo en la frontera de las tierras colonizadas, las familias juntaban sus recursos y habilidades a fin de aumentar sus probabilidades de supervivencia, plantando y cultivando cosechas juntas, intercambiando bienes y tareas, y echando una mano en tiempos de enfermedad o apuros económicos. Thomas, que era considerado el mejor carpintero de la zona, rara vez estaba sin trabajo. Una de sus primeras contribuciones fue una pequeña escuela de una sola habitación, a la que Abe asistió pocas veces en los años sucesivos. Durante su primera campaña presidencial, escribió una breve autobiografía, en la que reconocía que las horas lectivas que había recibido totalizaban «menos de un año». No obstante, era obvio para una de sus primeras maestras, Azel Waters Dorsey, que Abraham Lincoln era «un niño excepcional».

Ilustración 23A. El joven Abe escribe su diario a la luz del fuego,
acompañado por algunos de los primeros instrumentos
que utilizaba para cazar vampiros.

A raíz de su infausto encuentro con el pavo, Abe declaró
que no volvería a cazar animales. Como castigo, Thomas le
obligó a trabajar partiendo leña, suponiendo que el esfuerzo
físico le obligaría a recapacitar. Aunque Abe apenas era capaz
de alzar el hacha por encima de su cintura, pasó muchas horas
partiendo leña como podía y apilando troncos.

Llegó un punto en que apenas sabía dónde terminaba el
hacha y comenzaba mi brazo. Al cabo de un rato, el mango se
deslizaba entre mis dedos y los brazos me colgaban a los costados como un par de cortinas. Si mi padre me veía descansan-
do de esa forma, se enfurecía, recogía el hacha del suelo y partía
una docena de troncos en un minuto para hacer que me aver-

gonzara y reanudara mi tarea. No obstante, perseveré, y cada día que pasaba mis brazos se hacían un poco más fuertes.

Al poco tiempo, Abe era capaz de partir más troncos en un minuto que su padre. La familia vivía ahora en una pequeña pero sólida cabaña dotada de una chimenea, un tejado de tablillas y un piso de madera elevado que en invierno permanecía cálido y seco. Como de costumbre, Thomas trabajaba lo justo para procurar a su familia comida y ropa. Los tíos abuelos de Nancy, Tom y Elizabeth Sparrow, habían venido de Kentucky para instalarse en uno de los edificios anexos y echar una mano en la granja. Las cosas iban bien. «Desde entonces he aprendido a desconfiar de tanta quietud —escribió Abe en 1852—, pues siempre constituye el preludio de una gran calamidad.»

Una noche de septiembre de 1818, Abe se despertó sobresaltado. Se incorporó en la cama protegiéndose la cara con las manos, como si hubiera alguien junto a él, amenazándole con golpearle en la cabeza con un palo. Pero nadie le golpeó. Al darse cuenta de que era un peligro imaginario, el chico bajó la cabeza, contuvo el aliento y miró a su alrededor. Todo el mundo dormía. A juzgar por los rescoldos en la chimenea, debían ser las dos o las tres de la mañana.

Abe salió de la cabaña cubierto sólo con su camisón, pese a que ya había llegado el otoño. Echó a andar hacia la silueta del cobertizo, medio dormido, cerró la puerta tras él y se sentó. Cuando sus ojos se adaptaron a la penumbra, el resplandor de la luna que penetraba por las tablas del techo le pareció lo bastante intenso para ponerse a leer. Puesto que no tenía ningún libro con que entretenerse, pasó las manos a través de los pequeños haces de luz, observando los dibujos que trazaban sobre sus dedos.

En esto oyó voces fuera.

Abe contuvo el aliento cuando los pasos de los dos hombres se aproximaron, hasta que de pronto se detuvieron. *Están delante de la cabaña.* Uno hablaba en voz baja y airada. Aunque no pudo captar lo que decían, Abe comprendió que la voz no pertenecía a nadie de Little Pigeon Creek. «Tenía acento inglés, y el tono curiosamente agudo.» El extraño siguió despotricando durante unos minutos, tras lo cual hizo una pausa, aguardando una respuesta. La cual no se hizo esperar. En esta ocasión, la voz le resultó muy familiar. Pertenecía a Thomas Lincoln.

Acerqué el ojo a uno de los espacios entre las tablas. Se trataba efectivamente de mi padre, que iba acompañado de un hombre al que yo no había visto nunca. El extraño era bajo y rechoncho, y lucía la indumentaria más elegante que yo había visto jamás. Tenía el brazo derecho amputado por debajo del codo, y la manga prendida al hombro. Mi padre, aunque era el más alto y corpulento de los dos, parecía sentirse acobardado frente al otro.

Abe se esforzó en captar la conversación de ambos hombres, pero estaban demasiado lejos. Les observó, tratando de descifrar sus gestos, los movimientos de sus labios, hasta que...

De pronto, mi padre, temeroso de despertarnos, rogó al extraño que se alejaran de la cabaña. Yo contuve el aliento mientras se aproximaban, convencido de que los furiosos latidos de mi corazón delatarían mi presencia. Se detuvieron a pocos metros de donde me hallaba. Yo seguía en la misma postura, cuando oí la última parte de la discusión. «No puedo», dijo mi padre. El extraño guardó silencio, visiblemente disgustado.

Por fin respondió: «En tal caso me lo cobraré por otros medios».

IV

Tom y Elizabeth Sparrow agonizaban. Durante tres días y tres noches, Nancy atendió a sus tíos abuelos, los cuales tenían mucha fiebre, padecían alucinaciones y unos dolores tan intensos que hacían que Tom, un hombretón de metro ochenta de estatura, llorara como un niño. Abe y Sarah no se separaban de su madre, ayudándola a mantener las compresas húmedas y la ropa de la cama limpia, y rezando con ella para que se obrara una curación milagrosa que en el fondo todos sabían que no ocurriría. Los viejos del lugar habían visto casos semejantes con anterioridad. La llamaban «la enfermedad de la leche», un lento envenenamiento causado por beber leche contaminada. Era una dolencia intratable y mortal. Abe nunca había visto morir a nadie, y confiaba en que Dios le perdonara por sentir cierta curiosidad por ver qué ocurría.

No se había atrevido a contar a su padre lo que había visto y oído una semana antes. Desde esa noche Thomas se había mostrado especialmente distante (y con frecuencia ausente), y no quería participar en la vigilia que los demás guardaban a la cabecera de Tom y Elizabeth.

Murieron con pocas horas de diferencia, primero él, luego ella. Abe se sintió decepcionado. Esperaba que en el último momento se produjeran violentos estertores, o un conmovedor soliloquio, como en los libros que leía ahora por las noches, a solas. Pero en lugar de ello, Tom y Elizabeth simplemente cayeron en coma, permanecieron varias horas inmóviles, y murieron. A la mañana siguiente Thomas Lincoln, sin una palabra de condolencias a su esposa, se dispuso a construir un par de ataúdes con tablas y clavijas de madera. A la hora de cenar, los Sparrow ya habían sido sepultados.

Mi padre nunca había sentido mucho afecto por mis tíos, y no eran los primeros parientes que enterraba. Pero yo no le había visto nunca tan callado. Parecía absorto en sus pensamientos. Preocupado.

Cuatro días más tarde, Nancy Lincoln empezó a sentirse mal. Al principio, insistió en que no era más que una jaqueca, sin duda provocada por el estrés de la muerte de Tom y Elizabeth. No obstante, Thomas mandó llamar al médico más cercano, que vivía a cincuenta kilómetros. Cuando apareció al día siguiente, poco antes del alba, Nancy tenía mucha fiebre y sufría alucinaciones.

Mi hermana y yo nos arrodillamos junto a su lecho, temblando de miedo y falta de sueño. Mi padre se sentó en una silla cercana mientras el médico examinaba a mi madre. Yo sabía que se moría. Sabía que Dios me estaba castigando. Me castigaba por la curiosidad que me había inspirado la muerte de mis tíos. Me castigaba por haber matado a un animal que no me había hecho ningún daño. Yo era el único culpable. Cuando el médico terminó, le dijo a mi padre que quería hablar con él fuera. Cuando regresaron, mi padre no pudo reprimir las lágrimas. Ninguno de nosotros pudimos reprimirlas.

Esa noche, Abe se sentó solo junto al lecho de su madre. Sarah se había quedado dormida junto al fuego, y Thomas daba unas cabezadas en su butaca. Nancy se había sumido al fin en un coma. Había gritado durante horas, primero debido a las alucinaciones y luego de dolor. En cierto momento, Thomas y el médico habían tenido que sujetarla mientras gritaba que «había mirado al diablo a los ojos».

Abe le retiró la compresa de la frente y la remojó en el cuenco de agua que tenía a sus pies. Pronto tendría que encender otra vela. La que ardía a la cabecera de su madre empezaba a consumirse. Cuando tomó la compresa y la escurrió, una mano le sujetó la muñeca.

—Hijito mío —musitó Nancy.

La transformación era total. Su rostro aparecía sereno, su voz dulce y normal. En sus ojos se reflejaba de nuevo una luz. El corazón me dio un vuelco. Esto sólo podía ser el milagro por el que yo había rezado tanto. Mi madre me miró y sonrió. «Hijito mío —murmuró de nuevo—. Vive.» Las lágrimas empezaron a rodar por mis mejillas. Me pregunté si no sería un sueño cruel. «¿Mamá?», pregunté. «Vive», repitió. Sentí que su mano

soltaba mi muñeca y vi que sus ojos se cerraban. «¿Mamá?»
De nuevo, esta vez con una voz que apenas era un murmullo,
mi madre repitió: «Vive». No volvió a abrir los ojos.

Nancy Hanks Lincoln falleció el 5 de octubre de 1818, a
los treinta y cuatro años. Thomas la enterró en una ladera detrás de la cabaña.

Abe se había quedado solo en el mundo.

Su madre había sido su alma gemela. Le había dado amor
y aliento desde el día en que nació. Le leía por las noches, sosteniendo siempre el libro con la mano izquierda mientras en-
roscaba un dedo de la derecha alrededor de los oscuros me-
chones del niño, que se quedaba dormido en su regazo. El suyo
había sido el primer rostro que le había dado la bienvenida
cuando Abe había llegado al mundo. El niño no había llorado.
Simplemente la había mirado y sonreído. Ella era amor, y luz.
Y había muerto. Abe lloró su muerte.

Tan pronto como su madre fuera enterrada Abe decidió
fugarse. La idea de quedarse en Little Pigeon Creek con su
hermana de once años y su afligido padre le resultaba insoportable. Aún no habían transcurrido treinta seis horas de la
muerte de su madre cuando Abe Lincoln, que a la sazón tenía
nueve años, echó a andar por los agrestes parajes de Indiana,
portando sus escasas pertenencias envueltas en una manta de
lana. Su plan era tan brillante como simple. Se dirigiría a pie
hasta llegar a Ohio. Allí, mendigaría para costearse la travesía
en una chalana hasta el bajo Misisipi, tras lo cual iría a Nueva Orleans, donde podría viajar de polizón en numerosos barcos. Quizá consiguiera llegar a Nueva York o Boston. Quizás

Ilustración 12-B. El joven Abe junto a la tumba de su madre en un grabado de principios de la década de 1900 titulado Juramento de venganza.

iría en barco a Europa, para ver las inmortales catedrales y los castillos que había imaginado con frecuencia.

Si hubo un fallo en su plan, fue el momento de su partida. Abe decidió marcharse de casa por la tarde, y cuando hubo recorrido unos seis kilómetros, el corto día invernal empezó a oscurecer. Rodeado por una naturaleza salvaje e indómita, sin otra cosa que una manta de lana y un puñado de comida,

Abe se detuvo, se sentó con la espalda apoyada en un árbol, y rompió a llorar. Estaba solo en la oscuridad, y añoraba un lugar que ya no existía. Añoraba a su madre. Añoraba sentir el cabello de su hermana contra su rostro mientras lloraba apoyado en su hombro. Para su sorpresa, comprobó que incluso añoraba el abrazo de su padre.

En esto oí un tenue aullido en la noche, un prolongado aullido animal que reverberó a mi alrededor. Pensé enseguida en los osos que nuestro vecino Reuben Grigsby había visto cerca del riachuelo hacía apenas dos días, y me sentí como un idiota por haberme marchado de casa sin coger siquiera un cuchillo. Oí otro aullido, y otro más. Parecían resonar a mi alrededor, y cuantos más oía, más evidente era que no provenían de ningún oso, pantera u otro animal. Era un sonido distinto. Un sonido humano. De pronto comprendí lo que oía. Sin detenerme para recoger mis pertenencias, me levanté de un salto y eché a correr hacia mi casa tan rápidamente como pude.

Eran gritos.

2

Dos historias

Así pues, habiendo elegido nuestro rumbo, sin mala
fe, con nobleza de ánimo, renovemos nuestra confianza en Dios y sigamos adelante sin temor, y con corazones valerosos.

Abraham Lincoln,
en un discurso ante el Congreso
4 de julio de 1861

I

Si Thomas Lincoln trató alguna vez de consolar a sus hijos
después de la muerte de su madre —si alguna vez les preguntó cómo se sentían, o compartió con ellos su dolor—, no hay
constancia de ello. Todo indica que después de enterrar a su
mujer estuvo muchos meses encerrado en un mutismo casi
total. Despertándose antes del amanecer. Preparándose el café.
Sin apenas desayunar. Trabajando hasta la caída del sol, y (por
lo general) bebiendo hasta emborracharse. La única vez que

Abe y Sarah oían su voz era cuando pronunciaba unas breves palabras para bendecir la mesa.

> Preside nuestra mesa, Señor,
> venerado aquí y en todas partes.
> Que tu misericordia nos bendiga y
> nos haga más fuertes para servirte.

Pese a todos sus defectos, Thomas Lincoln poseía lo que los viejos del lugar llamaban puro y simple sentido común. Sabía que su situación era insostenible. Sabía que no podía seguir ocupándose de su familia solo.

En invierno de 1819, poco más de un año después de la muerte de Nancy, Thomas anunció de sopetón que iba a ausentarse durante «dos o tres semanas», y que cuando regresara los niños tendrían una nueva madre.

> La noticia nos cogió de sorpresa, pues apenas le habíamos oído decir una palabra durante casi un año, e ignorábamos que hubiera tomado esa decisión. Si había pensado en alguna mujer en concreto, no nos los dijo. Me pregunté si insertaría un anuncio en la *Gazette*, o si se pasearía simplemente por las calles de Louisville proponiendo matrimonio a cualquier señora que anduviera sola y se cruzara en su camino. Confieso que ninguno de los dos métodos me habría sorprendido mucho.

Sin que Abe y Sarah lo supieran, Thomas había pensado efectivamente en una persona, una conocida suya que acababa de enviudar y vivía en Elizabethtown (precisamente el lugar donde Thomas había visto a Nancy por primera vez hacía unos trece años). Se presentaría en su casa sin anunciarse, le propondría matrimonio y la traería a Little Pigeon Creek. Sin más. Ése era el plan que se había trazado.

Para Thomas, el viaje significó el fin de su silencioso duelo. Para Abe, de nueve años, y Sarah, de once, significó la primera vez que se quedaban solos.

Por la noche dejábamos una vela encendida en el centro de la habitación, nos ocultábamos debajo de las mantas, y apoyábamos la cama de nuestro padre contra la puerta. No sé de qué pretendíamos protegernos, sólo que eso hacía que nos sintiéramos mejor. Permanecíamos despiertos hasta bien entrada la noche, escuchando los ruidos que percibíamos a nuestro alrededor. Sonidos animales. Voces lejanas que transportaba el viento. El crujido de ramas cuando algo merodeaba alrededor de la cabaña. Tiritábamos en nuestros lechos hasta que la vela se consumía, tras lo cual nos peleábamos en voz baja para decidir quién de nosotros abandonaría el refugio de su cama para encender otra. Cuando nuestro padre regresó, nos propinó a los dos una soberana paliza por haber gastado tantas velas en poco tiempo.

Thomas cumplió su palabra. Regresó acompañado por un carromato. Éste contenía todas las pertenencias (en todo caso, las que cabían) de la flamante Sarah Bush Lincoln y sus tres hijos: Elizabeth, de trece años; Matilda, de diez; y John, de nueve. Para Abe y su hermana, el ver un carromato cargado con muebles, relojes y vajillas fue como contemplar «los tesoros del maharajá». Para la nueva señora Lincoln, el ver a esos niños descalzos y cubiertos de mugre fue no menos desconcertante. Esa misma noche hizo que se quitaran la ropa y los lavó hasta dejarlos como los chorros del oro.

Sarah Bush Lincoln era fea sin paliativos. Tenía los ojos hundidos y el rostro estrecho, unos rasgos que se confabulaban para que pareciera siempre famélica. Tenía la frente alta y llevaba siempre su pelo castaño y tieso recogido en un moño, lo cual no la favorecía en absoluto. Era flaca, patizamba y le faltaban dos dientes inferiores. Pero un viudo con escasas perspectivas y sin un dólar no podía elegir. Ni tampoco una mujer con tres hijos y cargada de deudas. La suya fue una unión fruto del puro y simple sentido común.

Abe estaba predispuesto a odiar a su madrastra. Desde el momento en que Thomas anunció su intención de casarse, el niño no había cesado de idear estratagemas destinadas a humillarla. Imaginar defectos que echarle en cara.

Por tanto, me llevé un chasco al comprobar que era una mujer amable, animosa e infinitamente sensible. Sensible ante todo al hecho de que nuestra dulce madre siempre ocuparía un lugar muy especial en el corazón de mi hermana y el mío.

Al igual que Nancy, la nueva señora Lincoln no tardó en reconocer la pasión de Abe por los libros y decidió fomentarla. Entre las pertenencias que había traído de Kentucky había un Webster's Speller, un libro de texto para aprender a escribir correctamente, el cual representaba una mina de oro para un niño sin estudios. Sarah (quien, al igual que su nuevo marido, era analfabeta) pedía a Abe que les leyera unas páginas de su Biblia después de cenar. Al chico le encantaba entretener a su nueva familia con pasajes de Corintios y Reyes; con la sabiduría de Salomón y la locura de Nabal. Desde la muerte de su madre su fe había aumentado. Le gustaba imaginar que ésta le observaba desde el cielo, deslizando sus dedos de ángel a través de su suave pelo castaño mientras él leía. Protegiéndolo de todo daño. Consolándolo en momentos de tribulación.

Abe simpatizó también con sus hermanastros, en particular con John, a quien apodó «el General» por su afición a jugar a la guerra.

A diferencia de mí, que no quería levantarme, John no podía quedarse sentado, inventando siempre una u otra batalla y reclutando el número necesario de chicos para librarla. Siempre me pedía que dejara mis libros para participar en esos juegos. Yo me negaba, pero él insistía, prometiendo nombrarme capitán o coronel. Prometiéndome hacer mis tareas si accedía a jugar con ellos. Atosigándome hasta obligarme a abandonar el confort del árbol sobre el que me instalaba para leer y ponerme a correr como un loco. En aquella época, yo le consideraba un tanto simple. Ahora comprendo lo inteligente que era. Un chico necesitaba algo más que libros para ser un chico.

El día que Abe cumplió once años, Sarah le regaló un pequeño diario encuadernado en cuero (en contra de los deseos de Thomas). Lo había adquirido con el dinero que ganaba limpiando la casa y remendando la ropa del señor Gregson, un anciano vecino cuya esposa había fallecido hacía unos años. Era difícil conseguir libros en las avanzadillas de los territorios colonizados, pero un diario era un auténtico lujo, sobre todo para niños de familias pobres. Cabe imaginar la alegría de Abe ante semejante regalo. El mismo día que lo recibió se apresuró a escribir la primera entrada con su tosca letra.

Éste es el diario de Abraham Lincoln.

9 de febrero de 1820. Este libro es un regalo por mi onceavo [sic] cumpleaños de mi padre y mi madrastra, la señora Sarah Bush Lincoln. Pocuraré [sic] utilizarlo cada día para mejorar mi letra.

Abraham Lincoln

II

Una noche de principios de primavera, poco después de que Abe redactara con esmero esas palabras, Thomas lo llamó para que saliera a sentarse junto al fuego. Estaba borracho. El niño lo sabía, incluso antes de que su padre le llamara para que se sentara sobre un tronco y entrara en calor. Su padre sólo encendía una hoguera fuera cuando tenía ganas de pescar una cogorza.

—¿Te he contado lo que le ocurrió a tu abuelito?

Era una de las historias preferidas de su padre, que solía relatar cuando estaba borracho: la de haber presenciado de niño el brutal asesinato de su padre, un acontecimiento que le había dejado profundamente traumatizado. Por desgracia, aún faltaban varias décadas para descubrir el confort del diván de Sigmund Freud. En su ausencia, Thomas hacía lo que hacía cualquier colono emocionalmente traumatizado que se preciara para resolver sus problemas: beber hasta emborracharse y hablar de ellos. Si había algún consuelo para Abe, era el hecho de que su padre era un excelente narrador, con un talento especial para hacer que cada detalle cobrara vida. Sabía imitar acentos, gestos. Modificar el timbre de su voz y el ritmo de su narración. Era un actor nato.

Lamentablemente, Abe había visto esta actuación un sinfín de veces. Podía recitar la historia palabra por palabra: que su abuelo (que también se llamaba Abraham) había estado arando un campo cerca de su casa en Kentucky. Que el pequeño Thomas de ocho años y sus hermanos le habían observado trabajar bajo el calor abrasador de esa tarde de mayo, removiendo la tierra. Que se habían sobresaltado al oír los gritos de un grupo de shawnee que habían salido de su escondrijo y habían atacado a Abraham. Que el pequeño Thomas se había escondido detrás de un árbol y les había visto golpear a su padre en la cabeza con un martillo de piedra. Tras lo cual le habían degollado con un *tomahawk*. Podía describir todos los pormenores, incluso la cara de su abuela cuando el pequeño Thomas le contó lo ocurrido tras regresar corriendo a casa.

Pero ésa no fue la versión que Thomas le relató ahora.

La historia arrancó como siempre, durante la ola de calor de mayo de 1786. Thomas tenía ocho años. Él y dos de sus hermanos mayores, Josiah y Mordecai, habían acompañado a su padre a un claro de una hectárea y media en el bosque, no lejos de la granja que le habían ayudado a construir hacía unos años. Thomas observó a su padre conducir el pequeño arado que arrastraba *Ben*, un viejo caballo de tiro que había pertenecido a la familia desde antes de la guerra. Por fin el ardiente sol se había ocultado, dejando el valle del Ohio envuelto en una suave luz azulada, pero «seguía haciendo más calor que en el infierno», aparte de humedad. Abraham se había quitado la camisa para trabajar, dejando que el aire refrescara su largo y musculoso torso. El joven Thomas iba montado sobre *Ben*, sosteniendo las riendas mientras sus hermanos le seguían, sembrando las semillas a voleo. Aguardaban el grato sonido de la campana anunciando que la cena estaba lista.

Hasta ese momento, Abe conocía cada palabra de memoria. A continuación venía la parte en que se habían sobresaltado al oír los gritos de guerra de los shawnee. La parte en la que el viejo caballo de tiro se encabritaba y derribaba a Thomas al suelo. Cuando el niño había echado a correr hacia el bosque y había visto a los indios asesinar brutalmente a su padre. Pero esta vez los shawnee no aparecieron. Ésta era una historia nueva. Una historia que Abe parafrasearía en una carta a Joshua Speed al cabo de más de veinte años.

«Lo cierto —me dijo mi padre bajando la voz— es que tu abuelito no fue asesinado por humanos.»

Abraham trabajaba con el torso desnudo en el borde exterior del claro, junto a los árboles, cuando oyeron con toda claridad el «murmullo de hojas y el crujir de ramas al partirse» procedente del cercano bosque, a unos veinte metros de donde Abraham y sus hijos araban la tierra.

«Papá me ordenó que tirara de las riendas mientras él aguzaba el oído. Probablemente se trataba tan sólo de unos ciervos que andaban por el bosque, aunque en otras ocasiones habíamos visto osos negros.»

También habían oído historias de grupos de shawnee que atacaban a los colonos por sorpresa, matando sin contemplaciones a mujeres y niños blancos. Prendían fuego a las viviendas. Arrancaban a los hombres, en vivo, sus cabelleras. Las tierras seguían siendo objeto de disputa. Había indios por doquier. Toda precaución era poca.

«El sonido provenía ahora de otra parte del bosque. Fuera lo que fuera, no eran ciervos, y no era aislado. Mi padre se maldijo por haberse dejado en casa su rifle de llave de chispa y empezó a desenganchar a *Ben*. No estaba dispuesto a que esos diablos le arrebataran su caballo. Envió a Mordecai en busca de su rifle, y a Josiah en busca de ayuda al puesto de guardia de Hughes.»*

Los murmullos y crujidos cambiaron. Las copas de los árboles empezaron a combarse, como si alguien saltara a través de ellas, de rama en rama.

«Mi padre se apresuró en desatar las correas. "Shawnee", murmuró. Al oír esa palabra mi corazón empezó a latir con tal violencia que pensé que se me iba a saltar del pecho. Observé las copas de los árboles, esperando ver a una panda de salvajes salir corriendo del bosque, emitiendo gritos y alaridos y blandiendo sus hachas. Vi sus caras pintadas de rojo observándome. Sentí que me tiraban del pelo... y me arrancaban el cuero cabelludo.»

---

* Era frecuente que los primeros colonos construyeran sus viviendas alrededor de fuertes, o «puestos de guardia». En caso de un ataque por parte de los indios, estos fuertes ofrecían un lugar donde refugiarse. Estaban defendidos por un pequeño destacamento de voluntarios. *(N. del A.)*

Abraham seguía forcejeando con el arnés cuando Thomas vio algo saltar de la copa de un árbol «a unos quince metros del suelo». Algo del tamaño y la forma de un hombre.

«Era una fantasma. Lo deduje por la forma en que volaba sobre el suelo. Por la forma en que su blanco cuerpo se movía a través del aire. Un fantasma shawnee, que había venido a arrebatarnos nuestras almas por haber invadido sus tierras.»

Thomas le vio tomar impulso para abalanzarse sobre ellos, demasiado aterrorizado para gritar. Demasiado aterrorizado para advertir a su padre de lo que se le iba a echar encima. En ese preciso momento.

«Vi un destello blanco y oí un grito capaz de despertar a los muertos a más de un kilómetro a la redonda. El viejo *Ben* se encabritó, me arrojó al suelo y salió huyendo a galope con el arado colgando de una correa, rebotando en el suelo tras él. Alcé los ojos y vi que mi padre había desaparecido.»

Thomas se levantó viendo las estrellas debido al golpe y con una muñeca partida (aunque no se percató hasta al cabo de unas horas). El fantasma se hallaba a unos cinco o seis metros, de espaldas a él. Junto a su padre, que yacía en el suelo, observándolo con expresión paciente y sosegada. Mirándolo con la ferocidad de un Dios. Refocilándose con la impotencia de su víctima.

«No era un fantasma. Ni un shawnee. Aunque estaba de espaldas, vi que el extraño era poco más que un muchacho, no mayor que mis hermanos. Llevaba una camisa que parecía pertenecer a alguien mucho más corpulento que él. Blanca como el marfil. Con el faldón medio remetido en el pantalón a rayas gris. El chico tenía una piel casi tan blanca como su camisa, y la nuca surcada por unas venitas azules. Permanecía inmóvil, sin mover un músculo, sin respirar, como una estatua.»

Abraham padre acababa de cumplir cuarenta y dos años. Gracias a sus buenos genes, era un hombre alto de hombros anchos. El duro trabajo le había torneado la musculatura. Nunca había perdido una pelea, y no estaba dispuesto a perderla ahora. Se puso de pie («lentamente, como si tuviera las costillas rotas»), enderezó la espalda y crispó los puños. Estaba herido, pero eso podía esperar. Primero iba a partirle la cara a ese mocoso...

«Cuando mi padre miró al chico a la cara se quedó estupefacto. Fuera lo que fuera que vio en él, le horrorizó.»

—Pero ¿qué diablos...?

El chico golpeó a Abraham en la cabeza. *Por poco me da a mí.* Abraham retrocedió un paso y alzó los puños, pero no logró asestarle un puñetazo. *No le alcanzó.* Sintió dolor en el lado izquierdo de la cara. *¿No es así?* Un cosquilleo debajo del ojo. Se tocó el rostro con la yema del índice..., suavemente. La sangre empezó a manar a borbotones de un corte sutil como el filo de una navaja que se extendía desde la oreja a la boca.

El otro no había errado el golpe.

Estos son los últimos segundos de mi vida.

Abraham sintió que su cabeza se inclinaba bruscamente hacia atrás. Sintió que se le reventaba la cuenca del ojo. *Todo se llenó de luz.* Sintió la sangre que chorreaba de sus fosas nasales. Otro golpe. Y otro. Su hijo gritaba cerca. *¿Por qué no huye?* Tenía la mandíbula partida. Había perdido varios dientes. Los puñetazos y los gritos comenzaron a disiparse. *Dormir... para no despertar jamás.*

El chico sujetaba a Abraham por el pelo, golpeándole una y otra vez hasta que por fin su frente «se hundió como la cáscara de un huevo.»

«El extraño rodeó con sus manos el cuello de mi padre y lo alzó en vilo. Yo grité de nuevo, convencido de que iba a rematarlo estrangulándolo. Pero en vez de ello hundió las largas uñas de sus pulgares, afiladas como cuchillas, en la nuez de mi padre y —*ichas!*— le rajó el cuello desde el centro. Acercó la boca al orificio y se puso a beber como un borracho con una botella de whisky. Engullendo la sangre con avidez. Al comprobar que no manaba con la suficiente rapidez, rodeó el pecho de mi padre con un brazo y lo estrechó contra sí. Le apretujó hasta extraer la última gota de su corazón, tras lo cual lo arrojó al suelo y se volvió. Me miró fijamente. Entonces lo comprendí. Entonces comprendí por qué mi padre se había horrorizado. Tenía los ojos negros como el carbón. Unos colmillos largos y afilados como un lobo. El rostro blanco de un demonio. Mi corazón continuaba latiendo con violencia. No podía respirar. Que Dios me fulmine ahora mismo si miento. El monstruo siguió mirándome con el rostro manchado con la sangre de mi padre y... os juro que se llevó las manos al pecho y se puso a cantar.»

Tenía la voz potente y bien timbrada de un joven. Un acento inglés inconfundible.

> Cuando domina la aflicción
> y el alma sufre del pesar,
> la música, con su argénteo sonido,
> el mal no tarda en reparar.*

Que semejante sonido proviniera de un ser tan grotesco —que en ese rostro blanco pudiera pintarse una sonrisa tan cálida— era una broma cruel. Cuando terminó su canción, el diablo hizo una profunda reverencia y echó a correr hacia el bosque. «Siguió corriendo hasta que todo rastro de blanco desapareció entre los árboles.» El pequeño Thomas de ocho años se arrodilló junto al cadáver desmadejado, vacío, de su padre. Temblaba de pies a cabeza.

«Yo sabía que tenía que mentir. Sabía que jamás podría contar a nadie lo que había visto, so pena de que me tomaran por loco, por embustero, o por algo peor. Por otra parte, ¿qué había visto? Quizá lo había soñado todo. Cuando Mordecai regresó corriendo con el rifle de llave de chispa —cuando me preguntó qué había ocurrido—, rompí a llorar y le dije lo único que podía decirle. Lo único que él creería: que un grupo de guerreros shawnee había asesinado a nuestro padre. No podía contarle la verdad. No podía decirle que había sido un vampiro.»

---

* Canción del siglo XVI compuesta por Richard Edwards, a la que se hace referencia en *Romeo y Julieta* (Acto IV, Escena 5). *(N. del A.)*

Abe no podía articular palabra. Siguió sentado frente a su padre borracho, dejando que el chisporroteo de la leña que ardía llenara el vacío.

Yo había escuchado centenares de anécdotas relatadas por mi padre, algunas basadas en las vidas de otros, varias más en la suya propia. Pero nunca le había oído inventar una historia, ni siquiera en su presente estado. Francamente, no creía que su mente fuera capaz de ello. Y no se me ocurría un motivo sensato de que mintiera al respecto. Eso dejaba sólo una inquietante posibilidad.

—Crees que estoy chiflado —dijo Thomas.

Era precisamente lo que yo creía, pero me abstuve de responder. Había aprendido a mantener la boca cerrada en esas ocasiones, en lugar de arriesgarme a que se enojara interpretando de forma errónea un comentario mío inocente. Decidí guardar silencio hasta que mi padre me enviara a la cama o se quedara dormido.

—Maldita sea, tienes motivos fundados para creerlo.

Mi padre apuró el último trago del trabajo de una semana* y me miró con una dulzura que jamás había visto en él.

---

* Muchos granjeros montaban destilerías para redondear los ingresos que obtenían con sus cosechas. Aquí, Abe se refiere al hecho de que Thomas a menudo ofrecía sus servicios como carpintero a cambio de whisky de maíz, para consternación de su nueva esposa. *(N. del A.)*

Dejando de lado en ese momento todo lo demás y contemplándonos a los dos, no como éramos, sino como pudimos haber sido en una vida mejor. Padre e hijo. El hecho de que sus ojos se llenaran de lágrimas me asombró y atemorizó. Le dejé implorándome que le creyera. Pero yo no podía creer algo tan absurdo. Era la historia de un borracho. Eso es todo.

—Te lo he contado porque debes saberlo. Porque tú... mereces saber la verdad. Te aseguro que he visto a dos vampiros en mi vida. El primero fue en esos campos. El segundo...

Thomas desvió los ojos, reprimiendo de nuevo las lágrimas.

—El segundo se llamaba Jack Barts... Le vi poco antes de que tu madre muriera.

Mi padre había pasado el verano de 1817 cometiendo el pecado de la envidia. Se había cansado de ver cómo sus vecinos cosechaban suculentos beneficios plantando trigo y maíz en sus tierras. Se había cansado de partirse la espalda construyendo los graneros que ellos utilizaban para enriquecerse, sin compartir con él su botín. Por primera vez en su vida, sintió algo semejante a la ambición. Lo que le faltaba era capital.

Jack Barts era un hombre bajo y rechoncho, manco, aficionado a la ropa cara, que poseía un próspero negocio de embarcaciones de cabotaje en Louisville. Asimismo, era uno de los pocos hombres de Kentucky que se dedicaba a conceder préstamos privados. Thomas había hecho algunos trabajos para él de joven, cargando y descargando las barcazas que navegaban por el Ohio a cambio de veinte centavos al día. Barts siempre le había tratado con amabilidad y le pagaba puntualmente, y al despedirse de él le había estrechado la mano e invitado a regresar. Al cabo de más de veinte años, en la primavera de 1818, Thomas Lincoln aceptó su oferta. Sosteniendo el sombrero entre las manos y con la cabeza gacha, Thomas se presentó en el despacho de Jack Barts y le pidió un préstamo de setenta y cinco dólares, la cantidad que necesitaba para comprar un arado, un caballo de tiro, semillas y «todo cuanto uno necesitaba para cultivar trigo, excepto el sol y la lluvia».

Barts, que «presentaba un aspecto tan campechano y saludable como siempre, con su chaqueta de color violeta de una sola manga», accedió de inmediato. Sus condiciones eran bien simples: Thomas le devolvería noventa dólares (el capital más un veinte por ciento de intereses) no más tarde que el primero de septiembre. Los beneficios que obtuviera sobre esa suma podía quedárselos. El veinte por ciento era más del doble de lo que cualquier banco respetable le habría cobrado. Pero dado que Thomas no poseía técnicamente nada (se había limitado a instalarse tranquilamente en su pequeño terreno en Little Pigeon Creek), no podía ofrecer ninguna garantía subsidiaria..., ni recurrir a otra persona.

Mi padre aceptó las condiciones y comenzó a talar árboles, a arrancar tocones, a arar la tierra y a sembrar semillas a voleo. Era un trabajo agotador. En total, plantó casi tres hectáreas de trigo a mano. Si obtenía treinta celemines por media hectárea (un cálculo razonable), podría devolver a Barts su préstamo y le quedaría algún dinero para que subsistiéramos ese invierno. Al año siguiente plantaría más. Y al otro, contrataría a un jornalero para que le ayudara con el trabajo. Dentro de cinco años, sería el dueño de la explotación agrícola más grande del condado. Dentro de diez años, del estado. Después de sembrar las últimas semillas, mi padre descansó y esperó a que su futuro brotara de la tierra.

Pero el verano de 1818 resultó ser el más cálido y seco que recordaban las gentes del lugar. Cuando llegó julio, apenas quedaba un tallo sano para ser cosechado en todo Indiana. Thomas estaba arruinado.

No tuvo más remedio que vender el arado y el caballo por una cantidad irrisoria. Sin una cosecha que recolectar, apenas valían nada. Demasiado avergonzado para enfrentarse a Barts en persona, Thomas le envió veintiocho dólares junto con una carta fechada el primero de septiembre (que había dictado a Nancy), prometiendo pagarle el resto tan pronto como pudiera. Era cuanto podía hacer. Pero Jack Barts no aceptó el trato.

Dos semanas más tarde, Thomas Lincoln imploró a Barts en voz baja, cada susurro visible en el frío aire nocturno. Hacía unos minutos le había despertado algo. Algo que había rozado su mejilla. La manga de una chaqueta de seda azul. Un puñado de billetes de banco que ascendía a veintiocho dólares. Barts estaba junto al lecho.

Barts no había venido hasta aquí para discutir, sino para advertir a mi padre. Le caía bien. Siempre había simpatizado con él. Por tanto, estaba dispuesto a concederle otros tres días para que reuniera el resto del dinero que le debía. Era un asunto de negocios. Si llegaba a saberse que Jack Barts concedía un trato de favor a personas que le pedían prestado dinero y luego no se lo devolvían, otros podrían negarse a pagarle en la fecha acordada. ¿Y entonces qué sería de él? Acabaría en el asilo de los pobres. No, no. No había nada remotamente personal en ello. Era simplemente una cuestión de solvencia.

Se detuvieron frente al cobertizo, para que sus susurros no despertaran a nadie en la cabaña. Barts se lo preguntó por última vez: «¿Puede devolverme el dinero dentro de tres días?» Thomas agachó la cabeza. «No». Barts sonrió y apartó la cara. «En tal caso...»

Se volvió de nuevo hacia mi padre. Su rostro había desaparecido, sustituido por el de un diablo. Una ventana que daba al infierno. Los ojos negros, la piel blanca y *unos colmillos largos y afilados como un lobo. Que Dios me fulmine ahora mismo si miento.*

«... me lo cobraré por otros medios.»

Abe miró a su padre a través de las llamas de la hoguera.

Sentí terror. Un terror que hizo presa en mi vientre. En mis brazos y piernas. Estaba mareado. Tenía náuseas. No quería oír una palabra más. Ni esta noche ni nunca. Pero mi padre no podía parar. No cuando estaba tan próximo al fin de la historia. El fin que *yo* ya había adivinado, aunque me resistía a creerlo.

—Fue un vampiro quien me arrebató a mi padre...

—No sigas...

—Que se llevó a los Sparr...

—¡Basta!

—Y fue un vampiro quien se llevó a tu...

—¡Vete al infierno!

Thomas rompió a llorar.

Su mera presencia despertó en mí un odio que hasta entonces no había experimentado. Odio hacia mi padre. ¡Hacia mi padre! Me daba asco. Eché a correr a través de la noche por temor a lo que pudiera decir, por lo que pudiera hacer si seguía en su presencia un minuto más. Mi furia me mantuvo alejado de casa durante tres días y tres noches. Dormía en los graneros y cobertizos de los vecinos. Robaba huevos y mazorcas de maíz. Anduve hasta que las piernas me temblaban de la fatiga. Lloraba al pensar en mi madre. Me la habían arrebatado. Mi padre y Jack Barts. Me odiaba a mí mismo por haber sido demasiado pequeño para protegerla. Odiaba a mi padre por revelarme unas cosas tan disparatadas, tan inconcebibles. Sin embargo, sabía que eran ciertas. No puedo explicar por qué lo sabía con tanta certeza, pero lo sabía. Por la forma en que mi padre nos mandaba callar cuando contábamos historias de vampiros. Por los gritos que se oían por las noches, que el viento transportaba. Por las febriles palabras de mi madre al decir «he mirado al diablo a los ojos». Mi padre era un borracho. Un borracho indolente incapaz de mostrar cariño. Pero no era un embustero. Durante esos tres días de ira y dolor, cedí a la locura y reconocí una cosa: que creía en los vampiros. Sí, creía en ellos, y los odiaba a muerte.

Cuando por fin regresé a casa (donde fue recibido por una madrastra atemorizada y un padre silencioso), Abe no dijo una palabra. Fue de inmediato en busca de su diario y escribió una sola frase. Una frase que alteraría de modo radical el rumbo de su vida, y llevaría a una nación en ciernes al borde del desastre.

Juro solemnemente matar a todos los vampiros en Norteamérica.

III

Sarah confiaba en que Abe les leería después de cenar. Se hacía tarde, pero el fuego seguía ardiendo y había tiempo de sobra para que les leyera unas páginas sobre las aventuras de Jonás o la chaqueta de múltiples colores de José. A Sarah le encantaba la forma en que les leía Abe. Ponía tanta vehemencia. Tanta expresividad y claridad. El niño tenía una inteligencia superior a sus años. Unos modales y una dulzura insólitos en un niño. Era, como diría Sarah a William Herndon después del asesinato de su hijastro, «el mejor niño que jamás he conocido».

Pero su Biblia había desaparecido. ¿La había prestado a un vecino y se había olvidado de ello? ¿Se la había dejado en casa del señor Gregson? Sarah la buscó por todas partes. Pero fue en vano. No volvería a ver su Biblia.

Abe la había quemado.

Fue el acto impulsivo de un niño furioso, un acto del que posteriormente se arrepentiría (aunque al parecer no lo bastante como para confesarle a su madrastra la verdad). Años más tarde, Abe trataría de justificarse.

¿Cómo podía yo venerar a un Dios que permitía que existieran [los vampiros]? ¿Un Dios que había permitido que mi madre fuera víctima de la perversidad de semejantes monstruos?* O era incapaz de impedirlo, o era cómplice del crimen. En cualquier caso, no merecía que yo le alabara. Era mi enemigo. Así es como funciona la mente de un niño de once años que está furioso. Que ve el mundo como una elección entre dos certidumbres dispares. Que cree que una cosa «tiene» que ser de una forma o de otra. Me avergüenzo de que ocurriera, sí. Pero no quiero agravar mi vergüenza fingiendo que no ocurrió.

Con su fe destruida, Abe, que a la sazón tenía once años, llevó su determinación más lejos con esta declaración sin fechar (hacia agosto de 1820):

A partir de ahora mi vida se centrará en el estudio rigurozo [sic] y la dedicación. Estudiaré toda clase de materias. Llegaré a ser un guerrero más grande que Alejandro. Mi vida tendrá un solo propósito. Este propósito será el de matar** a tantos vampiros como pueda. Este diario será donde yo escriba sobre matar vampiros. Nadie mas [sic] que yo lo leerá.

---

* No se sabe cómo mató Barts a Nancy Lincoln y a los Sparrow, pero a tenor de la información que aparece en otros pasajes del diario, lo más probable es que les administrara una minúscula dosis de su propia sangre. El método más común consistía en pincharse un dedo y derramar unas gotas en la boca de la víctima mientras dormía. Una cantidad suficiente para producir los efectos secundarios de la transformación (enfermedad, muerte) sin ninguno de sus beneficios duraderos. *(N. del A.)*

** Cabe destacar el uso reiterado de las palabras «matar» y «asesinar» en esas primeras entradas. Más adelante Abe aprendería a utilizar verbos más precisos como «destruir» y «exterminar». *(N. del A.)*

Su afición por los libros, que hasta la fecha había sido meramente voraz, se convirtió en una obsesión. Dos veces a la semana emprendía una caminata de más de una hora hasta la casa de Aaron Stibel, un zapatero que se ufanaba de poseer una biblioteca de unos ciento cincuenta volúmenes, para devolverle el montón de libros que le había prestado y llevarse otros. Acompañaba a su madrastra a Elizabethtown cuando ésta iba a visitar a un pariente, encerrándose en la vivienda, situada en la calle Mayor, de Samuel Haycraft padre, uno de los fundadores de la ciudad, y orgulloso propietario de casi quinientos libros. Abe leía sobre lo oculto; buscaba referencias sobre vampiros en el folclore europeo. Compiló una lista de sus supuestas debilidades, señales y costumbres. Sarah se lo encontraba a menudo dormido a la mesa por la mañana, con la cabeza apoyada sobre una página abierta.

Cuando no se dedicaba a perfeccionar su mente, Abe trataba de perfeccionar su cuerpo. Pasaba el doble de tiempo que antes partiendo leña por las mañanas. Construía largas y serpenteantes tapias. Practicaba su puntería arrojando el hacha contra un árbol. Primero a diez metros. Luego a veinte. Cuando John, su hermanastro, le invitaba a jugar a la guerra, aceptaba en el acto y peleaba con renovada intensidad, dejando a más de un hijo de un vecino con el labio partido. Basándose en la información que había recabado en los libros, Abe talló con un cuchillo una docena de estacas y confeccionó una aljaba para portarlas. También confeccionó un pequeño crucifijo (aunque había declarado que Dios era su «enemigo», por lo visto no se oponía a que le echara una mano). Solía llevar bolsitas que contenían ajo y semillas de mostaza. Afiló su hacha hasta que la hoja «deslumbraba a todo el que la contemplaba». Por las noches, soñaba con la muerte. Que capturaba a sus enemigos y les clavaba una estaca en el corazón. Que les cortaba la cabeza. Con gloriosas batallas. Años más tarde, cuando los nubarrones de la Guerra Civil se cernían sobre el horizonte, Abe recordaría esa sed de sangre que experimentó en su juventud.

Hay dos clases de hombres que desean la guerra: aquellos que no tienen la menor intención de participar en ella, y aquellos que no tienen la menor idea de lo que ésta significa. De mis años mozos puedo afirmar decididamente que pertenecía al segundo grupo. Deseaba librar esa «guerra» contra los vampiros, sin conocer sus consecuencias. Sin saber lo que se siente al sostener entre tus brazos a un amigo moribundo o enterrar a un hijo. Ningún hombre que haya visto el rostro de la muerte la busca por segunda vez.

Pero en el verano de 1821, Abe aún no había aprendido estas lecciones. Ansiaba librar su guerra contra los vampiros, y tras varios meses de riguroso estudio y ejercicio, estaba preparado para disparar la primera salva.

Escribió una carta.

IV

Abe era muy alto para un chico de doce años. Medía lo mismo que su padre, un metro setenta y cinco de estatura, y Thomas se consideraba alto. Al igual que su infortunado abuelo, los buenos genes y los años de trabajo le habían convertido en un chico extraordinariamente fuerte.

Era un lunes, «uno de esos días estivales que sólo se ven en Kentucky, luminoso y verde; la brisa era cálida y estaba saturada de semillas de dientes de león». Abe y Thomas estaban sentados sobre el cobertizo más pequeño, reparando el tejado que los rigores del invierno habían deteriorado. Trabajaban en silencio. Aunque el odio de Abe se había atenuado, seguía sintiéndose incómodo en presencia de su padre. Una entrada en su diario fechada el 2 de enero de 1843 (poco después de que naciera Robert, el hijo de Abe), arroja luz sobre la naturaleza de su rencor.

La edad me ha atemperado en muchos aspectos, pero en este punto no he cambiado. ¡Detesto las flaquezas de mi padre! ¡Su ineptitud! Fue incapaz de proteger a su familia. Sólo pensaba en sus propias necesidades, dejando que los demás se las arreglaran solos. Debió coger a su familia y trasladarnos a un territorio lejano. Debió pedir a nuestros vecinos un pequeño anticipo a cambio de futuros trabajos. Pero no hizo nada. Se limitó a permanecer cruzado de brazos. En silencio. Confiando en su fuero interno en que de alguna forma, por algún milagro, sus problemas desaparecerían sin más. No es preciso abundar en el tema, baste decir que de haber sido otro tipo de hombre, ella aún seguiría a mi lado. Esto no puedo perdonárselo.

Cabe decir en su favor que Thomas comprendía y aceptaba su condena. No había vuelto a mencionar la palabra «vampiro» desde esa noche. Ni insistía a Abe para que le hablara.

Ese lunes por la tarde Sarah se había llevado a las niñas para que la ayudaran a limpiar la casa del señor Gregson, y John libraba una de sus guerras imaginarias. Los dos Lincoln se afanaban en reparar el tejado cuando se aproximó un caballo en el que iba montado un niño. Un niño regordete vestido con una chaqueta de color verde. O quizá se tratara de un hombre muy bajo. Un hombre bajo que lucía gafas oscuras y era... manco.

Era Jack Barts.

Thomas dejó su martillo, sintiendo que el corazón le latía con violencia al pensar en lo que Barts venía a exigirle. Cuando se bajó del tejado y fue a recibir al inesperado visitante, Abe casi había alcanzado la cabaña. Barts entregó a Thomas las riendas de su caballo y desmontó con cierta dificultad, apoyándose en el pomo de la silla con su único brazo mientras trataba de apoyar sus gruesas piernas en el suelo. Después de conseguirlo, sacó del bolsillo de su chaqueta un abanico, que utilizó para refrescarse la cara. Thomas observó que no tenía una gota de sudor en el rostro.

—Hace un calor espantoso..., horrible.

—Señor Barts, yo...

—Confieso que su carta me sorprendió, señor Lincoln. Fue una grata sorpresa, desde luego. Pero una sorpresa.

—¿Mi carta, señor Ba...?

—De haberla escrito antes, quizá la desavenencia que tuvimos pudo haberse evitado. Fue algo terrible... terrible...

Thomas estaba demasiado confundido para ver a Abe caminar hacia ellos portando un objeto alargado de madera.

—Disculpe mis prisas —dijo Barts—, pero debo partir de inmediato. Tengo que hacer una gestión en Louisville esta misma noche.

A Thomas no se le ocurría qué decir. Estaba ofuscado.

—¿Bien? ¿Lo tiene, señor Lincoln?

Abe se acercó a ellos, sosteniendo una caja alargada, tallada a mano, con una tapa de bisagra. Un pequeño ataúd para un cadáver menudo. Se detuvo junto a su padre, frente a Barts, a quien le pasaba varios palmos. Le miró con desprecio.

—Qué extraño —dijo Abe, rompiendo el silencio—. No esperaba que se presentara de día.

Ahora era Barts quien se mostraba confundido.

—¿Quién es este niño?

—Mi hijo —respondió Thomas, aterrorizado.

—Está todo aquí —dijo Abe, mostrándole la caja—. Los cien dólares, tal como indicaba la carta.

Thomas estaba seguro de haber oído mal. Sin duda se trataba de un sueño. Barts miró a Abe con recelo. Desconcertado. Al fin sonrió.

—¡Santo Dios! —dijo—. ¡Por un momento pensé que nos habíamos vuelto todos locos!

Se echó a reír. Abe levantó la tapa, lo suficiente para introducir la mano debajo de ella.

—Buen chico —dijo Barts, riendo de buena gana—. Anda, dámelo.

Alzó la mano y me pasó sus rollizos dedos por el pelo. Yo pensé tan sólo que mi madre solía hacer eso cuando me leía en voz alta. Sólo pensé en su dulce rostro. Miré furioso a ese hombre. A ese monstruo. Me eché también a reír mientras mi padre observaba la escena impotente; sentí un fuego que se extendía a través de mi pecho. Sentí la estaca de madera en mi mano. Podía hacer lo que quisiera. Era un dios.

Éstos son los últimos segundos de tu vida.

No recuerdo habérsela clavado; sólo recuerdo que lo hice. Su risa cesó bruscamente y retrocedió un paso. Sus ojos se tornaron negros en pocos segundos, como si unos tinteros dentro de sus pupilas se hubieran roto de pronto, derramando el contenido detrás de sus gafas. Sus colmillos descendieron y observé una sutil telaraña azul debajo de su piel. Hasta ese momento había tenido algunas dudas. Pero ahora lo vi con mis propios ojos. Ahora estaba seguro.

Los vampiros eran reales.

Barts levantó los brazos, agarrando instintivamente con su mano menuda y rolliza la estaca. Su rostro aún no reflejaba temor. Sólo perplejidad, como si tratara de descifrar cómo era posible que ese objeto estuviera clavado en su cuerpo. Por fin se tambaleó y cayó al suelo, sentado, permaneciendo así unos momentos hasta desplomarse hacia atrás. Soltó la estaca y su brazo cayó junto a él.

Yo le rodeé, preguntándome cuándo me atacaría. Preguntándome cuándo soltaría una carcajada ante la futilidad de lo que yo acababa de hacer y me abatiría. Sus ojos me seguían. Eran lo único que se movía. Mostraban temor. Se moría... y estaba asustado. El poco color que le quedaba se disipó, y de sus fosas nasales y las comisuras de su boca brotó una sangre oscura y espesa. Al principio era un hilo de sangre..., pero pronto se convirtió en un torrente que se deslizaba por sus mejillas y se acumulaba en sus ojos. Más cantidad de sangre de la que yo había imaginado que pudiera brotar. Vi su alma (suponiendo que poseyera una) abandonar su cuerpo. Despidiéndose de forma imprevista y aterrorizada de una larguísima existencia, sin duda llena de dicha, dolor, contratiempos y triunfos. Llena de momentos demasiado hermosos para compartirlos. Demasiado dolorosos para evocarlos. Todo había terminado, y estaba aterrorizado. Aterrorizado por el vacío que le aguardaba. O, peor aún, por el castigo.

Al cabo de unos instantes murió. Supuse que las lágrimas aflorarían a mis ojos. Que sentiría remordimientos por lo que había hecho. Confieso que no sentí nada. Sólo lamenté que no hubiera sufrido más.

Thomas no salía de su estupor.

—Pero ¿qué has hecho? —exclamó tras un angustioso silencio—. Nos has matado.

—Al contrario... le he matado a él.

—Vendrán otros.

Abe había empezado a alejarse.

—En tal caso, necesitaré más estacas.

3

Henry

Es la eterna lucha entre estos dos principios —el bien y el mal— que se libra en todo el mundo. Dos principios antagónicos que luchan entre sí desde los albores del tiempo; y seguirán luchando.

Abraham Lincoln, debatiendo con Stephen A. Douglas
15 de octubre de 1858

I

El temor había invadido el sureste de Indiana durante el verano de 1825. Tres niños habían desaparecido en el espacio de seis semanas desde principios de abril. El primero, un niño de siete años llamado Samuel Greene, había desaparecido cuando jugaba en el bosque cerca de la granja de su familia en Madison, una pujante población a orillas del Ohio. Salieron varias partidas de rescate en su busca. Dragaron las charcas. Pero no hallaron rastro del niño. Al cabo de menos de dos semanas, antes de que los habitantes de Madison abandonaran toda esperanza de encontrar al niño con vida, Gertrude Wilson, una niña de seis años, desapareció de su cama en plena noche. La alarma dio paso al pánico. Los padres no dejaban que sus hijos salieran de casa. Los vecinos se acusaban entre sí, mientras transcurrían tres semanas sin novedad. De improviso, el 20 de mayo, desapareció el tercer niño, no de Madison, sino de Jeffersonville, una población a treinta kilómetros río abajo. En esta ocasión hallaron el cadáver a los pocos días, junto con otros dos. Un cazador hizo el macabro descubrimiento al seguir a sus perros hasta una pequeña hondonada en el bosque, donde yacían los tres cadáveres retorcidos, cubiertos apresuradamente con maleza. Sus cuerpos presentaban una anómala descomposición, casi desprovistos de color. Cada uno de los rostros era una máscara de terror con los ojos abiertos.

Ese verano Abe Lincoln tenía dieciséis años, y su determinación de «matar a todos los vampiros de Norteamérica» había tenido un comienzo poco propicio. Los temores de su padre habían resultado infundados. No había aparecido ningún vampiro para vengar a Jack Barts. De hecho, en los cuatro años desde que había clavado una estaca en el pecho de Barts, Abe, por más que seguía buscándolos, no había vuelto a ver a un vampiro. Había pasado numerosas noches persiguiendo gritos lejanos que transportaba el viento y vigilando las fosas recién excavadas por si un vampiro, tal como sugería el folclore, se acercaba para chupar la sangre del cadáver. Pero sin más ayuda que viejos libros y mitos con que guiarse, y un padre que se negaba a ayudarle, Abe había pasado esos cuatro años en un estado de constante frustración. No podía hacer otra cosa que seguir ejercitándose. Había alcanzado una estatura de un metro noventa, y cada centímetro cuadrado de su cuerpo se componía de músculo. Era capaz de derrotar a cualquiera en una pelea y correr más deprisa que la mayoría de hombres que le doblaban la edad. Podía clavar la hoja de un hacha en un árbol a más de treinta metros de distancia. Podía arrastrar un arado a la misma velocidad que un caballo de tiro, y levantar un tronco de más de cien kilos por encima de su cabeza.

Lo que no sabía era coser. Después de dedicar varias semanas a tratar de confeccionarse una «chaqueta de caza» larga, la cual se había caído a pedazos después de ponérsela un par de veces, había cejado en su intento y había pagado a una modista para que se la hiciera (no se lo había pedido a su madrastra por temor a que ésta le hiciera la pregunta obvia de por qué necesitaba esa chaqueta). La larga chaqueta negra estaba forrada con un tejido grueso sobre el pecho y estómago, y en los bolsillos interiores cabía todo tipo de cuchillos, dientes de ajo y una botella de agua bendita, que él mismo había bendecido. Portaba su aljaba de estacas a la espalda, y un grueso collarín de cuero, que había encargado a un curtidor de Elizabethtown, alrededor del cuello.

Cuando llegó a Little Pigeon Creek la noticia del descubrimiento de los cadáveres retorcidos, Abe partió de inmediato hacia el río.

Dije a mi padre que había encontrado trabajo en una chalana que se dirigía a Nueva Orleans, y que regresaría dentro de seis semanas con una paga de veinte dólares. Lo hice pese a que no había recibido ninguna oferta de trabajo, y pese a que no tenía ni idea de dónde sacaría el dinero. Fue lo único que se me ocurrió para que mi padre me autorizara a ausentarme tanto tiempo.

En contra de su imagen infaliblemente «honesta», Abe no tenía reparos en mentir siempre que fuera por un propósito noble. Ésta era la oportunidad que llevaba esperando desde hacía cuatro largos años. La oportunidad de poner a prueba sus aptitudes. Sus instrumentos. La oportunidad de regocijarse al observar cómo un vampiro se desintegraba a sus pies. De ver el terror pintado en sus ojos.

Había rastreadores mucho más hábiles que Abraham Lincoln. Hombres con más conocimientos del Ohio. Pero no había un ser humano en Kentucky ni Indiana con un conocimiento más profundo de desapariciones misteriosas y asesinatos sin resolver.

Cuando me enteré de la descripción de los cadáveres hallados en Jeffersonville, comprendí en el acto que el responsable de esos crímenes era un vampiro, y sospeché adónde se dirigía. Recordé haber leído sobre un caso similar en la obra titulada *On the History of the Mississippi River*, de Dugre, el cual había desconcertado a los colonos durante casi cincuenta años. Unos niños habían desaparecido de sus lechos en pequeñas poblaciones situadas a orillas del río, empezando en Natchez y continuando hasta Donaldsonville. De norte a sur. Los cadáveres habían sido hallados en grupos a lo largo del río, en avanzado estado de descomposición. Todos presentaban un rasgo anómalo, pues mostraban tan sólo pequeños cortes en sus extremidades. Al igual que ese vampiro, yo habría apostado a que éste se dirigía hacia el sur con la corriente. Asimismo, habría apostado a que se hallaba a bordo de un barco. Y si se hallaba a bordo de un barco, más pronto o más tarde llegaría a Evansville.

Allí fue donde Abe le esperaba la noche del jueves, 30 de junio de 1825, oculto detrás de los matorrales en las arboladas orillas del Ohio.

Por fortuna había luna llena, la cual revelaba cada detalle de la noche: la bruma que se deslizaba sobre la superficie del río, las gotas de rocío sobre las hojas de mi escondite, las siluetas de los pájaros que dormían en la rama de un árbol, y la chalana amarrada a menos de treinta metros de donde me ocultaba. Su aspecto no era distinto de cualquiera de las pequeñas chalanas que navegaban aguas arriba y abajo: doce metros por cuatro; construidas con toscos tablones de madera; un tercio de su cubierta ocupada por espacios cubiertos a modo de camarotes. Pero mis ojos habían permanecido fijos en esta embarcación durante horas, pues estaba seguro de que en su interior había un vampiro.

Abe había pasado varios días observando las barcazas que llegaban a Evansville. Había estudiado a todos los hombres que habían pisado tierra en busca de algunos de los signos sobre los que había leído y que servían para delatar a los vampiros: la tez pálida, el afán de evitar la luz del sol, el temor a los crucifijos. Incluso había seguido a algunos tripulantes «sospechosos» mientras atendían sus asuntos en la ciudad. Al final, fue la chalana que no se detuvo la que suscitó sus sospechas.

Yo estaba a punto de retirarme. Casi había anochecido, y cualquier barco que remontara el río atracaría durante la noche. De pronto la vi. La silueta de una chalana que pasó frente a mí, apenas visible en la oscuridad. No dejaba de ser curioso que un barco pasara frente a una de las poblaciones de mayor actividad en este tramo del río sin atracar. Y aún más curioso que lo hiciera de noche.

Abe echó a correr por la orilla del río, decidido a seguir a la extraña embarcación (la cual, según observó, nadie pilotaba) durante el tiempo que pudiera.

Debido a las lluvias torrenciales la corriente fluía más deprisa, por lo que me costó seguir la chalana. Se me escapaba continuamente, y cuando desapareció al doblar un recodo en el río, temí haberla perdido para siempre.

Pero al cabo de media hora de correr casi sin parar, Abe alcanzó la embarcación. Había atracado en la ribera a pocos kilómetros de la población; tenía una pequeña pasarela que conducía de la cubierta a tierra. Abe se situó a una distancia prudencial e inició una vigilia que duró toda la noche. Las horas transcurrían y el chico estaba hambriento y agotado, pero no se movió de su puesto de guardia.

Había permanecido inmóvil durante tanto rato que temí que mis piernas no me respondieran cuando las necesitara.

Pero no me atrevía a moverme hasta ver al vampiro. Hasta que viera a esa extraña criatura salir del lugar donde dormía. Miré el hacha que sostenía en las manos para asegurarme de que seguía allí. Temblaba de impaciencia por verla volar hacia el pecho del vampiro. Observar el terror en su rostro cuando por fin abandonara este mundo.

Se oyó un leve murmullo de hojas y crujir de ramas procedente del norte. Alguien se acercaba, caminando a través del bosque por la ribera. Abe procuró controlar su respiración. Sintió el mango del hacha en su mano derecha. Imaginó el sonido que haría al atravesar piel, huesos y pulmones.

Llevaba muchas horas esperando a que apareciera. No se me ocurrió que quizás el vampiro ya hubiera abandonado la embarcación. No me importaba. Sostuve mi hacha con firmeza y esperé a verlo aparecer.

El «vampiro» resultó ser una mujer menuda que llevaba un vestido negro y un sombrero del mismo color. La forma de su cuerpo indicaba que era una anciana, aunque caminaba por la accidentada ribera con paso ágil.

La posibilidad de que se tratara de una mujer no se me había ocurrido, y menos una anciana. De pronto comprendí con meridiana claridad que lo que hacía era una locura. ¿Qué pruebas tenía, aparte de la sospecha de que esa chalana era de un vampiro? ¿Acaso iba a matar a la persona a quien pertenecía confiando en que mi teoría fuera acertada? ¿Estaba dispuesto a decapitar a esa anciana sin estar completamente seguro?

Abe no tuvo que plantearse esos interrogantes durante mucho tiempo, pues cuando la mujer se aproximó, vio que llevaba algo en sus brazos. Algo blanco.

Era un niño.

La observé transportar al niño en brazos a través del bosque [y] encaminarse hacia el barco. El pequeño no tendría más de cinco años, llevaba un camisón de color blanco y sus brazos y piernas colgaban al aire. Vi sangre en el cuello de su camisón. En las mangas. Yo no podía atacar a la vieja desde esta distancia, por temor a que la hoja del hacha matara al niño (suponiendo que estuviera vivo).

Abe observó a la mujer vampiro alcanzar la chalana y echar a andar por la pequeña pasarela, pero se detuvo a medio camino.

Se puso rígida. Olfateó al aire, como yo había visto hacer a los animales cuando captaban el olor a peligro. Miró hacia el otro lado de la ribera, escudriñando la oscuridad, y luego se volvió hacia mí.

Abe se quedó helado, sin mover un músculo. Tras cerciorarse de que no acechaba ningún peligro, la anciana atravesó la pasarela y subió a la chalana.

Sentí náuseas. Furia, más contra mí mismo que contra la vieja. ¿Cómo había sido capaz de quedarme sentado y permitir que esa mujer se llevara al niño? ¿Cómo había sido capaz de dejar que algo tan nimio como el temor —tan insignificante como mi propia vida— me impidiera cumplir con mi deber? ¡No! ¡No, era preferible morir a manos de esa vieja que de vergüenza! Salí de mi escondrijo y eché a correr hacia el río. Hacia la chalana. La anciana oyó en el acto mis pasos, me localizó y dejó caer al niño sobre la cubierta. ¡Ésa era mi oportunidad! Alcé el hacha y la arrojé. La vi volar hacia ella. Pese a su aspecto, la vieja era muy ágil y logró esquivar la trayectoria de mi hacha, condenándola al fondo del Ohio. Seguí avanzando a la carrera, convencido de que mi fuerza y destreza me permitirían salir airoso de la empresa. Convencido de que no había alternativa. Saqué de los bolsillos de mi chaqueta dos cuchillos de caza, sosteniendo uno en cada mano. La anciana me esperaba, con esas manos como garras extendidas. Sus ojos eran negros como su sombrero. Por fin alcancé la pasarela. Me abalancé hacia ella, pero la vieja me asestó un zurriagazo como un caballo que golpea a una mosca con la cola y quedé derribado sobre la cubierta, sin aliento. Me coloqué boca arriba, sintiendo que me dolía todo el cuerpo, sosteniendo los cuchillos ante mí para mantener a la vieja a raya. Pero ésta los agarró por las hojas y me los arrebató, dejándome sólo mis puños con los que defenderme. Me levanté de un salto y me precipité sobre la vieja arpía, tratando de vencerla a puñetazos. Pero era como si tuviera los ojos vendados, pues la vampira lograba esquivar todos mis golpes con pasmosa facilidad. De pronto sentí un dolor lacerante en el vientre y estuve a punto de caer sobre el niño que dormía en el suelo.

La fuerza de los puños de la vampira había partido a Abe varias costillas. Éste se tambaleó cuando la vieja volvió a golpearle en la barriga otra vez..., y otra. Abe comenzó a toser, arrojándole unas gotas de sangre a la cara.

La vampira se detuvo, tocándose la mejilla con un dedo inmundo y lamiéndoselo. «Deliciosa», dijo sonriendo. Me esforcé en conservar el equilibrio, sabiendo que si volvía a caerme, sería la última vez. Pensé en mi abuelo, en cómo el vampiro le había destrozado la cara con los puños. En que no había conseguido devolverle un golpe. Yo me negaba a correr la misma suerte. Aprovechando la pausa que hizo la vieja, saqué de mi chaqueta la última arma que me quedaba, un pequeño cuchillo. Me arrojé sobre ella sacando fuerzas de flaqueza y se lo clavé en el vientre. Esto no hizo sino aumentar su regocijo, pues me agarró por la muñeca y me la pasó sobre su tripa, riendo mientras se rajaba. De pronto sentí que me alzaba en volandas; sentí sus manos alrededor de mi cuello. Durante un instante sentí que me ahogaba. La vampira me sostuvo la cabeza bajo el agua, con la espalda apretada contra el costado del barco. Me puse a patalear. No podía hacer otra cosa que contemplar su rostro. Sus arrugas alisadas por el agua. Luego dejé de resistirme, y me invadió una extraña alegría. Pronto acabaría todo y descansaría al fin. Esos ojos negros mudaron de forma cuando las aguas empezaron a calmarse. Cuando yo empecé a calmarme. No tardaría en reunirme con mi madre. Era de noche.

Entonces apareció él.

Abe apenas estaba consciente cuando la vieja desapareció de nuevo hacia el interior del barco. Sus manos ya no le aferraban por el cuello, y se hundió suavemente hacia el fondo del río.

Fue la mano de Dios la que me sacó de las profundidades del río. Él me depositó en la cubierta de la pequeña embarcación junto al niño que dormía vestido con un camisón blanco. Tumbado en el suelo, observé el desarrollo de la escena al tiempo que recobraba y volvía a perder el conocimiento. Oí gritar a la mujer: «¡Traidor!» Vi la silueta de un hombre forcejeando con ella. Vi la cabeza de la vampira caer sobre la cubierta, delante de donde me hallaba postrado. Su cuerpo no estaba unido a ella. Luego no vi nada más.

II

«Con frecuencia, para llevarnos a la perdición, los agentes de las tinieblas nos dicen verdades, y nos conquistan con simples pequeñeces para arrastrarnos a las consecuencias más terribles...»*

Me desperté en una habitación sin ventanas junto a un hombre que leía a la luz de un quinqué. Tenía unos veinticinco años, era delgado, con el pelo negro y largo hasta los hombros. Al ver que me había despertado, dejó de leer e insertó un punto de lectura entre las páginas de un grueso volumen encuadernado en cuero. Yo le hice la única pregunta que me preocupaba. La única que había turbado mis sueños.

---

* *Macbeth* (Acto I, Escena 3).

—El niño..., ¿está...?

—A salvo. Donde puedan encontrarlo.

Su acento no revelaba unos orígenes concretos. ¿Era inglés? ¿Norteamericano? ¿Escocés? Estaba sentado a mi lado en una butaca de respaldo alto tallado en filigrana, una pierna enfundada en su pantalón oscuro cruzada sobre la otra, las mangas de su camisa azul arremangadas hasta el codo, y un pequeño crucifijo de plata colgado alrededor del cuello. Cuando mis ojos se adaptaron a la penumbra, distinguí la forma de la habitación a la luz del quinqué. Las paredes parecían construidas con piedras amontonadas unas sobre otras; el espacio entre ellas, relleno de arcilla. En cada una colgaban no menos de dos cuadros en marcos de oro; en algunas hasta seis. Escenas de mujeres nativas con los pechos desnudos acarreando agua del río. Paisajes inundados de sol. El retrato de una joven pendía junto al de una anciana, cuyos rasgos guardaban un asombroso parecido con los de la joven. Vi mis pertenencias colocadas con esmero sobre una cómoda en la otra esquina de la habitación. Mi chaqueta. Mis cuchillos. Mi hacha, rescatada milagrosamente del fondo del Ohio. Alrededor de ellas, algunos de los muebles más elegantes que había visto jamás. ¡Y libros! Montañas de libros de diversos grosores y encuadernaciones.

—Me llamo Henry Sturges —dijo—. Ésta es mi casa.

—Abraham... Lincoln.

—El «padre de muchos». Encantado de conocerte.

Traté de incorporarme, pero sentí un dolor tan intenso que estuve a punto de desmayarme. Permanecí tendido boca arriba y miré hacia abajo. Tenía el pecho y el estómago cubiertos de húmedos vendajes.

—Disculpa por haber invadido tu privacidad, pero estabas herido. No te alarmes por el olor. He humedecido tus vendajes con diversos aceites, todos excelentes para que cicatricen las heridas, te lo aseguro. Aunque me temo que no son tan beneficiosos para los sentidos.

—¿Cómo...?

—Llevas aquí dos días y dos noches. Debo decir que las primeras doce horas fueron críticas. No estaba seguro de si te despertarías. El hecho de que hayas sobrevivido demuestra que tienes una salud de...

—No..., ¿cómo consiguió matarla?

—Ah, no tuve ninguna dificultad. La vieja estaba muy débil.

Me pareció absurdo que dijera eso a alguien cuyo cuerpo había quedado destrozado por la «debilidad» de la vieja arpía.

—Y, debo añadir, que estaba empeñada en ahogarte. En ese sentido, tengo una deuda de gratitud contigo por haberla distra... ¿Me permites que te haga una pregunta?

El extraño interpretó mi silencio como un «sí».

—¿A cuántos vampiros has matado?

El hecho de oír a un extraño pronunciar esa palabra me chocó. Hasta ese día no había oído a nadie, salvo a mi padre, referirse a ellos como si fueran seres reales. Durante unos instantes pensé en jactarme de mis proezas, pero respondí con sinceridad.

—A uno —contestó Abe.
—Ya..., eso me cuadra.
—¿Y usted, señor, a cuántos ha matado?
—A uno.

No tenía sentido. ¿Cómo era posible que alguien con tal destreza, que había matado a una vampira con tanta facilidad, tuviera tan poca práctica?

—¿No es usted un... cazador de vampiros?

Henry soltó una sonora carcajada ante semejante ocurrencia.

—Te aseguro que no. Aunque sería una interesante elección de oficio, desde luego.

En mi estado de confusión, tardé unos momentos en captar el significado de sus palabras. Cuando lo comprendí, cuando asimilé en mi piel la realidad, me sentí a un tiempo aterrorizado y furioso. Ese hombre había matado a la vampira. No para salvarme de la muerte, sino para apoderarse de mí. De pronto dejé de sentir dolor. Lo único que sentí fue el fuego que ardía en mi pecho. Traté de golpearle con todas mis fuerzas, con toda mi furia. Pero mis brazos se detuvieron bruscamente antes de que pudiera alcanzarle el cuello. El extraño me había atado las muñecas. Me puse a gritar frenéticamente. Tiré de mis ataduras hasta ponerme rojo como un tomate. Estaba enloquecido. Henry me miró sin pestañear, sin mostrar la más mínima consternación.

—Sí —dijo—. Supuse que reaccionarías así.

III

Durante dos días y dos noches, me negué a decir una palabra. Me negué a comer, a dormir, a mirar a mi anfitrión a los ojos. ¿Cómo podía hacerlo, sabiendo como sabía que podía morir en cualquier momento, sabiendo que un vampiro (¡mi enemigo mortal!, ¡el asesino de mi madre!) nunca se alejaba más que unos pasos? ¿Cuánta sangre me había succionado mientras yo dormía? Oía sus zapatos subir y bajar por una escalera de madera. Oía los crujidos y chirridos de una puerta al abrirse y cerrarse. Pero no oía ningún sonido del mundo exterior. Ni el canto de un pájaro. Ni las campanas de una iglesia. No sabía si era de día o de noche. Mi única forma de medir el tiempo era por el sonido de una cerilla al encenderse. Por el calor de la estufa. Por el sonido de la tetera cuando hervía el agua. Cada cuatro horas, Henry entraba en la habitación con un humeante cuenco de caldo, se sentaba junto a mi cama y se ofrecía para dármela a cucharadas. Yo me apresuraba a negarme. Tras aceptar mi negativa con la misma prontitud, Henry tomaba un volumen de las *Obras selectas de William*

Shakespeare y seguía leyendo donde lo había dejado. Éste era nuestro pequeño juego. Durante dos días, me negué a comer y a escuchar. Durante dos días, Henry siguió cocinando y hablando. Mientras él leía, yo trataba de entretenerme pensando en cosas triviales. Canciones o historias que me inventaba. Lo que fuera con tal de no dar a este vampiro la satisfacción de estar pendiente de él. Pero al tercer día, momentáneamente abrumado por el hambre, cambié de actitud cuando Henry me ofreció una cucharada de caldo. Juré que sólo aceptaría la primera. Lo suficiente para aplacar mis retortijones, nada más.

Al final comió tres cucharadas seguidas. Cuando por fin se sintió saciado, Henry y él guardaron silencio «durante lo que me pareció una hora», hasta que Abe preguntó:

—¿Por qué no me ha matado?

Me asqueaba mirarlo. Su amabilidad no me impresionaba. Me tenía sin cuidado que me hubiera salvado la vida. Que hubiera curado mis heridas y me hubiera dado de comer. Me tenía sin cuidado quién era. Sólo me importaba lo que era.

—Dime, ¿qué motivo tendría para matarte?

—Es un vampiro.

—¿De modo que eres capaz de leer en mi rostro lo que soy? ¿Acaso no tengo la mente de un hombre? ¿Acaso no tengo las mismas necesidades? ¿La necesidad de comer, vestirme y sentirme reconfortado? No nos juzgues a todos por el mismo rasero, Abraham.

Entonces fui yo quien no pudo evitar soltar una carcajada.

—¡Se expresa como alguien que no necesita asesinar para «alimentarse»! ¡Cuyas «necesidades» no consisten en dejar a los hijos sin madres!

—Ah —respondió Henry—. ¿De modo que fue uno de mi especie quien te arrebató a tu madre?

Perdí los estribos. Lo dijo con una tranquilidad, con una crueldad... Enloquecí de nuevo. Traté de golpearle, y derribé el cuenco de sopa sobre el suelo de piedra. Se rompió en mil pedazos. De no haber estado maniatado, le habría arrancado la cara.

—¡No vuelva a hablar de ella! ¡Jamás!

Henry esperó a que se me pasara el arrebato, tras lo cual se arrodilló en el suelo y recogió los fragmentos del cuenco que se había hecho añicos.

—Perdóname —dijo Henry—. Hace mucho que yo tenía tu edad. He olvidado las pasiones de la juventud. Procuraré medir más mis palabras.

Después de recoger los últimos pedazos, Henry se levantó y se alejó unos pasos, pero al llegar a la puerta se detuvo.

—Pregúntate..., ¿acaso somos tan distintos tú y yo? ¿No somos ambos sirvientes involuntarios de mi condición? ¿No perdimos ambos algo valioso a causa de ella? ¿Tú a tu madre, yo una vida?

Tras estas palabras salió, dejándome sumido en mi furia. Le grité: «¿Por qué no me ha matado?» Su sosegada respuesta provino de la habitación contigua: «Algunas personas, Abraham, son demasiado interesantes para matarlas».

IV

Abe mejoraba de sus lesiones de día en día. Comía con apetito, y escuchaba a Henry leerle pasajes de Shakespeare con creciente interés.

Aunque el mero hecho de verlo tenía la facultad de suscitar en mí ira o temor, esta facultad se fue debilitando conforme mi cuerpo recobraba las fuerzas. Henry me soltaba las ataduras para que pudiera comer. Dejaba libros junto a mi cama para que pudiera leer a solas. A medida que fui conociendo su mente, empecé a considerar la posibilidad de que no tuviera ninguna intención de matarme. Hablábamos sobre libros. Sobre las grandes ciudades del mundo. Incluso hablábamos sobre mi madre. Principalmente, hablábamos sobre vampiros. Sobre este tema, yo tenía más preguntas que hacerle que palabras con que formularlas. Deseaba saberlo todo. Durante cuatro largos años, había avanzado a tientas por la oscuridad, basándome en suposiciones, y confiando en que la Providencia me condujera ante un vampiro. Por fin tenía la posibilidad de averiguar todo cuanto deseaba saber: cómo era posible que se alimentaran sólo de sangre. Si tenían un alma. Cómo habían comenzado a existir.

Por desgracia, Henry no tenía respuesta a ninguna de esas preguntas. Como la mayoría de vampiros, había dedicado mucho tiempo a obsesionarse sobre su «linaje» con el fin de descubrir «al primer vampiro», confiando que ese descubrimiento conduciría a una verdad más profunda, quizás incluso a un remedio. Y como todos los que lo habían intentado antes que él, había fracasado. Incluso el más inteligente de los vampiros sólo es capaz de remontarse dos o tres generaciones. «Esto —me explicó Henry— se debe a nuestra naturaleza solitaria.»

A decir verdad, los vampiros apenas alternan con otras personas, y casi nunca entre sí. La falta de sangre con que alimentarse propicia una feroz competencia, y su estilo de vida nómada impide que formen lazos duraderos. En algunos casos, raros, operan en parejas o grupos, pero estas alianzas suelen ser fruto de la desesperación, y casi siempre son temporales.

—En cuanto a nuestra ascendencia —dijo Henry—, me temo que permanecerá envuelta para siempre en el misterio. Algunos creen que comenzamos como un espíritu malvado o un demonio, que pasamos de una desdichada alma a otra. Una maldición que se propaga a través de la sangre. Otros creen que debemos nuestra ascendencia al mismo diablo. Y otros, entre los que me cuento, creen que nuestra «maldición» no comenzó nunca, que los vampiros y el hombre son simplemente animales distintos. Dos especies que han coexistido desde que Adán y Eva fueron expulsados del paraíso. Una raza está dotada de una habilidad superior y determinados años de vida; la otra es más frágil y efímera, pero está dotada de un número superior. La única certeza es que nunca lo sabremos con certeza.

No obstante, en cuanto a la experiencia de ser un vampiro, Henry poseía multitud de conocimientos. Tenía el don de explicar su condición de tal forma que yo, pese a mi juventud, era capaz de entenderlo. El don de humanizar la noción de la inmortalidad.

—Los hombres vivos están limitados por el tiempo —dijo—. Por tanto, su vida posee una urgencia. Esto les hace ambiciosos. Hace que elijan las cosas que son más importantes; se aferran con fuerza a aquello que tiene valor para ellos. Sus vidas tienen estaciones, y ritos de iniciación, y consecuencias. Y en última instancia, un fin. Pero ¿qué es una vida sin esa urgencia? ¿Qué ocurre entonces con la ambición? ¿Con el amor?

»Los primeros cien años son excitantes, sí. El mundo nos ofrece la infinita posibilidad de satisfacer todos nuestros caprichos. Aprendemos el arte de alimentarnos, aprendemos dónde lanzar nuestras redes y cómo disfrutar al máximo de nuestra captura. Recorremos todo el mundo, contemplando a la luz de la luna los portentos de la civilización; amasamos pequeñas fortunas por medio de robar objetos valiosos a nuestras innumerables víctimas. Satisfacemos todos los deseos de la carne... Sí, es muy divertido.

»Al cabo de cien años de conquista, nuestros cuerpos están saciados hasta el punto de reventar, pero nuestras mentes están ávidas de conocimientos. Entonces solemos desarrollar una gran resistencia a los efectos nocivos de la luz del sol. Por consiguiente, el mundo de los vivos ya no está fuera de nuestro alcance, y podemos experimentar todo cuanto la oscuridad nos ha hurtado durante nuestro primer siglo. Frecuentamos las bibliotecas, diseccionamos a los clásicos; contemplamos las grandes obras de arte del mundo con nuestros propios ojos. Nos dedicamos a la música y la pintura, a escribir poesía. Regresamos a nuestras ciudades más amadas para experimentarlas de nuevo. Nuestras fortunas se incrementan. Nuestros poderes se intensifican.

»Pero cuando llega el tercer siglo, la embriaguez que nos ha producido la eternidad comienza a mermar. Hemos satisfecho todo deseo imaginable. Hemos experimentado la emoción de cobrarnos una vida infinitas veces. Y aunque poseemos todas las comodidades del mundo, no hallamos ningún confort en ellas. Es en este siglo, Abraham, que la mayoría de nosotros nos suicidamos, bien dejando de alimentarnos, clavándonos una estaca en el corazón, ideando algún método para decapitarnos nosotros mismos, o, en los casos más desesperados, abrasándonos vivos. Sólo los más fuertes, los que poseen una voluntad excepcional y están obsesionados con un propósito intemporal, sobreviven hasta el cuarto o quinto siglo, o incluso más.

El que una persona que había conseguido librarse de la ineludible suerte de morir decidiera suicidarse me parecía inexplicable, y así se lo dije a Henry.

«Sin la muerte —respondió—, la vida no tiene sentido. Es una historia que no puede relatarse jamás. Una canción que no puede cantarse. ¿Pues cómo podíamos terminarla?»

Al poco tiempo Abe se sintió lo bastante recuperado para incorporarse en la cama, y Henry se sintió lo bastante confiado para quitarle definitivamente las ataduras. Dado que no había obtenido respuesta a sus preguntas más generales sobre vampiros, Abe recurrió a un pozo sin fondo de pormenores. Sobre la luz del sol:

—Poco después de haber sido creados, el más leve rayo de luz solar basta para llagarnos la piel y hacer que enfermemos, al igual que el exceso de sol perjudica a una persona. Con el tiempo nos hacemos resistentes a estos efectos, y podemos pasearnos tranquilamente durante el día, siempre y cuando evitemos la luz solar intensa. Sin embargo, nuestros ojos no se adaptan nunca.

Sobre el ajo:

—Me temo que simplemente hace que nos resulte más fácil percibir vuestra presencia.

Sobre el hábito de dormir dentro de un ataúd:

—Ignoro lo que opinan los demás, pero yo estoy más cómodo en una cama.

Cuando Abe llegó a la pregunta de cómo se convierte uno en un vampiro, Henry se detuvo.

—Te contaré cómo me convertí yo en uno.

V

Abe escribió la siguiente entrada en su diario el 30 de agosto de 1825, poco después de su regreso a Little Pigeon Creek.

La siguiente historia es tal como me la relató Henry. No he añadido, omitido ni verificado ninguna parte de la misma. Me limito a repetirla aquí para dejar constancia de ella. «El 22 de julio de 1587 —comenzó Henry—, tres barcos en los que viajaban ciento diecisiete ingleses desembarcaron en el extremo septentrional de la Isla Roanoke, que hoy en día se denomina Carolina del Norte.»

Entre esta numerosa multitud de hombres, mujeres y niños había un joven aprendiz de herrero, de veintitrés años, llamado Henry O. Sturges, de estatura y complexión mediana, con el pelo negro y largo que le alcanzaba hasta la mitad de la espalda. Viajaba con su flamante esposa, Edeva.

«Era un día más joven y dos centímetros más baja que yo, con una hermosa cabellera rubia y ojos de un extraño color castaño. Jamás ha existido en los anales del tiempo una criatura más delicada y bonita.»

Acababan de experimentar una travesía espantosa, marcada por un mal tiempo impropio de la estación y una insólita mala suerte. Aunque no era raro que se produjeran enfermedades y muertes durante una travesía atlántica (los barcos del siglo XVI solían ser húmedos y estaban infestados de ratas, lo que les convertía en un caldo de cultivo de toda suerte de enfermedades producidas por el aire o la comida), la muerte accidental de dos personas en dos ocasiones distintas bastó para que cundiera el pánico.

Ambas muertes habían ocurrido a bordo del *Lyon,* el mayor de la los tres buques que formaban la flotilla, al mando de John. White, un artista de cuarenta y siete años, que había sido elegido por sir Walter Raleigh para la misión de establecer una presencia inglesa permanente en el Nuevo Mundo. White había participado en el primer intento de colonizar Roanoke dos años antes, un intento que había fracasado cuando los colonos, todos varones, habían agotado los víveres y habían tenido que regresar a Inglaterra en un barco con sir Francis Drake, el cual, por un capricho del destino, había decidido echar anclas cerca del lugar durante una pausa en sus persistentes ataques contra buques españoles.

«Esta vez —dijo Henry—, el plan de Raleigh era más ambicioso. En lugar de rudos marineros, envió a familias jóvenes. Familias que echarían raíces. Que tendrían hijos. Que construirían iglesias y escuelas. Era su oportunidad de construir "una nueva Inglaterra en el Nuevo Mundo". Para Edeva y para mí, era la oportunidad de dejar atrás un hogar que no nos proporcionaba felicidad alguna. En total éramos noventa hombres, nueve niños y diecisiete mujeres, incluida la hija de John White, Eleanor Dare.»

Eleanor, que estaba embarazada de ocho meses, viajaba con su marido, Ananias, a bordo del *Lyon.* Era una joven de veinticuatro años, «extraordinariamente bella», con el pelo rojo y la cara pecosa. Cabe imaginar las molestias que debió experimentar cuando el barco de ciento veinte toneladas se bamboleaba bajo el ardiente calor de julio, un calor que convertía las entrañas de los buques en gigantescos hornos de vapor.

«Incluso algunos de los marineros más veteranos mostraban un semblante de color verdoso y se apresuraban a inclinarse sobre la barandilla cuando el mar se embravecía y el sol caía a plomo sobre nosotros.»

La primera de las dos muertes ocurrió el domingo, 24 de mayo, poco más de dos semanas después de que los colonos zarparan de Plymouth. Un miembro de la tripulación llamado Blum (o Bloom; Henry nunca averiguó cómo se escribía su nombre exactamente) se hallaba esa noche en la cofa de vigía, encargado de permanecer alerta para avistar siluetas distantes en el horizonte tachonado de estrellas. Los galeones españoles —que tenían fama de atacar y saquear a los barcos ingleses— constituían una amenaza muy real. Poco después de medianoche, el piloto del barco, Simon Ferdinando (que había adquirido fama tras participar en anteriores expediciones a Maine y Virginia), oyó «un violento estruendo» en la cubierta principal. Al cabo de unos momentos, se encontró el cuerpo sin vida del señor Blum, que tenía el cuello partido.

«Al señor Ferdinando le pareció extraño que un marinero tan experimentado —que además había dejado de beber— hubiera sufrido semejante caída en un mar en calma. Pero así era la vida en el Atlántico. Los accidentes no eran una novedad. Aparte de algunas oraciones por el alma del desdichado, apenas nadie hizo ningún comentario sobre el señor Blum entre los pasajeros y la tripulación.»

El capitán White tomó nota del incidente en un breve y desapasionado comentario en su cuaderno de bitácora: «Un hombre cayó de la cofa de vigía. Murió. Fue arrojado por la borda».

«De haber sido ése el único incidente durante nuestra travesía, nos habríamos considerado afortunados. Pero nuestros nervios fueron puestos a prueba de nuevo el martes, 30 de junio, cuando Elizabeth Barrington se desvaneció para siempre en la noche.»

Elizabeth, una joven de dieciséis años, de una estatura casi cómicamente baja, con el pelo rizado, había sido literalmente arrastrada a bordo por su padre y varios miembros de la tripulación, pataleando, chillando y asestando mordiscos a diestro y siniestro. Para ella, el *Lyon* era un barco prisión.

Unos meses antes, se había enamorado perdidamente de un joven pasante en el bufete de su padre. Sabiendo que éste jamás aprobaría su relación, los jóvenes amantes la habían mantenido en secreto, y el descubrimiento de ésta había causado un pequeño revuelo en el Inns of Court, perjudicando gravemente la reputación del padre de la joven entre sus colegas letrados. Abochornado, el señor Barrington aprovechó la oportunidad de emprender una nueva vida al otro lado del Atlántico, llevándose a su insolente hija.

«Ese martes, el tiempo empeoró mientras nuestra flotilla navegaba bajo un muro de nubes de tormenta. Al anochecer, todos, salvo unos cuantos marineros de cubierta, se habían retirado abajo para refugiarse del vendaval y la lluvia. El oleaje zarandeaba el barco con tal violencia que el capitán White ordenó que apagáramos todas las velas, por temor a que las sacudidas las derribaran y se produjera un incendio. Estrechando a Edeva en mis brazos, permanecí en la más absoluta oscuridad en el camarote, mareado debido al movimiento del barco; escuchando el crujir de las tablas de madera y a los pasajeros vomitando. Me consta que Elizabeth Barrington estaba junto a nosotros cuando las luces se apagaron. Yo mismo la había visto. Pero por la mañana había desaparecido.»

La tormenta había pasado, y el ardiente sol lucía de nuevo. Puesto que Elizabeth a menudo se quedaba sola en el camarote, no fue hasta media mañana que alguien reparó en su ausencia. Unos pasajeros la llamaron por su nombre, pero no obtuvieron respuesta. Registraron todo el barco, pero no dieron con ella. Un segundo registro, durante el cual vaciaron los sacos de harina y examinaron los barriles de pólvora, tampoco dio resultado. La joven había desaparecido. El capitán White hizo otra sucinta y desapasionada anotación en su cuaderno de bitácora: «Una muchacha cayó por la borda durante una tormenta. Ha muerto».

«Todos sabíamos, aunque nadie dijo nada, que la desdichada joven se había suicidado. Que se había arrojado al mar y se había ahogado. Rezamos unas oraciones por su alma (aunque sabíamos que estaba condenada al infierno, puesto que el suicidio era un pecado imperdonable a los ojos de Dios).»

Durante las tres últimas semanas de la travesía no se produjeron más incidentes y gozaron de mejor tiempo. No obstante, y a tenor de lo ocurrido, se alegraron de avistar tierra firme. Los colonos comenzaron de inmediato a talar árboles, a reconstruir refugios abandonados, a plantar cosechas y a tomar contacto con los nativos, en particular con los croatoan, quienes habían acogido bien a los ingleses en el pasado. Pero esta vez la tregua duró poco. Exactamente una semana después de que el primero de los barcos de John White fondeara en la Isla Roanoke, uno de los colonos, George Howe, fue hallado ahogado flotando boca abajo en las aguas poco profundas de Almebarle Sound. Había ido a pescar solo cuando había sido sorprendido por un grupo de «salvajes». White reconstruyó los pormenores del ataque basándose en las pruebas halladas en el escenario del crimen. En su cuaderno de bitácora anotó:

Estos salvajes se ocultaban entre elevadas cañas, donde con frecuencia hallan ciervos dormidos y los matan. Espiaron a nuestro hombre, que se había metido en el agua solo, casi desnudo, desarmado excepto por un pequeño palo, con el que pescaba cangrejos, y se había alejado tres kilómetros de su campamento, y le atacaron en el agua, produciéndole dieciséis heridas con sus flechas. Después de matarlo con sus espadas de madera, le destrozaron la cabeza a golpes y huyeron.

White llegó a la conclusión de que dieciséis «flechas» habían alcanzado a Howe porque el cadáver presentaba dieciséis heridas consistentes en pequeños orificios.

«Lo cierto es que no encontraron ninguna flecha clavada en el señor Howe o cerca de éste. El gobernador White omitió asimismo un importante detalle en su informe: que el cadáver ya había empezado a descomponerse, aunque el señor Howe llevaba sólo unas horas muerto antes de ser descubierto.»

El 18 de agosto, la colonia dejó de preocuparse por los croatoan y celebró el nacimiento de su primer bebé, Virginia Dare, la nieta de John White. Era la primera súbdita inglesa que nacía en el Nuevo Mundo, y al igual que su madre, era pelirroja. El parto fue atendido por el único médico de la colonia, Thomas Crowley.

«Crowley era un hombre rollizo, con una incipiente calvicie, de cincuenta y seis años. Alto, con un rostro bondadoso, picado de viruelas, era muy aficionado a los chistes. Eso y su pericia como médico le habían granjeado la estima de la colonia. Pocas cosas le satisfacían más que conseguir que un paciente se riera y olvidara sus problemas.»

Convencido de que su colonia había comenzado con buenos auspicios (al margen del infortunado incidente del asesinato del señor Howe), John White zarpó hacia Inglaterra para informar sobre los progresos que habían hecho y regresar a la colonia con provisiones. Había dejado atrás ciento trece hombres, mujeres y niños, incluyendo a su pequeña nieta, Virginia. Si todo iba bien, regresaría al cabo de unos meses con comida, material de construcción y artículos para comerciar con los nativos.

«Pero las cosas se torcieron.»

Una serie de acontecimientos se confabularon para obligar a John White a permanecer en Inglaterra durante tres años.

En primer lugar, su tripulación se negó a zarpar de regreso durante los peligrosos meses invernales. La travesía estival había sido muy azarosa, con consecuencias fatales. Comoquiera que no pudo hallar una tripulación de repuesto, White soportó lo que debió de ser para él un invierno lleno de frustración e inquietud. Cuando llegó la primavera, Inglaterra se hallaba en guerra con España, y la reina Isabel necesitaba todos los barcos de que pudiera disponer, incluidos los buques que White había pensado en llevarse de regreso al Nuevo Mundo. Por fin consiguió un par de barcos más pequeños y viejos que Su Majestad no había requisado. Pero poco después de zarpar ambos fueron capturados y saqueados por piratas españoles. Sin provisiones que llevar a sus colonos, White dio la vuelta y regresó a Inglaterra. La guerra con España duró otros dos años, lo que obligó a John White a permanecer en su país natal, sumido en la frustración. En 1590 (tras haber desistido de regresar con provisiones), consiguió un pasaje a bordo de un buque mercante. El 18 de agosto, el tercer cumpleaños de su nieta Virginia, White desembarcó de nuevo en Isla Roanoke.

Los colonos habían desaparecido.

Todos los hombres, mujeres y niños. Su hija, su nietecita. Los Barrington. Habían desaparecido. Su colonia se había esfumado. Los edificios seguían en pie (aunque deteriorados debido a las inclemencias del tiempo y cubiertos de maleza). Las herramientas y provisiones seguían en el mismo lugar. Rodeados como estaban de tierra fértil y abundantes animales salvajes, ¿cómo era posible que los colonos hubieran muerto de hambre? Si se había producido una plaga, ¿dónde estaban las tumbas? Si había habido una batalla, ¿dónde estaban los signos? No tenía sentido.

Sólo había dos pistas importantes: la palabra «croatoan» tallada en uno de los postes de la valla que rodeaba el recinto, y las letras «CRO» grabadas en el tronco de un árbol cercano. ¿Habían atacado los croatoan la colonia? No parecía probable. La habrían quemado. Y habría cadáveres. Pruebas. Algún indicio. White suponía (o confiaba) que los misteriosos mensajes grabados significaban que los colonos, por el motivo que fuera, habían decidido establecerse en la cercana Isla Croatoan. Pero no tuvo oportunidad de demostrar su teoría. El tiempo empeoró, y la tripulación de su buque mercante se negó a permanecer en la isla. Después de tres años de vanas tentativas de regresar y de haber pasado sólo unas horas en tierra firme, a White sólo le quedaban dos opciones: regresar a Inglaterra y tratar de organizar otra expedición, o quedarse y valérselas él solo en un extraño continente sin saber dónde se encontraban sus compatriotas, suponiendo que aún estuvieran vivos. White partió, y no volvió a poner el pie en el Nuevo Mundo. Pasó el resto de sus días atormentado por el dolor, el sentimiento de culpa y, ante todo, la perplejidad por la desaparición de sus ciento trece colonos.

«Creo —dijo Henry—, que es preferible que no averiguara nunca la verdad.»

Poco después del primer regreso del gobernador White a Inglaterra, los pobladores de Roanoke padecieron una extraña enfermedad, la cual provocaba una fiebre muy alta en sus víctimas. La fiebre producía alucinaciones, un estado de coma y por último la muerte.

«El doctor Crowley creía que era una enfermedad de los nativos. No conseguía frenar sus efectos. Durante tres meses después de la marcha del gobernador White, diez de los nuestros sucumbieron a esta plaga. Durante los tres próximos meses, murieron doce más. Sus cadáveres fueron transportados al bosque y enterrados, a fin de evitar que la enfermedad contaminara el suelo cerca de nuestro asentamiento. Nos aterrorizaba la idea de que el nuestro fuera el siguiente cadáver que sería enterrado en el bosque. Manteníamos una vigilancia casi constante en la orilla oriental de la isla, confiando en divisar pronto las velas de un barco. Pero no fue así. Es probable que la situación habría persistido, de no producirse un espeluznante hallazgo.»

Eleanor Dare no podía conciliar el sueño. No mientras su marido se debatía entre la vida y la muerte a escasos cincuenta metros de allí. Se vistió, envolvió a su hijita Virginia en una manta y se encaminó bajo el gélido aire hacia el edificio del doctor Crowley, resignada a pasar la noche en vela rezando junto a su esposo.

«Al entrar, la señora Dare vio horrorizada a Crowley con la boca pegada al cuello de su marido. El médico se volvió y le mostró sus colmillos, lo que hizo que la mujer se pusiera a gritar. Alertados por los gritos, varios de nuestros hombres entraron apresuradamente en el edificio de Crowley empuñando sus espadas y ballestas, pero comprobaron que la mujer había sido asesinada y a la pequeña Virginia entre las garras del vampiro. Crowley advirtió a los hombres que retrocedieran. Ellos se negaron. Dada su ausencia de conocimientos sobre vampiros, perecieron en el acto.»

Sus gritos despertaron al resto de los colonos, incluido Henry.

«Me vestí y dije a Edeva que hiciera lo propio, pensando que se trataba de un ataque de los nativos. Eché a correr en la oscuridad con mi pistola, decidido a proteger mi hogar hasta las últimas consecuencias. Pero al llegar al claro en el centro de nuestra aldea, contemplé un espectáculo increíble. Terrorífico. Thomas Crowley —sus ojos negros, sus fauces abiertas mostrando unos colmillos afilados como cuchillas— estaba despedazando a Jack Barrington, diseminando sus entrañas por doquier. Vi a varios de mis amigos tendidos en el suelo. A algunos les faltaban sus extremidades. Otros habían sido decapitados. Al reparar en mi presencia, Crowley avanzó hacia mí. Yo le apunté con mi pistola y disparé. La bala alcanzó el blanco, alojándose en el centro de su pecho. Pero esto no consiguió detenerlo. Siguió avanzando. No me avergüenza confesar que me acobardé. Sólo pensé en huir. En Edeva, y en la criatura que portaba en su vientre.»

Henry dio media vuelta y echó a correr a toda velocidad hasta su casa, que se hallaba a cincuenta metros. Edeva le esperaba en la puerta, y Henry, sin apenas detenerse, la tomó de la mano y prosiguió hacia el bosque. *La costa. Debemos apresurarnos a alcanzar la cos...*

«Le oí perseguirnos. Cada paso retumbaba sobre el suelo. Cada paso acortaba la distancia entre nosotros. Por fin alcanzamos los árboles. Seguimos avanzando a la carrera hasta quedarnos sin resuello, hasta que Edeva empezó a aminorar el paso y oí a Crowley a nuestras espaldas.»

Jamás veremos la costa.

«No recuerdo nada de lo ocurrido. Sólo que me desperté tumbado boca arriba y comprendí de inmediato que mis heridas eran mortales. Tenía el cuerpo destrozado, no podía mover los brazos y las piernas. Estaba medio cegado por la sangre reseca que me cubría los ojos. Al percibir su trabajosa respiración, comprendí que Edeva estaba más cerca de la muerte que yo. Yacía de costado, su vestido amarillo manchado de sangre. Su pelo rubio empapado en sangre. Me arrastré hacia ella sobre mis brazos, que tenía partidos. Acerqué mis ojos a los suyos, abiertos y distantes. Le acaricié el pelo y la miré. La observé respirar lentamente, sin dejar de murmurarle: "No temas, amor mío". De pronto dejó de respirar.»

Al amanecer, Crowley había llevado a la mayoría de sus compañeros colonos hasta el bosque. No podía hacer otra cosa. Explicar una plaga era fácil. Casi tanto como explicar que un hombre se había caído de la cofa vigía, o que una joven se había arrojado por la borda, o que un pescador había sido atacado por salvajes. Pero ¿cómo explicar unos gritos en plena noche, seguidos por la desaparición de cuatro hombres, una mujer y un bebé? No podría explicarlo. Le interrogarían. Descubrirían su auténtica identidad. Y eso Crowley no podía consentirlo. Uno tras otro, arrastró los destrozados cadáveres de los colonos hasta el bosque. De sus ciento doce compañeros, sólo uno se había salvado de su furia.

Crowley dudaba en matar a Virginia Dare, una criatura que él mismo había ayudado a nacer. La primera persona inglesa que nacía en el Nuevo Mundo. Esas cosas tenían un valor sentimental. Por lo demás, la niña no recordaría lo que había sucedido allí, y una joven compañera le sería útil en los años de soledad que le esperaban.

«Regresó del bosque con la criatura en brazos. Supongo que le sorprendió ver que yo seguía vivo —aunque a duras penas—, esforzándome en no desplomarme mientras grababa las letras

"CRO" en un árbol con un cuchillo. Mi último esfuerzo antes de morir por revelar la identidad de mi asesino. El asesino de mi esposa y mi hijo. Cuando salió de su estupor, Crowley se echó a reír, pues yo le había proporcionado, sin pretenderlo, una idea brillante. Después de depositar al bebé en el suelo, tomó mi cuchillo y grabó la palabra "croatoan" en un poste cercano en la valla, sin dejar de sonreír al imaginar a John White asesinando a multitud de incautos nativos como represalia.»

Crowley se dispuso a decapitar a Henry. Pero de nuevo le asaltaron las dudas.

«De pronto comprendió que si lo hacía él sería el único individuo de habla inglesa en cinco mil kilómetros a la redonda, una perspectiva nada grata para un hombre aficionado a los chistes. ¿Quién se reiría de ellos? Le observé arrodillarse junto a mí y hacerse un corte en la muñeca con una uña, dejando que la sangre cayera sobre mi rostro y dentro de mi boca.»

Crowley enterró al último de los colonos y se dirigió al sur, hacia los territorios españoles, portando en un brazo a la niña, que no dejaba de berrear, y en el otro el cuerpo medio muerto del joven Henry. Poco después, cuando la enfermedad y las alucinaciones remitieron —y sus huesos se soldaron por sí solos—, su compañero abriría los ojos a una nueva vida en un Nuevo Mundo. Pero antes, Thomas Crowley lo celebraría bebiendo la sangre de la primera persona inglesa que había nacido en él.

Había decidido darse un festín con Virginia Dare.

VI

Veintiún días después de que Henry lo transportara inconsciente a la casa, Abe se había recuperado lo bastante para salir de su habitación y recorrer la casa.

Me asombró comprobar que mi habitación sin ventanas de hecho formaba parte de una casa desprovista de ventanas. Una casa excavada en la tierra, con los muros y suelos meticulosamente revestidos de piedra y arcilla. Una cocina donde Henry me preparaba la comida en un fogón de leña. Una biblioteca en la que había repuesto mi provisión de libros. Una segunda alcoba. Todo iluminado por quinqués, y decorado con elegantes muebles y cuadros en marcos de oro, como si Henry los considerase sus ventanas al mundo exterior.

—Éste —dijo Henry— ha sido mi propósito durante los siete últimos años. Construir esta casa, paletada de tierra a paletada.

Las cuatro habitaciones rodeaban una pequeña escalera. Ésta era la única zona iluminada por el sol, cuya suave luz provenía de lo alto. Ésta era la escalera de madera por la que yo había oído a Henry subir y bajar una y otra vez. Subimos por ella hasta llegar a una delgada puerta de madera, a través de cuyas rendijas se filtraba la luz del sol. Al abrirla y atravesarla, me sorprendió hallarme en una pequeña cabaña de madera. Estaba modestamente amueblada, dotada de una cocina de leña, una alfombra y una cama. Henry se colocó un par de gafas con cristales oscuros y salimos a la luz del día. Entonces me percaté de su genial diseño, pues desde fuera su hogar presentaba el aspecto de una modesta cabaña sobre una solitaria y arbolada ladera. «Bien, ¿empezamos?», preguntó Henry.

Así comenzaron los únicos estudios propiamente dichos que Abraham Lincoln recibió en su vida.

Cada mañana, durante cuatro semanas, Abe y Henry subían la escalera hasta la falsa cabaña. Cada día, Henry le enseñaba algo más sobre los métodos destinados a localizar y luchar contra vampiros.

Cada noche, la teoría era llevada a la práctica mientras Henry desafiaba a Abe a atraparlo en la oscuridad.

Mis dientes de ajo y mis botellas de agua bendita desaparecieron. Mis cuchillos desaparecieron. Lo único que me quedaba eran mis estacas, mi hacha y mi mente. Esta última arma era a la que Henry dedicaba buena parte de su tiempo a perfeccionar, enseñándome a ocultarme de los sentidos animales de un vampiro. Cómo utilizar su rapidez en mi provecho. Cómo obligarle a salir de su escondrijo, y cómo matarlo sin poner en peligro mis extremidades (y mi cuello). Pero al margen de las lecciones de Henry, nada era más valioso que el tiempo que dedicábamos a tratar de liquidarnos uno a otro. Al principio me asombró su velocidad y fuerza, convencido de que jamás lograría equipararme a él. Pero con el tiempo observé que cada vez le costaba más reducirme. Incluso conseguía asestarle algún que otro golpe. Al poco tiempo, no era raro que yo le venciera en tres ocasiones de diez.

—Me encuentro en una curiosa situación —comentó Henry una noche, cuando Abe consiguió inmovilizarlo—. Me siento como un conejo que ha aceptado a un zorro como alumno.

Abe sonrió.

—Y yo como un ratón que ha aceptado a un gato como tutor.

Llegaron los primeros días de otoño, y con ellos el fin de la estancia de Abe. Henry y él se despidieron frente a la falsa cabaña, bajo el sol matutino, Henry con sus gafas oscuras, Abe portando sus escasas pertenencias y comida para el viaje. Hacía varias semanas que debía haber regresado a Little Pigeon Creek, y seguramente recibiría una azotaina de su padre por haber vuelto a casa sin el dinero que había prometido ganar.

No obstante, Henry decidió remediar esto con un regalo de veinticinco dólares, cinco más de lo que yo había prometido a mi padre. Como es natural, mi orgullo me exigía rechazar su regalo por considerarlo demasiado generoso. Como es natural, el orgullo de Henry exigía que yo lo aceptara. Por fin lo acepté, agradeciéndoselo profusamente. En ese momento se me ocurrieron muchas cosas que decir. Darle las gracias por su amabilidad y hospitalidad. Darle las gracias por salvarme la vida. Por enseñarme cómo preservarla en el futuro. Pensé en disculparme por la dureza con que le había juzgado al principio. Pero nada de eso fue necesario, pues Henry se apresuró a tenderme la mano y dijo: «Basta con que nos digamos adiós».

Nos dimos un apretón de manos y me alejé. Pero había olvidado preguntarle algo. Algo que me había intrigado desde que nos habíamos conocido. Me volví y le pregunté: «¿Qué hacías esa noche en el río, Henry?» Al oír mi pregunta, asumió una extraña expresión. Mostraba un talante más serio de lo que le había visto durante mi estancia.

«No tiene nada de honroso raptar a niños dormidos de sus lechos —respondió—, o beber la sangre de inocentes. Te he procurado el medio de castigar a quienes lo hacen..., a su debido tiempo te facilitaré sus nombres.»

Con esto, se volvió y entró en la cabaña.

«No nos juzgues a todos por el mismo rasero, Abraham. Puede que todos merezcamos condenarnos en el infierno, pero algunos lo merecen antes que otros.»

4

Una verdad demasiado terrible

El autócrata de todas las Rusias renunciará a su corona y proclamará que sus súbditos son republicanos libres antes de que nuestros amos norteamericanos renuncien voluntariamente a sus últimos esclavos.

Abraham Lincoln, en una carta a George Robertson
15 de agosto de 1855

I

Mi querida hermana ha fallecido...

En 1826, Sarah Lincoln había contraído matrimonio con Aaron Grigsby, seis años mayor que ella y vecino de Little Pigeon Creek. La pareja se había instalado en una cabaña cerca de sus familias, y al cabo de nueve meses habían anunciado que esperaban un hijo. Poco después de que se pusiera de parto, el 20 de enero de 1828, Sarah había empezado a perder una gran cantidad de sangre. En lugar de ir en busca de ayuda, Aaron había tratado de asistir él mismo a su mujer, demasiado asustado para abandonarla. Cuando se dio cuenta de la gravedad de la situación y corrió en busca de un médico, era demasiado tarde.

Sarah tenía veinte años. Ella y el niño, que había nacido muerto, fueron enterrados juntos en el cementerio de la iglesia bautista de Little Pigeon Creek. Al enterarse de la noticia, Abe rompió a llorar desconsolado. Era como si hubiera vuelto a perder a su madre. Al averiguar los detalles de la indecisión de su cuñado, la furia su unió a su dolor.

> Ese inútil hijo de perra la dejó morir. Esto no se lo perdonaré nunca.

«Nunca» resultó ser unos pocos años. Aaron Grigsby murió en 1831.

A los diecinueve años, Abraham Lincoln había llenado cada centímetro de cada página de su diario con tinta (utilizando una letra cada vez más pequeña conforme se aproximaba al final). En él se recogían siete años de extraordinarios testimonios. Comentarios sobre el desprecio hacia su padre. El odio que le inspiraban los vampiros. Relatos de sus primeras batallas con muertos vivientes.

Asimismo contenía no menos de dieciséis cartas dobladas entre las páginas. La primera había llegado apenas un mes después de que Abe abandonara la cabaña de Henry y regresara a Little Pigeon Creek.

Estimado Abraham:

Confío en que estés bien. Más abajo figura el nombre de alguien que lo merece antes que otros. Lo encontrarás en la población de Rising Sun, a tres días río arriba de Louisville. No interpretes esta carta como un intento de inducirte a hacer algo al respecto. La decisión depende única y exclusivamente de ti. Simplemente te ofrezco la oportunidad de continuar estudiando, y un pequeño consuelo por las injusticias que has padecido, que sin duda tratarás de subsanar por tus propios medios.

Más abajo aparecía el nombre de Silas Williams y las palabras «zapatero remendón». La carta estaba firmada sólo con una H. Abe partió a caballo hacia Rising Sun una semana más tarde, diciendo a su padre que iba a Louisville a buscar trabajo.

Supuse que hallaría un lugar aquejado por una racha de desapariciones o una plaga. Pero las gentes parecían estar de excelente humor, y la ciudad estaba libre de epidemias. Me paseé entre ellas con mis armas ocultas debajo de mi chaqueta larga (pensé que el hecho de ver a un extraño de elevada estatura portando un hacha podía sembrar la alarma entre los ciudadanos). Abusando de la amabilidad de un transeúnte, le pregunté dónde podía encontrar a un zapatero remendón, pues tenía los zapatos muy gastados. Cuando mi interlocutor me indicó un modesto taller situado a cincuenta metros, entré en él y vi a un hombre barbudo, con gafas, trabajando; las paredes de su taller estaban cubiertas con zapatos gastados y rotos. Era un tipo apocado de unos treinta y cinco años, y estaba solo.

—¿Silas Williams? —pregunté.

—¿Sí?

Le corté la cabeza con mi hacha y me fui.

Cuando su cabeza cayó al suelo, sus ojos eran negros como los zapatos que lustraba. No tengo la menor idea de qué crímenes había cometido, ni me importa. Sólo me importa que hoy hay un vampiro menos que ayer. Reconozco que no deja de ser curioso que esto se lo deba a un vampiro. No obstante, hay un viejo refrán que dice «el enemigo de mi enemigo es mi amigo».

Durante los tres años siguientes llegaron otras quince cartas a Little Pigeon Creek, las cuales ostentaban sólo un nombre, un lugar y la inconfundible H.

A veces llegaban dos en el espacio de otros tantos meses. A veces pasaban tres meses sin que llegara ninguna. Con independencia de cuándo llegaran, yo me ponía en marcha en cuanto mi trabajo me lo permitía. Cada cacería me aportaba nuevas lecciones. Nuevas oportunidades de perfeccionar mis habilidades y mis instrumentos. Algunas resultaban tan sencillas como la decapitación de Silas Williams. Otras me obligaban a esperar durante horas o hacerme pasar por una presa, para hacer que cambiasen las tornas cuando el vampiro atacaba. Algunas suponían un desplazamiento a caballo de una jornada o menos. Otras me llevaban hasta Fort Wayne y Nashville.

*Ilustración 12. Abe aparece de pie entre sus víctimas vampíricas
en una pintura titulada* El joven cazador, *obra de Diego Swanson (óleo sobre tela, 1913).*

Al margen de lo corto o largo que fuera el viaje, siempre llevaba consigo los mismos objetos.

En mi fardo portaba tanta comida como podía, una sartén para freír tocino y un cazo para hervir agua. Iban envueltos en mi chaqueta larga, tras pagar a una costurera para que la modificara, eliminando los bolsillos interiores y sustituyéndolos por un grueso forro de cuero. Todo ello iba sujeto al mango de mi hacha, que mantenía lo bastante afilada para recortarme las patillas con ella. A este pequeño arsenal añadí una ballesta, que yo mismo construí utilizando los dibujos de un ejemplar prestado de *Armas de los taboritas* a modo de guía. Seguía practicando con ella el tiro cuando disponía de tiempo, pero no me atrevía a utilizarla en una pelea hasta no haber perfeccionado mi destreza en su manejo.

Aunque la caza de vampiros ofrecía la ventaja añadida de la venganza, no proporcionaba ningún dinero. De joven, Abe tenía que contribuir a mantener a su familia. Y de acuerdo con la costumbre de la época, cualquier sueldo que ganara pertenecía a su padre hasta que él cumpliera veintiún años. Como cabe imaginar, Abe se rebelaba contra esto.

¡La idea de entregar el dinero que ganaba a ese hombre me sulfuraba! ¡No soportaba tener que recompensar con mi esfuerzo su apatía y verme obligado a hacer cualquier cosa para beneficiar a un tipo tan holgazán! ¡Tan egoísta y cobarde! ¡Eso no era más que servidumbre!

Abe siempre iba en busca de trabajo, ya fuera talando árboles, acarreando trigo o transportando a los pasajeros desde las orillas del Ohio hasta los barcos de vapor que aguardaban en una gabarra que él mismo había construido.* A primeros de mayo de 1828, cuando Abe seguía muy afectado por la muerte de su hermana, le ofrecieron un trabajo por el que, para variar, no se había postulado. Un trabajo que cambiaría su vida.

James Gentry era dueño de una de las mayores y más prósperas explotaciones agrícolas en los alrededores de Little Pigeon Creek. Conocía desde hacía más de diez años a Thomas Lincoln, y era radicalmente distinto a él. Como es natural, Abe siempre le había admirado debido a ello. Por su parte, Gentry admiraba al espigado, trabajador y modesto joven Lincoln. Su hijo Allen era unos años mayor que Abe, pero menos maduro. El diligente granjero quería expandir su negocio (y sus beneficios) vendiendo trigo y tocino río abajo en Misisipi, donde reinaban el azúcar y el algodón, pero donde había una gran demanda de otros artículos.

El señor Gentry me preguntó si quería participar junto con Allen en la construcción y pilotaje de una chalana para transportar sus mercancías río abajo, deteniéndonos en Misisipi y otros lugares del sur para vender importantes cantidades de trigo, tocino y demás artículos. Por este trabajo me pagaría la

---

* A Abe le asombraba que los pasajeros estuvieran dispuestos a desembolsar un dólar por persona para que les trasladara en su embarcación en algunos casos tan sólo diez metros. Al igual que cuando recorría La Vieja Carretera de Cumberland en Kentucky, le complacía conocer a viajeros y escuchar sus historias, muchas de las cuales relató una y otra vez durante su vida. *(N. del A.)*

suma de ocho dólares al mes, y mi billete de regreso en un barco de vapor desde Nueva Orleans.

Es probable que Abe habría aceptado este trabajo aunque no hubiera percibido un sueldo a cambio, pues representaba su oportunidad de escapar. La oportunidad de vivir una aventura.

Abe utilizó su hacha (y, para ser sinceros, los conocimientos de carpintería que había aprendido de su padre) para construir una sólida barcaza de doce metros con madera de roble verde, cortando cada tabla y sujetándola al armazón con pernos de madera. Construyó un refugio en el centro de la cubierta, lo bastante alto para permanecer de pie dentro de él sin temor a golpearse la cabeza con el techo. En su interior había dos camas, una pequeña estufa y una linterna, además de cuatro pequeñas ventanas que podían cerrarse «en caso de ser atacados». Por último recubrió las juntas con brea* y confeccionó un timón de espadilla.**

A riesgo de parecer que me ufano de ello, debo decir que era una excelente embarcación, teniendo en cuenta que era la primera que construía. Incluso cuando la cargamos con toneladas de mercancías, su calado era de menos de medio metro de agua.

---

   * Una resina semejante al alquitrán. *(N. del A.)*
   ** Un timón con un mango largo para controlarlo desde el tejado del refugio. *(N. del A.)*

El 23 de mayo Allen y Abe botaron su chalana cargada con mercancías. Iban a emprender una travesía de más de mil quinientos kilómetros. Para Abe, sería la primera vez que contemplara el Profundo Sur.

Peleamos con los vientos y las corrientes, sin apartar la vista del río. En más de una ocasión, después de embarrancar, teníamos que eliminar de nuestra modesta embarcación barro o broza. Nos llenábamos la panza con las inagotables reservas de maíz y tocino que llevábamos a bordo, y lavábamos nuestra ropa en el omnipresente Misisipi cuando empezaba a apestar. Esto se prolongó durante cuatro semanas. A veces recorríamos cien kilómetros en un día, a veces cincuenta o menos.

Los jóvenes gritaban eufóricos cuando se cruzaban con un barco de vapor, esas prodigiosas y relucientes embarcaciones provistas de ruedas de paletas que navegaban contra corriente resoplando y levantando agua. Su euforia comenzaba cuando veían una distante espiral de humo alzarse sobre el río ante ellos, y alcanzaba su apoteosis cuando se aproximaban y pasaban junto al barco, gritando y saludando con la mano a los pasajeros, pilotos y marineros.

¡El ruido de motores y agua removida por la rueda de paletas! ¡El humo negro que surgía de la chimenea y el vapor blanco de sus tubos! Un barco que podía transportar a una persona desde Nueva Orleans hasta Louisville en menos de veinticinco días. ¡El ingenio del hombre no tenía límites!

Cuando la euforia de los jóvenes remitía, seguían deslizándose durante muchos kilómetros sin apenas percibir ningún sonido.

Era una paz que rara vez he experimentado desde entonces. Parecía como si fuésemos las dos únicas almas sobre la tierra, pudiendo gozar de toda la naturaleza. Me preguntaba por qué un creador que había soñado semejante belleza había sido capaz de envilecerla con tanta maldad. Con tanto dolor. Por qué no se había conformado con dejarla intacta. Todavía me lo pregunto.

Cuando el sol desaparecía debajo del horizonte, Allen y Abe buscaban un lugar adecuado donde echar el ancla, a ser posible una población. Una noche, poco después de pasar por Baton Rouge, Lincoln y Gentry, atracaron en la Plantación Duchesne, amarrando la chalana a un árbol con cabos. Como de costumbre, los jóvenes prepararon la cena en la sartén, comprobaron que los cabos estaban bien asegurados y se retiraron a su refugio. Allí leyeron o conversaron hasta que los párpados empezaron a pesarles, tras lo cual apagaron la linterna y durmieron sumidos en una impenetrable oscuridad.

Me desperté sobresaltado y tomé el palo que tenía cerca. Tras levantarme apresuradamente, vi la silueta de dos figuras en la puerta. Supongo que mi elevada estatura debió de sorprenderles, y más aún la furia con que les golpeé en la cabeza. Les perseguí (golpeándome yo mismo en la cabeza con una viga) hasta cubierta, donde la luz de la luna les mostró con toda claridad. Eran unos negros, siete en total. Los otros cinco se afanaban en soltar las amarras de nuestra embarcación. «¡Fuera de aquí, diablos —grité—, si no queréis que os parta a todos la crisma!» Para convencerles de mi sinceridad, golpeé a otro en las costillas, y alcé el palo para atacar a otro. Pero no fue necesario. Los negros huyeron. Al hacerlo, observé que llevaban unos grilletes rotos alrededor de uno de sus tobillos, y de inmediato comprendí la verdad. No eran unos ladrones comunes. Eran esclavos, que seguramente se habían fugado de esta plantación y trataban de impedir que los perros siguieran su rastro huyendo con nuestra chalana.

El tumulto despertó a Gentry, que ayudó a Abe a perseguir al resto de los esclavos hasta el bosque. Convencidos de que no regresarían de momento, soltaron las amarras y decidieron continuar navegando por el Misisipi pese a que era de noche.

Partimos, Allen sosteniendo la linterna en la proa y escudriñando la noche, yo manejando el remo de espadilla desde el techado de nuestro cobertizo, tratando de navegar por el centro del río. Cuando me volví para echar una ojeada a la ribera, vi una figura blanca echar a correr hacia el río desde la plantación. Era el primero de los capataces que pretendía capturar a sus esclavos. Pero este hombre, esta figura menuda y blanca, no se detuvo en la orilla del río, sino que saltó a la otra orilla de un gigantesco e increíble salto. Los esclavos no huían de hombres o perros.

Huían de un vampiro.

Pensé brevemente en conducir la chalana hacia la embarrada orilla. Tomar el fardo debajo de mi cama y perseguir al vampiro. Ignoro si pensé que era un intento inútil, o si las víctimas no lo merecían. Sólo sé que no me detuve. Allen (al darse cuenta de que habían estado a punto de rebanarle el cuello) soltó una retahíla de palabrotas que yo jamás había oído, buena parte de las cuales no comprendí. Maldiciéndose por no haber traído un mosquete. Maldiciendo a «esos asesinos hijos de perra». Yo callé, pendiente de no desviarme del centro del río. No podía odiar a nuestros atacantes, pues pensé que habían tratado simplemente de salvar la vida, arrebatándome de paso la mía. Allen siguió despotricando. Dijo algo sobre «negros asquerosos» o algo por el estilo.

«No debes juzgarlos a todos por el mismo rasero», dije.

II

Allen y Abe llegaron a Nueva Orleans a mediodía del 20 de junio, maniobrando la barcaza por los recodos cada vez más estrechos del Misisipi conforme se aproximaban al centro del río, donde podrían vender el resto de sus mercancías (y el barco, cuya madera aprovecharía el comprador) en cualquiera de los concurridos muelles. Al llegar fueron recibidos por una llovizna, un grato alivio de la opresiva humedad que habían padecido durante buena parte de su travesía río abajo.

El norte de la ciudad apareció ante nuestros ojos, inmensa y bulliciosa. Las granjas dieron paso a viviendas. Las viviendas dieron paso a calles. Las calles dieron paso a edificios de piedra con balcones rodeados por balaustradas de hierro forjado. ¡Qué cantidad de veleros! ¡Qué cantidad de barcos de vapor! Había centenares de chalanas, todas reivindicando su pequeña porción del gigantesco río.

Nueva Orleans era una ciudad de cuarenta mil habitantes, y la puerta de acceso del sur al mundo. Al caminar por sus muelles, uno se tropezaba con marinos procedentes de todos los rincones de Europa y Sudamérica, incluso de Oriente.

Estábamos impacientes por deshacernos de nuestro cargamento. ¡Anhelábamos explorar esta ciudad de infinitos prodigios! Yo no salía de mi asombro, pues jamás había contemplado tantas multitudes, que pronunciaban frases en francés y en español con gran soltura. Damas que se abanicaban ataviadas a la última moda, y caballeros vestidos de la cabeza a los pies con trajes de calidad superior. Calles atestadas de carros y caballos; comerciantes que vendían todo tipo de artículos que cabía imaginar. Paseamos por la calle de Chartres; contemplamos la basílica de San Luis en Jackson Square, así llamada por la heroica defensa que había hecho nuestro presidente de la ciudad. Vimos a partidas de hombres y mulas cavando trincheras para instalar las tuberías de gas. Cuando sus meses de trabajo vencían, uno de ellos se ponía a cantar con orgullo, afirmando que «la ciudad relucirá como una espléndida joya en la noche, sin que se vea una sola antorcha o vela».

A Abe le llamó la atención el bullicio de la ciudad y sus gentes. También le impresionó la antigüedad de las cosas que le rodeaban.

Imaginé que me trasladaba a los lugares en Europa sobre los que había leído en tantas ocasiones. Aquí, por primera vez en mi vida, vi mansiones con los muros cubiertos de hiedra. Hombres de letras. Arquitectura y arte. Grandes bibliotecas repletas de estudiantes ávidos de conocimientos y mecenas que apreciaban el arte. Todas las cosas que mi padre jamás comprendería.

La pensión de Marie Laveau, situada en Saint Claude Street, distaba mucho de ser el edificio de estilo español más imponente de la ciudad, pero era lo bastante confortable para que un par de barqueros de Indiana que pilotaban una chalana descansaran en ella una semana.

No lejos de la pensión de la señora Laveau había una taberna donde podías beber tanto ron o whisky como te apeteciese. Entusiasmados por el dinero que habíamos obtenido con la venta de nuestras mercancías y el barco, y por hallarnos por primera vez en una ciudad semejante, confieso que nos pasamos de la raya, incluso teniendo en cuenta que éramos un par de jóvenes catetos. La taberna estaba atestada de marineros de todos los rincones del mundo. Barqueros de chalanas procedentes de cada punto del Misisipi, Ohio y Sangamon. Cada tres minutos estallaba una reyerta. Es un milagro que no estallaran con más frecuencia.

Esos hoscos barqueros no fueron los únicos personajes extraños con los que se tropezó Abe durante sus primeras veinticuatro horas en Nueva Orleans. A la mañana siguiente, mientras Allen y él caminaban trastabillando por las calles en busca de un desayuno inofensivo —con unas jaquecas monumentales y escudándose los ojos del sol—, Abe vio algo increíble que se dirigía hacia ellos en Bienville Street.

... un carruaje de un blanco lustroso, tirado por dos caballos blancos y conducido por un chico que lucía una casaca del mismo color. Detrás de él iban sentados dos caballeros: uno de aspecto querúbico y mejillas rubicundas, vestido con un traje de una mezcla insulsa de verdes y grises. El otro lucía un traje de seda blanco, a juego con su pálida tez y su pelo largo y blanco. Ocultaba sus ojos tras unas gafas oscuras. Era evidente que se trataba de un vampiro, y a juzgar por su aspecto, el más rico que yo había visto jamás. Elegante y refinado. Libre de toda sombra. Que podía codearse como quien deseara. ¡Que no dejaba de reírse! Él y el caballero vivo estaban enfrascados en una animada conversación. Sólo pensé en clavarle una estaca en el corazón cuando el carruaje se acercara. En cortarle la cabeza. ¡En el contraste de la sangre sobre la seda blanca de su levita! Por desgracia, tuve que contentarme con observarlo debido a la ausencia de armas y a la presencia de una jaqueca. Al pasar, el vampiro de pelo blanco me dirigió una mirada cargada de significado. De pronto experimenté una extraña sensación..., la sensación de que unos ojos intrusos leían las páginas de mi diario. El sonido de una voz que no procedía de ninguna parte...

No nos juzgues a todos por el mismo rasero, Abraham...

Doblaron por Dauphine Street y desaparecieron. Pero la sensación de unos ojos intrusos persistía. Esta vez la procedencia estaba meridianamente clara. Vi a un tipo pálido y menudo al otro lado de la calle, semioculto en un callejón, sus ojos inconfundiblemente fijos en mí. Iba vestido de negro de pies a cabeza, tenía el pelo negro también y alborotado, y lucía un bigotito debajo de sus gafas oscuras. No cabía la menor duda de que era un vampiro. Al percatarse de que había sido descubierto, el tipo se volvió y desapareció por el callejón. ¡Y yo no podía dejar de investigar el asunto! ¡Al cuerno con mi jaqueca! Dejé a mi amigo que siguiera dando tumbos por la calle, y eché a correr en pos del extraño, persiguiéndolo por el callejón hasta Conti Street, luego a través de Basin Street, donde el condenado se refugió detrás de los muros del cementerio.* Le seguí casi pegado a sus talones, pero al llegar a la verja del cementerio, le perdí de vista. Se había esfumado. Se había perdido en un laberinto de criptas. Me pregunté si se habría ocultado en una de ellas; en cuántos vampiros habían...

—¿Por qué me persigue, caballero?

Me volví con los puños en alto. El muy ladino estaba a mi espalda, apoyado contra el muro interior del cementerio. Mirándome, sosteniendo en la mano sus gafas oscuras. Observé sus ojos cansados y su elevada frente.

—¿Persiguiéndole, señor? —contesté—. ¿Por qué huye?

---

* Abe se refiere al que hoy se denomina Cementerio de Saint Louis. *(N. del A.)*

—Verá, señor, por la forma en que se protegía los ojos de la luz..., la mirada de complicidad que cambió con el caballero que iba en el carruaje... Supuse que era un vampiro.

Yo apenas daba crédito a lo que acababa de oír.

—¿Pensó que yo era un vampiro? —preguntó—. Pero si yo... En el rostro del hombre menudo se pintó una sonrisa. Observó las gafas oscuras que sostenía en la mano; la expresión en el rostro de ese extraño de elevada estatura. Rompió a reír.

—Creo que ambos hemos cometido un grave error.

—Disculpe, caballero, pero... ¿pretende que crea que no es un vampiro?

—Lamentablemente, no lo soy —contestó riendo—, de lo contrario no me habría quedado sin resuello.

Le ofrecí disculpas y le tendí mi mano.

—Abe Lincoln.

El hombre menudo me la estrechó.

—Edgar Poe.

III

Abraham Lincoln y Edgar Allan Poe nacieron con escasas semanas de diferencia. Ambos perdieron a su madre de pequeños. Por lo demás, su crianza no pudo haber sido más distinta.

Después de la muerte de su madre, Poe había sido acogido por un acaudalado comerciante, John Allan (que trataba con esclavos, entre otras mercancías). Alejado de su Boston natal, se había educado en algunos de los mejores colegios de Inglaterra. Había contemplado las maravillas de Europa sobre las que Abe sólo había leído en los libros. Por la época en que éste juró vengarse de los vampiros y clavó una estaca en el corazón de Jack Barts, Edgar Allan Poe regresó a Norteamérica y se instaló con su padre adoptivo en Virginia, gozando de todos los lujos asociados al hecho de pertenecer a una de las familias más adineradas. Poe poseía todo cuanto Abe podía desear. Una esmerada educación. Las casas más suntuosas. Más libros de los que podía contar. Un padre que no podía ser acusado de falta de ambición. Pero tanto él como Abe se sentían desdichados.

Durante su primer año como alumno en la Universidad de Virginia, Poe solía gastarse cada penique que su padre adoptivo le enviaba en alcohol y en el juego, hasta que por fin John Allan le desheredó. Furioso y abandonado, Poe huyó de Virginia, se dirigió a Boston y se alistó en el ejército con el nombre de Edgar A. Perry, cargando obuses de día y escribiendo historias y poemas cada vez más sombríos a la luz de una vela. Fue aquí, mientras se hallaba acantonado en su ciudad natal, que Edgar Allan Poe conoció a su primer vampiro.

Utilizando su propio dinero, Poe publicó una breve colección de poemas, identificándose sólo como «un bostoniano» en la cubierta (por temor a que sus compañeros de armas se mofaran de él). De los cincuenta que pagó para que se imprimieran, se vendieron menos de veinte. Pese a esta mala acogida, un lector se percató de la genialidad de los poemas de Poe, y sobornó al impresor para averiguar la verdadera identidad del autor. «Poco después, recibí la visita de un tal señor Guy de Vere, un viudo de gran fortuna. Me explicó cómo había logrado averiguar mi nombre, y que mi obra le había impresionado profundamente. Acto seguido me preguntó qué hacía un vampiro sirviendo en el ejército.»

Guy de Vere estaba convencido de que sólo un vampiro podía haber escrito unos poemas que describían la muerte y el dolor de esa forma. Unos poemas tan sombríos y bellos.

«Le sorprendió averiguar que su creador era un hombre vivo. A mí no me sorprendió menos comprobar que hablaba con un hombre que no estaba vivo.»

Poe sentía una infinita fascinación por el imponente vampiro De Vere, y De Vere, por el taciturno y brillante Poe. Ambos entablaron una tenue amistad, semejante a la que habían mantenido Henry y Abe. Pero a Poe no le interesaba adquirir conocimientos sobre los vampiros o la forma más eficaz de cazarlos, sino conocer la experiencia de vivir en las tinieblas, de moverse más allá de la muerte, a fin de poder escribir sobre ello con conocimiento de causa. De Vere se mostró encantado de complacerle (a condición de que Poe no revelara jamás su identidad en ninguna de sus obras).*

Unos meses después de conocer a De Vere, el regimiento de Poe fue destinado a Fort Moultrie, en Carolina del Sur. Sin una ciudad que satisficiera su hambre de cultura, y sin medios para satisfacer su sed de más conocimientos sobre vampiros, el ejército se le antojó a Poe una prisión.

---

* Un acuerdo del que al parecer Poe se olvidó en 1843, cuando utilizó a De Vere como un personaje en «Lenore». *(N. del A.)*

Así pues, decidió concederse un «permiso no oficial» y trasladarse a Nueva Orleans con el propósito de «estudiar a los vampiros», pues De Vere había insistido en que «no existía en Norteamérica un lugar más idóneo para hacerlo». A juzgar por la frecuencia con que vaciaba y llenaba su vaso de whisky, Poe había empezado a beber en exceso. Esa tarde fuimos a la taberna cerca de la pensión de la señora Laveau. Allen Gentry se fue «a visitar a unas señoras de cierta reputación», dejando que nosotros charláramos sobre el tema que más nos interesaba, pero que no nos atrevíamos a abordar delante de otros. Conversamos hasta altas horas de la noche, compartiendo todo lo que habíamos leído, oído y visto de primera mano sobre vampiros.

—¿Cómo aprenden a alimentarse? —preguntó Abe mientras el tabernero barría la taberna vacía alrededor de ellos—. ¿Cómo aprenden a evitar el sol...?

—¿Cómo aprende un ternero a sostenerse sobre sus patas? ¿Una abeja a... construir una colmena?

Poe bebió otro trago.

—Así es su naturaleza, hermosa y simple. Su afán de destruir a esos seres, señor Lincoln, unas criaturas tan superiores, me parece un disparate.

—Y a mí, señor Poe, me parece un disparate que hable de ellos con tanta admiración.

—¿Se lo imagina? ¿Se imagina contemplar el universo a través de sus ojos? ¿Reírse de la muerte y del tiempo, que el Jardín del Edén sea su mundo? ¿Su biblioteca? ¿Su harén?

—Sí. Y también imagino el ansia de compañía, de paz.

—¡Pues yo no imagino que ansíen nada! ¡Piense en la fortuna que uno podría amasar, las comodidades que podría permitirse, las maravillas del mundo que podría admirar cuando le apeteciera!

—Y cuando esa embriaguez ha remitido, cuando se ha satisfecho cada deseo y se ha aprendido cada lengua, cuando ya no quedan más ciudades que explorar, ni clásicos que estudiar, ni monedas que guardar en las arcas, ¿entonces qué? Uno puede gozar de todas las comodidades que ofrece el mundo, pero ¿de qué le sirven si no halla confort en ellas?

Abe relató a Poe un cuento popular, que había oído por primera vez a un viajero que transitaba por el Viejo Sendero de Cumberland.

Érase una vez un hombre que ansiaba vivir eternamente. Desde su juventud, rezaba a Dios suplicándole que le concediera la inmortalidad. Era caritativo y sincero, honrado en sus negocios, fiel a su esposa y bondadoso con sus hijos. Adoraba a Dios, y predicaba sus leyes a todo el que quisiera escucharle. Sin embargo, con cada año que transcurría seguía envejeciendo, hasta que por fin murió viejo y enfermo. Cuando llegó al cielo, preguntó: «Señor, ¿por qué te negaste a responder a mi ruego? ¿Acaso no he vivido según tu palabra? ¿Acaso no he alabado tu nombre ante todos?» A lo que Dios respondió: «Sí, has hecho todas esas cosas. Por eso no te he maldecido atendiendo tu ruego».

—Habla de la vida eterna. De satisfacer las necesidades de la mente y el cuerpo —dijo Abe—. Pero ¿y el alma?

—¿De qué le sirve el alma a un ser que nunca morirá?

Abe no pudo evitar sonreír. Ese hombre extraño y menudo tenía una forma no menos extraña de ver las cosas. Era el segundo hombre vivo que conocía la verdad sobre los vampiros. Bebía en exceso y hablaba en un tono de voz irritante y agudo. Era difícil no simpatizar con él.

—Empiezo a sospechar —dijo Abe— que le gustaría ser uno de ellos.

Poe se rió de la ocurrencia.

—¿No cree que nuestra existencia es lo bastante larga y desgraciada? —preguntó riendo—. ¿Quién sería tan estúpido de querer prolongarla?

IV

A la tarde siguiente, 22 de junio, Abe salió solo a dar un paseo por Saint Philip Street. Allen Gentry no había regresado de la depravada juerga que sin duda se había corrido la víspera, y Poe había vuelto a la pensión donde se alojaba, apenas capaz de sostenerse derecho, de madrugada. Después de dormir hasta mediodía, Abe había decidido que le sentaría bien tomar un poco de aire puro y dar un paseo para despejar la bruma de su mente y eliminar el regusto amargo de su boca.

Al aproximarme al río vi un gran alboroto en la calle. Una numerosa multitud se había congregado alrededor de una plataforma, decorada con rojos, blancos y azules. Sobre este improvisado estrado ondeaba una pancarta de color amarillo, sobre la que aparecía escrito: ¡SUBASTA DE ESCLAVOS! ¡HOY, A LA UNA DE LA TARDE! Más de un centenar de hombres se habían agolpado frente a la plataforma. Más del doble de esa cantidad de negros se hallaban agrupados cerca de ella. El aire estaba saturado de humo de tabaco mientras los compradores en ciernes charlaban entre sí, emitiendo de vez en cuando una carcajada que sonaba a través de la barahúnda, preparando sus lápices y folios conforme se acercaba la hora prevista. El subastador, un hombre gordo y de piel rosada como un puerco, se situó ante ellos y dijo: «Distinguidos caballeros, me complace presentarles el primer lote del día». Tras estas palabras el primer negro, un hombre alto de unos treinta y cinco años, subió al estrado y se apresuró a hacer una reverencia, sonriendo, embutido en un traje que le sentaba pésimamente mal (parecía haber sido adquirido para la ocasión). «¡Un toro que responde al nombre de Cuff! ¡En la plenitud de su vigor! ¡El jornalero más fuerte y trabajador que jamás han visto, quien sin duda tendrá una caterva de hijos con las espaldas tan anchas como él!» El hecho de que ese «toro» se mostrara tan optimista y confiado en ser adquirido —enderezando la espalda, sonriendo e inclinándose ante el público mientras el subastador describía sus numerosas aptitudes— sólo me inspiró compasión y asco. El resto de la vida de ese hombre..., las futuras generaciones de su progenie... Todo ello dependía de ese momento. Todo descansaba en las manos de un hombre al que el esclavo no conocía. Un hombre dispuesto a pagar el precio más alto por él.

En total había más de doscientos esclavos que iban a ser subastados a lo largo de dos días. Durante una semana antes de la subasta, habían sido hacinados en un par de graneros, en los que los futuros compradores podían entrar libremente para inspeccionarlos.

La inspección comportaba toda suerte de abusos y humillaciones. Hombres, mujeres y niños, de los tres a los setenta y cinco años, eran obligados a exhibirse desnudos ante extraños. Éstos les tocaban los músculos, les abrían la boca y les examinaban la dentadura. Les ordenaban que caminaran, que se inclinaran y se alzaran, por si ocultaban una cojera. Les ordenaban que enumeraran sus habilidades. Que contribuyeran a elevar su precio.

Esto era contrario a los intereses de los esclavos, pues cuanto más alto era el precio,* menor era la probabilidad de que pudieran ahorrar el dinero suficiente para comprar su libertad a los bondadosos amos que se lo permitieran.

¡Qué puesta en escena tan repugnante! ¡Hombres y mujeres! ¡Niños y bebés exhibidos ante esta hosca multitud, esta colección de supuestos caballeros! Vi a una negrita de tres o cuatro años aferrada a su madre, confundida, sin saber por qué la habían vestido con esas ropas; por qué la habían lavado de pies a cabeza la noche anterior; por qué la obligaban a subirse a esa plataforma mientras unos hombres recitaban unas cifras a voz

---

* Por un hombre sano en la plenitud de sus facultades podían llegar a pagar mil cien dólares (una cantidad que un esclavo jamás podía llegar a ahorrar), mientras que una mujer mayor o con algún impedimento era vendida por cien dólares o menos. *(N. del A.)*

en cuello y agitaban unas papeletas en el aire. De nuevo me pregunté por qué un Creador que había soñado semejante belleza la envilecía con tanta maldad.

Si Lincoln vio cierta ironía en el hecho de que hubiese navegado aguas abajo hasta aquí en una chalana para vender mercancías a estos dueños de plantaciones, no escribió ningún comentario al respecto.

«¡Caballeros, les pido que ahora presten atención a una familia cuyos miembros constituyen unos auténticos ejemplares! El macho, llamado Israel, posee una dentadura regular y una corpulencia fuera de lo común. ¡No hallarán un mejor plantador de arroz en ésta ni ninguna otra parroquia! ¡Su mujer, Beatrice, tiene unos brazos y una espalda casi tan fuertes como los de su marido, y al mismo tiempo unas manos lo bastante delicadas para remendar el vestido de una dama! ¡Sus hijos, un chico de diez u once años, destinado a ser un trabajador tan vigoroso como su padre, y una niña, de cuatro, con un rostro dulce como un ángel. ¡No encontrarán en ninguna parte cuatro ejemplares como éstos!»

Cada esclavo seguía su subasta con gran interés, mirando de un lado al otro mientras los asistentes pujaban por él. Si era adquirido por un amo con fama de bondadoso, o que hubiera comprado a alguno de sus parientes cercanos, abandonaba el estrado con una expresión análoga a la satisfacción, incluso a la alegría. Pero si era vendido a un hombre que parecía especialmente cruel, o sabía que jamás volvería a ver a sus seres queridos, la silenciosa angustia que traslucía su rostro era indescriptible.

Me fijé en un comprador, un hombre cuyo talego parecía no tener fondo, y cuyas adquisiciones parecían no tener sentido. Llegó a la subasta después de que comenzara (lo cual era de por sí insólito) y compró una docena de esclavos, al parecer sin tener en cuenta su sexo, estado de salud o habilidades. De hecho, sólo parecía interesado en los negros descritos como «gangas». Pero sus adquisiciones no fueron lo único que suscitaron mis sospechas. Era un individuo delgado vestido con una elegante chaqueta que le llegaba a la cintura, más bajo que yo (aunque bastante alto), con una barba entrecana destinada a ocultar la cicatriz que le recorría el rostro, desde el ojo izquierdo hasta la barbilla, atravesándole los labios. Sostenía una sombrilla para protegerse del sol, y lucía unas gafas oscuras. Si no era un vampiro, era evidente que admiraba el atuendo de éstos. ¿Qué significaba esto? ¿Por qué había comprado dos ancianas con escasas aptitudes? ¿Un chico que cojeaba de una pierna? ¿Por qué necesitaba tantos esclavos?

Decidí seguirle para descubrir la respuesta.

V

Doce esclavos caminaban descalzos, dirigiéndose hacia el norte por una enlodada carretera que discurría junto al Misisipi. Había hombres y mujeres, cuyas edades oscilaban entre catorce y sesenta y seis años. Algunos se conocían de toda la vida. Otros acaban de conocerse hacía un par de horas. Cada uno de los doce llevaba una cuerda atada alrededor de la cintura que le unía a los otros. Frente a este convoy, su nuevo amo con la barba entrecana; detrás de él, un capataz blanco, empuñando un rifle, dispuesto a abatir a cualquier esclavo que se atreviera a echar a correr. Ambos iban cómodamente montados a caballo. Abe mantuvo una distancia prudencial mientras avanzaban a través del bosque.

Yo caminaba unos cuatrocientos metros detrás del grupo. Lo bastante cerca para oír los ocasionales bramidos del capataz, pero lo suficientemente alejado para que el vampiro no percibiera mis pasos.

Había empezado a oscurecer cuando llegaron a una plantación a unos doce kilómetros al norte de la ciudad, y a menos de dos kilómetros de la orilla oriental del río.

No tenía un aspecto distinto a cualquier otra plantación que yo había visto aguas arriba y abajo del Misisipi. El taller de un herrero. Una curtiduría. Un molino de harina. Almacenes, maquinaria, telares, cobertizos, establos y unas veinticinco dependencias de esclavos que rodeaban la mansión del hacendado. Éstas consistían en cabañas de una habitación donde vivían hasta una docena de negros, durmiendo sobre el suelo de tierra o en sacos rellenos con cáscaras de maíz, sus antorchas de pino encendidas para que las mujeres pudieran seguir cosiendo colchas hasta bien entrada la noche. De día, los oscuros campos a mi alrededor rebosaban de bullicio y trabajo.

Cuadrillas de un centenar de hombres que cavaban trincheras en largas hileras. Mujeres que conducían arados bajo el ardiente sol. Los capataces blancos se paseaban a caballo entre ellos, buscando cualquier fallo para castigarlos propinándoles una tanda de latigazos en sus espaldas desnudas. En el centro se alzaba la casa del amo. Los esclavos que tenían la «fortuna» de trabajar en ella se ahorraban el duro trabajo de los campos, pero la suya no era una vida cómoda, pues a la menor ofensa recibían también unos latigazos como castigo. Por lo demás, las esclavas de cualquier edad se hallaban a merced de los incalificables caprichos del amo.

Abe mantuvo su distancia mientras los doce esclavos eran conducidos más allá de la *maison principale* hasta un espacioso granero, cuyo interior estaba iluminado por antorchas y lámparas de aceite que colgaban del techo. Se ocultó detrás de un cobertizo situado a unos veinte metros, desde donde alcanzaba a ver con claridad la puerta del granero.

Al poco rato (después de que el amo y el capataz se retiraran a la casa) un gigantesco negro se reunió con los esclavos. Sostenía un látigo, que hizo restallar ante éstos mientras les ordenaba que formaran una hilera en el centro del granero. Cuando se colocaron de esa forma, les ordenó que se sentaran, unidos todavía por la cuerda que llevaban atada a la cintura. Al cabo de unos minutos apareció una mulata portando una gran cesta bajo el brazo (lo cual no hizo sino incrementar el temor de los recién llegados, pues sin duda habían oído historias de esclavos a los que sus nuevos amos marcaban con un hierro candente). Por suerte, la cesta sólo contenía comida, que ofrecieron a los doce esclavos para que tomaran lo que les apeteciera. Observé cómo les brillaban los ojos al ver el tocino frito y los pastelitos de maíz. La leche de vaca y los puñados de caramelos. Vi una expresión de profundo alivio en sus rostros, pues hasta ese momento no sabían qué crueldades les aguardaban. Estaban tan famélicos que se apresuraron a llenarse la panza.

Abe se preguntó si no se había precipitado en sus sospechas. Henry le había demostrado que existían vampiros capaces de mostrarse bondadosos. De contenerse. ¿Habían sido estos esclavos adquiridos quizá con el propósito de liberarlos? En todo caso, ¿les tratarían con compasión?

Cuando hacía una media hora que había comenzado el festín, vi a un grupo de hombres blancos salir de la casa y encaminarse hacia el granero. En total eran diez, incluido el amo al que yo había seguido desde Nueva Orleans. Su edad y complexión física variaban, pero todos parecían ser hombres adinerados. Al llegar al granero, el gigantesco negro hizo restallar de nuevo su látigo y ordenó a los esclavos que se pusieran de pie, tras lo cual les quitó la cuerda que llevaban sujeta a la cintura. La mulata recogió su cesta y se marchó apresuradamente.

Después de que los hombres blancos se congregaran junto a la puerta, uno de ellos entregó algo a su anfitrión (unos papeles, que sospecho eran billetes de banco) y se acercó a la hilera de esclavos. Le observé pasearse arriba y abajo, examinando a cada uno, hasta que por fin se detuvo detrás de una mujer rolliza, entrada en años, y aguardó. Uno tras otro, cada uno de los ocho hombres blancos restantes entregó su tributo a su anfitrión, examinó al resto de los esclavos, eligió a uno y se situó detrás de él a esperar, hasta que los nueve invitados hubieron ocupado su lugar correspondiente. Los negros no se atrevían a volverse. Mantenían los ojos fijos en el suelo a sus pies. Después de que nueve de los esclavos hubieran sido seleccionados, el gigantesco negro condujo a los otros tres fuera del granero, hacia la oscuridad. Ignoro la suerte que correrían esos desdichados. Sólo sé la angustia que sentí cuando desaparecieron, pues intuí que iba a ocurrir algo. No sabía el qué. Sólo sabía que sería algo atroz.

Abe no se equivocaba. Cuando comprobó que los otros esclavos se habían alejado lo bastante, el anfitrión de barba entrecana emitió un silbido. Acto seguido, nueve pares de ojos se tornaron negros como el carbón, nueve pares de colmillos descendieron y nueve vampiros se abalanzaron sobre sus indefensas víctimas por detrás.

El primer vampiro agarró la cabeza de la mujer rolliza y la giró hasta que su barbilla se unió a su columna vertebral; el grotesco semblante del monstruo fue lo último que vio la mujer antes de expirar. Otra esclava gritó y se revolvió al sentir que dos colmillos se clavaban en su hombro. Pero cuanto más pugnaba por liberarse, más profunda era la herida, y más cantidad de su preciada sangre caía en la boca del vampiro. Vi a uno golpear a un niño en la cabeza hasta que sus sesos se derramaron por un agujero en el cráneo, y a otro cortarle la cabeza a un hombre. Nada podía hacer yo por socorrerles. Eran demasiados, y yo no iba armado. El amo de los esclavos cerró con calma la puerta del granero para sofocar los sonidos de muerte, y yo eché a correr a través de la noche, con el rostro bañado en lágrimas. Disgustado conmigo mismo por mi impotencia. Asqueado por lo que había visto. Pero ante todo, asqueado por la verdad que empezaba a cobrar forma en mi mente. Una verdad que había estado demasiado ciego para ver hasta ese momento.

Al día siguiente Abe adquirió un diario encuadernado en cuero negro en Dauphine Street. Su primera entrada, que consistía tan sólo en quince palabras, era un poderoso alegato de esa verdad, y una de las frases más importantes que jamás escribiría.

25 de junio de 1828

En tanto exista en este país la plaga de la esclavitud, estará plagado de vampiros.

SEGUNDA PARTE

Cazador de vampiros

5

Nueva Salem

Para que un joven prospere, debe mejorar en todos los aspectos posibles, sin sospechar nunca que alguien desee perjudicarle.

Abraham Lincoln, en una carta a William Herndon
10 de julio de 1848

I

Abe estaba temblando.

Era una fría noche de febrero, y llevaba dos horas esperando a que un hombre se vistiera. Abe no cesaba de caminar de un lado a otro sobre la compacta nieve, dirigiendo de vez en cuando la vista hacia el palacio de justicia, un edificio sin terminar, situado al otro lado de la plaza, y hacia el segundo piso de la taberna al otro lado de la calle, donde una luz seguía encendida detrás de la ventana cubierta por una cortina de una prostituta. Entretenía el tiempo pensando en las semanas que había pasado navegando con el torso desnudo río abajo por el Misisipi bajo un sofocante calor. «Un calor capaz de asfixiar a un hombre.» Pensó en las mañanas que pasaba partiendo leña a la sombra; las tardes refrescándose con un baño en el riachuelo. Pero esos recuerdos pertenecían a una época que hacía más de tres años que había pasado y a un lugar a más de trescientos kilómetros de allí. Esta noche, su vigésimo segundo cumpleaños, tiritaba de frío en las calles desiertas de Calhoun, Illinois.*

Thomas Lincoln se había cansado por fin de Indiana. Había recibido informes periódicos de John Hanks, un primo de la madre de Abe, sobre las maravillas inexploradas de Illinois.

John le escribía sobre las «abundantes y fértiles» praderas de ese estado. Sobre «llanuras que no era preciso desbrozar, sin pedruscos, que podías adquirir por un precio irrisorio». Fue el incentivo que Thomas necesitaba para dejar atrás Indiana y sus amargos recuerdos.

En marzo de 1830, los Lincoln cargaron sus pertenencias en tres carromatos, cada uno enganchado a una yunta de bueyes, y abandonaron Little Pigeon Creek para siempre. Durante quince agotadoras jornadas circularon por carreteras cubiertas de barro y vadearon ríos helados, «hasta que por fin llegamos al condado de Macon y nos instalamos al oeste de Decatur», en el mismo centro de Illinois. Abe tenía a la sazón veintiún años. Hacía dos años que había presenciado la matanza de esclavos en Nueva Orleans. Dos años durante los cuales había entregado su salario ganado con esfuerzo a su padre. Ahora

---

* Al año siguiente la ciudad recibiría el nuevo nombre de Springfield. *(N. del A.)*

podía por fin independizarse. Pese a que estaba impaciente por hacerlo, se quedó un año más, ayudando a su progenitor a construir una nueva cabaña y a su familia a instalarse en su nuevo hogar.

Pero esta noche había cumplido veintidós años. Y estaba decidido a que fuera su último cumpleaños que pasaba bajo el techo de su padre.

[Mi hermanastro] John había insistido en que fuéramos a Calhoun para celebrarlo. Al principio me negué en redondo, pues no era dado a celebrar estas ocasiones. Como de costumbre, John me atosigó hasta que no pude soportarlo más. Durante el trayecto a caballo a la ciudad, me explicó sus intenciones, que según recuerdo consistían en «emborracharnos como cubas y pagarte la compañía de una mujer». Conocía una taberna en la calle Sexta. No recuerdo el nombre, o si tenía uno. Sólo recuerdo que tenía un segundo piso donde un hombre podía satisfacer sus necesidades por un precio. Al marjen [sic] de lo que John se propusiera, puedo afirmar que mi conciencia está limpia a este respecto.

Es posible que Lincoln resistiera las tentaciones de las perfumadas señoras que había en la taberna, pero bebió whisky a porrillo. John y él compartieron risas a cuenta de su padre, de sus hermanas y de ellos mismos. Fue «muy saludable para el alma, y una excelente forma de celebrar el propio cumpleaños». De nuevo, la insistencia de John había dado resultado. Hacia el fin de la velada, sin embargo, mientras su hermanastro flirteaba con una voluptuosa morena llamada

Missy («como el Misisipi, cariño, pero el doble de profunda y mucho más cálida»), Abe vio entrar a un hombre de estatura mediana, vestido con un atuendo «inadecuado en una noche tan fría».

Su rostro no mostraba la rubicundez que había observado en los otros clientes que entraban apresuradamente en la iluminada y cálida taberna, ni su aliento era visible en el aire frío. Era un caballero pálido, de unos treinta años o menos, pero su pelo era una mezcla rizada de castaño y gris, cuyo resultado era semejante al color de la madera curada. Se dirigió al tabernero (estaba claro que ambos se conocían) y le murmuró algo, tras lo cual el tabernero, un hombre menudo que lucía un mandil, subió apresuradamente la escalera. Era un vampiro. Al margen del whisky que yo había consumido, estaba convencido de ello. Pero ¿cómo averiguarlo con certeza?

A Abe se le ocurrió de pronto una idea.

Bajé la voz hasta que era apenas un murmullo. «¿Te has fijado en ese hombre que está frente a la barra?», pregunté a John, que estaba ocupado susurrando al oído de la dama. «Dime, ¿recuerdas haber visto alguna vez un hombre con un rostro tan repulsivo?» John —que no tenía la menor idea del aspecto que tenía el rostro de ese hombre— prorrumpió en carcajadas (estaba muy borracho). Al oír lo que yo había murmurado, el pálido caballero se volvió y me miró fijamente. Yo sonreí y alcé mi vaso en un brindis. ¡Ningún otro ser habría oído el insulto a través de semejante barullo ni a tanta distancia! ¡No cabía ninguna duda! Pero no podía matarlo allí. No con tantas personas observando. Sonreí ante la idea de que la policía me arrestaría y acusaría de asesinato. ¿Qué argumento esgrimiría en mi defensa? ¿Que mi víctima era un vampiro? Por si fuera poco, había dejado mi chaqueta con mis armas fuera, en la alforja. No, era imposible. Tenía que buscar otro medio.

El tabernero regresó acompañado de tres mujeres, las cuales colocó ante la mesa del vampiro.

Después de elegir a dos de ellas, el vampiro las siguió escaleras arriba, y el tabernero nos advirtió que iba a servir la última ronda.

La mente de Abe, medio nublada por el whisky, no cesaba de darle vueltas al asunto hasta que «por suerte se me ocurrió otra idea». Sabiendo que su hermano no dejaría que anduviera solo por las calles, informó a John que había cambiado de parecer e «hizo los arreglos pertinentes» para pasar la noche con una mujer.

John había confiado (sospecho que fervientemente) en que por fin me decidiría, y se apresuró a hacer sus propios arreglos. Nos despedimos dándonos las buenas noches y el tabernero apagó las linternas y encerró las botellas bajo llave. Tras conceder a mi hermano y a su amiga tiempo suficiente para llegar a su habitación, les seguí escaleras arriba, solo. Me encontré en un angosto pasillo tenuemente iluminado por un quinqué y empapelado con un recargado diseño en rojos y rosas. A ambos lados del pasillo había varias puertas, todas ellas cerradas. Al fondo, vi otra puerta cerrada, que a juzgar por la forma del edificio, daba acceso a una escalera posterior. Eché a andar por el centro del pasillo lentamente, aguzando el oído a fin de captar alguna pista que me indicara en qué habitación se hallaba el vampiro. A mi izquierda, oí risas. Palabras soeces, a mi derecha. Unos sonidos que no tengo palabras para describir. Al llegar al fondo del pasillo sin éxito, por fin oí a mi derecha lo que esperaba: las voces de dos mujeres procedentes de la misma habitación. Dejando que John gozara del cálido abrazo de una extraña, retrocedí, salí al gélido exterior y me enfundé mi chaqueta larga. Sabía que el vampiro seguramente concluiría lo que estuviera haciendo y se marcharía antes del amanecer. Y cuando saliera, yo le estaría esperando.

Pero al cabo de dos horas de pasearse arriba y abajo por la calle, Abe estaba cansado, tenía frío y estaba aburrido.

Confieso que el hecho de haber matado a dieciséis vampiros me había envalentonado. No contento con seguir esperando fuera, aterido de frío, decidí acabar con el asunto de una vez por todas. Subí la escalera cubierta de nieve situada en la parte trasera del edificio, procurando no hacer ruido, y empuñando el mártir.

«Mártir» era el nombre que Abe había dado a una nueva arma que él mismo había creado. De una entrada anterior en su diario:

He leído recientemente sobre los éxitos de un químico inglés llamado Walker, que ha inventado un método para crear una llama utilizando sólo fricción. Después de obtener las sustancias químicas necesarias para reproducir sus *congreves*,* sumergí varios palitos en esta mezcla. Cuando las sustancias químicas se secaron, formé un manojo con veinte de estos palitos (que tenía aproximadamente el grosor de una pluma estilográfica) y lo unté todo salvo un extremo con cola. Cuando el extremo expuesto es frotado contra una superficie áspera, se produce una llama breve, violenta y más intensa que el sol. Esta llama ciega temporalmente a mis adversarios ojinegros, permitiéndome destrozarlos a hachazos con mayor facilidad. He utilizado estos artilugios en dos ocasiones con gran éxito (aunque las quemaduras en mis dedos demuestran que unos intentos previos acabaron en fracaso).

Me detuve ante la puerta en cuestión sosteniendo el mártir en una mano y el hacha en la otra; la luz que se filtraba debajo de la puerta iluminaba mis zapatos cubiertos de nieve. No oí voces al otro lado de la puerta, y se me ocurrió que quizá vería a las dos chicas asesinadas sobre la cama, las sábanas empapadas con su sangre y en consonancia con el diseño de las paredes. Utilizando la cabeza del hacha, llamé tres veces a la puerta.

Nada.

---

* Las cerillas de John Walker (que él llamaba *congreves* en alusión al cohete diseñado por el inventor inglés William Congreve) consistían en una mezcla de sulfato de antimonio, clorato de potasio, goma y almidón. Eran tremendamente inestables y apestosas. *(N. del A.)*

Tras concederles tiempo suficiente para responder, llamé de nuevo. Transcurrieron unos instantes sin que se oyera ningún sonido al otro lado. Mientras pensaba en si debía volver a llamar o no, oí el crujir de la cama, seguido por los crujidos de alguien al caminar sobre el suelo de madera. Me dispuse a atacar. La puerta se abrió.

Era él. El pelo rizado, del color de la madera curada. Lo único que se interponía entre su piel y el frío era una camisa larga.

—¿Qué diablos es esto? —preguntó.

Abe frotó la punta del mártir contra la pared.

Nada.

La maldita cosa no se encendió, pues había permanecido demasiado tiempo en el húmedo bolsillo de mi chaqueta. El vampiro me miró perplejo. Sus colmillos no descendieron, y sus ojos no se tornaron negros. Pero al ver el hacha en mi otra mano, los abrió como platos y cerró la puerta con tal fuerza que todo el edificio tembló. Yo me quedé ahí plantado, mirando la puerta como un perro mira un libro, dejando que el vampiro huyera por el otro lado. Cuando por fin reparé en ello, retrocedí un paso y asesté un puntapié a la puerta con todas mis fuerzas. Ésta se abrió con un violento estruendo, que yo atribuí erróneamente al ruido de madera al partirse. No me di cuenta de que era un disparo hasta después de que la bala de plomo pasara volando a menos de dos centímetros de mi cabeza y se alojara en la pared a mi espalda. Confieso que me llevé un susto morrocotudo. Hasta el punto de que al verle soltar la pistola y salir a través de la ventana sacando primero la cabeza (despidiéndose de mí con su desnudo trasero), lo primero que se me ocurrió fue que en lugar de perseguirlo debía palparme la cabeza por si me estaba desangrando. Tras comprobar que no era así, entré apresuradamente en la habitación tras él; las dos señoras yacían en la cama que se hallaba junto a mí, en cueros y gritando como posesas. Oí abrirse unas puertas en el otro extremo del pasillo cuando los clientes, picados por la curiosidad, se asomaron para averiguar a qué obedecía el tumulto. Al alcanzar la ventana, vi a mi presa levantarse del suelo cubierto de nieve y echar a correr por la oscura calle, resbalando y aterrizando sobre sus desnudas posaderas un par de veces antes de desaparecer, pidiendo auxilio a voz en cuello.

No era un vampiro.

Durante buena parte del viaje de regreso a casa no cesé de proferir palabrotas. Jamás en mi vida me había sentido tan avergonzado ni había cometido un error tan garrafal debido a la cantidad de alcohol que había ingerido. Jamás había hecho un ridículo semejante. El único pensamiento reconfortante era que pronto sería, por fin, libre.

El invierno de 1831 fue especialmente duro, pero en marzo llegó el deshielo, aparecieron los primeros pájaros en el cielo y asomaron las primeras briznas de hierba en la tierra. Para Abe, el deshielo de marzo puso fin a veintidós años de convivencia con Thomas Lincoln. Unos años que eran cada vez más fríos. No es probable que se despidieran con más que un apretón de manos, como mucho. El día que Abe abandonó su hogar para siempre, se limitó a escribir esto en su diario:

> Partimos para Beardstown a través de Springfield. John, el otro John y yo confiamos en realizar el viaje en tres días.

Lincoln partió a caballo hacia el oeste con su hermanastro John y su primo John Hanks. Los tres jóvenes habían sido contratados por un conocido llamado Denton Offutt para construir una chalana y transportar mercancías por el Sangamon hasta Nueva Orleans, una travesía de ida y vuelta de unos tres meses de duración.

Un coetáneo recordaba a Offutt como «un hijo de perra de mal carácter, estricto y vociferante». Pero como la mayoría de personas que conocían a Abe Lincoln, Offutt se había sentido impresionado por lo trabajador que era, por su inteligencia y su buena disposición. Al llegar a Beardstown (al cabo de tres días, tal como habían confiado), Abe dirigió a su equipo en la construcción de la chalana de Offutt, tras lo cual la cargaron de mercancías.

> Mi segunda chalana era el doble de larga que la primera y con notables mejoras. La construimos con mayor rapidez, pues no sólo poseía yo la experiencia de haber construido otra con anterioridad, sino que disponía de más manos con las que compartir el trabajo. Zarpamos a las tres semanas de haber llegado, para sorpresa y satisfacción del señor Offutt.

El Sangamon discurría serpenteando por más de cuatrocientos kilómetros a través del centro de Illinois. Tenía poco que ver con el «poderoso Misisipi». En algunos lugares más que un río parecía un arroyo o riachuelo, y su curso se veía entorpecido por las ramas de los árboles que colgaban sobre él y el cúmulo de madera de deriva que flotaba sobre sus aguas, a merced de la corriente. El agitado río discurría hasta confluir con el Illinois, cuyas aguas eran más calmadas, antes de alcanzar el Misisipi.

La travesía de los cuatro barqueros (Offutt había decidido acompañarlos) por el Sangamon fue penosa. Cada día se producía un nuevo desastre: embarrancaban o se topaban con un árbol que había caído sobre el río. Según la leyenda, la chalana se quedó atascada en un dique cerca de Nueva Salem, Illinois, y empezó a inundarse de agua. Mientras los lugareños se agolpaban en la orilla, aconsejándoles lo que debían hacer y riéndose de los esfuerzos de los jóvenes por salvar su embarcación, a Lincoln se le ocurrió otra de sus brillantes ideas. Practicó un agujero en la proa del barco (que pendía sobre el dique), haciendo que saliera toda el agua. Con ello logró que la popa se alzara lo suficiente para que se deslizara sobre el dique sin mayores problemas. Tras taponar el agujero, los hombres reanudaron el viaje, dejando a los habitantes de Nueva Salem profundamente impresionados. Denton Offutt también se sintió impresionado, no tanto por el ingenio de Abe, sino por el pequeño y pujante asentamiento de Nueva Salem.

Pese al río y sus obstáculos, Abe consiguió hallar de nuevo durante la travesía algo de esa escurridiza paz. Prácticamente cada noche, cuando echaban el ancla, se entretenía dibujando, plasmando extensos recuerdos y pensamientos aleatorios en su diario. En una entrada fechada el 4 de mayo, empieza abundando en su declaración de una sola frase sobre la conexión entre la esclavitud y los vampiros.

Poco después de que los primeros barcos desembarcaran en el Nuevo Mundo, entiendo que los vampiros llegaron a un acuerdo tácito con los amos de esclavos. Entiendo que esta nación posee una atracción singular para ellos, porque aquí, en Norteamérica, pueden alimentarse de sangre humana sin temor a ser descubiertos o castigados. Sin la inconveniencia de vivir en la oscuridad. Entiendo que esta situación se da principalmente en el sur, donde esos vistosos caballeros vampiros han ideado el medio de «cultivar» a sus presas. Donde los esclavos más fuertes trabajan cultivando tabaco y productos comestibles para los afortunados y libres, y los más débiles son «cosechados» y devorados. Aunque estoy convencido de ello, todavía no puedo demostrarlo de forma fehaciente.

Abe había escrito a Henry sobre lo que había visto (preguntándole lo que significaba) después de su primer viaje a Nueva Orleans. No había recibido respuesta. Puesto que su partida de Little Pigeon Creek era inminente, había decidido regresar a la falsa cabaña para visitar a su amigo vampiro.

Encontré el lugar desierto. Los muebles y la cama habían desaparecido, y la cabaña era ahora una estancia vacía. Al abrir la puerta posterior, no hallé una escalera que condujera a mi habitación situada abajo, sino un montón de tierra allanada y compacta. ¿Había llenado Henry todo su escondite con tierra? ¿O lo había soñado en mi estado delirante?

Abe no se quedó en Indiana el tiempo suficiente para averiguarlo. Escribió unas letras en su diario, arrancó la página y la clavó sobre la chimenea de Henry.

ABRAHAM LINCOLN
AL OESTE DE DECATUR, ILLINOIS
A LA ATENCIÓN DEL SEÑOR JOHN HANKS

Nueva Orleans ya no le parecía una ciudad tan prodigiosa como en su primera visita, y Abe estaba impaciente por concluir su gestión allí y tomar un vapor hacia el norte. Permaneció sólo unos pocos días para dar a su hermanastro y a su primo la oportunidad de explorarla, pero él apenas salía a la calle, pues no deseaba toparse con otra subasta de esclavos o un vampiro imprevisible. No obstante, fue a la taberna cercana a la pensión de la señora Laveau, no para beber unas copas, sino con la remota esperanza de encontrarse con su viejo amigo Poe. Pero no fue así.

Denton Offutt se había sentido tan impresionado por el trabajo de Lincoln que le ofreció otro empleo cuando regresaran a Illinois. Offutt consideraba el Sangamon un río de más de cuatrocientos kilómetros lleno de oportunidades. La frontera de las tierras colonizadas prosperaba, y las ciudades proliferaban a lo largo de sus orillas. Muchos creían que la navegación no tardaría en perfeccionarse, y que los buques de vapor pronto transportarían pasajeros y mercancías hasta sus mismos jardines traseros. Offutt era uno de ellos. «Os aseguro —dijo— que el Sangamon es el próximo Misisipi. El asentamiento de hoy es la ciudad de mañana.» Si de algo estaba seguro Offutt, era de que toda ciudad en ciernes necesitaba una tienda y un par de hombres que la regentaran. Así fue como Abraham Lincoln y Denton Offutt regresaron a Nueva Salem, Illinois, el escenario del penoso rescate de su embarcación, para quedarse.

Nueva Salem estaba ubicada sobre un risco en la orilla occidental del Sangamon, y consistía en una colección de cabañas de una o dos habitaciones estrechamente agrupadas, talleres, fábricas y una escuela que los domingos hacía las veces de iglesia. En total, contaba cerca de un centenar de residentes.

Cuando faltaba aproximadamente un mes para que la tienda del señor Offutt se inaugurara, me hallé en la extraña situación de disponer de demasiado tiempo, y pocas cosas que hacer. Por tanto, me sentí muy aliviado cuando conocí al señor William Mentor Graham, un joven maestro que compartía mi amor por los libros y me introdujo a *Kirkham's Grammar*, que estudié hasta ser capaz de recitar cada regla y ejemplo de memoria.

La historia recuerda el gigantesco intelecto de Abe, pero olvida que, en aquellos días, lo que impresionaba de él era su gigantesca estatura más que su intelecto. Al igual que su padre, tenía un don natural para las palabras. Pero a la hora de escribirlas correctamente, seguía siendo víctima de sus escasos estudios. Mentor Graham le ayudó a subsanar ese fallo, y fue un factor clave en la habilidad que posteriormente demostraría Lincoln de expresarse con elocuencia.

Cuando la pequeña tienda estuvo por fin abastecida y preparada para abrir sus puertas, Abe se puso a trabajar tomando nota de los encargos, ocupándose del inventario y seduciendo a los clientes con su sentido del humor e infinita colección de datos. Offutt y él vendían utensilios de cocina y linternas, tejidos y pieles de animales. También azúcar y harina y llenaban botellas con brandy de melocotón, melaza y vinagre de vino tinto que almacenaban en pequeños barriles en los estantes detrás del mostrador. «Todo lo que alguien pueda necesitar en cualquier momento», decían. Además de su exiguo salario, Abe percibía cierta cantidad de artículos y ocupaba una pequeña habitación al fondo de la tienda. Aquí, leía a la luz de las velas y escribía en su diario hasta pasada la medianoche.

Luego, cuando la vela se consumía, y todo el asentamiento estaba dormido, se ponía su chaqueta y salía a la noche en busca de vampiros.

II

Sin Henry que le guiara, y no pudiendo alejarse más que unos pocos kilómetros de Nueva Salem (pues tenía que estar de regreso cada mañana a las siete para abrir la tienda de Offutt), la campaña de exterminio de vampiros emprendida por Abe llegó a su fin en el verano de 1831. Por las noches deambulaba por el bosque circundante, recorría las orillas del Sangamon. Pero aparte de algún que otro ruido, todo estaba en calma. Abe empezó a dedicar más tiempo a descansar que a explorar la zona, y al fin dejó de salir a la caza de vampiros.

Lo cual no significa que no se le presentara la oportunidad de pelear.

A una media hora a pie de Nueva Salem se hallaba el asentamiento de Clary's Grove, en el que residía una pandilla llamada, con escasa imaginación, Clary's Grove Boys, compuesta principalmente por jóvenes emparentados entre sí y aficionados a emborracharse y armar trifulcas.

Cada noche provocaban al menos dos reyertas en la taberna del pobre Jim Rutledge, y se dedicaban a interrumpir bautismos en el río arrojando piedras a los feligreses desde el bosque. Nadie se atrevía a encararse con ellos, por temor a que te destrozaran las ventanas, o te metieran en un barril y te dejaran a merced del Sangamon.

Ante todo, a los Boys les encantaba pelear. Se ufanaban de ser los tipos «más peleones, duros y escandalosos de la comarca». De modo que cuando corrió la noticia de que había venido «un tipo grandullón» para trabajar en la tienda de Nueva Salem, los Boys consideraron su deber echarle un vistazo y, en caso necesario, bajarle los humos.

Abe sabía que los Clary's Grove Boys aparecerían en busca de pelea, al igual que se dedicaban a desafiar desde hacía años a todo hombre sano y robusto que se mudara a su territorio. Ése era precisamente el motivo por el que los había evitado a toda costa, confiando en que acabarían acostumbrándose a su presencia. Había conseguido que transcurrieran casi dos meses sin que se produjera una confrontación (todo un récord local). Por desgracia, Denton Offutt era un hombre menudo con una boca demasiado grande, y al tropezarse con algunos de los Boys, se jactó de que su nuevo dependiente no sólo era el tipo más inteligente del condado de Sangamon, sino «lo bastante hombre para derrotar a todos los camorristas».

Se presentaron de improviso en la tienda y me ordenaron que saliera. Al ver a diez o más chicos congregados allí, les pregunté qué querían. Uno de ellos avanzó un paso y respondió que querían que «el mejor luchador» del grupo se enfrentara a mí, pues el señor Offutt me había descrito como «el tipo más duro que había conocido jamás». Les dije que el señor Offutt estaba equivocado. Que no era un tipo duro, y que no quería seguir perdiendo el tiempo. Mi negativa no les sentó bien, y de pronto me vi rodeado y amenazado por toda la pandilla. No permitirían que entrara de nuevo en la tienda, dijeron, hasta que accediera a pelearme con uno de ellos. Si me negaba, toda Nueva Salem sabría que yo era un cobarde, y ellos se encargarían de «poner la tienda patas arriba». Al fin accedí, pero insistí en que fuera una pelea justa. «Descuida, apenas será una pelea», replicó uno de ellos, y pidió a un tal Jack que se acercara.

Jack Armstrong era un hombre alto y fuerte como un muro de ladrillo, diez centímetros más bajo y diez kilos más grueso que Abe. Era el líder indiscutible de los Clary's Grove Boys, y el motivo saltaba a la vista.

Tenía un aspecto muy agresivo, y mantenía los brazos y el pecho tensos mientras se movía a mi alrededor, como si todo su cuerpo estuviera tensado como una cuerda de arco que podía soltarse en cualquier momento. Se quitó la camisa y la arrojó al suelo, sin dejar de girar a mi alrededor. Yo preferí no quitarme la camisa y empecé a arremangarme. Apenas había comenzado a hacerlo cuando de pronto me vi tumbado en el suelo boca arriba, boqueando.

Los Boys le aclamaron cuando Jack se puso en pie, y abuchearon a Abe cuando éste se incorporó tras no pocos esfuerzos.

Estaba claro que mi insistencia en que fuera una «pelea justa» no había hecho mella en ellos. Jack me atacó de nuevo, pero esta vez yo estaba preparado, y sus brazos extendidos se toparon con los míos. Nuestras espaldas y hombros formaban la superficie de una mesa cuando nos inclinamos hacia delante, tratando de derribarnos mutuamente, con la cabeza agachada y levantando con los pies una nube de polvo. Sospecho que mi fuerza le sorprendió. A mí desde luego me sorprendió la suya. Tenía la sensación de haberme trabado en un abrazo con un oso ruso.

Pese a la fortaleza de Jack Armstrong, no tenía comparación con los vampiros con los que Abe había luchado en otras ocasiones. Tras recuperar el resuello, Lincoln agarró a Jack del cuello con una mano y por la cintura de su pantalón con la otra.

Sujetándolo de esta forma, le alcé del suelo y lo sostuve sobre mi cabeza mientras él se revolvía tratando de liberarse, soltando una retahíla de palabrotas. Este espectáculo causó gran consternación a sus amigos, y al cabo de unos momentos todos se abalanzaron sobre mí, asestándome puñetazos y patadas en grupo. Era una injusticia que yo no podía consentir.

Abe tenía la cara congestionada, y haciendo acopio de todas sus fuerzas, arrojó a Jack Armstrong contra el muro de la tienda gritando: «¡Soy el macho más fuerte de la manada!»

Agarré al tipo que tenía más cerca del pelo y le asesté un puñetazo en la cara que lo dejó inconsciente. El que estaba junto a él recibió un puñetazo mío en el vientre. Yo estaba dispuesto a derrotarlos a todos, uno tras otro, y lo habría conseguido de no haberse levantado Jack del suelo y haber ordenado a sus hombres que cesaran de pelear.

Entonces fue el cuerpo de Lincoln el que se tensó como una cuerda de arco, sin apartar la vista de un par de Clary's Grove Boys que estaban al alcance de sus brazos.

Jack se sacó una o dos astillas del costado y se colocó junto a mí. «Chicos —dijo—, creo que este tipo es el hijo de perra más duro que jamás ha puesto los pies en Nueva Salem. Cualquiera que se pelee con él tendrá que vérselas con Jack Armstrong.»

Quizá fuera la pelea más importante que Abe sostuvo en su juventud, pues no tardó en propagarse la noticia de una punta a otra del condado de Sangamon de que Lincoln era un joven dotado de una gran fortaleza física y mental. Un hombre del que podían enorgullecerse. Al margen de la tumultuosa forma en que se habían conocido, los Clary's Grove Boys no tardaron en convertirse en los más firmes defensores de Abe, y posteriormente demostraron ser unos activos políticos muy valiosos. Algunos incluso se hicieron grandes amigos suyos, aunque ninguno tan íntimo como Jack Armstrong.

Lamenté haber perdido los estribos y haberlo avergonzado delante de sus amigos. De modo que la tarde después de nuestro combate, le invité a una copa en la tienda.

Abe y Jack compartieron una pequeña botella de brandy de melocotón en el cuarto situado al fondo de la tienda; el cielo seguía mostrando un tenue color azul, aunque eran cerca de las nueve. Abe se sentó en el borde de su cama, tras ofrecer a su invitado la única silla que había en la habitación.

Me sorprendió averiguar que el alto y fornido Armstrong era un tipo tranquilo y afable. Aunque cuatro años menor que yo, tenía una madurez muy superior a hombres que le doblaban la edad, y una facilidad para conversar insospechada a tenor de su aspecto. Al ver mi ejemplar de *Kirkham's Grammar*, habló del valor de leer y escribir, lamentándose de sus deficiencias en ambas materias.

—Lo cierto es que era más importante ser duro —dijo Jack—. Éste es un territorio duro, y un hombre tiene que serlo también.

—¿Es imprescindible elegir entre una cosa y la otra? —inquirió Abe—. Siempre he buscado tiempo para leer, y sé algo sobre territorios duros.

Jack sonrió.

—No como Illinois.

Abe le preguntó a qué se refería.

—¿Has visto alguna vez a alguien que estimas despedazado y diseminado por el suelo?

Abe no había tenido esa experiencia, y le chocó la respuesta de Jack. Éste se rebulló en la silla, con los ojos fijos en el suelo.

—Una noche fui a dar un paseo con un amigo —dijo—. Ambos teníamos nueve años, y regresábamos a casa después de divertirnos arrojando piedras contra las barcazas, por un sendero que conocíamos como la palma de nuestra mano. Mi amigo caminaba junto a mí, charlando en la oscuridad. De pronto se elevó por el aire cuando un oso le sujetó con sus garras por la cabeza y lo alzó hacia la copa de un árbol. Estaba oscuro y no vi lo que ocurrió allí arriba. Sólo le oí gritar. Eché a correr en busca de ayuda, y los hombres acudieron apresuradamente con sus rifles de llave de chispa. Pero no hallaron nada contra lo cual disparar. Pasamos media mañana recogiendo los pedazos de mi amigo del suelo. Jared. Se llamaba Jared Linder.

Se produjo un silencio, y Abe comprendió que no debía ser el primero en romperlo.

—Las gentes de este lugar saben lo que ocurre en estos bosques —dijo Jack—. Saben que un hombre que es incapaz de valerse por sí mismo, que no tiene la fuerza para enfrentarse a quienquiera que le desafíe, puede morir de camino de un lugar a otro. La gente dice que nosotros, los Boys, permanecemos unidos porque estamos emparentados. Porque nos gusta armar follón. Lo cierto es que permanecemos juntos porque es la única forma de llegar a viejos. Nos hacemos los duros porque un tipo débil es hombre muerto.

—¿Estás seguro? —preguntó Abe—. Me refiero a si estás seguro de que era un oso.

—Te aseguro que no era un caballo que trepaba a un árbol.

—Quiero decir... ¿No pudo haber sido algo... extraño?

—Ah —dijo Jack riéndose—. ¿Te refieres a si era algo como salido de una fábula? ¿Una especie de fantasma?

—Sí.

—Hace años que esas historias circulan por el río. Unas historias disparatadas. La gente habla sobre brujas, diablos y...

—¿Vampiros?

Al oír esa palabra la sonrisa se borró del rostro de Jack.

—La gente dice muchas tonterías. Es porque tienen miedo.

Quizá fuera la mitad de la botella de brandy de melocotón que circulaba por su torrente sanguíneo, o la sensación de que había hallado un alma gemela. Quizá no podía seguir guardando para sí tantos secretos. Fuera cual fuera el motivo, Abe tomó de pronto una decisión muy arriesgada.

—Jack..., si te cuento algo increíble, ¿prometes escucharme con imparcialidad?

III

Abe no cesaba de pasearse arriba y abajo sobre la mullida tierra de la calle, dirigiendo de vez en cuando una ojeada al palacio de justicia, recién terminado, al otro lado de la plaza, y al segundo piso de la taberna situada al otro lado de la calle, donde una luz seguía encendida detrás de la ventana cubierta por una cortina de una prostituta. Esta vez era fines de verano y el tiempo era más agradable. Y también la compañía.

Me había costado convencerle, pero al fin Jack había accedido a venir a Springfield. Al principio, se había negado a creer una palabra de lo que yo le había contado, llegando incluso a decir que era «un maldito embustero» y amenazando con «darme una paliza» por tomarle por idiota. Yo le rogué que tuviera paciencia, y le prometí que le demostraría que cada palabra que había dicho era verdad, o haría la maleta y abandonaría Nueva Salem para siempre. Se lo prometí confiando en tener éxito, pues esa misma mañana había recibido por fin una carta.

La carta estaba dirigida tal como Abe indicaba en el papel que había clavado sobre la chimenea de Henry.

ABRAHAM LINCOLN
AL OESTE DE DECATUR, ILLINOIS
A LA ATENCIÓN DEL SEÑOR JOHN HANKS

Había sido entregada a sus parientes hacía dos semanas, y éstos la había enviado a Nueva Salem. Al ver la conocida letra, Abe se había apresurado a rasgar el sobre y había leído la carta una docena de veces a lo largo del día detrás del mostrador de la tienda.

Abraham:

Discúlpame por no haberte escrito en tantos meses. Por más que lo lamento, el hecho de desaparecer de vez en cuando forma parte integrante de mi existencia. Cuando me haya instalado en un lugar más permanente, te escribiré más a menudo. Entretanto, espero que te hayas instalado felizmente en el tuyo, que te sientas a gusto y estés bien de salud. Si lo deseas, puedes visitar al individuo cuyo nombre te indico más abajo. Creo que vive a pocos kilómetros a caballo de donde te encuentras ahora. Sin embargo, debo advertirte que es mucho más listo que los que has visitado con anterioridad. Hasta es posible que lo confundas con uno de tu especie.

Timothy Douglas.

La taberna cerca de la plaza.

Calhoun.

Tu amigo

H

Abe conocía bien la taberna. A fin de cuentas, era donde había vivido el episodio más bochornoso como cazador de vampiros. *¿Es posible que yo hubiera estado en lo cierto? ¿Que el hombre medio desnudo que había salido corriendo pidiendo auxilio fuera un vampiro?*

Entramos en la taberna, vestidos con sencillez (yo había dejado mi chaqueta larga en la alforja, fuera). Miré los rostros de los clientes sentados a las mesas, casi esperando ver al caballero de pelo rizado observándome furibundo con su camisa cubierta de nieve. ¿Echaría a correr al verme? ¿Le obligaría su naturaleza vampírica a atacarme? Pero no le vi. Jack y yo nos acercamos al mostrador, donde el tabernero que lucía un mandil se afanaba en secar un vaso de whisky.

—Disculpe, señor. Mi amigo y yo buscamos a un tal señor Douglas.

—¿Tim Douglas? —preguntó el tabernero, sin apartar los ojos del vaso.

—El mismo.

—¿Qué asunto les trae en busca del señor Douglas?

—Un asunto urgente y privado. ¿Sabe dónde se encuentra?

El tabernero mostraba una expresión divertida.

—En todo caso, señor, no tendrán que buscar muy lejos, se lo aseguro.

Dejó el vaso sobre el mostrador y extendió la mano.

—Tim Douglas. ¿Su nombre, señor?

Jack se echó a reír. Debía de ser un error. ¿Este hombre menudo e insignificante, un hombre que se pasaba las noches lavando vasos sucios y haciendo de alcahuete entre putas y borrachos era el vampiro que había indicado Henry? Como es natural, no tuve más remedio que estrecharle la mano. Era sonrosada y cálida como la mía.

—Hanks —respondió Abe—. Abe Hanks, y le ruego que me disculpe, pues entendí por error que decía «Tom» Douglas. Sí, buscamos a Thomas Douglas. ¿Sabe dónde podemos hallarlo?

—No, señor. Me temo que no conozco a nadie de ese nombre.

—En todo caso le agradezco su amabilidad. Buenas noches.

Abe salió apresuradamente de la taberna, seguido por Jack, que no paraba de reírse.

Decidí esperar. Habíamos llegado hasta aquí, y Henry nunca me había fallado. Cuando menos, esperaríamos a que el tabernero cerrara y le seguiríamos hasta su casa en la oscuridad.

Al cabo de varias horas de deambular por la plaza donde se alzaba el palacio de justicia, Abe (que se había puesto su chaqueta larga) y Jack (que no había cesado de mofarse de él desde que habían abandonado la taberna) vieron por fin apagarse las luces y al tabernero salir a la calle.

Echó a andar por la calle Sexta hacia Adams. Le seguimos discretamente, Jack a tres pasos de distancia; yo empuñando mi hacha. Cada vez que el tabernero volvía la cabeza me ocultaba en las sombras, convencido de que al volverse nos descubriría. (Jack apenas podía reprimir la risa cada vez que me veía hacer eso). El hombrecillo caminaba por el centro de la calle, con las manos enfundadas en los bolsillos. Silbando. Como cualquier persona normal, haciendo que me sintiera un estúpido con cada paso que daba. Dobló por la calle Séptima, y nosotros hicimos lo propio. Dobló por Monroe, y nosotros le imitamos. Pero al doblar por la calle Novena, después de dejar que nos diera esquinazo durante unos instantes, perdimos su rastro. No había ningún callejón por el que podía haberse metido. Ninguna casa en la que podía haber entrado en tan poco tiempo. ¿Cómo era posible que hubiera desaparecido?

—De modo que eres tú.

La voz sonaba detrás de nosotros. Me volví rápidamente, dispuesto a atacar, pero no pude hacerlo. El fornido Jack Armstrong estaba de puntillas, con la espalda arqueada hacia atrás y los ojos desorbitados. Y el pequeño vampiro estaba a su espalda, sujetándolo por el cuello con sus afiladas garras. De haber visto Jack esos ojos negros y esos relucientes colmillos, su terror habría sido doble. El tabernero me sugirió que dejara el hacha en el suelo si no quería ver cómo se desangraba mi amigo. Me pareció una sugerencia muy oportuna y dejé caer el hacha.

—Tú eres la persona a quien se refería Henry. Con una destreza especial para matar a los muertos.

Aunque a Abe le sorprendió oír el nombre de Henry, su semblante no reveló nada. Oyó que la respiración de Jack se aceleraba cuando la garra le apretó el cuello con más fuerza.

—Tengo una curiosidad —dijo el tabernero—. ¿Te has preguntado alguna vez por qué? ¿Por qué un vampiro muestra tanto empeño en eliminar de la tierra a los de su especie? ¿Por qué envía a otro a matar en lugar de hacerlo él? ¿O te limitas a acatar sus órdenes ciegamente, como un sirviente con una lealtad inquebrantable que jamás cuestiona lo que hace su amo?

—No sirvo a nadie más que a mí mismo —replicó Abe.

El tabernero se echó a reír.

—Dicho como sólo lo haría un norteamericano.

—Ayúdame, Abe —imploró Jack.

—Todos somos sirvientes —dijo el tabernero—. Pero yo, a diferencia de ti, tengo la fortuna de saber a qué amo sirvo.

El pánico hizo presa en Jack.

—¡Por favor! ¡Suélteme! —Trató de liberarse, pero sólo consiguió que el tabernero le hundiera su garra más profundamente en el cuello. Sobre su nuez se deslizó un hilo de sangre mientras el vampiro murmuraba «chitón» con tono tranquilizador.

Abe aprovechó el momento para meter la mano en el bolsillo de su chaqueta sin que el otro se diera cuenta.

Debo actuar con rapidez si no quiero que mis pensamientos traicionen mi plan.

—Tu estimado Henry es tan merecedor de un golpe de esa hacha como el resto de nosotros —dijo el tabernero—. Tuvo la suerte de dar conti...

Saqué el mártir del bolsillo y lo froté contra mi hebilla tan rápidamente como pude.

Se encendió.

Una luz blanca y unas chispas, más brillantes que el sol, iluminaron toda la calle. El vampiro retrocedió protegiéndose los ojos, y Jack consiguió soltarse. Yo me arrodillé, así el mango del hacha y la lancé sin levantarme. La hoja se clavó en el pecho del vampiro partiéndole los huesos y haciendo que se escapara el aire de sus pulmones. El vampiro cayó, agarrando torpemente el mango con una mano y arrastrándose por el suelo con la otra. Dejé caer el mártir al suelo, donde siguió ardiendo, y extraje el hacha del pecho del monstruo. Vi en su rostro el temor que había visto en otros. El temor al infierno o al abismo que le aguardaban. No quise regodearme con ello. Alcé el hacha sobre mi cabeza y le corté la suya.

Jack estaba tan aterrorizado que vomitó sobre sus botas. Aterrorizado por haber estado a punto de morir. Por esos ojos negros y esos colmillos que había visto fugazmente al soltarse. Durante el viaje de regreso a casa no dijo palabra. Ninguno de los dos despegó los labios. Llegaron a Nueva Salem cuando había amanecido y se disponían a separase en silencio cuando Jack, que iba a proseguir hasta Clary's Grove, tiró de las riendas de su caballo y se dirigió hacia la tienda.

—Abe— dijo—. Quiero averiguar todo cuanto pueda sobre matar a vampiros.

6

Ann

Comprendo lo vacuas y fútiles que le parecerían mis palabras si tratara de distraerla del dolor que siente ante una pérdida tan trágica... Ruego a nuestro Padre celestial que mitigue su angustia y le deje sólo el atesorado recuerdo de los seres que ha amado y perdido.

Abraham Lincoln, en una carta a la señora Lydia Bixby,
madre de dos hijos caídos en la Guerra Civil
21 de noviembre de 1864

I

Nueva Salem no había crecido tan rápidamente como había confiado Denton Offutt; de hecho, es posible que perdiera a algunos residentes durante los meses siguientes a la inauguración de su tienda. El Sangamon distaba mucho de haberse convertido en «el próximo Misisipi». La navegación seguía siendo una empresa arriesgada, y todos, salvo unos cuantos barcos de vapor, continuaban atrapados en las anchas aguas en el sur, con sus preciados clientes y cargamento. El hecho de que en Nueva Salem se hubiera abierto una segunda tienda próxima al centro de la población, atrayendo a clientes antes de que éstos alcanzaran la puerta del establecimiento de Offutt, no había contribuido a remediar la situación. Cuando el hielo comenzó a fundirse sobre el perezoso Sangamon en la primavera de 1832, la tienda de Offutt había fracasado, y Abe se quedó sin empleo. Su indignación es evidente en una entrada con fecha de 27 de marzo.

Esta mañana me he despedido [de Offutt], después de que vendiéramos o canjeáramos las últimas mercancías. He trasladado mis pertenencias a casa de Herndon hasta que consiga otro alojamiento. No me importa que se haya ido. Su partida no me inspira la menor tristeza, ni me siento tentado a seguir su ejemplo de desidia. Nunca he estado sin trabajo, y ahora tampoco lo estaré. He decidido quedarme. Estoy convencido de que lograré prosperar.

Como de costumbre, Abe cumplió su palabra. Hizo lo que fuera con tal de ganar dinero: partir troncos para construir vallas; desbrozar terrenos; construir cobertizos. Su relación con los Clary's Grove Boys le reportó sus primeros dividendos, en forma de algún que otro trabajo que le ofrecieron los lugareños presionados por éstos. Incluso encontró trabajo como «el hombre del hacha» a bordo de uno de los pocos barcos de vapor que remontaba el Sangamon, situándose en proa y eliminando cualquier obstáculo que entorpeciera la travesía hacia el norte. Pero durante esa época no abandonó en ningún momento su actividad como cazador de vampiros.

He pensado mucho en lo que dijo el tabernero. ¿Me he preguntado alguna vez por qué tiene Henry tanto empeño en cazar vampiros? ¿Me he preguntado por qué me envía a mí en lugar de hacerlo él mismo? Confieso que he pasado muchas horas desconcertado por esos interrogantes. Preguntándome si no contendrán una verdad más profunda. ¿Acaso no soy el enemigo declarado de vampiros que acata las órdenes de un vampiro? Es un hecho ineludible, al igual que la paradoja inherente en él. ¿Acaso no soy utilizado para promover los misteriosos fines de cierto vampiro? Debo aceptar esta posibilidad. Pero después de darle muchas vueltas al asunto, he llegado a esta conclusión:

No me importa.

Aunque sólo sea el sirviente de Henry, no me importa. Mientras el resultado sea que hay menos vampiros, estaré encantado de servirle.

Las cartas de Henry empezaron a llegar con más frecuencia, y cada vez que recibía una, Abe salía a cazar. Pero no iba solo.

En Jack he hallado un compañero eficaz y entusiasta, con quien he tratado de compartir todos mis conocimientos sobre exterminar vampiros (no es preciso que le enseñe nada sobre rapidez o coraje, pues de ambas cosas anda sobrado). Agradezco la ayuda que me brinda, ya que de un tiempo a esta parte las cartas de Henry llegan con tanta frecuencia que tengo que desplazarme continuamente de un extremo a otro del estado.

Una noche Abe echó a correr por las calles de Decatur empuñando un hacha ensangrentada. Jack le acompañaba armado con una ballesta. A diez pasos frente a ellos, un hombre calvo giró hacia el Sangamon. La parte derecha de su camisa estaba empapada en sangre, y su brazo derecho colgaba perpendicular al cuerpo, unido a éste por unos pocos tendones y jirones de piel.

> Pasamos junto a dos caballeros en la calle. Al observar nuestra pequeña comitiva, gritaron: «¡Eh, deténganse inmediatamente!» ¡Qué espectáculo debíamos ofrecer! No pude por menos de romper a reír.

Abe y Jack persiguieron al hombre manco hasta la orilla del río.

> Se sumergió en las negras aguas y desapareció. Jack se dispuso a perseguirlo, pero yo le agarré por el cuello de la chaqueta y grité «¡No!» con la escasa voz que me quedaba. Jack se detuvo en la orilla, resollando y apuntando con su ballesta a cada burbuja que aparecía en la superficie.

—¡Te dije que esperaras a que te hiciera una señal! —gritó Abe.

—¡Habríamos esperado toda la maldita noche!

—¡Ahora le hemos perdido!

—¡Calla y no apartes la vista del agua! Antes o después tendrá que sacar la cabeza para respirar...

Abe miró a Jack. Su ira dio paso a una sonrisa socarrona, seguida de carcajadas.

—Sí —contestó Abe sin dejar de reír—. Supongo que cualquier día de éstos sacará la cabeza para respirar.

Abe apoyó una mano en el hombro de Jack y se alejaron de la ribera mientras sus carcajadas resonaban a través de las silenciosas calles.

> Si [a Jack] le falta algo, es paciencia. Siempre se precipita en salir de su escondite, y me temo que le divierte compartir lo que sabe con sus amigos de Clary's Grove. Siempre le recuerdo que es preciso guardar el secreto, y la locura que invadiría a todo el condado de Sangamon si descubrieran lo que hacemos.

Hacía sólo un año que se había establecido en el condado, pero en ese breve espacio de tiempo Abe se había convertido en una celebridad local. «Un joven cuyas manos son tan hábiles con un hacha como con una pluma», decía su maestro y amigo Mentor Graham. Abe había visto y oído lo suficiente de sus clientes para saber lo que pensaban.

> El río constituye una de sus principales preocupaciones. ¡Está en un estado lamentable! En algunos tramos apenas es más que un riachuelo, obstruido por restos de árboles y diversos objetos. Si queremos gozar de la munificencia que nos ofrece el Misisipi, es preciso mejorarlo, de forma que los barcos de vapor puedan navegar por él con facilidad. Esta mejora, como es natural, requiere una enorme suma de dinero. Sólo conozco un medio de conseguirlo (aparte de robar).

Abraham Lincoln decidió postularse para servir en la Legislatura del Estado de Illinois. Al anunciar su candidatura en un periódico del condado, utilizó un tono populista, si bien un tanto derrotista.

> Soy joven y para muchos de vosotros un desconocido. Nací en el seno de una familia modesta y sigo frecuentando ambientes modestos. No tengo parientes ni amigos ricos o influyentes que me avalen. Mi caso depende única y exclusivamente de los votantes independientes del condado. En caso de ser elegido, me habrán concedido un favor que no escatimaré esfuerzos en recompensar. Pero si las buenas gentes deciden en su sabiduría mantenerme al margen, he sufrido demasiados desengaños para dejar que ello me afecte profundamente.

Poco después del anuncio de Abe, llegó a Nueva Salem la noticia de «una guerra con los indios».

> Un jefe guerrero de la tribu sauk llamado Black Hawk ha violado un tratado y ha atravesado [el Misisipi] hasta alcanzar la aldea de Saukenuk, en el norte. Él y su Banda de Británicos* se proponen matar o expulsar a todos los colonos blancos con que se tropiecen y reclamar las tierras que consideran que les pertenecen por derecho propio. El gobernador Reynolds ha hecho un llamamiento para que seiscientos hombres sanos

---

* Nombre de un grupo compuesto por unos quinientos guerreros y mil mujeres y niños pertenecientes a cinco tribus, todos ellos a las órdenes de Black Hawk. El nombre se debe a que habían asegurado a Black Hawk que recibiría ayuda de los británicos en cualquier conflicto con los norteamericanos (ayuda que no recibió nunca). *(N. del A.)*

y fuertes tomen las armas contra estos salvajes y protejan a las buenas gentes de Illinois.

Pese a sus ambiciones políticas (o debido a ellas), Abe fue uno de los primeros habitantes del condado de Sangamon en ofrecerse como voluntario. Años más tarde recordaría su entusiasmo.

Había estado sediento de guerra desde que era un niño de doce años. ¡Ahora tenía por fin la oportunidad de contemplarla de primera mano! Imaginaba la gloria de participar en la batalla, ¡disparando mi fusil de llave de chispa y esgrimiendo mi hacha! Imaginaba liquidar a un sinnúmero de indios sin mayores problemas, pues no podían ser más veloces ni más fuertes que los vampiros.

Los voluntarios se reunieron en Beardstown, un pujante asentamiento a orillas del Illinois. Allí, los hombres recibieron un curso acelerado en los rudimentos del arte de la guerra por un puñado de expertos milicianos. Antes de partir hacia el norte, la unidad de Abe —un grupo variopinto de voluntarios formado por hombres de Nueva Salem y Clary's Grove— le designó como su capitán.

¡El capitán Lincoln! Confieso que los ojos se me llenaron de lágrimas. Era la primera vez que sentía semejante estima. La primera vez que me elegían para conducir a mis compatriotas, y su sagrada confianza en mí me procuró más satisfacción que todas las elecciones que he ganado y todos los cargos que he ocupado desde entonces.

Entre los que partieron a combatir con Abe, se hallaba su colega y cazador de vampiros Jack Armstrong y un joven comandante llamado John Todd Stuart. Stuart era un hombre delgado «con la frente alta y el pelo negro peinado con raya». Tenía una nariz «prominente» y unos ojos «duros» que «no hacían justicia a su talante afable». Stuart desempeñaría un papel crucial en la vida de Lincoln después de la guerra, como abogado que le alentó en Springfield, como adversario amistoso en el Congreso y, ante todo, como primo de una belleza morena de Kentucky llamada Mary Todd.

Las realidades de la guerra resultaron ser menos emocionantes de lo que Abe había imaginado. Mientras miles de milicianos de Illinois combatían contra los indios rebeldes en el norte, los voluntarios tenían poco que hacer, salvo esperar bajo el sol abrasador. En una entrada fechada el 30 de marzo de 1832, después de permanecer varias semanas acampados a algunos kilómetros del campo de batalla, se lee:

> Mis hombres han sufrido mucho (a causa del aburrimiento), han perdido mucha sangre (a causa de los mosquitos), y yo he utilizado mi hacha con frecuencia (para partir leña). Sin duda hemos conquistado nuestro lugar en los anales de la historia, pues nunca se ha combatido menos en una guerra.

A principios de junio, Abe y sus hombres fueron por fin licenciados y emprendieron el largo viaje de regreso a casa, sin poder relatar entre ellos una sola anécdota de guerra. Abe llegó a Nueva Salem (donde encontró dos cartas dirigidas a «su urgente atención») menos de dos semanas antes de las elecciones para ocupar un cargo en la Legislatura del Estado. Reanudó de inmediato la campaña para su candidatura, estrechando numerosas manos y llamando a numerosas puertas día y noche. Lamentablemente, mientras él peleaba contra mosquitos, las candidaturas en disputa ahora eran trece. Debido al mucho tiempo que había perdido y los votos divididos entre tantos candidatos, Abe no tenía ninguna posibilidad de ganar.

Quedó en octavo lugar. Pero persistía un resquicio de esperanza, que incluso el deprimido y derrotado Lincoln pudo ver: de los trescientos votos depositados en Nueva Salem, sólo veintitrés eran contrarios a él. Quienes le conocían le habían apoyado por aplastante mayoría. «Era cuestión de estrechar más manos.»

Su carrera política había comenzado.

II

Lincoln necesitaba un triunfo después de su primera derrota política, y sabía dónde hallarlo. De una entrada fechada el 6 de marzo de 1833:

> Haré lo que Offutt no supo hacer. ¡Montaré una tienda lucrativa en Nueva Salem! Berry* y yo hemos conseguido hoy un crédito de trescientos dólares, que confiamos poder devol-

---

* William F. Berry, hijo de un clérigo local y ex cabo en la unidad de Lincoln. *(N. del A.)*

ver dentro de dos años. ¡Dentro de tres, habremos ahorrado lo suficiente para adquirir nuestro edificio!

De nuevo, la realidad resultó ser menos emocionante que la imaginación de Abe. Ya había dos tiendas en Nueva Salem cuando Lincoln/Berry abrieron la suya, y apenas suficiente demanda para mantenerlas abiertas. Los historiadores se han preguntado por qué un hombre con el intelecto de Abe y el «sentido común puro y simple» de su padre no había previsto el problema que suponía añadir una tercera tienda a las ya existentes. O cómo era posible que cometiera un error tan garrafal al juzgar a su socio, William Berry, quien demostró ser un tipo holgazán, del que no podía fiarse y «un borracho empedernido».

Al parecer la respuesta residía en algo más que la ambición. Con la tienda a punto de quebrar al cabo de menos de un año, las entradas de Abe en su diario son cada vez más angustiosas y desesperadas. Cabe destacar una, no sólo por su brusquedad, sino por la referencia que hace al final de la misma suponemos que a su madre.

> Debo resistir.
> Debo ser más de lo que soy.
> No puedo fracasar.
> No puedo fallarle a ella.

Pero fracasó, al menos en lo tocante al mundo de los artículos de mercería y sombreros de mujer. La tienda Lincoln/Berry cerró sus puertas en 1834 y cada uno de sus propietarios se quedó con deudas que ascendían a más de doscientos dólares. En última instancia, Abe ni siquiera pudo contar con que el irresponsable de Berry permaneciera vivo. Murió unos años más tarde, dejando que su socio cargara con todas las deudas. Abe tardó más de diecisiete años en liquidarlas.

En otro momento, posiblemente habría podido recoger sus bártulos y abandonar Nueva Salem para siempre. Pero se dio la circunstancia de que al cabo de unos meses se convocaron otras elecciones para la Legislatura del Estado de Illinois. Puesto que no tenía otra cosa que hacer («últimamente no había recibido carta de Henry»), y animado por los buenos resultados que había obtenido la última vez, Abe se presentó de nuevo, esta vez decidido a hacer las cosas bien. Recorrió el condado a caballo y a pie, deteniéndose para hablar con todas las personas con las que se cruzaba. Estrechó la mano de jornaleros que trabajaban en los campos bajo el ardiente sol y se ganó su respeto demostrándoles las aptitudes adquiridas en las avanzadillas de los territorios colonizados y la fuerza que Dios le había dado. Habló en iglesias y tabernas, en carreras de caballos y *picnics*, aderezando sus discursos de campaña electoral (sin duda escritos en trozos de papel que llevaba en el bolsillo durante sus viajes) con divertidas anécdotas sobre desastres sufridos a bordo de chalanas y picaduras de mosquitos, sin temor a hacer el ridículo.

«Jamás he conocido a un hombre con mayores dotes de orador», recordaba Mentor Graham después de la muerte de Abe. «Era un tipo desgarbado, algunos dirían que poco agraciado..., alto como un árbol, enfundado en un pantalón cuyas perneras se detenían a unos quince centímetros de sus zapatos. Siempre tenía el pelo alborotado; su chaqueta necesitaba un buen planchado. Se colocaba frente a la multitud, que le observaba con el ceño fruncido y los brazos cruzados. Pero cuando comenzaba su discurso, las dudas de los asistentes se disipaban, y cuando terminaba de hablar, se sentían tan conmovidos que rompían siempre en atronadores aplausos e incluso afloraban las lágrimas a sus ojos.»

Esta vez había estrechado las suficientes manos. El 4 de agosto de 1834 Abraham Lincoln fue elegido para servir en la Legislatura del Estado de Illinois.

¡El hijo de una familia de colonos pobre, sin un centavo y con menos de un año de estudios, enviado a Vandalia* para hablar en nombre de sus compatriotas! ¡Un joven que partía troncos para construir vallas codeándose con hombres de letras! Confieso que me cohibía la perspectiva de encontrarme con esos hombres. ¿Aceptarán a su colega, o me rehuirán por considerarme un tosco patán con los zapatos agugereados [sic]? En cualquier caso, sospecho que mi vida cambiará para siempre, y a medida que se acerca diciembre no puedo reprimir mi nerviosismo.

Abe acertó en sus previsiones. Su vida no volvería a ser la misma. No tardaría en contar con estadistas e intelectuales entre sus amigos; en cambiar el ambiente rústico y folclórico del condado de Sangamon por la creciente sofisticación de

---

* Vandalia fue la capital del estado hasta 1839, cuando fue trasladada a Springfield. *(N. del A.)*

Vandalia. Había dado el primer paso para convertirse en abogado. El primer paso que le llevaría a la Casa Blanca. Pero fue sólo uno de los dos momentos decisivos de ese año.

Pues Abe se había enamorado perdidamente.

III

Jack pensaba seriamente en atacar a Abe con su ballesta. Acababan de realizar un penoso viaje de más de trescientos kilómetros al norte, a la ciudad de Chicago, durmiendo bajo las frías estrellas de finales de verano, avanzando entre un barro que les llegaba a las rodillas y agua que les llegaba a la cintura, «y durante todo el maldito viaje ese estúpido larguirucho no había dejado de hablar de una chica».

Se llama Ann Rutledge. Creo que tiene veinte o veintiún años, aunque no me atrevo a preguntárselo. No tiene importancia. ¡Jamás ha existido una criatura más perfecta en esta tierra! ¡Jamás ha existido un hombre más enamorado que yo! No volveré a escribir en estas páginas sobre otra cosa que su belleza mientras viva.

Armstrong y Lincoln estaban sentados con la espalda apoyada en la parte posterior del compartimento de un establo y sus posaderas sobre un lecho de heno; su aliento era visible en el frío aire nocturno que soplaba del lago Michigan. Sobre sus cabezas pendía el trasero de un caballo, y los movimientos de su cola les hacían temer que estuviera a punto de soltar algo apestoso. Llevaban toda la noche esperando a su presa, uno de ellos hablando en risueños murmullos, el otro pensando en asesinar a su compañero.

—¿Te has enamorado alguna vez, Jack?

Éste no respondió.

—Es un sentimiento muy extraño. De pronto, sin motivo alguno, te sientes ebrio de felicidad... Piensas en las cosas más raras...

Jack imaginó que un humeante chorro de estiércol le caía a Abe en la boca.

—Anhelo percibir su olor. ¿Te parece extraño que diga esto? Anhelo percibir su olor, y sentir sus delicados dedos enlazados con los míos. Anhelo mirar...

La puerta del establo se abrió desde fuera. Oyeron los tacones de unas botas resonar sobre las tablas de madera. Abe y Jack empuñaron sus armas.

El vampiro no podía percibir nuestro olor debido al hedor a animales, ni oír nuestras pisadas sobre el heno. De golpe sus pasos se detuvieron; la puerta del compartimento del establo se abrió. Antes de que pudiera pestañear, arrojé mi hacha contra su pecho y la flecha de Jack le traspasó el ojo y se hundió en su cerebro. El vampiro cayó hacia atrás, chillando y llevándose las manos a la cara mientras la sangre se deslizaba a borbotones a ambos lados de la flecha. Sobresaltado por el ruido, su caballo se encabritó; lo sujeté por las riendas temiendo que nos pateara a Jack y a mí. Al mismo tiempo, Jack arrancó el hacha del pecho del vampiro, la alzó sobre su cabeza y le golpeó en la cara, partiéndosela por la mitad. El vampiro se quedó inmóvil. Jack alzó el hacha por segunda vez y volvió a asestarle un hachazo con redoblado ímpetu. Lo hizo una tercera y cuarta vez, golpeando la cabeza del monstruo con el lado romo del hacha hasta dejarla reducida a una bolsa fláccida de piel, cabello y sangre.

—¡Santo cielo, Armstrong! ¿Qué mosca te ha picado?

Jack arrancó bruscamente la hoja del hacha de lo que había sido el rostro del vampiro. Alzó la vista y miró a Abe, resollando.

—Imaginé que eras tú.

Abe guardó silencio durante todo el trayecto de regreso a casa.

Ann Mayes Rutledge era la tercera de diez hijos del cofundador de Nueva Salem, James, y de su esposa, Mary. Tenía cuatro años menos que Abe, pero era tan aficionada como él a la lectura. Había estado ausente durante buena parte del primer año y medio que Abe había pasado en Nueva Salem, atendiendo a su tía, que estaba delicada, en Decatur y leyendo todo cuanto caía en sus manos para entretener el tiempo. Ignoramos qué fue de su tía (si murió, si se recuperó o si Ann se cansó de cuidar de ella), pero sabemos que la joven regresó a Nueva Salem antes o durante el verano de 1834. Nos consta, porque ella y Abe se conocieron el 29 de julio en casa de Mentor Graham, de cuya biblioteca solían tomar libros prestados, y cuyos consejos ambos solicitaban de vez en cuando. Graham la recordaba como una joven de veintitantos años con «unos ojos azules, grandes y expresivos», de «tez pálida» y «el pelo castaño, no rubio como han dicho algunos». Tenía «una boca bonita y una dentadura regular. Era dulce como la miel y nerviosa como una mariposa». También recordaba el momento en que Abe la conoció. «Jamás he visto a nadie tan pasmado. Alzó la vista de su libro y la legendaria flecha le traspasó el corazón. Ambos cambiaron los cumplidos de rigor, pero recuerdo que fue ella quien llevó todo el peso de la conversación, pues Lincoln estaba tan impresionado por su belleza que apenas podía articular palabra. Le asombró la pasión que Anne sentía por los libros y sus conocimientos sobre literatura.»

Ese mismo día Abe escribió sobre ella en su diario.

¡Jamás ha existido una joven como ella! ¡Jamás ha existido una criatura tan bella e inteligente! Es unos treinta centímetros más baja que yo, con los ojos azules, el pelo castaño y lustroso y una sonrisa perfecta. Es bastante delgada, aunque en ella no constituye un defecto, pues encaja con su naturaleza amable y delicada. ¿Cómo podré volver a conciliar el sueño sabiendo que ella está ahí, en la noche? ¿Cómo podré pensar en otra cosa que no sea ella?

Abe y Ann siguieron viéndose, primero en casa de Mentor Graham, donde mantenían animadas charlas sobre Shakespeare y Byron; luego, a finales de verano, daban largos paseos, durante los cuales mantenían animadas charlas sobre la vida y el amor; más tarde solían subir a la colina preferida de Ann, desde la que se divisaba el Sangamon, donde apenas conversaban.

Casi me avergüenza dejar constancia de ello aquí, pues temo degradar ese momento, pero no puedo resistirme. Esta tarde nos hemos besamos en los labios. Ocurrió mientras estábamos sentados sobre una manta, contemplando las ocasionales chalanas que se deslizaban por el río. «Abraham», me dijo. Yo me volví y comprobé sorprendido que su rostro estaba muy cerca del mío. «Abraham..., ¿estás de acuerdo en lo que dice Byron? ¿Que "el amor se abre camino a través de senderos por los que los lobos no se atreven a merodear"?» Respondí que lo creía a pies juntillas, y ella, sin decir palabra, oprimió sus labios contra los míos.

Es el momento que deseo recordar hasta que me muera.

Quedan sólo tres meses hasta que tenga que regresar a Vandalia, y pienso aprovechar cada momento en compañía de Ann. ¡Es la estrella más hermosa..., más dulce..., más brillante del firmamento! ¡Su único defecto es que ha cometido la temeridad de enamorarse de un idiota como yo!

Abe no volvería a escribir una prosa tan florida. Ni sobre su esposa; ni siquiera sobre sus hijos. Era el amor angustiado, obsesivo y eufórico de la juventud. El primer amor.

Diciembre llegó «demasiado pronto». Abe se despidió de Ann con lágrimas en los ojos y partió a caballo hacia Vandalia para prestar juramento como miembro de la legislatura. La perspectiva de ser «un leñador sentado junto a hombres de letras» (que antes le había llenado de júbilo) ahora apenas le importaba. Durante dos largos y angustiosos meses, ocupó su escaño en el Capitolio sin dejar de pensar en Ann Rutledge. Cuando la sesión concluyó a fines de enero, «abandonó la sala antes de que el eco del sonido del martillo de disipara», y regresó apresuradamente a casa para gozar de la mejor primavera de su vida.

No existe una música más dulce que el sonido de su voz. Ni un cuadro más bello que su risueño rostro. Esta tarde nos sentamos a la sombra de un árbol; Ann leía unos pasajes de *Macbeth* mientras yo estaba tumbado con la cabeza sobre su regazo. Ella sostenía el libro con una mano, besándome delicadamente en la frente cada vez que volvía la página. Aquí, por fin, he hallado la dicha en este mundo. Así es como debe ser la vida. Ella es el antídoto de todo lo tenebroso que envenena el mundo. Cuando está junto a mí, no me importan ni las deudas ni los vampiros. Sólo existe ella.

He decidido pedir a su padre permiso para casarnos. Sólo hay un obstáculo insignificante que se interpone en mi camino, que eliminaré de inmediato.

Ese «obstáculo insignificante» se llamaba John MacNamar, y a pesar del frívolo comentario de Abe, representaba una amenaza muy seria a la felicidad de ambos jóvenes.

Él y Ann estaban comprometidos para casarse.

Todo indica que [MacNamar] es un personaje de dudosos principios, que declaró su amor a Ann cuando ésta tenía dieciocho años y a continuación partió para Nueva York hasta que llegara la fecha en que pudieran casarse. Las pocas cartas que ella recibió de él en Decatur no eran las de un hombre enamorado, y hace mucho tiempo que no ha vuelto a tener noticias de él. No cejaré hasta lograr que ese tipo la libere de su compromiso. Pero no pierdo la esperanza de conseguirlo (pues el curso del verdadero amor nunca discurre sin obstáculos)* y espero que toda se resuelva rápida y felizmente.

Abe hizo lo que se le daba mejor. Escribió a John MacNamar una carta.

IV

La mañana del 23 de agosto, Abe escribió once inocuas palabras en su diario:

Nota de Ann. Hoy no se encuentra bien. Iré a visitarla.

Había sido un verano perfecto. Abe y Ann se habían visto prácticamente todos los días, dando largos paseos sin rumbo fijo, robando besos cuando estaban seguros de que nadie les veía. Era inútil: toda Nueva Salem y Clary's Grove sabía que estaban enamorados, en parte gracias a las constantes quejas de Jack Armstrong sobre el tema.

La madre de Ann me abrió la puerta y me dijo que su hija no deseaba visitas, pero al oír nuestras voces, ella me pidió que entrara. La encontré acostada en la cama, con un ejemplar abierto de *Don Juan* sobre su pecho. Con permiso de la señora

---

* Abe o cita incorrectamente o parafrasea *El sueño de una noche de verano* (Acto I, Escena 2). *(N. del A.)*

Rutledge, nos quedamos solos. Al tomar su mano observé que la tenía caliente. Ann sonrió al advertir mi preocupación. «No es más que un poco de fiebre —dijo—. Ya pasará.» Mientras conversábamos, noté que había otra cosa que la preocupaba. Algo más que un simple resfriado de verano. Cuando insistí en que me lo dijera, sus lágrimas confirmaron mis sospechas. Apenas daba crédito a lo que me reveló.

John MacNamar, el novio de Ann que llevaba tanto tiempo ausente, había regresado.

«Vino a verme anteanoche —me anunció—. Estaba furioso, Abe. Tenía un aspecto enfermizo y se comportó de forma extraña. Me contó que le habías escrito una carta y me exigió que le respondiera en persona. "¡Dime que amas a ese otro hombre!", dijo. "¡Dímelo, y esta misma noche partiré de aquí para no regresar jamás!"»

Ann le respondió: el único hombre que amaba era Abraham Lincoln. MacNamar cumplió su palabra y partió esa noche. Ella no volvería a verlo. La furia de Abe es evidente en la entrada que escribió esa noche.

Escribí a ese tal MacNamar sobre nuestro amor, pidiéndole que se comportara como un caballero y liberara a Ann de su compromiso. ¡En lugar de responderme, recorrió más de mil quinientos kilómetros de territorio salvaje para atosigar a una mujer a la que había ignorado durante tres largos años! ¡Para reivindicar su derecho sobre ella después de dejarla de lado!

De haber estado yo presente cuando apareció ese cobarde, ¡le habría partido la cabeza y le habría arrancado la piel de la espalda a tiras para utilizarla para afilar navajas! Con todo, me alegro de que haya desaparecido, y con él el único impedimento a nuestra dicha. ¡No demoraré más el asunto! Cuando Ann se haya restablecido, pediré a su padre su consentimiento.

Pero Ann no se restableció.

Cuando Abe regresó la mañana del 24, estaba tan enferma que apenas pudo pronunciar unas palabras. Le había subido la fiebre; respiraba con dificultad. Al mediodía, no podía articular palabra y a ratos perdía y recobraba el conocimiento. Cuando se despertaba, sufría pesadillas y alucinaciones: su cuerpo era presa de unas convulsiones tan violentas que su lecho vibraba contra el suelo. Los Rutledge se unieron a Abe a la cabecera de la joven, aplicándole compresas frías en la frente, manteniendo unas velas encendidas. El médico llevaba allí desde el mediodía, en mangas de camisa. Al principio tenía la «certeza» de que era tifus. Pero ahora no estaba seguro. Alucinaciones, convulsiones, coma.., ¿todo en tan poco tiempo? Jamás había visto nada semejante.

Pero Abe sí.

El terror se apoderó de mí a lo largo del día y de la noche. Un viejo terror que me resultaba familiar. Era de nuevo un niño de nueve años, viendo cómo mi madre sudaba y padecía las mismas pesadillas. Musitando las mismas oraciones vanas; sintiendo el mismo e insoportable sentimiento de culpa. Yo tenía la culpa de cuanto le sucedía. Yo había escrito la carta exigiendo al otro que

*Ilustración 1-3. Abe llora mientras Ann Rutledge agoniza
en un viejo grabado del libro de Tom Freeman*
Lincoln's First Love *(1890).*

la liberara. ¿Y a quién se lo había exigido? A un hombre que había partido misteriosamente y había regresado pálido y con aspecto enfermizo... Un hombre que había esperado a que anocheciera para encararse con su prometida... Un hombre que prefería verla sufrir y morir antes que en brazos de otro.

Un vampiro.

Esta vez no hubo un último abrazo. Un momentáneo respiro. Esta vez cayó en coma y murió. La mejor obra de Dios. Mancillada.

Destruida.

Ann Rutledge falleció el 25 de agosto de 1835. Tenía veintidós años.

Abe no lo encajó bien.

25 de agosto de 1835
Señor Henry Sturges
200 Lucas Place, St. Louis
Correo Urgente

Estimado Henry:

Te agradezco la amabilidad que me has demostrado durante estos años, y te suplico un último favor. Debajo figura el nombre de un tipo que se lo merece antes que otros. La única bendición en esta vida es su conclusión.

John MacNamar
Nueva York
A

Durante los dos siguientes días, Jack Armstrong y los Clary's Grove Boys se turnaron para vigilar a Abe las veinticuatro horas. Le quitaron su navaja y sus herramientas de carpintería; le quitaron su rifle de llave de chispa. Incluso confiscaron su cinturón por temor a que se ahorcara con él. Jack se encargó de ocultar sus armas de cacería, que Abe guardaba en un escondrijo, en un lugar donde no pudiera hallarlas.

Pese a sus esfuerzos, pasaron por alto un arma. A ninguno de ellos se les ocurrió mirar debajo de mi almohada, donde yo ocultaba una [pistola]. La segunda noche, cuando Jack se alejó unos minutos de mi lado, la saqué de su escondrijo y apoyé el cañón contra mi sien, decidido a acabar con todo. Imaginé la bala penetrando en mi cráneo. Me pregunté si oiría el tiro, o si sentiría dolor cuando me atravesara la cabeza. Me pregunté si mis sesos se estrellarían contra la pared opuesta antes de que muriera, o si no vería nada salvo oscuridad, como cuando se apaga la vela junto a la cama. Sostuve la pistola contra mi sien, pero no llegué a disparar...

Vive...

No podía...

No podía fallarle a ella. Arrojé el arma al suelo y lloré, maldiciéndome por mi cobardía. Maldiciéndolo todo. Maldiciendo a Dios.

En lugar de suicidarse esa noche, Abe hizo lo que hacía siempre en los momentos de profundo dolor o de desenfrenada alegría: ponerse a escribir.

Soliloquio del suicidio[*]

¡Sí! He decidido lo que debo hacer,
y aquí es donde debo hacerlo;
me clavaré un puñal en el corazón,
¡Aunque me arrepienta de ello en el infierno!

¡Dulce acero! Abandona tu vaina, reluciente,
y demuestra tus poderes;
desgarra los órganos que me mantienen vivo
¡y haz que mi sangre brote a borbotones!
¡Me lo clavo! Tiembla en ese corazón
que me ha conducido a este fin;
lo extraigo y beso el dardo ensangrentado.
¡Mi último, mi único amigo!

A la mañana siguiente Henry Sturges llegó a Nueva Salem a galope.

Se apresuró a despachar a los otros, afirmando ser «un primo cercano». Cuando nos quedamos solos, le relaté todos los pormenores del asesinato de Ann, sin tratar de ocultar mi dolor. Henry me abrazó mientras yo lloraba desconsolado. Lo recuerdo con claridad, pues me sorprendió doblemente: el que un vampiro fuera capaz de mostrar tanta compasión, y el tacto frío de su piel.

---

[*] El 25 de agosto de 1838, el tercer aniversario de la muerte de Ann, *The Sangamon Journal* publicó este poema en su portada. El autor prefirió guardar el anonimato. *(N. del A.)*

—El hombre que no pierde a un ser querido en su vida es un ser afortunado —dijo Henry—, y nosotros no somos afortunados.

—¿Has perdido a una mujer tan bella como ella? ¿Tan bondadosa?

—Querido Abraham..., podría llenar un cementerio con las mujeres por las que he llorado.

—No deseo vivir sin ella, Henry.

—Lo sé.

—Es demasiado bella, demasiado bondadosa...

—Lo sé...

Abe no podía reprimir sus lágrimas.

—Cuanto más preciado es su don —dijo Henry—, más impaciente se muestra Dios por recuperarlo.

—No puedo vivir sin ella...

Henry se sentó en la cama junto a Abe, abrazándolo..., acunándolo como a un niño..., dudando...

—Hay otro medio —dijo por fin.

Abe se enderezó en la cama, enjugándose las lágrimas con la manga.

—Los más viejos de nosotros podemos... podemos despertar a los muertos, siempre y cuando el cuerpo esté intacto y haya muerto hace pocas semanas.

Abe tardó unos momentos en asimilar las palabras de Henry.

—Jura que lo que dices es verdad...

—Ella viviría, Abraham..., pero te advierto que estaría condenada a vivir para siempre.

¡Ésta era la respuesta a mi dolor! El medio de volver a ver la sonrisa de mi amada, ¡sentir sus delicados dedos entre los míos! Nos sentaríamos a la sombra de nuestro árbol favorito, leyendo a Shakespeare y a Byron eternamente, sus dedos acariciándome el pelo mientras yo reposaba en su regazo. ¡Pasearíamos año tras año por las orillas del Sangamon! El pensar en ello me produjo un inmenso alivio. Una inmensa dicha...

Pero fue un sentimiento efímero. Pues cuando imaginé su pálida tez, sus ojos negros y sus grandes colmillos, no sentí el amor que habíamos compartido. Estaríamos unidos, sí, pero sería un dedo frío el que jugaría suavemente con mi pelo. No nos sentaríamos a la sombra de nuestro árbol favorito, sino en la oscuridad de nuestra casa con las cortinas corridas. Pasearíamos año tras año por las orillas del Sangamon, pero sólo yo envejecería.

Me sentí tentado a cometer esa locura, pero no podía hacerlo. No podía ceder a las tinieblas que me la habían arrebatado. A la maldad que me había arrebatado a mi madre.

Ann Rutledge fue sepultada en el cementerio de Old Concord el domingo, 30 de agosto. Abe guardó silencio cuando depositaron el féretro bajo tierra. Un féretro que él mismo había construido. En la tapa había grabado una sola línea:

«En soledad, en la que no estamos solos.»

Cuando regresé del funeral, Henry me esperaba frente a mi cabaña. Aún no era mediodía, pero sostenía una sombrilla sobre su cabeza para proteger su piel y llevaba unas gafas oscuras. Me pidió que le siguiera. Anduvimos un kilómetro hacia un pequeño claro en el bosque sin decir palabra. Allí vi a un hombre menudo, rubio, atado a un poste por los brazos y los tobillos, desnudo y amordazado. A sus pies había una pila de leña, y en el suelo, junto a él, una jarra grande.

«Abraham —dijo Henry—, permite que te presente al señor John MacNamar.»

Al vernos se estremeció; tenía la piel cubierta de llagas y ampollas. «Es muy reciente —comentó Henry—. Aún es sensible a la luz.» Sentí el tacto de la antorcha de pino que me depositó en la mano…, sentí el calor en mi rostro cuando la encendió. Pero no aparté los ojos de John MacNamar. «Supongo que será aún más sensible a las llamas», dijo Henry. No se me ocurría nada que decir. Me limité a mirarlo mientras avanzaba hacia él. MacNamar se echó a temblar, tratando de liberarse. Me compadecí de él. De su temor. De su impotencia.

Esto es una locura.

No obstante, ansiaba ver cómo se abrasaba. Arrojé la antorcha sobre el montón de leña. Él trató de librarse de sus ataduras, pero fue en vano. Gritó hasta que sus pulmones escupieron sangre sin emitir sonido alguno. Las llamas le alcanzaron enseguida la cintura, obligándome a retroceder cuando sus piernas y pies empezaron a ennegrecerse y a arder. El calor era tan intenso que su pelo rubio se puso tieso, como si soplara un vendaval. Henry permaneció junto a las llamas, más cerca de lo que yo era capaz. Sosteniendo la jarra, vertió agua repetidamente sobre la cabeza, el pecho y la espalda de MacNamar, manteniéndolo vivo mientras sus piernas se abrasaban hasta el hueso. Prolongando su agonía. Sentí que las lágrimas rodaban por mis mejillas.

Estoy muerto.

Esto se prolongó durante diez o quince minutos, hasta que, ante mi insistencia, Henry dejó por fin que muriera. Arrojó agua sobre las llamas y esperó a que el cuerpo carbonizado se enfriara.

Henry apoyó suavemente una mano en el hombro de Abe. Éste la apartó con brusquedad.

—¿Por qué matas a los de tu especie, Henry? Te ruego que me digas la verdad, pues creo que lo merezco.

—Nunca te he mentido.

—Entonces dímelo de una vez y acabemos con este asunto. ¿Por qué matas a los de tu especie? ¿Y por qué...?

—¿Por qué te envío a ti en mi lugar? Sí, sí, lo sé. Santo Dios, había olvidado lo joven que eres.

Henry se pasó una mano por la cara. Era una conversación que había confiado en poder eludir.

—¿Por qué mato a los de mi especie? Ya te he respondido: porque una cosa es beber la sangre de personas viejas, enfermas y malvadas, y otra muy distinta raptar a niños de sus lechos, o conducir a hombres y mujeres encadenados a la muerte, como has visto con tus propios ojos.

—Pero ¿por qué debo hacerlo yo? ¿Por qué no los matas tú mismo?

Henry se detuvo para poner en orden sus pensamientos.

—Cuando partí de Saint Louis hacia aquí a caballo —contestó por fin—, sabía que cuando llegara no te encontraría muerto. Estaba convencido de ello..., porque conozco tu propósito.

Abe alzó la vista y lo miró a los ojos.

—La mayoría de personas no tienen otro propósito que existir, Abraham; pasar sin pena ni gloria a través de la historia como personajes insignificantes en un escenario que ni siquiera alcanzan a ver. Convertirse en juguetes de los tiranos. Pero tú..., tú naciste para combatir la tiranía. Éste es tu propósito. Liberar a los hombres de la tiranía de los vampiros. Siempre ha sido tu propósito, desde que tu madre te trajo al mundo. Lo he visto emanar a través de cada poro de tu ser desde la noche en que nos conocimos. Como un resplandor tan brillante como el sol. ¿Crees que nos conocimos por azar? ¿Crees que fue por casualidad que el primer vampiro que traté de matar después de más de cien años fue quien me condujo hasta ti?

»Tengo el don de ver el propósito de un hombre, Abraham. Lo veo con tanta claridad como te veo a ti en estos momentos. Tu propósito es combatir la tiranía...

»... y el mío hacer que salgas victorioso.

7

El fatídico primero

He llegado a la conclusión de que no volveré a pensar
en el matrimonio, pues jamás podría satisfacerme una
persona tan estúpida como para aceptarme.

Abraham Lincoln, en una carta a la señora
de Orville H. Browning
1 de abril de 1838

I

Abe se hallaba en el segundo piso de la mansión de una plantación. Había visto muchas durante sus travesías por el Misisipi: esas gigantescas maravillas de cuatro columnas construidas por las manos de esclavos. Pero nunca había estado en una
de ellas. Hasta esa noche.

Sostuve a Jack entre mis brazos, sus entrañas visibles a través de la herida que le atravesaba el vientre. Observé la palidez
de su rostro..., el temor en sus ojos. Y luego nada. Mi valiente y

robusto amigo. El hombre más fuerte de Clary's Grove. Muerto. Pero en esos momentos no podía llorarle, pues yo también estaba peligrosamente cerca de la muerte.

Había sido otra simple misión, otro nombre en la lista de Henry. Pero este lugar era distinto. Extraordinario. Abe estaba de rodillas, convencido de haber entrado en la guarida de unos vampiros.

No sabía cuántos había. Deposité a Jack en el suelo y eché a andar por un largo pasillo en el segundo piso, hacha en mano, mi chaqueta larga destrozada por las mismas garras que habían matado a mi amigo. En el pasillo había varias puertas abiertas, y mientras avanzaba con cautela, comprobé que cada una revelaba una escena más terrorífica que la anterior. En una habitación vi los cuerpecitos de tres niños colgando de una cuerda por los tobillos; les habían rebanado el cuello. Debajo de ellos habían colocado unos cubos para recoger su sangre. En otra, el cadáver descompuesto y blanco de una mujer sentada en una mecedora. Una de sus esqueléticas manos descansaba sobre la cabeza de un niño en su regazo, no tan deteriorado como ella. Unos metros más allá..., los restos de una mujer postrada en la cama. Luego..., un vampiro bajo y rechoncho con una estaca clavada en el corazón. Durante todo el rato oí crujidos en el suelo a mi alrededor. Arriba y abajo. Seguí avanzando sigilosamente por el pasillo..., aproximándome a la imponente escalinata que había al fondo. Al alcanzar su balaustrada, me volví para contemplar el pasillo. De pronto vi a un vampiro ante mí, aunque no pude distinguir su rostro a contraluz. Me arrebató el hacha de las manos y la arrojó al suelo..., me alzó del suelo por el cuello de la chaqueta. Entonces vi su semblante.

Era Henry.

«Tu propósito es liberar a los hombres de la tiranía, Abraham —dijo—. Y para ello, debes morir.» A continuación me arrojó sobre la balaustrada. Mi cuerpo se precipitó hacia el suelo de mármol del recibidor. Se precipitó en el vacío. Y todo terminó.

Fue la última pesadilla que Abe tendría en Nueva Salem. Le había llevado varios meses salir de la profunda depresión que le había causado la muerte de Ann, y aunque se había renovado su odio hacia los vampiros, había perdido la energía y el afán de cazarlos. Ahora, cuando llegaba una carta de Saint Louis escrita de puño y letra de Henry, pasaban días sin que Abe la abriera (y cuando lo hacía, pasaban semanas sin que tomara nota del nombre que contenía). En ocasiones, cuando la misión requería que se desplazara muy lejos, enviaba a Jack Armstrong en su lugar. Su abatimiento es evidente en una entrada fechada el 18 de noviembre de 1836.

He dado demasiado de mí. De ahora en adelante, cazaré vampiros sólo cuando me convenga, y sólo porque honre la memoria del ángel de mi madre..., sólo porque honre la memoria de Ann. Me tiene sin cuidado el incauto caballero con quien me tope en la oscura calle de una ciudad. O el negro vendido en una subasta, o el niño raptado de su lecho. Protegerlos no me ha beneficiado en absoluto. Antes bien, me ha empobrecido, pues los objetos que requieren estas misiones me los costeo yo mismo. Y los días y semanas que dedico a cazar vampiros son días y semanas que no percibo un sueldo. Si lo que dice Henry es verdad —si estoy destinado a liberar a los hombres de la tiranía—, debo empezar por liberarme yo mismo. Nueva Salem no me ofrece nada. La tienda se ha hundido, y me temo que el pueblo no tardará en hacerlo también. A partir de ahora, mi vida sólo me pertenecerá a mí.

Animado por John T. Stuart, su viejo amigo de la guerra contra los Blackhawk, que tenía un pequeño bufete en Springfield, Abe decidió estudiar derecho. Después de estudiar por cuenta propia (y sólo en sus ratos libres), obtuvo la licencia para ejercer la abogacía en otoño de 1836. Poco después, Stuart le pidió que se uniera a él como socio. El 12 de abril de 1837, ambos insertaron un anuncio en *The Sangamon Journal* en el que aparecían los datos de su nuevo despacho, ubicado en «el número cuatro de Hoffman's Row, arriba». Tres días más tarde, Abe hizo su solemne entrada en Springfield a lomos de un caballo prestado, portando todas sus pertenencias y un par de alforjas. Había cumplido veintiocho años y no tenía un céntimo, pues «había destinado todo mi dinero a saldar mis deudas y adquirir los libros necesarios para mi nueva profesión». Ató a su montura frente a A. Y. Ellis & Co., una tienda situada en el lado oeste de la plaza, «y entré sin un centavo en los bolsillos». El encargado era un hombre delgado llamado Joshua Fry Speed, de veintiún años, con el pelo negro como ala de cuervo y un rostro «armonioso» que enmarcaba unos ojos azules «e inquietantes».

Me pareció al mismo tiempo raro y enojoso. «¿Acaba de llegar a Springfield, señor? ¿Me permite que le muestre unos sombreros, señor? ¿Qué nuevas trae del campo, señor? ¿Tiene que agacharse siempre para atravesar las puertas, señor?» ¡Nunca me habían hecho tantas preguntas! ¡Nunca me había sentido obligado a entablar conversación con un extraño! Jamás se me habría ocurrido tratar a mis clientes de esa forma cuando trabajaba de encargado en la tienda. No podía pasar de un estante a otro sin que ese tipo revoloteara a mi alrededor como un tábano formulándome preguntas, cuando lo único que yo deseaba era hacer lo que había ido a hacer y marcharme. A tal fin, le entregué una lista de artículos, incluyendo las sustancias químicas que precisaba para cazar vampiros.

—Disculpe que se lo diga —observó Speed—, pero estos artículos son muy extraños.

—Es lo que necesito. Puedo facilitarle los nombres de...

—Muy extraños, sí... ¿Está seguro de que no nos hemos visto antes?

—¿Puede conseguírmelos o no?

—¡Desde luego! ¡Sí..., sí, le vi pronunciar un discurso en julio en Salisbury! Sobre la necesidad de hacer mejoras en el Sangamon. ¿No me recuerda, señor? Joshua Speed. ¡Un paisano de Kentucky!

—Debo irme...

—¡Un discurso magnífico! Por supuesto, creo que está equivocado al respecto, cada dólar empleado en ese lamentable riachuelo es un dólar desperdiciado. ¡Pero qué discurso!

Speed prometió encargar todos los artículos que constaban en mi lista de inmediato, y (para alivio de mis fatigados oídos) se apresuró a copiar su contenido. Antes de marcharme, le pregunté si sabía de una habitación que yo pudiera alquilar, preferiblemente económica, dado que en estos momentos no tenía dinero para pagarla.

—Verá, señor..., si no tiene dinero, ¿debo suponer que se refiere a una habitación «barata» o «gratuita»?

—A crédito.

—Ah, ya, «a crédito...» Disculpe que se lo diga, pero he aprendido que «crédito» es una palabra francesa que significa «no te pagaré nunca».

—Siempre saldo mis deudas.

—No lo dudo. No obstante, señor, no encontrará una habitación de esas características en Springfield. La gente aquí tiene la curiosa costumbre de vender sus mercancías a cambio de dinero.

—Entiendo... Bien, gracias por la información. Buenos días.

Quizá se compadeció de mis circunstancias o de mi aspecto cansado. Quizá carecía de amigos, al igual que yo. El caso es que me detuvo y ofreció compartir conmigo la habitación que ocupaba sobre la tienda «a crédito, hasta que empiece a ganar dinero». Confieso que pensé en rechazar su oferta. La perspectiva de compartir una habitación con un tábano tan pelmazo como él me desagradaba. ¡Prefería alojarme en el desván de un establo! Pero, puesto que no tenía mejor opción, le di las gracias y acepté.

—Como es natural, necesitará tiempo para mudarse —dijo Speed.

Abe salió. Al cabo de unos momentos, regresó con sus alforjas y las depositó en el suelo.

—Ya me he mudado.

II

Springfield era una próspera población. Las cabañas de madera y los carros tirados por bueyes habían dado paso a edificios de ladrillo y carruajes, y por cada granjero parecía haber dos políticos. No tenía nada que ver con Nueva Salem, y menos aún con las incomodidades propias de la frontera de la colonización en Little Pigeon Creek. Pero pese al bullicio y las ventajas de la vida urbana, también se producían crueldades a las que Abe no estaba acostumbrado. Su descripción de un incidente demuestra la creciente violencia de una ciudad en expansión, y la persistente melancolía de Lincoln.

Hoy he visto cómo morían por arma de fuego una mujer y su marido, siendo éste el autor de ambas muertes. Me encontraba en la calle frente a nuestro despacho, hablando con un cliente, el señor John S. Wilbourn, cuando oí un grito y vi a una mujer de unos treinta y cinco años salir corriendo de Thompson's*. Un hombre salió tras ella esgrimiendo un pi-

* Una pensión situada a una manzana de Hoffman's Row. *(N. del A.)*

mentero*, con el cual le apuntó y le disparó a la espalda. La mujer cayó de bruces en la calle, agarrándose el vientre, tras lo cual se volvió boca arriba y trató de incorporarse. Pero no pudo. Wilbourn y yo corrimos de inmediato para socorrerla, sin importarnos que su marido se hubiera detenido junto a ella, revólver en mano. Otras personas, alertadas por el tumulto, salieron a la calle, y en esos momentos se oyó un segundo disparo. Éste produjo un orificio en la cabeza del marido, quien cayó también al suelo, mientras la sangre manaba de la herida con cada latido de su corazón.

Es extraño lo rápidamente que muere el cuerpo. Qué fuerza tan frágil es nuestra presencia. El alma desaparece en un instante, dejando un receptáculo vacío e insignificante. He leído sobre quienes son enviados a la horca y a las guiyotinas [sic] en Europa. He leído sobre las grandes guerras del pasado, sobre las decenas de miles de hombres asesinados. Y nosotros apenas nos detenemos a pensar en la muerte de esos desdichados, pues tendemos a desterrar esos pensamientos de nuestra mente. Pero al hacerlo olvidamos que cada uno de ellos estaba tan vivo como nosotros, y que una soga —o bala o cuchillo— segó su vida en un último y frágil instante. Les arrebató sus primeros días como bebés, y sus futuros grises y frustrados. Cuando uno piensa en cuántas personas han sufrido esta suerte a lo largo de la historia, los innumerables asesinatos de innumerables hombres, mujeres y niños..., resulta insoportable.

---

* Un pequeño revólver de tres cañones capaz de efectuar tres disparos (uno de cada cañón) sin tener que recargarlo. *(N. del A.)*

Por fortuna, los deberes de Lincoln como abogado y legislador le mantenían demasiado ocupado para entretenerse pensando en la muerte. Cuando no tenía que participar en un comité o una votación, tenía que atender a un cliente en su despacho, o presentar una demanda en el palacio de justicia de Springfield (la mayoría de sus casos se referían a disputas sobre tierras o deudas impagadas). Dos veces al año, Abe emprendía junto con otros abogados una gira de tres meses por el octavo Circuito Judicial, una zona compuesta por catorce condados del centro y este de Illinois. El circuito comprendía docenas de asentamientos y pocos palacios de justicia. De modo que cuando el tiempo lo permitía, el palacio de justicia, abogados, jueces y demás, acudía a ellos. Para Abe, esos viajes constituían más que un medio de escapar de las largas horas que pasaba trabajando en su mesa a la luz de una vela. Le ofrecían la oportunidad de reemprender su caza de vampiros.

Sabiendo que mi trabajo me obligaba a realizar dos veces al año ese circuito, aplazaba ciertas misiones hasta el momento oportuno. Durante el día mis colegas letrados y yo veíamos casos, utilizando iglesias o tabernas como salas de justicia. A última hora de la tarde nos reuníamos a la mesa de cenar para hablar sobre los asuntos del día siguiente. Y por la noche, cuando todos, salvo unos pocos, dormían en las atestadas habitaciones de nuestra pensión, yo salía con mi chaqueta larga y mi hacha.

Una de esas cacerías quedó grabada en la memoria de Abe:

Había recibido carta de Henry con las siguientes instrucciones: «E. Schildhaus. Casi un kilómetro más allá del extremo norte de Mill Street, Athens, Illinois». En lugar de partir en el acto para impartir la justicia divina, decidí esperar a que mi trabajo me llevara a Athens. Por fin llegó el día, al cabo de dos meses, cuando nuestro grupo debía viajar a la pequeña población situada al norte, y los abogados se reunieron en la taberna que utilizaríamos como sala del tribunal. Allí les presentaron a los demandantes y los acusados cuyos casos expondrían dentro de unas horas. Dado que yo había pasado buena parte de la víspera indispuesto, no pude reunirme con Stuart hasta el mediodía, cuando nuestro caso se hallaba ya ante el juez. Se trataba de una pequeña deuda que debía nuestra clienta, una mujer mayor, pelirroja, llamada Betsy. Sólo recuerdo que perdimos, y que yo no aporté nada al caso, salvo despedirme de nuestra clienta estrechándole la mano y disculpándome, pues aún estaba indispuesto. Esa noche, después de que Stuart regresara con la mayoría de nuestro grupo, saqué mi chaqueta y mi hacha de la maleta y me dirigí sigilosamente a la dirección indicada en la carta de Henry. Debido a mi estado febril, decidí llamar a la puerta y golpear con el hacha a quienquiera que abriera, a fin de regresar a la cama cuanto antes. La puerta se abrió.

Era mi clienta, Betsy, con su cabellera roja sujeta con una peineta de marfil. Me apresuré a cerrar mi chaqueta, confiando en ocultar el hacha que llevaba debajo de ella.

—¿En qué puedo ayudarle, señor Lincoln?

—Yo... Disculpe que la moleste a una hora tan intempestiva, señora. Debo de haberme equivocado.

—¿Ah, sí?

—Verá, pensé que aquí vivía E. Schildhaus.

—Y así es.

¿Un vampiro y una mujer bajo el mismo techo?

—Señor Lincoln, disculpe mi pregunta, pero ¿se siente bien? Está pálido.

—Perfectamente, señora, gracias. ¿Podría..., podría hablar un momento con el señor Schildhaus?

—Señor Lincoln —respondió mi clienta riendo—, está hablando con la señora Schildhaus.

E. Schildhaus...

Elizabeth...

Betsy.

Ella se fijó en el hacha que llevaba oculta debajo de mi chaqueta. Leyó en mi rostro lo que me proponía. En mis ojos. Mis pensamientos. Acto seguido me encontré postrado en el suelo boca arriba, esforzándome en impedir que me clavara los colmillos en el cuello, tras haberme arrancado el hacha de las manos. Mientras le tiraba de su pelo rojo con la mano derecha introduje la izquierda debajo de mi chaqueta. Allí encontré un pequeño cuchillo, que utilicé para clavárselo en cualquier parte de su cuerpo que pude: su cuello, su espalda, los brazos con que trataba de inmovilizarme. Se lo clavé una y otra vez, hasta que por fin me soltó y se levantó apresuradamente. Yo hice lo propio, y ambos empezamos a girar con cautela uno alrededor del otro, yo sosteniendo el cuchillo frente a mí, ella observándome con unos ojos como canicas negras. De pronto, con la misma rapidez con que me había atacado, se detuvo..., alzando las manos como para rendirse.

—Debo saber... qué tiene usted contra mí, señor Lincoln.

—Es con Dios con quien tiene usted unas cuentas pendientes. Yo sólo deseo ofrecerle a Él la oportunidad de juzgarla.

—Muy bien —contestó riendo—. Eso está muy bien. Por su bien, espero que sea mejor luchador que abogado.

Me golpeó, obligándome a soltar el cuchillo; mi fuerza había disminuido debido a la fiebre. A continuación me asestó unos puñetazos en la cara y el vientre con tal rapidez que apenas vi sus puños, y noté un sabor a sangre en la boca. Con cada golpe me obligaba a retroceder, hasta que por fin perdí el equilibrio. Por primera vez desde la noche en que Henry me había salvado la vida, sentí que la muerte me acechaba.

Henry estaba equivocado...

Me caí, y ella se abalanzó sobre mí en el acto. La mano me temblaba cuando la agarré de nuevo por el pelo. De pronto sentí que sus colmillos se hundían en mi hombro. El dolor al desgarrarse carne y músculo. La tibieza de la sangre que manaba de la herida. La presión en mis venas. Dejé de tirarle del pelo y apoyé la palma de la mano sobre su cabeza, como si consolara a una amiga en tiempos de tribulación. Dejé de sentir temor. Dejé de sentir dolor. Sentí el calor del whisky. Una alegría inédita.

Éstos son los últimos momentos de mi vida.

Froté el mártir contra la peineta de marfil que la vampira llevaba en el pelo. Se encendió, emitiendo un resplandor más intenso que el sol, formando un halo detrás de su cabeza. Su cabello rojo estalló en llamas y la vampira sacó los colmillos de mi hombro; oí sus gritos mientras rodaba por el suelo, con la ropa envuelta en fuego. Sacando fuerzas de flaqueza, me incorporé de rodillas, recogí mi hacha y se la hundí en la sesera. La vampira expiró, pero yo no tenía fuerzas para enterrarla, ni para recorrer el casi un kilómetro hasta mi pensión. Arrastré su cadáver hasta el interior de la casa, cerré la puerta y —después de arrancar unas tiras de las sábanas para vendarme las heridas— me tumbé en su cama.

No creo que vuelva a presentarse jamás la oportunidad de defender y asesinar a un cliente en el mismo día.

Cuando Abe emprendía una gira por el circuito judicial, sus salidas en busca de vampiros las realizaba siempre de noche. Pero cuando trabajaba en Springfield, le gustaba ir de caza durante el día.

Una de mis argucias favoritas era prender fuego a la casa de un vampiro cuando el sol estaba en lo alto del firmamento y éste dormía. Lo cual le dejaba dos opciones a cual más desagradable: enfrentarse a mí a la luz del sol, débil y medio ciego, o permanecer dentro y abrasarse. A mí me daba lo mismo la que eligiera.

Cuando Abe volvió a ganar las elecciones para la Legislatura del Estado en 1838, había adquirido fama en Springfield como elocuente orador y abogado competente. Un hombre con grandes aptitudes y no menos ambicioso. Un hombre digno de estima. Tenía veintinueve años, y en poco más de un año había pasado de ser un extraño sin un céntimo que había llegado montado en un caballo prestado a convertirse en un hombre que alternaba con la élite de la capital (aunque, debido a sus deudas, seguía sin tener un céntimo). Seducía a los asistentes a las cenas de gala con su talante rústico y campechano y a sus colegas juristas con la facilidad con que asimilaba los problemas. «Sus modales a la mesa son un tanto toscos —escribió Ebenezer Ryan, un colega suyo del Partido Whig, a un amigo—, y sus trajes necesitan un buen remiendo. Pero posee la mente más preclara que jamás he conocido, y el don de articular sus pensamientos en frases elocuentes. No me extrañaría que llegara un día a gobernador.»

También incluso, Abe pensaba con menos frecuencia en Ann Rutledge.

Es cierto lo que dicen sobre el tiempo. De un tiempo a esta parte mi melancolía ha mejorado mucho, y abordo mis misiones con renovado celo. Mi madre me ha escrito informándome de que mis hermanastros están bien.* Stuart es un excelente socio, Speed un amigo pestífero, pero bien intencionado, y gozo del respeto de los mejores hombres de Springfield. Si no fuera por mis deudas, sería el hombre más feliz del mundo. Con todo, no puedo evitar sentir que me falta algo.

•   •   •

---

* Abe llamaba ahora a Sarah Bush Lincoln «madre». Obsérvese que no hace ninguna referencia a su padre. *(N. del A.)*

John T. Stuart tenía un plan.

Le había costado convencerle, pero por fin había logrado arrastrar a su joven socio al cotillón en casa de su prima Elizabeth.

No me parecía oportuno asistir, pues tenía muchos asuntos que atender. Pero Stuart no dejó de atosigarme, como solía hacer [su hermanastro] John años atrás. «¡La vida consiste en algo más que papeles, Lincoln! ¡Venga! Nos sentará de maravilla relacionarnos con gente.» Stuart insistió durante una hora, hasta que no tuve más remedio que capitular. Al llegar a casa de los Edwards (antes de que tuviera tiempo de sacudirme la nieve de los zapatos), Stuart me guió en el interior de la casa y me presentó a una joven que estaba sentada en el salón. Entonces me di cuenta de su artimaña.

Se llamaba Mary Todd, era prima de Stuart y acababa de llegar a Springfield. Esa misma noche, 16 de diciembre de 1839, Abe tomó nota de sus primeras impresiones de la joven.

Es una criatura fascinante. Ha cumplido veintiún años esta semana, pero es una excelente conversadora y nada estirada, como suelen ser las personas instruidas de clase alta, sino espontánea y natural. Una joven menuda, dotada de un fino sentido del humor, con una cara redonda y agradable y el pelo oscuro. Habla francés con fluidez; ha recibido clases de baile y música. No podía dejar de mirarla, una y otra vez. En más de una ocasión observé que ella también me miraba mientras escuchaba lo que una amiga le susurraba al oído, riéndose las dos a cuenta mía. ¡Deseo conocerla mejor! Poco antes de que concluyera la velada, no pude resistirlo más, de modo que me acerqué a ella, hice una profunda reverencia y le dije: «Señorita Todd, ardo en deseos de bailar con usted».

Según la leyenda, más tarde Mary dijo a sus amigas: «Y bailó conmigo».

Mary se sentía curiosamente atraída por el alto y rústico abogado. Pese al abismo de riqueza y posición social que les separaba, había unas similitudes fundamentales que formarían la base de su relación: ambos habían perdido a su madre de muy jóvenes, una pérdida que seguía definiéndoles. Ambos eran personas decididas, emotivas, propensas a experimentar grandes alegrías y profundas depresiones. Y nada les divertía más que un buen chiste (especialmente a cuenta de «algún charlatán que se lo merece»). Según escribió Mary en su diario ese invierno: «No es el pretendiente más guapo que he tenido, ni el más refinado, pero sin duda es el más inteligente. No obstante, su sentido del humor está teñido de cierta tristeza. Es un hombre extraño..., extraño, pero interesante».

Pero por más que se sentía atraída por Abe, Mary estaba indecisa, pues había empezado a cortejarla un demócrata bajo y rollizo llamado Stephen A. Douglas. Douglas era una estrella emergente en su partido, y hombre de dinero, sobre todo comparado con Lincoln. Podía ofrecer a Mary el tipo de vida a la que estaba acostumbrada. Pero aunque era innegablemente brillante e innegablemente rico, también era (según la propia Mary) «innegablemente aburrido».

«Al final —recordaba en una carta escrita años más tarde—, decidí que era más importante reír que comer.»

Ella y Abe se comprometieron a fines de 1840. Pero aunque ambos estaban «muy enamorados y tenían prisa por casarse», restaba el pequeño detalle de obtener la autorización del padre de Mary. La joven pareja no tuvo que esperar mucho tiempo la respuesta. Los padres de Mary iban a ir a Springfield en Navidad. Sería el primer encuentro de Abe con sus futuros suegros.

Robert Smith Todd era un acaudalado hombre de negocios y un personaje asiduo de la alta sociedad de Lexington, Kentucky. Al igual que Abe, era abogado y legislador. A diferencia de Abe, había amasado una gran fortuna, parte de la cual había utilizado para adquirir esclavos para la mansión que compartía con su segunda esposa y algunos de sus quince hijos.

Estoy nervioso ante la perspectiva de ser juzgado por un hombre tan importante e influyente. ¿Y si me considera un idiota o un patán? ¿Qué será entonces de nuestro amor? No pienso en otra cosa. Hace dos semanas que el asunto me causa una gran inquietud.

Abe no tenía motivos para preocuparse. La reunión resultó mejor de lo previsto, al menos a juzgar por el poema que Mary se apresuró a enviar a Lexington al día siguiente, 31 de diciembre:

Mi amado Abe estuvo espléndido.
Nuestro querido padre se quedó impresionado.

> La buena noticia (como quizás hayáis adivinado)
> es que nuestra unión ha sido bendecida.

Mientras un correo a caballo llevaba su poema a Lexington, otro entregaba una carta cuyo sobre ponía «URGENTE» a su novio recientemente bendecido. La misiva, en la inconfundible letra de Henry, estaba redactada (como todas las que Abe y él se escribían) de forma que evitaba cualquier referencia directa a vampiros, por si caía por error en otras manos.

Estimado Abraham:

He recibido tu carta de 18 de diciembre. Te ruego aceptes mi más sincera enhorabuena por tu compromiso matrimonial. Al parecer la señorita Todd posee múltiples cualidades, las cuales, a juzgar por tu detallada descripción de cada una de ellas, te han cautivado.

Sin embargo, debo prevenirte, Abraham, lo cual hago después de meditar en ello largamente, pues sé que esta carta no te agradará. La mujer con la que te has comprometido es hija de un tal señor Robert Smith Todd, conocido en todo Lexington por ser un caballero rico y poderoso. Pero debes saber la verdad: su poder se asienta en arenas movedizas. Es más amigo de los de mi especie que de los de la tuya. Sus aliados son los peores de nosotros, el tipo de individuos cuyos nombres te he ido enviando desde hace años. Ha sido su defensor en el Capitolio del estado; su banco privado en cuestiones de negocios. Incluso se ha beneficiado de la venta de negros destinados a la más cruel de las suertes.

No pretendo desanimarte para que rompas tu compromiso, pues la hija no es responsable de los pecados del padre. No obstante, el hecho de estar íntimamente relacionado con semejante individuo puede ser peligroso. Sólo te pido que reflexiones seriamente en el tema, y que estés atento, al margen de la decisión que tomes.

Tu amigo,

H

La historia recordaría el día siguiente como el «fatídico primero» de enero de Lincoln.

Ya está hecho. He destruido a la mujer que amo sin siquiera una explicación. He destruido su felicidad y la mía. Me siento el más desgraciado de los hombres, y merezco todas las desdichas que el destino me tenga reservado. Supongo, no, confío en que sean muchas.

Abe había ido a visitar a Mary esa mañana y había roto su compromiso, farfullando a través de sus lágrimas («no recuerdo una palabra de lo que dije»), antes de salir apresuradamente al gélido exterior.

Sabía que jamás podría volver a estrechar la mano de su padre, ni mirarlo a los ojos sin revelar mi ira. ¡Pensar que mis hijos pudieran compartir su sangre! ¡Un hombre que ha conspirado contra sus congéneres! ¡Un hombre que se ha beneficiado de la muerte de inocentes, por más que sean negros! No podría soportarlo. ¿Qué podía hacer yo? ¿Revelarle a Mary la verdad? Imposible. Sólo tenía un camino.

Por segunda vez en cinco años, Abe pensó en suicidarse. Y por segunda vez en cinco años, fue el deseo expresado por su madre en su lecho de muerte lo que le disuadió.

John T. Stuart había ido a visitar a unos parientes. Casi todos sus colegas legisladores se habían marchado para recibir el Año Nuevo en sus respectivos distritos. Sólo había una persona en todo Springfield a la que Abe podía recurrir.

—¡Pero estás enamorado de ella! —dijo Speed—. ¿Cómo diablos se te ocurre cometer semejante estupidez?

Abe se sentó en su cama en la minúscula habitación situada sobre A. Y. Ellis & Co., la cama que compartía con el medio chiflado y pegajoso «tábano» que no cesaba de revolotear alrededor de la habitación.

—Ansío estar junto a ella, Speed..., pero no puedo.

—¿Debido a su padre? ¿El hombre que te dio su bendición hace seis u ocho días?

—El mismo.

—Ansías estar junto a ella..., su padre te ha dado su bendición. Haz el favor de explicarme cómo funcionan los noviazgos aquí en Illinois, pues no lo entiendo.

—Hace poco me he enterado de que su padre es un ser perverso. Que se relaciona con gente de la peor calaña. No puedo consentirlo.

—Si yo amara a una mujer como tú amas a Mary, el hecho de que su padre comiera con el mismísimo diablo no cambiaría mi amor por ella.

—No lo entiendes...

—¡Entonces explícamelo! ¿Cómo quieres que te ayude si no hablas claro?

Abe sintió que lo tenía en la punta de la lengua.

—Te garantizo que sé guardar un secreto, Lincoln.

—Cuando dices «comer con el diablo»..., te aproximas más a la verdad de lo que imaginas. Te he dicho que se relaciona con gente de la peor calaña. Me refiero a que... es amigo del diablo, Speed. Amigo de los seres que desprecian la vida humana. Unos seres que nos matarían a ti o a mí sintiendo tantos remordimientos como un elefante al pisar a una hormiga.

—Ah..., te refieres a que es amigo de vampiros.

Abe se quedó helado.

III

Joshua Speed nunca se había sentido cómodo con los demás «chicos de buena familia» de Saint Joseph's Academy. Le gustaba gastar bromas. Contar chistes. Le gustaba soñar con la vida en la frontera salvaje, los territorios de avanzadilla de la colonización, «donde los hombres eran pocos y las flechas volaban». Le horrorizaba la idea de soportar la vida apacible y privilegiada de su padre. Anhelaba algo más, labrarse un porvenir y ver mundo. Cuando cumplió diecinueve años, este anhelo le llevó a Springfield, donde adquirió una participación en A. Y. Ellis. Pero la tarea de tomar nota de los encargos y llevar el inventario no constituía «la frontera salvaje» que perseguía.

A principios de 1841, poco después del fatídico primero de enero de Abe, Speed vendió sus intereses y regresó a Kentucky, dejando que Lincoln disfrutara él solo de la habitación sobre la tienda.

He llegado a Farmington. Debo dormir.

Era agosto, y Abe había ido a Farmington, la propiedad que la familia de Speed tenía en Kentucky, para un merecido descanso que le distrajera de sus problemas. No había salido desde hacía meses por temor a encontrarse con Mary o sus amigas, y su nombre «era considerado una palabra malsonante en todos los salones de Springfield». Speed había escrito a su viejo compañero de cuarto insistiéndole a que fuera a pasar en Farmington «tanto tiempo como necesites para reponerte de tus aflicciones».

Hacía años que Abe no se había sentido tan relajado, ni volvería a sentirse así. Daba largos paseos a caballo por la finca. De vez en cuando iba a Lexington. Pasaba las tardes sentado perezosamente en el porche de la gigantesca mansión de la plantación (la primera de verdad en la que ponía los pies, pues antes sólo lo había hecho en sus pesadillas). Si la vida en Farmington tenía algún inconveniente, era la inevitable presencia de esclavos. Estaban por doquier, en la casa y en los campos.

Hoy, cuando me dirigía a la ciudad a caballo, vi a una docena de negros encadenados como pescados en una línea de arrastre. Me produce una profunda turbación estar entre ellos. Rodeado de ellos. No sólo porque creo que su servidumbre es un pecado, sino porque me recuerdan todo cuanto deseo olvidar.

Abe y Joshua Speed se pasaban el día conversando. Hablaban del poderío de Gran Bretaña, de la máquina de vapor... y de vampiros.

—Me avergüenza confesar que mi padre tenía tratos con esos diablos —dijo Speed—. No era un secreto entre hombres de la posición de mi padre, y menos en mi casa, donde había reclutado a mis hermanos mayores con el fin de congraciarse con esos tipos.

—¿De modo que les vendía negros?

—Los viejos y cojos, por regla general. Lo consideraba una ventaja por partida doble: una forma de deshacerse de esclavos inútiles y de paso ganar un dinero. En alguna ocasión vendió a un macho fuerte y sano o a una mujer embarazada. Le reportaban más dinero puesto que tenían más san...

—¡Basta! ¿Cómo puedes hablar de ellos de esa forma? ¿Como si en lugar de hombres fueran ganado que es conducido al matadero?

—Si te he dado la impresión de que me tomo sus asesinatos a la ligera, discúlpame. No es así, Abe. Jamás lo he hecho. Al contrario, los vampiros son una de las principales razones por las que nunca perseguí el afecto de mi padre, ni lloré su muerte con amargura. ¿Cómo podría aceptar lo que hacía, cuando he oído los gritos de hombres y mujeres que él vendía para que les chuparan la sangre y él se forrara los bolsillos, cuando he visto los rostros de esos diablos a través de las rendijas entre las tablas de madera? Si pudiera borrarlo de mi memoria..., si pudiera expiar los crímenes que se han cometido aquí, no dudaría en hacerlo.

—Entonces haz algo para expiarlos.

No tuve que esforzarme en convencer a Speed. Bastó con que le dijera que cazar vampiros era tan peligroso como emocionante, semejante a la frontera salvaje de su imaginación. Al igual que había hecho con Jack,* compartí con él todos mis conocimientos sobre el tema, enseñándole cómo y cuándo debía atacar; disputando con él peleas simuladas para que se entrenara. Al igual que Jack, Speed estaba impaciente, deseoso de encararse con ellos. Pero a diferencia de Jack, que se apoyaba en su fuerza física para salir airoso del trance, Speed, de constitución delgada, no podía hacerlo. Traté de convencerle de la inmensa fuerza y velocidad que poseían los vampiros; le dije que se arriesgaba a morir a manos de ellos. Temí que no lo comprendiera bien. Pero se mostraba tan entusiasmado que me sentí de nuevo eufórico ante la perspectiva de cazar vampiros.

Abe ideó un plan audaz, a fin de que su inexperto amigo corriera el mínimo riesgo y matar a seis pájaros de una pedrada. A fines de agosto, Joshua Speed escribió una carta a seis de los antiguos socios de su padre, cada uno de los cuales era un comprador de esclavos inservibles. Cada uno de los cuales era un vampiro.

Cuando llegó el día, me invadió una profunda inquietud. ¿Cómo había sido tan imprudente? ¡Seis vampiros! ¡Y con un novato como socio! ¡Ojalá dispusiéramos de más tiempo! ¡Ojalá tuviera a Jack a mi lado!

---

* Jack Armstrong había decidido quedarse en Clary's Grove cuando Abe se trasladó a Springfield, poniendo fin a su breve relación. *(N. del A.)*

Pero era demasiado tarde para volverse atrás. Seis hombres se reunieron con Joshua Speed en el umbroso porche del capataz:* un individuo de setenta años con una barba entrecana; un joven de veintipocos años; los otros cuatro hombres tenían una edad intermedia. Todos lucían gafas oscuras y portaban sombrillas plegadas.

Speed reunió a un grupo de negros cerca de la casa, ordenándoles que «se entretuvieran cantando sus espirituales». Cantaban y daban palmas con tal entusiasmo que apenas se oía otra cosa mientras esperábamos en el porche. Tal como habíamos planeado, Speed invitó a los vampiros a entrar en la casa de uno en uno, tomando su dinero y conduciéndoles al interior para que gozaran del ansiado festín.

Cinco no pueden atraparme y diez no pueden sujetarme, corre alrededor del trigal, Sally...

Pero era yo quien les esperaba con mi hacha, y cuando doblaban la esquina del vestíbulo hacia el salón, les golpeaba en el cuello con todas mis fuerzas (que, en aquellos días, era notable). De los cinco primeros vampiros, les corté a todos la cabeza al primer intento, salvo a uno. Tuve que intentarlo de nuevo sólo con el tercero, pues la primera vez la hoja se alojó en su cara en lugar de en su cuello.

---

* Una casa de cuatro habitaciones en la propiedad de Farmington, aproximadamente a un kilómetro de la residencia principal. *(N. del A.)*

Voy a ahorrar, sí, voy a ahorrar para un telar,
corre alrededor del trigal, Sally...

El último vampiro era el que tenía un aspecto más juvenil pero el espíritu de un viejo. Enojado por tener que esperar solo en el porche, entró en la casa sin más. Lamentablemente, lo hizo en el preciso momento en que la cabeza de su colega echó a rodar por el vestíbulo.

El juvenil vampiro salió corriendo hacia su caballo que aguardaba, saltó sobre él sin detenerse y partió a galope.

Speed fue el primero en salir de la casa. Saltó sobre el segundo caballo, le espoleó y partió en pos del vampiro antes de que yo tuviera tiempo de montar el tercer caballo. La persecución se convirtió en una carrera de caballos a la antigua usanza; Speed cabalgaba como un loco, poniéndose de pie sobre los estribos y golpeando el vientre del animal con los pies. Al ver que su perseguidor ganaba terreno, el vampiro le imito, pero su caballo era diez años más lento. Speed se colocó junto a él sin siquiera una navaja con que apuñalarle o una piedra que arrojarle.

Speed sacó un pie del estribo y luego el otro, se sujetó al pomo de la silla con ambas manos y se puso de pie. Con los dos caballos lanzados a galope tendido, saltó, agarró al vampiro y lo derribó al suelo. Ambos rodaron por el suelo mientras sus monturas seguían galopando. Speed consiguió incorporarse, aturdido, cegado por el sol. Antes de que pudiera sacudirse el polvo de las orejas, un puñetazo le hizo saltar diez metros en el aire y caer de espaldas. Resollando, se llevó la mano al rostro, donde tenía una herida en la mejilla izquierda. El sol quedó de pronto eclipsado por la figura del vampiro de pie junto a él.

—Eres un ingrato asqueroso —dijo.

Speed sintió una sacudida en las tripas cuando el vampiro le asestó una patada en el vientre.

—¿Quién crees que ha pagado estas tierras?

Otra patada. Y otra. El dolor iba acompañado por unos destellos de color; sintió un extraño sabor en la boca. No pudo reprimir los vómitos.

El vampiro le agarró por el cuello de la chaqueta.

—Tu padre se avergonzaría —dijo.

—Es lo... lo menos que po... podría hacer... —farfulló Speed.

El vampiro alzó una de sus garras dispuesto a aferrar a su contrincante por el cuello.

Por fortuna, la cabeza del hacha le atravesó el pecho antes de que lograra su propósito.

Cuando el vampiro cayó de rodillas, tratando en vano de arrancarse la hoja del pecho, de su boca brotó un chorro de sangre. Abe tiró de las riendas de su caballo y desmontó. Apoyando rápidamente ambas manos en el mango y un pie en la espalda del vampiro, extrajo el hacha, tras lo cual le asestó con ella un golpe mortal en el cráneo.

—Speed —dijo acercándose a él—. Cielo santo...

—Bien —dijo su amigo—, creo que es suficiente expiación por un día.

• • •

A su regreso, Springfield le pareció a Abe «un lugar solitario y aburrido». Su estancia en Farmington había logrado sacarlo de su melancolía, «pero sin amigos con quienes compartir mis solitarias horas, ¿qué importa que me sintiera alegre o abatido?»

No me importa que [el padre de Mary] sea un canalla, sólo que amo a su hija sin reservas. Speed tiene razón, ¿qué hay más importante en el mundo que nuestra pequeña dicha? He reflexionado detenidamente en el asunto. Las protestas de Henry me tienen sin cuidado. Lo mismo que las consecuencias. He decidido comprometerme de nuevo con ella si Mary me acepta.

—¿Por qué debo casarme con el hombre que me dejó para que sufriera sola? —preguntó Mary cuando Abe llamó a la puerta de la casa de su prima—. ¡El hombre que me abandonó sin la menor explicación!

Abe bajó la vista y la fijó en el sombrero que sostenía en las manos.

—Yo no...

—¡Que me ha convertido en el hazmerreír de la ciudad!

—Querida Mary, sólo puedo ofrecerte mis más humildes...

—¿Qué clase de marido sería un hombre así? ¿Un hombre que en el momento más impensado puede cambiar de parecer y volver a dejarme plantada? Dígame, señor Lincoln, ¿qué motivos tengo para comprometerme con semejante hombre?

Abe alzó la vista de su sombrero.

—Mary —respondió—, si quieres que hablemos de mis defectos, podemos pasarnos una semana aquí en la puerta. No he venido para atormentarte más. He venido a postrarme a tus pies; a implorar tu perdón. He venido a prometerte que dedicaré el resto de mi vida a compensarte por el dolor que te ha causado estos meses. Si mi ofrecimiento te parece insuficiente, si el verme sólo te produce disgusto, puedes cerrar la puerta en mis narices y no volveré a importunarte.

Mary guardó silencio. Abe retrocedió un paso, suponiendo que le cerraría la puerta en las narices.

—¡Ay, Abraham, todavía te amo! —exclamó la joven, arrojándose a sus brazos.

Tras reanudar su compromiso, Abe adquirió sin pérdida de tiempo dos alianzas de oro (a crédito, por supuesto) en la tienda Chatteron's de Springfield. Mary y él eligieron unas sencillas palabras para que las grabaran en el interior de los anillos.

El amor es eterno

Abraham Lincoln y Mary Todd contrajeron matrimonio la lluviosa tarde del viernes, 4 de noviembre de 1842, en casa de Elizabeth Edwards, la prima de Mary. En total asistieron menos de treinta invitados a sus esponsales.

Después de la ceremonia, Mary y yo nos escapamos al salón mientras servían la cena, para pasar nuestros primeros momentos como marido y mujer a solas. Compartimos uno o dos tiernos besos y nos miramos con cierta perplejidad, pues nos parecía extraño estar casados. Nos producía una extraña y maravillosa sensación.

«Abraham, amor mío —dijo Mary al fin—. No vuelvas a abandonarme.»

IV

El 11 de mayo de 1843, Abe escribió a Joshua Speed.

¡Qué maravillosos han sido estos meses, Speed! ¡Qué felicidad! Mary es la esposa más cariñosa y entregada que uno pudiera desear, y me alegra comunicarte que espera un hijo. Los dos estamos muy contentos, y Mary ya ha empezado a preparar nuestro hogar para recibirle. ¡Será una madre excelente! Te ruego que me escribas de inmediato, pues deseo saber cómo prosigue tu recuperación.

La tarde del 1 de agosto de 1843 era más calurosa de lo habitual, y la ventana abierta apenas conseguía aliviar el calor en la pequeña habitación del segundo piso que Abe y Mary ocupaban en la Globe Tavern. Los transeúntes alzaban la vista para mirar esa ventana abierta con profunda curiosidad al tiempo que escuchaban los sonidos que transportaba el aire nocturno, primero los quejidos de dolor de una mujer y luego un grito agudo.

¡Un hijo! ¡La madre y el niño están perfectamente!

Mary está muy recuperada. No hace ni seis horas que ha nacido el niño y ya sostiene el pequeño Robert en brazos, cantándole dulcemente. «Abe —me dijo mientras le amamantaba—, ¡mira lo que hemos creado!» Confieso que los ojos se me llenaron de lágrimas. ¡Ojalá este momento se prolongara toda la eternidad!

Robert Todd Lincoln (Mary insistió; Abe no protestó) nació apenas diez meses después del día de la boda de sus padres.

Me paso horas contemplándolo. Estrechándolo contra mi pecho y sintiendo el suave ritmo de su respiración. Pasando los dedos sobre la suave piel de sus rollizos y deliciosos piececitos. Confieso que me gusta olerle el pelo mientras duerme. Mordisquearle los dedos cuando me los acerca. Soy su servidor, pues estoy dispuesto a hacer lo que sea con tal de ganarme su sonrisa.

Abe se tomó su papel de padre con entusiasmo. Pero dos décadas de enterrar a seres queridos habían hecho mella en él. Conforme transcurrían los meses y Robert crecía, Abe se mostraba cada vez más obsesionado con perder a su hijo, ya fuera debido a una enfermedad o a un accidente imaginario. En las entradas en su diario, empezó a hacer algo que no había hecho en muchos años: empezó a negociar con Dios.

Mi único deseo es verlo convertido en un hombre. Con su propia familia reunida alrededor de mi tumba. Nada más. Estoy dispuesto a sacrificar cada momento de mi felicidad a cambio de la suya. Todos mis logros a cambio de los suyos. Te lo ruego, Señor, no permitas que nada malo le ocurra. Que no sufra ninguna desgracia. Si quieres castigar a alguien, te suplico que me castigues a mí.

De acuerdo con sus esperanzas de ver a Robert llegar a la madurez, y confiando en conservar la dicha que había hallado en la vida de casado, en otoño de 1843 Abe tomó una difícil decisión.

Mi danza con la muerte debe terminar. No puedo arriesgarme a dejar a Mary sin marido, ni a Robert sin padre. Esta misma mañana he escrito a Henry diciéndole que no cuente más con mi hacha.

Después de veinte años de pelear con vampiros, había llegado el momento de colgar su chaqueta larga para siempre. Y después de ocho años de servir en la Legislatura del Estado, había llegado también el momento de que se le reconocieran sus méritos.

En 1846, fue nombrado candidato del Partido Whig para ocupar un escaño en el Congreso de Estados Unidos.

8

«Una gran calamidad»

La regla de oro, a la hora de aceptar o rechazar una cosa,
no consiste en si es mala, sino en si es más mala que
buena. Pocas cosas son completamente malas o buenas.

Abraham Lincoln, en un discurso
ante la Cámara de Representantes
20 de junio de 1848

I

Cuando Abe se retiró de su actividad como cazador de vampiros a fines de 1843, dejó una de las misiones que le había encargado Henry sin concluir.

Me referí a ello como de pasada en unas cartas a Armstrong y Speed, y (como confiaba en mi fuero interno) ambos se mostraron interesados en completarla. Puesto que seguían siendo relativamente inexpertos en el arte de cazar vampiros, pensé que era preferible que trabajaran juntos.

Joshua Speed y Jack Armstrong se vieron por primera vez el 11 de abril de 1844, en Saint Louis. A juzgar por la carta de Speed (a Abe, escrita tres días más tarde), no fue un encuentro amistoso.

Siguiendo las indicaciones en tu carta, nos encontramos en la taberna de Market Street ayer al mediodía. ¡Tu descripción [de Armstrong] era exacta, Abe! ¡Se parece más a un toro que a un hombre! ¡Es más ancho que un granero y más forzudo que Sansón! Pero obviaste mencionar que es un cretino. Es más bruto que un arado. Disculpa que te lo diga, porque sé que es amigo tuyo, pero en mis treinta años de vida jamás me había topado con un tipo más desagradable, agresivo y arisco. El motivo por el que lo reclutaste es obvio (por el mismo motivo que uno utiliza a un gigantesco y estúpido buey para tirar de un carro pesado). Pero jamás comprenderé cómo es posible que tú, un hombre de fino intelecto y buen carácter, te sientas a gusto en su compañía.

Armstrong no escribió a Abe sobre la impresión que le había causado Speed, pero es probable que fuera no menos negativa. El rico y atractivo nativo de Kentucky era animado y locuaz, unas cualidades que a Armstrong sin duda le parecerían irritantes incluso en los hombres más duros. Speed, sin embargo, era delgado y de modales afables, el tipo de dandi que los Clary's Grove Boys habrían metido en un barril y arrojado al Sangamon.

Movidos sólo por respeto hacia ti, estimado amigo, decidimos dejar de lado nuestras diferencias y cumplir con la misión que nos has encomendado.

Su objetivo era un conocido profesor llamado doctor Joseph Nash McDowell, el decano de la Facultad de Medicina en Kemper College.

Henry me había advertido [sobre McDowell]. El doctor era un «tipo especialmente paranoico», según dijo. Paranoico hasta el punto de que llevaba siempre un peto blindado debajo de la ropa, por temor a que un asesino tratara de clavarle una estaca en el corazón. Les expliqué este detalle a Armstrong y a Speed, añadiendo una advertencia de mi propia cosecha: puesto que la «muerte» de McDowell sin duda causaría gran revuelo en Saint Louis, debían procurar que nadie les viera mientras llevaban a cargo la misión, y abstenerse de indagar sobre el paradero del doctor. Desobedecer cualquiera de estas instrucciones sería desastroso.

Armstrong y Speed desobedecieron ambas.

Esa tarde de abril la reticente pareja se plantó en la esquina de las calles Novena y Cerre, ambos enfundados en llamativos y voluminosos abrigos, preguntando a cada hombre que entraba en el edificio de cuatro plantas de la Facultad de Medicina: «Señor, ¿sabe dónde podemos encontrar el doctor Joseph McDowell?»

Por fin nos dirigieron a un aula empinada y circular. Un coliseo en miniatura compuesto por múltiples gradas y balaustradas que se ensanchaban progresivamente, sobre las que unos caballeros animados por la curiosidad apoyaban la cabeza, sus rostros iluminados por las sibilantes lámparas de gas de la mesa

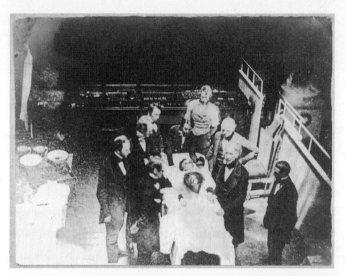

*Ilustración 12-2. En una fotografía sin fechar (hacia 1850),
unos cirujanos examinan el corazón y los pulmones
de un hombre no identificado. El hecho de que esté sujeto
con ataduras sugiere que está consciente, y el hecho de que luzca
unas gafas oscuras sugiere que es un vampiro.*

quirúrgica que había abajo, sus ávidos ojos fijos en la pálida y despeinada figura que diseccionaba el cadáver de un hombre. Nosotros nos sentamos en la hilera superior y observamos al doctor McDowell extraer el corazón y sostenerlo en alto para que todos lo viéramos.

«Destierren toda noción poética de sus mentes —dijo—. Lo que sostengo aquí no sabe de amor y coraje. Sólo sabe de contracciones rítmicas.» McDowell estrujó el corazón en su mano varias veces. «Un único y hermoso propósito..., hacer que la sangre fresca y abundante fluya a cada rincón del cuerpo.»

¡Un vampiro impartiendo una clase de anatomía a humanos! ¿Te lo imaginas, Abe? (Confieso que me gustó el descaro de ese tipo.)

Siguió diseccionando el cadáver mientras proseguía con su demostración, extrayendo cada órgano y explicándonos sus funciones hasta que el difunto parecía un pescado destripado. (Armstrong se sintió indispuesto durante todo el rato, mientras que a mí me pareció un espectáculo fascinante.)

La conferencia concluyó «con el sonido de corteses golpecitos de bastones contra las balaustradas», y los alumnos de McDowell abandonaron el aula. Todos menos dos. Después de recoger apresuradamente sus instrumentos y papeles, el doctor «se encaminó rápidamente hacia una pequeña puerta situada al fondo del escenario y desapareció». Armstrong y Speed le siguieron.

Bajamos por una estrecha escalera en completa oscuridad, tanteando unas paredes irregulares y húmedas hasta que por fin tocamos una superficie lisa. Encendí una cerilla restregándola contra mi tacón y vimos ante nosotros una puerta negra, con las palabras «J. N. McDowell, Doctor en Medicina. Privado», pintadas en dorado. Yo saqué mi pistola y Armstrong su ballesta. La cerilla se apagó. Mi corazón se tomó su «único y hermoso propósito» con gran entusiasmo, pues sabíamos que al otro lado de la oscuridad aguardaba un vampiro.

Speed palpó la puerta hasta hallar el pomo y la abrió con gran sigilo... Un chorro de luz diurna.

Era una habitación alargada, con el techo elevado y las paredes lisas. Sobre nuestras cabezas, una hilera de pequeñas ventanas dejaba pasar la suave luz del atardecer, y enmarcaba los pies de los transeúntes. A nuestra derecha, una mesa larga llena de ratas enjauladas, vasos de vidrio e instrumentos plateados. Frente a nosotros, lo que parecía ser un cadáver sobre una losa de piedra, cubierto por una sábana blanca. Y a nuestra izquierda, Abe..., a nuestra izquierda..., unos cadáveres desnudos dispuestos junto a la pared, cada uno sobre un estrecho estante, apilados unos sobre otros hasta alcanzar una altura de más de dos metros

Nos hallábamos en un depósito de cadáveres.

Supuse que el doctor nos estaría esperando. Que nos atacaría en el acto. Pero no había rastro de él. Armstrong y yo avanzamos lentamente hacia la losa de piedra, empuñando nuestras armas. Entonces me fijé en unos tubos de vidrio oscuros suspendidos sobre nuestras cabezas, los cuales se extendían desde los cadáveres a nuestra izquierda hasta los vasos a nuestra derecha. De pronto reparé en la sangre que caía en esos vasos, dispuestos sobre una hilera de llamitas de gas que la mantenían caliente.

Entonces observé que los pechos de esos «cadáveres» se movían con cada agónica inspiración y espiración que realizaban.

En ese momento asimilé todo el horror de la escena, Abe. Pues comprendí que esos hombres estaban vivos. Hacinados sobre unos estantes como libros en una biblioteca. Disponiendo apenas del espacio suficiente para respirar. Alimentados a través de unos orificios en sus vientres..., consumidos... Demasiado débiles para moverse, demasiado alimentados para morir. Cautivos de ese monstruo cuyos silbidos oímos de pronto procedentes de una habitación contigua. Silbando..., lavándose las manos en una palangana. Preparándose sin duda para descuartizar al desdichado cuyo pecho aún se movía debajo de la sábana blanca.

De golpe nuestro plan se nos apareció con toda claridad.

McDowell regresó luciendo un mandil y portando sus instrumentos quirúrgicos en una bandeja. La depositó en una mesa, sin dejar de silbar, y retiró la sábana blanca.

Éste no es el hombre que recuerdo.

Armstrong se incorporó rápidamente y disparó su ballesta al corazón de aquel cabrón, ¡a su corazón, Abe! ¡Huelga decir que la flecha rebotó con un ruido sordo, pues el estúpido y gigantesco patán se había olvidado del peto!

Fue un error que le costó caro, Abe, pues McDowell mostró entonces su auténtica identidad y atacó a Jack con sus garras. El hombretón oyó que caía algo sobre el suelo de piedra. Al bajar la vista comprobó que ya no sostenía su ballesta. Tanto ésta como su mano derecha habían desaparecido. Al ver el chorro de sangre que manaba de su muñeca, y su mano amputada en el suelo, palideció.

Sus alaridos eran lo bastante agudos para despertar a algunos de los moribundos que yacían en los estantes ante nosotros.

No tuve más remedio que salir de mi escondrijo y disparar mi pistola a la cabeza del vampiro. Pero las manos me temblaban tanto que no apunté bien. ¡La bala pasó volando junto a él y se estrelló contra sus preciados vasos de vidrio! ¡Imagina el estruendo, Abe! ¡Imagina el volumen de sangre que se derramó sobre el suelo de piedra! ¡Podríamos habernos ahogado en ella! Su creación era tan delicada que todos los tubos que se extendían sobre nuestras cabezas se rompieron al unísono. ¡Parecía como si nos cayera encima una lluvia de sangre!

«¡No! —gritó McDowell—. ¡Lo habéis destruido todo!»

No recuerdo si me golpeó. Sólo sé que caí contra los estantes repletos de cuerpos con tanta fuerza que me partí la pierna derecha. Sentí el dolor más intenso que jamás había sentido, más aún que las palizas que había recibido en Farmington. De pronto tuve la sensación de que todo mi cuerpo estaba frío. Recuerdo que McDowell (en realidad, dos McDowell, pues el golpe me había dejado grogui) avanzó hacia mí mientras yo yacía postrado en el suelo, el cual estaba cubierto por más de dos dedos de sangre. Recuerdo que se me ocurrió el extraño y cómico pensamiento de que el lugar idóneo para morirse era una morgue..., la sustancia cálida que caía sobre nosotros..., su sabor. Y recuerdo que de pronto McDowell se llevó las manos a la cara.

¡La punta de una flecha le había atravesado la piel debajo del ojo derecho! El resto asomaba en la parte posterior de su cráneo. Detrás de él, el estúpido y gigantesco patán sostenía una ballesta en la temblorosa y única mano que le quedaba.

Con un volumen anormal de sangre chorreándole por la cara (añadiendo un siniestro toque a la macabra escena), el paranoico McDowell huyó despavorido.*

Gracias a Dios, nos hallábamos a pocos pasos del mejor hospital de Saint Louis. Armstrong y yo nos ayudamos mutuamente a subir la escalera (yo arrastrándome sobre mi pierna sana y sosteniendo su mano amputada en una de las mías), empapados de pies a cabeza en la sangre de dos docenas de hombres.

Los médicos consiguieron salvar la vida de Jack. Había perdido la mano para siempre, Abe. Había estado muy cerca de la muerte. Más de lo que jamás estará dispuesto a reconocer. Fue su fuerza la que hizo qua superara el trance. Su fuerza, y las plegarias que sin duda rezaste para que no nos ocurriera nada malo. Me quedaré sólo hasta que Jack se haya recuperado (aunque se niega a dirigirme la palabra). Hace poco me han comunicado que mi pierna sanará, y que caminaré sólo con una leve cojera. No te aflijas por tu estimado Speed, amigo mío, pues se considera muy afortunado de estar vivo.

---

* Este incidente no hizo sino incrementar la paranoia de McDowell. Dejó Kemper y fundó su propia escuela de medicina en la esquina de las calles Novena y Gratiot, instalando en el edificio unos cañones en la azotea y manteniendo un arsenal de mosquetes a mano para repeler cualquier ataque. Posteriormente sirvió en el Ejército Confederado antes de desaparecer por completo de la historia. Dicen que su fantasma ronda por el edificio de Saint Louis que alojaba su escuela, aunque no ha aparecido ningún certificado de su muerte. *(N. del A.)*

II

El 3 de agosto de 1846, Abe fue elegido para ocupar un escaño en la Cámara de Representantes de Estados Unidos. En diciembre de 1847, más de un año después de su elección, llegó a Washington con su familia para el inicio de su mandato. Alquilaron una pequeña habitación en la pensión de la señora Sprigg*, una habitación en la que apenas cabían debido a la presencia de un cuarto miembro de la familia.

Hemos vuelto a ser bendecidos con otro niño, Edward Baker, nacido el 10 de marzo [de 1846]. Es tan risueño y travieso como Bob, aunque sospecho que tiene un carácter más dulce. Mi cariño hacia él no ha mermado en absoluto por el hecho de ser el segundo. Soy también el sirviente de la sonrisa de Eddy, mordisqueándole los dedos de los pies para hacerle reír..., aspirando el olor de su pelo cuando duerme..., estrechando su cuerpecito dormido contra el mío. ¡Estos niños han hecho de su padre un zoquete!

Esta vez Abe no temía que Edward cayera enfermo o muriera. No negoció con Dios (al menos hasta el extremo de dejar constancia de ello en su diario). Quizá se sentía más seguro en su papel de padre. Quizás estaba demasiado atareado para obsesionarse con ello: vigilando la marcha de su bufete de abogado en Springfield; adaptándose a una nueva ciudad y

---

* Una modesta vivienda de dos plantas situada donde hoy en día se halla la Biblioteca del Congreso. *(N. del A.)*

a un nuevo nivel de intensidad política; atareado con todo menos con cazar vampiros.

Las cartas [de Henry] llegan mensualmente. Me ruega que recapacite. Insiste en que es imprescindible que reanude mis misiones. Yo respondo a cada una de ellas con las mismas y simples verdades: no quiero arriesgarme a dejar a mi esposa viuda, o a mis hijos sin padre. Le digo que, si estoy destinado a liberar a los hombres de la tiranía, debo hacerlo según los dictados de ese viejo refrán sobre la pluma y la espada. Mi espada ha cumplido con su deber. Mi pluma me conducirá el resto del camino.

Washington resultó ser una decepción en casi todos los aspectos. Abe esperaba encontrarse una rutilante metrópoli llena de hombres «de mente preclara, dedicados al servicio de sus electores». En vez de ello, encontró «unos cuantos faros luminosos en una bruma de majaderos». En cuanto a sus sueños de vivir en una gran ciudad, Washington parecía más bien Louisville o Lexington, aunque con un puñado de espléndidas maravillas arquitectónicas. «Unos cuantos palacios en una pradera», solía decir Abe. La piedra angular del Monumento a Washington aún no había sido colocada. Ni éste ni el Capitolio serían completados en vida de Lincoln.

Una de las mayores decepciones que le deparó Washington fue su abundancia de esclavos. Trabajaban en la pensión de la señora Sprigg, donde Abe se alojaba con su familia. Eran subastados en las calles por las que pasaba para dirigirse a su trabajo. Estaban enjaulados donde posteriormente se construiría el National Mall, donde un día la gigantesca estatua de Abe velaría durante toda la eternidad.

Desde las ventanas del Capitolio se divisa una especie de cuadra de caballos de alquiler, a la que son conducidos multitud de negros, donde permanecen un tiempo hasta ser trasladados a los mercados del sur, como un tropel de caballos. ¡Hombres encadenados y vendidos! ¡Aquí, a la sombra de una institución fundada sobre la premisa de que «todos los hombres son creados iguales»! ¡Fundada con gritos de «¡dame libertad, o dame muerte!» Es más de lo que un hombre honorable puede soportar.

En uno de los escasos momentos memorables de su carrera en el Congreso, Abe presentó un proyecto de ley para abolir la esclavitud en el Distrito de Columbia. Se había esmerado en redactarla de forma que «no les pareciera excesiva a los dueños de esclavos, ni poco convincente a los abolicionistas». Pero un congresista, por brillante que fuera, no podía hacer mucho durante su primer mandato. El proyecto de ley no se llegó a votar.

Al margen de sus fracasos legislativos, Abraham Lincoln causó una profunda impresión en las salas del Congreso, y no precisamente por su gigantesca estatura. Sus contemporáneos le describen como «torpe y larguirucho», con unos pantalones que «apenas llegaban a quince centímetros de sus tobillos». Aunque aún no había cumplido cuarenta años, muchos demócratas (y algunos de sus colegas Whigs) le llamaban «el Viejo Abe» debido a «su aspecto rudo y desaliñado y a sus ojos cansados».

Una noche, mientras Mary bañaba a nuestros hijos, se lo conté, confesando que me enojaba. «Abe —respondió sin alzar la vista ni dudar un instante—, es posible que en el Congreso haya hombres el doble de atractivos que tú, pero ninguno que posea tu sentido común.»

Soy un hombre afortunado.

Pero esos apodos tan poco lisonjeros eran lo que menos le preocupaba, como escribió un día después de jurar su cargo:

¡Uno no puede caminar de un extremo de la cámara a la otra sin oír hablar de vampiros! ¡Nunca había oído comentar el tema con tanta insistencia y por tantos! Durante estos largos años me consideraba el depositario de un tenebroso secreto, un secreto que he ocultado a mi esposa y a mis familiares. Sin embargo, aquí, en estos foros de poder, es un secreto compartido por todos. Muchos de nuestra delegación no cesan de murmurar sobre «esos malditos sureños» y sus amigos «ojinegros». Cuentan chistes durante la comida. ¡Incluso participa [el senador Henry] Clay!* «¿Por qué luce Jeff Davis unos cuellos de camisa tan altos? Para ocultar los mordiscos en su cuello.» Sin embargo, esas bromas deben de contener una parte de verdad, pues, que yo sepa, no hay un congresista sureño que no esté vinculado a los intereses de los vampiros, que no simpatice con su causa o no tema sus represalias. En cuanto a mis experiencias con [vampiros], no diré una palabra. Constituyen un capí-

---

* El fundador del Partido Whig, un congresista de setenta años e ídolo de Lincoln. *(N. del A.)*

tulo de mi vida que no deseo recrear de nuevo, ni en la práctica ni en una conversación.

Abe se sobresaltó al oír romperse un cristal.

Un par de hombres habían penetrado a través de las ventanas de nuestra habitación del segundo piso. Yo no tenía una pistola debajo de mi almohada. Ni un hacha junto a mi cama. Antes de que pudiera levantarme, uno de ellos me golpeó en la cara con tal fuerza que partí el cabecero de nuestro lecho con la parte posterior de mi cráneo.

Vampiros.

Traté de recobrar la presencia de ánimo mientras uno de esos diablos agarraba a Mary, tapándole la boca para ahogar sus gritos. El otro tomó a Bob de su camita y salió por donde había entrado, a través de la ventana que daba a la calle. Me levanté y le perseguí, saltando por la ventana sin vacilar, lacerándome la piel con los fragmentos de cristal. Eché a correr por las oscuras calles de Washington, casi desiertas a esas horas. Oí los gritos de Bob en la oscuridad. Eché a correr tras ellos presa de un pánico que jamás había experimentado. De una furia desconocida.

Cuando te atrape te haré pedazos...

Los ojos llenos de lágrimas..., los gemidos incontrolables..., el intenso dolor en los músculos desgarrados de mis piernas. Manzana tras manzana, doblando por esta calle, por la otra, mientras la voz de Bob mudaba de dirección. Pero sus gritos sonaban más débiles debido al viento que soplaba, y las piernas apenas me sostenían. Me desplomé en el suelo..., llorando al pensar en mi hijo, mi hijito desvalido raptado en la oscuridad, esa oscuridad donde ni su padre podía llegar a él.

Abe alzó su temblorosa cabeza, asombrado de hallarse frente a la pensión de la señora Sprigg.

Entonces..., se me ocurrió un pensamiento atroz, y el pánico hizo de nuevo presa en mí.

Eddy...

Subí la escalera corriendo y entré en nuestra habitación. Silencio..., las camas vacías..., las ventanas rotas..., las cortinas agitadas por el viento... Y la cuna de Eddy junto a la pared de enfrente. Desde donde me hallaba no veía su contenido. No tenía valor para mirar. ¿Y si había desaparecido?

Te lo suplico, Señor...

¿Cómo pude haberle abandonado? ¿Cómo pude haberme dejado el hacha? No..., no podía mirar... Me quedé en el umbral, sollozando, pues en mi corazón sabía que estaba muerto como los otros.

De pronto, gracias a Dios, oí sus berridos, y atravesé apresuradamente la habitación, ansioso de sentir su calor en mis brazos. Pero al alcanzar la cuna y mirar en ella, vi las sábanas blancas empapadas en sangre. No era la sangre de Eddy, pues en su lugar había un diablo. Postrado sobre las sábanas empapadas en sangre con una estaca clavada en el corazón y un agujero en la parte posterior del cráneo. Yacía inmóvil en la cuna, mientras la sangre manaba de su cuerpo, el cual me resultaba familiar..., al mismo tiempo un niño y un hombre. Con sus fatigados ojos abiertos, pero vacíos. Fijos en los míos. Yo le conocía.

Era yo.

Abe se despertó con el corazón latiéndole con violencia. Se volvió hacia la izquierda y vio a Mary durmiendo apaciblemente junto a él. Fue a mirar a sus hijos, que dormían, y comprobó que estaban indemnes.

Esa noche, antes de tratar (en vano) de conciliar de nuevo el sueño, escribió cinco palabras en su diario.

Esta ciudad es la muerte.

III

Una noche de febrero de 1849, Abe compartió el calor del hogar de la señora Sprigg con un viejo conocido.

[Edgar Allan] Poe ha venido a pasar unas semanas en Baltimore, y puesto que Mary y los niños han partido para Lexington, pensé que era el momento oportuno para reunirnos.

Habían mantenido una correspondencia esporádica durante los años: ocasionales elogios por las historias y poemas de Poe; felicitaciones por las victorias electorales de Lincoln. Pero esta noche, cara a cara por primera vez en veinte años, hablaron sólo de vampiros.

Hablé a Poe sobre Henry, sobre mis cacerías y las terribles verdades a las que me han conducido. Él me habló de su persistente obsesión por los vampiros; me explicó que había entablado amistad con un inmortal llamado Reynolds, y que estaba a punto de descubrir «un siniestro complot». Habla con gran entusiasmo y seguridad, pero es difícil creer la mayoría de lo que dice, pues lo dice a través de la máscara del alcohol. Parece cansado. Envejecido por el whisky y la mala suerte. Los años que han transcurrido desde nuestro último encuentro no han sido amables con él. Su amada esposa murió, y el éxito no le ha recompensado con riquezas.

—¡Hombres mantenidos al borde de la muerte! —dijo Lincoln—. Almacenados como barriles en una bodega, su preciada sangre calentada por pebeteros de gas. ¡La maldad de un vampiro no tiene límites!

Poe sonrió y bebió otro trago.

—¿Supongo que habrá oído hablar de la Condesa Sanguinaria? —preguntó.

El semblante de Abe indicaba que no.

—¿Usted? —preguntó Poe—. ¿Pese a los años que lleva persiguiendo a vampiros? En tal caso, le pido que me preste atención un momento, pues es uno de mis personajes preferidos, y una parte importante de la historia de nuestro país.

»Elizabeth Báthory era la joya de la nobleza húngara —prosiguió Poe—. Bella, poseedora de una riqueza incalculable. Su único pesar era tener que compartir el lecho con un hombre al que no amaba, un hombre a quien había sido prometida en matrimonio a los cinco años: el conde Ferenc Nádasdy. No obstante, era un marido generoso que concedía a Elizabeth todos sus caprichos. Lo que éste ignoraba era que el capricho favorito de su mujer era una mujer morena, de tez pálida llamada Anna Darvulia. Ambas se hicieron amantes. No está claro cuándo...

—¿Dos mujeres... amantes?

—Un detalle trivial. No está claro cuándo averiguó Elizabeth que Anna era una vampira, o cuándo se convirtió ella misma en una, pero al parecer la pareja ansiaba iniciar la eternidad juntas. Después de la misteriosa muerte del conde en 1604, las amantes empezaron a atraer a jóvenes campesinas al Castillo Cachtice* con la promesa de darles trabajo, dinero para sus familias hambrientas. Lo cierto es que esas jóvenes estaban destinadas a convertirse en juguetes de unas diosas menores..., las cuales les robaban la sangre y la vida. En total, Elizabeth y Anna asesinaron a más de seiscientas muchachas en tres años.

—Cielo santo...

—Pero lo peor es que la pareja se jactaba de idear los métodos más atroces, más degradantes y dolorosos para asesinarlas. Las jóvenes eran torturadas. Violadas. Dejaban que se

---

* En la actualidad en Eslovaquia occidental. *(N. del A.)*

consumieran durante días. Algunas colgaban suspendidas sobre el suelo de unos ganchos que les atravesaban los brazos y las piernas. Elizabeth y Anna se tumbaban debajo, practicando pequeños cortes en la piel de la chica con unos cuchillos, dejando que su sangre goteara lentamente sobre sus corpiños mientras ellas hacían el amor. A algunas jóvenes las crucificaban en parte, con las manos clavadas a un madero...

—Le ruego que no siga, Poe. Es demasiado.

—Por fin, los campesinos se sublevaron contra estas prácticas y asaltaron el castillo. En su interior la turba halló una mazmorra llena de jaulas de hierro. Unas víctimas medio muertas a las que les habían arrancado bocados de carne de sus brazos y vientres. Muchachas cuyas manos y caras habían sido expuestas a una llama hasta quedar carbonizadas hasta los huesos. Pero no había rastro de las vampiras. Organizaron un juicio, y un par de mujeres inocentes fueron arrojadas a un pozo de fuego para aplacar a los campesinos. Pero las auténticas Elizabeth Báthory y Anna Darvulia habían huido.

»Las atrocidades, Lincoln..., las atrocidades que esas mujeres habían perpetrado en poco tiempo..., la eficacia e imaginación con que asesinaban... Hay cierta belleza en ello. Es forzoso admirarla.

—Es abominable —respondió Lincoln.

—Sin duda la vida le habrá enseñado que una cosa puede ser al mismo tiempo bella y abominable.

—Prometió relatarme «una parte importante de la historia de nuestro país». ¿Acaso esta terrible historia encierra alguna lección? ¿O simplemente disfruta atormentando a un viejo amigo?

—La lección, amigo mío, es ésta: Elizabeth Báthory es, en cierto aspecto, culpable del gran número de vampiros que tenemos en Norteamérica.

Poe había logrado captar la atención de Abe.

—La historia de sus atrocidades se extendió por Europa —dijo el escritor—. Rumores sobre una vampira apodada la Condesa Sanguinaria y los centenares de muchachas a las que había asesinado. En el espacio de diez años, siglos de supersticiones murmuradas dieron paso al odio abierto. ¡Jamás una historia había causado semejante fervor! Desaparecieron para siempre los tiempos de aceptar a los vampiros como un tributo que exigía la vida, y el temor de enfrentarse a ellos. Empezaron a aparecer cazadores de vampiros desde Inglaterra hasta Croacia, que aprendían unos de otros, que perseguían a los no muertos por todo el continente. Los perseguían por las hediondas alcantarillas y los barrios plagados de enfermedades de París. Los perseguían por los oscuros callejones de Londres. Los vampiros se veían obligados a dormir en criptas. A beber la sangre de perros callejeros. ¡Leones perseguidos por corderos! En Europa la vida se hizo intolerable para un vampiro. Ansiaban ser libres. Librarse de sentirse perseguidos. Del temor. ¿Y dónde podían hallar esa libertad?

—En Norteamérica.

—¡En Norteamérica, Lincoln! Norteamérica era un paraíso donde los vampiros podían existir sin competir ferozmente entre sí para obtener sangre. Un lugar donde era frecuente que las familias tuvieran cinco, ocho o una docena de hijos. Les complacía su desgobierno. Su inmensidad. Les encantaban sus aldeas remotas y sus puertos atestados de recién llegados. Pero ante todo, Lincoln, les encantaban sus esclavos. ¡Pues aquí, a diferencia de cualquier otro país habitado por hombres civilizados, habían hallado un lugar donde podían alimentarse de la embriagadora sangre de una persona sin temor a represalias!

»Cuando los ingleses arribaron a nuestras costas, con la misión de imponernos el control del Viejo Mundo, los vampiros de Norteamérica se mostraron dispuestos a pelear. Estaban en Lexington y en Concord. En Ticonderoga y en Moore's Creek. Algunos regresaron a su Francia natal, donde convencieron al rey Luis para que nos prestara su armada. Son tan norteamericanos como usted y yo, Lincoln. Auténticos patriotas, ¡pues la pervivencia de Norteamérica constituye su pervivencia!

—Hasta he oído hablar de ellos en el Capitolio —murmuró Abe—. Incluso allí se palpa su influencia.

—¡Están en todas partes, Lincoln! Y no hará sino aumentar, como ocurrió durante muchos siglos en Europa. ¿Cuánto tiempo puede durar? ¿Cuántos vampiros pueden llegar a nuestras costas antes de que el hombre común y corriente repare en ellos? ¿Y luego qué? ¿Cree que las buenas gentes de Boston o Nueva York se resignarán a vivir con vampiros en sus barrios? ¿Cree que todos los vampiros poseen el mismo talante afable de su amigo Henry o de mi amigo Reynolds?

»Imagínese, Lincoln, lo que pudo haber ocurrido en Europa de no haber existido una Norteamérica a la que pudieran huir los vampiros. ¿Cuánto tiempo habrían permitido los leones que los corderos les persiguieran? ¿Cuánto tiempo habría transcurrido antes de que comenzaran a comportarse de nuevo como leones?

*Ilustración 7-C. Edgar Allan Poe posa con Abraham Lincoln
en el estudio de Mathew Brady en Washington.
4 de febrero de 1849.*

A Abe no le gustó el cuadro que empezaba a dibujarse en su mente.

—Le aseguro —dijo Poe —que nos aguarda una gran calamidad.

Su predicción resultó fatídica para el propio Poe.

El 3 de octubre de 1849, menos de ocho meses después de su reunión con Abe, le encontraron vagando por las calles de Baltimore, medio muerto, aturdido y vestido con unas ropas que no eran suyas. Lo trasladaron rápidamente al Washington College Hospital, donde los médicos trataron de diagnosticar su enfermedad, que empeoraba por momentos.

El paciente padece una fiebre muy alta y alucinaciones. Cuando está consciente llama a un tal «Reynolds». Presenta unos síntomas similares al tifus, aunque la rápida progresión indica alguna otra causa. Es un caso desesperado.

El domingo, 7 de octubre, a las cinco de la mañana, Poe se despertó sobresaltado. Murmuró «¡El Señor acoja en su seno mi pobre alma!» y murió.

IV

El 5 de marzo de 1849 concluyó la poco memorable carrera de Abe en el Congreso. Había decidido no presentarse para un segundo mandato.

Ser elegido para ocupar un escaño en el Congreso... no me ha satisfecho como esperaba. Durante estos dos años he descuidado a mi amada esposa y a mis dos diablillos, y no hay nada en Washington que me tiente lo suficiente como para no regresar a Illinois.

Regresó a Springfield y se volcó en su bufete, en el que trabajaba como becario un abogado de treinta años llamado William H. Herndon (el cual escribiría una extensa y polémica biografía de Lincoln después de su asesinato). Abe se afanó en ocultar a su joven socio la verdad de su tenebroso pasado.

Escribía cartas de recomendación para amigos que buscaban empleo. Defendía casos en todo Illinois. Jugaba y luchaba con sus hijos y daba largos paseos con su esposa.

Vivía la vida.

Basta de hablar de hombres con largos colmillos,
De vidas que nunca cesan.
Anhelo tan sólo las cosas simples,
Anhelo tan sólo la paz.

Pero no la alcanzaría.

Eddy Lincoln tenía tres años, diez meses y dieciocho días cuando murió.

De una entrada fechada el 1 de febrero de 1850, seis horas después del fallecimiento de su hijo:

He perdido a mi hijito... Le echo mucho de menos.
Esta vida no ofrece dicha alguna...

No hay motivo para sospechar que la muerte de Eddy tuviera algo que ver con vampiros. Llevaba enfermo desde diciembre (probablemente de tuberculosis) y se fue consumiendo poco a poco, mientras su madre le velaba junto a su cama, frotándole en vano su pequeño pecho.

Mary no soportaba la idea de que Eddy muriera en su cama solo. Estrechaba su cuerpo inconsciente contra el suyo, acunando a nuestro hijito contra su pecho durante toda la noche..., hasta que murió.

Mary no volvió a ser la misma. Aunque enterraría a otros dos hijos, nada era comparable al dolor de perder a su amado «angelito». Tres días después de la muerte de Eddy, no había probado bocado, no había dormido ni cesado de llorar.

[Mary] está inconsolable. Quizá sea mejor así, pues no tengo ánimos para consolar a nadie. He enviado recado a Speed y a Armstrong pidiéndoles que vengan. He recibido carta de Henry expresando sus condolencias, y su promesa de llegar [a Springfield] no más tarde de mañana al mediodía. Ignoro cómo se ha enterado de la muerte de Eddy.

El pequeño fue sepultado en el Cementerio Hutchinson, a pocas manzanas de la casa de Abe y Mary.

Me apoyé en Bob y Mary durante toda la ceremonia religiosa, mientras los tres no cesábamos de llorar. Junto a nosotros estaban Armstrong y Speed, así como muchos amigos y conocidos. Henry observaba de lejos, no queriendo agravar mi dolor suscitando las sospechas de Mary.* No obstante, se encargó de que recibiera una nota durante la ceremonia. En ella me reiteraba sus condolencias..., y me recordaba que había otro medio.

Un medio de volver a ver a mi hijo.

Pese a la angustiosa tentación que debió de sentir Abe de volver a ver a su hijo, al fin se rindió a la razón.

Sería siempre pequeño. Un asesino angelical. Yo no soportaba la idea de mantenerlo encerrado en la oscuridad. Enseñarle a matar para que siguiera vivo. No podía condenar a mi hijo al infierno.

Mary escribió un poema (posiblemente con ayuda de Abe), que fue publicado en el *Illinois State Journal* aproximadamente cuando Eddy fue enterrado. La última línea está grabada en su lápida.

Las estrellas de medianoche que lucían con fuerza
se han apagado tristemente.
Y el rojo que teñía sus mejillas y labios

---

* Mary no sabía quién era Henry Sturges, ni que existieran vampiros. (N. del A.)

ha desaparecido con la cálida vida del corazón.

El ángel de la Muerte le acechaba,

y el hermoso niño estaba condenado a morir.

Las sedosas ondas de su lustroso cabello

reposan inmóviles sobre su frente marmórea,

y los pálidos labios y las mejillas perladas

confirman la presencia de la Muerte.

El inocente capullito que el amor nos concedió,

la misericordia se lo ha llevado para que crezca en el cielo.

El niño ángel es ahora más feliz

con el arpa y la corona de oro,

cantando a los pies del Salvador

las glorias que nosotros desconocemos.

Eddy, flor de un amor divino,

habita en el mundo de los espíritus.

¡Adiós, niño ángel, adiós!

Mi dulce Eddy,

¡me despido de ti!

El gemido del cariño ya no puede alcanzarte

por profundo y auténtico que sea.

Ahora habita en una morada resplandeciente...

como corresponde al Reino de los Cielos.

9

Al fin, paz

Hemos recibido los dones más preciados del cielo. Hemos vivido, durante muchos años, en paz y prosperidad. Hemos crecido en número, riqueza y poder como ninguna otra nación. Pero nos hemos olvidado de Dios. Hemos olvidado la generosa mano que ha preservado nuestra paz, que ha hecho que nos multipliquemos, que nos hagamos más ricos y más fuertes.

Abraham Lincoln, al proclamar un Día de Ayuno Nacional
30 de marzo de 1863

I

Del *New York Tribune*, lunes, 6 de julio de 1857:

VIOLENTOS DISTURBIOS ATERRORIZAN A LA CIUDAD
Curiosos incidentes ocurridos durante
una pelea entre pandillas
Por H. Greeley

Los feroces disturbios que durante estos dos últimos días y noches han asediado a buena parte de Manhattan por fin se han apaciguado. Por orden del gobernador, los milicianos penetraron en Five Points el domingo y dispararon una descarga cerrada con sus mosquetes contra los combatientes que quedaban. Esta mañana apareció un gran número de muertos en las calles Baxter, Mulberry y Elizabeth, víctimas de los peores disturbios que ésta o ninguna otra ciudad recuerda haber presenciado. La violencia parece haberse iniciado cuando las tristemente famosas pandillas de Five Points, los Plug Uglies y los Dead Rabbits, emprendieron un ataque contra su enemigo común, los Bowery Boys. La policía cree que los asesinatos comenzaron en Bayard Street, aproximadamente el sábado al mediodía, antes de propagarse a través de Five Points con la rapidez y furia de un fuego.

Personas inocentes se vieron obligadas a hacerse fuerte en sus casas mientras los salvajes rivales se apuñalaban, tiroteaban y golpeaban hasta matarse en las calles. Los comerciantes vieron cómo los vándalos destrozaban sus establecimientos, aprovechando el caos para robarles descaradamente sus mercancías. Once transeúntes —entre los que había una mujer y un niño— fueron agredidos sólo por hallarse cerca del foco de violencia.

CURIOSOS INCIDENTES DURANTE UNA PELEA
ENTRE PANDILLAS

El *Tribune* se vio enseguida inundado de testimonios sobre «extraños» e «inexplicables» incidentes durante la noche del sábado y la mañana del domingo. Algunos ciudadanos afirmaban haber visto a hombres saltar a través de los tejados «como si flotaran en el aire» persiguiéndose unos a otros; trepar por las fachadas de los edificios «con la agilidad con que un gato trepa a un árbol».

Un testigo, un comerciante llamado Jasper Rubes, asegura haber visto a un miembro de los Dead Rabbits «alzar a un Bowery Boy sobre su cabeza y arrojarlo contra el segundo piso de una fábrica en Baxter Street con tal fuerza que se abrió un boquete en la fachada de ladrillo». Por increíble que parezca, la víctima «cayó de pie», dijo el testigo, «y siguió peleando como si tal cosa».

«Sus ojos —dijo Rubes— eran negros como el hollín.»

A principio de la década de 1850, Abraham Lincoln no pensaba ni remotamente en cazar vampiros.

Diez meses después de enterrar a Eddy, Abe y Mary acogieron con alegría el nacimiento de otro hijo. Le pusieron de nombre William «Willy» Wallace Lincoln, en honor del médico que había permanecido junto a Eddy hasta la muerte del niño. En 1853, tuvieron otro hijo, Thomas «Tad» Lincoln, nacido el 4 de abril. Junto con Robert, de diez años, los tres formaban «una bulliciosa pandilla».

«Mientras escribo estas líneas Bob no cesa de berrear en la habitación contigua —escribió Abe en 1853 en una carta a Speed—. Mary le ha dado una azotaina por haberse escapado. Sospecho que cuando yo termine esta carta habrá vuelto a escaparse.»

Abe escribió muy pocas entradas en su diario después de la muerte de Eddy. Esos seis libritos y medio encuadernados en cuero se habían convertido en un documento de su vida con vampiros, un documento de armas y venganza; de muerte y pérdida. Pero esos días habían quedado atrás. Esa vida había concluido. En 1865, cuando volvió a escribir en su diario, Abe rememoró «esta última y maravillosa fase llena de paz».

Fueron unos años magníficos. Unos años apacibles. No quería volver a saber nada de vampiros ni de política. ¡Cuando pienso en lo que me había perdido mientras desperdiciaba mi tiempo en Washington! ¡Una gran parte de la breve y maravillosa vida de Eddy! ¡No, nunca más! ¡La simplicidad! Eso era lo que anhelaba ahora. ¡La familia! Ésa era mi misión. Cuando no podía estar en casa con mis hijos, dejaba que corretearan por el despacho (sospecho que para consternación de Lamon*). Mary y yo dábamos largos paseos, al margen de la estación del año o el tiempo que hiciera. Hablábamos sobre nuestros adorados hijos..., sobre nuestros amigos y nuestro futuro..., sobre la rapidez con que habían transcurrido nuestras vidas.

---

* En 1852, Abe abrió un bufete con Ward Hill Lamon, un hombre de gran envergadura física que más tarde sería su guardaespaldas presidencial. Al igual que había hecho con su ex socio, Abe ocultó a Lamon su experiencia con vampiros. (N. del A.)

No había vuelto a recibir carta de Henry. No había venido a visitarme y desconocía su paradero. A veces me preguntaba si habría aceptado por fin el hecho de que yo no volvería a cazar vampiros, o si él había caído también víctima de un hacha. Fuera cual fuera el motivo de su ausencia, me alegraba de ella. Pues aunque había llegado a sentir gran afecto por él, detesto todos los recuerdos que la mera mención de su nombre evoca.

La chaqueta larga de Abe, llena de desgarrones y cicatrices de las batallas en las que había participado, fue quemada sin ceremonia. Sus pistolas y cuchillos fueron puestos a buen recaudo en un baúl en el sótano y olvidados. La hoja de su hacha se oxidó. El fantasma de la muerte, que había gravitado sobre el viejo cazador de vampiros desde que tenía nueve años, parecía haber desaparecido por fin.

Regresó brevemente en 1854, cuando un amigo de Clary's Grove comunicó a Abe la noticia de que Jack Armstrong había muerto. De una carta a Joshua Speed:

Ese estúpido ha conseguido que un caballo le matara, Speed.

Durante un violento [chaparrón] a principios de invierno, el viejo Jack trató de arrastrar el obstinado animal por las riendas. Forcejearon durante una hora. A Jack (que nunca dejó de ser uno de los Clary's Grove Boys) no se le ocurrió ir en busca de su chaqueta o pedir ayuda, pese a que era manco y estaba calado hasta los huesos. Cuando por fin logró que el animal entrara en el establo, Jack había pillado un resfriado que le causó la muerte. Durante una semana tuvo una fiebre muy alta, tras lo cual cayó en coma y murió. Un fin innoble para un tipo fortachón como él, ¿no crees? ¡Un hombre que había sobrevivido a tantos roces con la muerte! ¡Qué había visto las cosas terribles que tú y yo hemos visto!

En la misma carta, Abe confesaba sentirse «inquieto» por el hecho de que la muerte de Armstrong «no le angustiara». Estaba apenado, por supuesto. Pero era «un dolor distinto», diferente de la tremenda depresión que le había producido la muerte de su madre, de Ann y de Eddy.

Me temo que una vida llena de muerte me ha insensibilizado contra ambas cosas.

Cuatro años más tarde, Abe defendería al hijo de Jack, Duff Armstrong, cuando fue juzgado por asesinato. Abe se negó a que le pagara. Trabajó de forma incansable, litigó con pasión y (en una brillante maniobra legal) logró que Duff fuera puesto en libertad*, un último gesto de gratitud a un valeroso amigo.

II

El mismo año en que Abe lloró la pérdida de un viejo amigo, un antiguo rival le obligó a regresar a la política.

---

* Un testigo declaró haber visto a Duff cometer el asesinato a una distancia de cincuenta metros «a la luz de la luna llena». Abe mostró a la sala un almanaque, que confirmó que la noche de autos no había luna. *(N. del A.)*

Abe conocía al senador Stephen A. Douglas desde que los dos eran unos jóvenes legisladores del estado de Illinois (y ambos cortejaban insistentemente a Mary Todd). Aunque era un demócrata, Douglas hacía tiempo que se oponía a permitir que la esclavitud se implantara en territorios donde aún no existía. Pero en 1854, de improviso cambió de parecer y defendió la propuesta de ley Kansas-Nebraska, la cual abolía la prohibición federal de permitir que la esclavitud siguiera extendiéndose. El presidente Franklin Pierce firmó la ley el 30 de mayo, enfureciendo a millones de norteños e intensificando la crispación que el tema venía suscitando hacía tiempo entre sus partidarios y adversarios.

Por más que lo intenté, no pude ignorar mi furia. Se filtró en mi mente como el agua en las raíces de un árbol, hasta impregnar todo mi ser. El sueño no me procuraba ningún alivio, pues cada noche era visitado por un mar de rostros negros, cada uno la víctima anónima de un vampiro. Cada uno gritando: «¡Justicia! ¡Justicia, señor Lincoln!»

El hecho de que existiese [la esclavitud] era inaceptable. El que *yo* supiera que la institución era doblemente perversa no hacía sino agravar la cuestión. ¡Pero esto! ¡La idea de que los contaminados dedos de la esclavitud se extendieran hasta el norte y el oeste! ¡Que llegaran a mi Illinois! No podía consentirlo. Me había retirado de la política, pero cuando me pidieron que debatiera [con Douglas] sobre el tema, no pude negarme. Esos rostros fantasmales no me lo permitían.

El 16 de octubre de 1854, Lincoln y Douglas se enfrentaron ante una nutrida multitud en Peoria, Illinois. Un reportero del *Chicago Evening Standard* describió su asombro al oír hablar a Abe.

Su rostro [empezó] a iluminarse con los rayos del genio y su cuerpo a moverse al unísono con sus pensamientos. Sus palabras te llegaban al corazón porque provenían del corazón.

«¡Sólo puedo detestarla! —dijo el señor Lincoln sobre la propuesta—. ¡La detesto debido a la monstruosa injusticia de la propia esclavitud!»

He oído a célebres oradores que eran capaces de desencadenar encendidos aplausos sin modificar la opinión de ningún asistente. La elocuencia del señor Lincoln era muy superior, y generaba convicción en otros debido a la convicción del propio orador.

«¡La detesto porque priva a nuestro ejemplo republicano de su justa influencia en el mundo! —prosiguió—. ¡Permite que los enemigos de las instituciones libres nos tachen, no sin razón, de hipócritas!»

Sus oyentes creyeron cada palabra que pronunció, y al igual que Martín Lutero, estaba dispuesto a morir en la hoguera antes que retirar una sola coma. En momentos de semejante transfiguración, Lincoln se asemejaba a los antiguos profetas sobre los que me habían hablado en mi infancia en la catequesis.

Aunque no consiguió convencer a Douglas o a sus aliados en el Congreso, ese discurso marcó un momento decisivo en la carrera política de Abe. Su ira sobre el problema de la esclavitud (y por extensión, sobre el problema de los vampiros) le había conducido de nuevo a la arena política. Su genio y elocuencia esa noche en Peoria garantizó que no volvería a abandonarla. El discurso fue transcrito y reeditado en todo el norte. El nombre de Abraham Lincoln empezó a asumir un significado nacional entre los adversarios de la esclavitud. En los años sucesivos, uno de sus pasajes resultó ser inquietantemente profético.

«¿Acaso no es probable que la pugna termine de forma violenta, en un baño de sangre? ¿Existe un invento más idóneo para provocar un enfrentamiento y violencia, con respecto al problema de la esclavitud, que éste?»

El senador Charles Sumner yacía inconsciente en el suelo del Senado, boca abajo, en un charco de su sangre.

El abolicionista había sido atacado por un congresista de treinta y siete años llamado Preston Smith Brooks, oriundo de Carolina del Sur y partidario de la esclavitud, que se había sentido ofendido cuando el senador de Massachusetts se había mofado de su tío en un discurso antiesclavitud que había pronunciado dos días antes. El 22 de mayo de 1856, Brooks entró en la cámara del Senado acompañado por otro congresista de Carolina del Sur llamado Laurence Keitt y se acercó a Sumner, que estaba sentado en su mesa. «Señor Sumner —dijo

Brooks—, he leído su discurso dos veces con detenimiento. Es una infamia contra Carolina del Sur y contra el señor Butler, que es pariente mío.» Antes de que Sumner pudiera responder, Brooks empezó a golpearle en la cabeza con su bastón con empuñadura de oro, produciéndole una nueva herida con cada golpe. Cegado por su propia sangre, Sumner se incorporó a duras penas antes de desplomarse en el suelo. Con su víctima inconsciente y sangrando, Brooks siguió golpeándole hasta que su bastón se partió en dos. Cuando los horrorizados senadores trataron de auxiliar a Sumner, Keitt les detuvo a punta de pistola, gritando: «¡Dejen que lo resuelvan ellos solos!»

Los golpes fracturaron el cráneo y las vértebras de Sumner. Aunque sobrevivió a la agresión no pudo reanudar sus funciones en el Senado hasta tres años más tarde. Cuando las gentes de Carolina del Sur se enteraron del ataque, enviaron a Brooks docenas de bastones nuevos.*

Estoy más convencido que nunca de que hice bien en abandonar Washington, y más convencido que nunca de que es un caldo de cultivo para idiotas, del mismo modo que estoy seguro de que ahora estamos abocados a «la gran calamidad» sobre la que me previno Poe hace varios años. Ya se divisan los mástiles de una enfurecida flota en el horizonte, y cada semana se aproximan una milla. Si, como creen muchos, son los vientos de guerra los que hinchan sus velas, es una guerra en la que prefiero que participen otros. Mis hijos están sanos. Mi esposa se siente satisfecha. Y estamos muy lejos de Washington. Esta-

---

* Brooks murió ocho meses después de la agresión. *(N. del A.)*

ré encantado de pronunciar algún que otro discurso, de prestar mi pluma cuando sea necesario. Pero me siento feliz. Y he llegado a la conclusión de que la felicidad es una ambición noble. Ya he perdido demasiado, y durante treinta años he sido esclavo de los vampiros. Ahora deseo ser libre. Deseo gozar del tiempo que Dios tenga a bien concederme. Y si esta paz no es sino el preludio de un peligro, sea. Gozaré de la paz.

El tema de la esclavitud encendía pasiones y provocaba violentas reacciones entre sus partidarios y adversarios. Furioso por la agresión contra Charles Sumner, un abolicionista radical llamado John Brown encabezó un ataque contra un asentamiento en Pottawatomie Creek, en territorio de Kansas. La noche del 24 de mayo de 1856 (dos días después de la paliza que recibió Sumner), Brown y sus hombres asesinaron brutalmente a cinco colonos partidarios de la esclavitud, sacándolos a rastras de sus casas, atravesándoles con una espada y rematándolos de un disparo en la cabeza. Fue la primera de una serie de represalias que se denominaría la Sangría de Kansas. La violencia persistió durante tres años y se cobraría más de cincuenta vidas.

El 6 de marzo de 1857, el Tribunal Supremo llevó al país al borde del abismo.

Dred Scott era un esclavo de sesenta años que llevaba más de una década tratando de adquirir su libertad en los tribunales. Entre 1832 y 1842, había viajado con su amo (el comandante del ejército estadounidense John Emerson) por los territorios libres del norte, como su ayuda de cámara personal.

Durante esos desplazamientos, Scott se había casado y había tenido un hijo (en territorio libre), y a la muerte del comandante en 1843, había tratado de comprar su libertad. Pero la viuda del comandante se negaba, arrendándolo a otros amos y embolsándose ella el salario que pagaban por él. Aconsejado por sus amigos abolicionistas, Scott la demandó en 1846 con el fin de obtener su libertad, alegando que había dejado de ser un bien en el momento en que había puesto los pies en territorio libre. El caso fue visto por varios tribunales, atrayendo la atención nacional antes de llegar a Washington en 1857.

En una decisión de siete votos contra dos, el Tribunal Supremo falló contra Scott, alegando que los Padres Fundadores, al redactar la Constitución, consideraban a los negros «unos seres inferiores y no aptos para tener tratos con la raza blanca». Por consiguiente, los negros no podían ser ciudadanos de Estados Unidos, y no podían presentar una demanda en un tribunal federal. Tenían tanto derecho a un proceso judicial como los arados que conducían.

Fue un resultado devastador para Scott, pero cuyas repercusiones fueron más allá de su libertad personal. Al emitir su veredicto, el tribunal declaró que:

- El Congreso se había excedido en su autoridad al prohibir que la esclavitud se extendiera a determinados territorios, y que dichos territorios carecían de poder para abolir la esclavitud.
- Que los esclavos y sus descendientes (ya fueran libres o no) no estaban protegidos por la Constitución, y nunca podían ser ciudadanos de Estados Unidos.

- Que los esclavos fugados que alcanzaran un territorio libre seguían siendo legalmente propiedad de sus amos.

A raíz del veredicto contra Dred Scott, el *Albany Evening Journal* acusó al Tribunal Supremo, al Senado y al presidente James Buchanan, que acababa de tomar posesión del cargo, de formar parte de «una conspiración» para expandir la esclavitud, mientras que el *New York Tribune* publicaba un editorial que suscitó la furia de muchas gentes del norte.

A partir de ahora, cada vez que las barras y estrellas ondeen, protegerán la esclavitud y representarán la esclavitud [...]. Éste es el resultado final. Con esto, todos los esfuerzos de nuestros estadistas, la sangre de nuestros héroes, los contratiempos y el duro trabajo que soportaron durante su vida nuestros antepasados, las aspiraciones de nuestros intelectuales, las plegarias de los hombres de bien se han ido al traste. ¡Norteamérica, productora y usuaria de esclavitud!

Los demócratas sureños se sentían más envalentonados que nunca. Algunos se jactaban de que la decisión del Tribunal Supremo propiciaría «subastas de esclavos en Boston». Los republicanos y los abolicionistas nunca se habían mostrado tan contundentes en su oposición. Norteamérica empezaba a desgarrarse.

Pero pocos norteamericanos sabían realmente el peligro que corrían.

III

El 3 de junio de 1857, Abe recibió una carta escrita en una letra familiar. No contenía preguntas sobre su salud o felicidad. Ni saludos para su familia.

Abraham:

Te ruego me disculpes por no haberte escrito desde hace cinco años. Te ruego también que disculpes mi brevedad, pues debo atender unos asuntos urgentes que reclaman mi atención.

Debo pedirte otro sacrificio, Abraham. Comprendo que mi petición te parezca presuntuosa, teniendo en cuenta todo lo que has padecido, y lo poco que puedo ofrecerte para estimular tu interés en comparación con las satisfacciones que te ofrecen tu hogar y tu familia. Te aseguro que no te molestaría si la situación no fuera tan grave, o si pudiera recurrir a otro hombre capaz de llevar a cabo lo que deseo.

He adjuntado todo lo necesario para que partas de inmediato para Nueva York. Si accedes, te ruego que no vengas más tarde del I de agosto. Cuando llegues, recibirás más instrucciones. No obstante, si te niegas, no volveré a importunarte. Sólo te pido que me escribas de inmediato con tu negativa, para que pueda planear otra estrategia. De lo contrario, espero con impaciencia que volvamos a reunirnos, viejo amigo, y ofrecerte la explicación que hace tiempo mereces que te dé.

Ha llegado el momento, Abraham.

Tu amigo,

H

Además de la carta, el sobre contenía varios horarios de trenes y barcos de vapor, quinientos dólares y el nombre de una pensión en Nueva York donde Henry había alquilado una habitación a nombre de A. Rutledge.

La carta me enfureció. Henry era muy listo, pues aunque decía que no podía ofrecerme nada que estimulara mi interés, cada palabra estaba dirigida a estimular mi interés: los reproches contra sí mismo; los halagos; la promesa de una explicación, ¡hasta el nombre que había dejado en la pensión! ¡Me pedía que abandonara mis asuntos, a mi familia, y recorriera más de mil quinientos kilómetros sin ofrecerme siquiera una pista sobre su propósito!

Pero no podía negarme.

Lo cual era más irritante que la carta, pues Henry tenía razón. Había llegado el momento. Aunque no sabía muy bien para qué. Sólo sabía que toda mi vida..., el sufrimiento, las misiones, la muerte..., todo conducía a algo más. De niño había tenido la sensación de que me habían colocado en un largo tramo de río del que no podía desviarme. Que la impetuosa corriente me arrastraba cada vez a mayor velocidad..., rodeado por un paisaje agreste..., destinado a chocar contra un objeto invisible a lo lejos. Por supuesto, jamás había revelado a nadie esta sensación, por temor a que me tomaran por vanidoso (o peor, a equivocarme, pues si cada joven a quien garantizaran su futura grandeza resultara estar en lo cierto, el mundo estaría lleno de Napoleones). Ahora, sin embargo, el objeto empezaba a cobrar forma, aunque todavía no podía distinguir sus rasgos. Si mil quinientos kilómetros era el precio por verlo por fin con claridad, estaba dispuesto a pagarlo. Había viajado mucho más lejos por mucho menos.

Abe llegó a Nueva York el 29 de julio. Como no quería levantar sospechas (o dejar a su familia desatendida), había decidido llevarse a Mary y a los chicos en un viaje «espontáneo» para experimentar los prodigios de Nueva York.

No podían haber elegido un momento más inoportuno para visitarla.

La ciudad se hallaba sumida en un violento verano. Dos fuerzas policiales rivales llevaban enzarzadas desde mayo en una cruenta batalla para reivindicar su legitimidad, sin controlar la delincuencia, una situación de la que no habían dudado en aprovecharse ladrones y asesinos. Los Lincoln llegaron a Nueva York tres semanas después de que estallaran los disturbios pandilleros más graves en la historia de la ciudad, durante los cuales varios testigos habían declarado haber visto a hombres realizar «proezas increíbles». Abe sólo había visto Nueva York en una ocasión, al pasar brevemente por ella de camino al norte. Ahora podría apreciar por primera vez la ciudad más grande y dinámica de Norteamérica.

Los dibujos no le hacen justicia, ¡es una ciudad sin fin y sin igual! Cada calle da paso a otra más amplia y bulliciosa que la anterior. ¡Los edificios son gigantescos! Jamás he visto tantos carruajes. El ambiente está saturado del sonido de herraduras sobre los adoquines y del murmullo de centenares de conversaciones. Hay tantas damas portando sombrillas negras que si uno mirara desde un tejado apenas veía la acera. Recuerda a Roma en su apogeo. Londres en su máximo esplendor.* Mary insiste en que nos quedemos un mes, pues ¿cómo podemos apreciar una ciudad semejante en menos tiempo?

La noche del domingo, 2 de agosto, Abe se levantó de la cama, se vistió en la oscuridad y salió de puntillas de la habitación en la que dormía su familia. A las once y media en punto, atravesó Washington Square y se encaminó hacia el norte, tal como indicaba la nota que habían deslizado esa mañana debajo de la puerta. Tenía que reunirse con Henry después de recorrer tres kilómetros de la Quinta Avenida, frente al orfanato, en la esquina de la calle Cuarenta y cuatro.

Con cada manzana que dejaba atrás, las calles aparecían más desiertas. Más oscuras. Aquí, los grandes edificios y las bulliciosas aceras daban paso a hileras de viviendas de dos plantas, sin que se viera una vela encendida en las ventanas. Ningún caballero transitaba por la calle. Al atravesar Madison Square Park, contemplé admirado el esqueleto sin terminar de una gigantesca y desconocida estructura.** Me maravilló el profundo silencio. Las calles vacías. Empecé a imaginar que yo era la única persona en Nueva York, hasta que percibí el sonido de tacones sobre los adoquines.

---

* Pese a lo grande que era, en 1857 Nueva York era sólo una cuarta parte del tamaño de Londres. (N. del A.)

** Probablemente el Fifth Avenue Hotel, que se completó en 1859. (N. del A.)

Abe se volvió. Las siluetas de tres hombres le seguían a corta distancia.

¿Cómo era posible que no hubiera reparado en ellos hasta ahora? Teniendo en cuenta los recientes disturbios que se habían producido en la ciudad, pensé que era preferible retroceder y dirigirme hacia el sur, hacia Washington Square, donde las farolas de gas y las concurridas calles me ofrecían seguridad. Henry podía esperar. Qué estúpido había sido al salir desarmado, sabiendo que últimamente muchos caballeros habían sido asaltados (o peor) en estas calles, y que uno no podía contar con la policía para que interviniera. Maldiciéndome, doblé hacia la izquierda y enfilé la calle Treinta y cuatro. El corazón me dio un vuelco al oír que los pasos me seguían, pues no había duda de las intenciones que llevaban. Apreté el paso. Ellos hicieron lo propio. «Ojalá consiga llegar a Broadway», pensé.

Pero no lo consiguió. Sus perseguidores apresuraron el paso. Abe hizo otro tanto, dobló de nuevo hacia la izquierda y echó a correr entre dos solares confiando en zafarse de ellos.

Aún podía confiar en mi velocidad, pero por más que corría, [ellos] corrían más deprisa. Tras perder toda esperanza de escapar, me volví y me encaré con ellos con los puños en alto.

Abe tenía casi cincuenta años. No había empuñado un arma ni había participado en una pelea desde hacía quince años. No obstante, consiguió asestar algunos golpes a sus asaltantes antes de que uno de ellos le propinara un puñetazo que lo dejó inconsciente.

Me desperté envuelto en la más absoluta oscuridad, oyendo el leve rumor de las ruedas de un coche debajo de mí.

—Déjalo de nuevo inconsciente —dijo una voz desconocida.

Sentí un intenso y breve dolor en la coronilla..., el universo estalló ante mí en todo su colorido y esplendor..., y luego... nada.

—Lo siento mucho —dijo una voz familiar—, pero no podemos dejar que ninguna persona viva conozca nuestro paradero.

Era Henry.

Me quitaron la capucha y vi que me hallaba en el centro de un suntuoso salón de baile de dos niveles, su barroco techo a unos diez metros sobre mi dolorida cabeza; sus grandes cortinajes, de color rojo oscuro, corridos; toda la sala estaba tenuemente iluminada por unas arañas. Oro y más oro. Mármol y más mármol. Esculturas y muebles exquisitos, y un suelo de madera tan oscuro y pulido que parecía de cristal negro. Era la habitación más espléndida que había visto, o imaginado, jamás.

Detrás de Henry había tres hombres de distintas edades y complexión física, apoyados contra la repisa de una imponente chimenea de mármol. Todos mostraban una expresión de desprecio en sus ojos. Deduje que eran mis asaltantes. Delante de la chimenea había un par de sofás largos situados uno frente a otro, con una mesa baja entre ellos. Sobre la mesa, un servicio de té de plata en el que se reflejaba el resplandor del fuego, que arrojaba unos caprichosos e interesantes dibujos sobre las paredes y el techo. En el sofá izquierdo estaba sentado un caballero, menudo y con el pelo canoso, sosteniendo una taza de té. Yo le había visto antes..., estaba convencido de ello..., pero en mi aturdido estado no pude identificarlo.

Cuando recobré la compostura, observé que había aproximadamente otros veinte caballeros en la habitación, algunos de pie detrás de mí, otros sentados en unas sillas adosadas a las paredes. Otros veinte estaban sentados en dos niveles superiores dispuestos a cada lado de la estancia, observando desde la penumbra. Era evidente que deseaban mantener sus rostros ocultos.

—Por favor —dijo Henry, indicando a Abe que se sentara frente al diminuto caballero.

Dudé en acercarme hasta que Henry (intuyendo el motivo de mi reticencia) indicó a mis asaltantes que se retiraran de la chimenea. «Te doy mi palabra —dijo cuando obedecieron— de que no sufrirás más daño esta noche.» Creyendo en su sinceridad, me senté frente al caballero, al que aún no conseguía identificar, frotándome la parte posterior de la cabeza con la mano izquierda y conservando el equilibrio con la otra.

—Vampiros —dijo Henry señalando con la cabeza a los tres hombres que habían ocupado unos asientos junto a la pared.

—Sí —respondió Abe—. Ya lo suponía, gracias.

Henry sonrió.

—Vampiros —dijo, señalando alrededor del salón de baile—. Todos somos unos malditos vampiros. Excepto tú... y el señor Seward.

Seward...

El senador William Seward era el ex gobernador de Nueva York, una de las principales voces antiesclavitud en el Congreso, y el hombre que todos creían que sería el candidato presidencial republicano en 1860. Él y Abe se habían conocido nueve años antes mientras participaban en la campaña a favor del general Zachary Taylor, «el Viejo Rudo y Astuto», en Nueva Inglaterra.

—Me complace volver a verlo, señor Lincoln —dijo tendiéndole la mano.

Abe se la estrechó.

—A mí también me complace verlo a usted, señor Seward.

—Supongo que estás al tanto de la reputación del señor Seward —dijo Henry.

—En efecto.

—Entonces debes saber que es uno de los candidatos favoritos para las próximas elecciones.

—Por supuesto.

—Por supuesto —dijo Henry—. Pero dime..., ¿sabías que Seward ha dado caza y destruido casi a tantos vampiros como tú?

Abe se mordió el labio para ocultar su asombro. *El intelectual y privilegiado Seward..., ¿cazador de vampiros? Imposible.*

—Revelaciones —dijo Henry—. Las revelaciones es lo que nos han reunido aquí esta noche.

Comenzó a pasearse de un lado a otro frente a la chimenea.

—Te he traído aquí —dijo— porque mis colegas deseaban ver por sí mismos el propósito que yo he visto en ti. Al Abraham Lincoln del que les vengo hablando desde hace años. Te he traído aquí porque quieren asegurarse de que eres capaz de lo que deseamos; para juzgarte directamente antes de seguir adelante.

¿Y cómo van a juzgarme? ¿De la misma forma expeditiva con que les corto la cabeza?

En la oscuridad sonó la voz de un hombre.

—Estoy seguro de que podemos hallar un método más agradable que ése, señor Lincoln.

En la habitación se oyeron unas risas. Henry las silenció con un ademán.

—Ya lo han hecho —dijo—. Desde el momento en que te trajeron a esta habitación, vieron tu pasado y tu dolor; vieron tu alma.... como la he visto yo. De haberte considerado indigno, no habrían permitido que te despertaras entre nosotros.

—«Nosotros...» —repitió Abe—. Creía que los vampiros no formaban alianzas.

—Son momentos críticos. Nuestros enemigos se han aliado, de modo que nosotros también debemos hacerlo. Han reclutado hombres para defender su causa, y nosotros debemos hacer lo propio.

Henry se detuvo.

—Se avecina una guerra, Abraham —dijo—. No es una guerra del hombre, pero el hombre derramará su sangre en ella, pues está en juego su derecho a ser libre.

»Una guerra... —continuó—. Y tú eres precisamente el hombre que debe ganarla.

En esos momentos no había nada más: no había vampiros en los espacios elevados de la estancia, ni Seward, ni el servicio de té de plata... Sólo estaba Henry.

—Algunos de los de mi especie —dijo— prefieren permanecer en la sombra. Se aferran a la parte de ellos que es humana. Se contentan con alimentarse de sangre y caer en el olvido. Vivir nuestra maldita existencia en relativa paz, matando sólo cuando nuestro apetito se hace insoportable. Pero otros... se consideran leones entre corderos. Se consideran reyes, superiores al hombre en todos los aspectos. ¿Por qué deben verse obligados a permanecer en la oscuridad? ¿Por qué deben temer al hombre?

»Es un conflicto que comenzó mucho antes de que existiese Norteamérica. Un conflicto entre dos grupos de vampiros: los que desean coexistir con el hombre y los que desean ver a toda la humanidad encadenada, criada y acorralada como ganado.

No nos juzgues por el mismo rasero, Abraham...

—Durante estos cincuenta años —dijo Henry—, hemos hecho todo lo posible por evitar esta guerra. Cada una de las misiones que te encargaba tenía como fin destruir a quienes querían precipitarla, y tus esfuerzos, junto con los de Seward y otros, han conseguido frenar su progreso. Pero ya no confiamos en poder impedirla. De hecho, hace menos de un mes hemos visto librarse la primera batalla en las calles de Nueva York.

Unos extraños incidentes... proezas increíbles...

—Nuestros enemigos son astutos —dijo Henry—. Han hecho suya la causa del sur. Se han aliado con hombres vivos que defienden la esclavitud con tanto fervor como ellos. Pero esos hombres se han dejado engañar y se precipitan hacia un destino fatal, pues los negros son tan sólo los primeros hombres vivos que serán esclavizados. Si perdemos, Abraham, dentro de poco cada hombre, mujer y niño vivo en Norteamérica será un esclavo.

Abe sintió náuseas.

—Por eso, viejo amigo, no podemos perder. Por eso nos hemos aliado. Somos vampiros que creemos en los derechos del hombre —dijo Henry—. Somos la Unión..., y tenemos planes para ti, viejo amigo.

TERCERA PARTE

Presidente

10

Una Cámara dividida

«Una Cámara dividida contra sí misma no puede subsistir.» Yo creo que este gobierno no puede debatirse permanentemente entre ser medio esclavo y medio libre. No espero que la Unión se disuelva, no espero que la Cámara acabe destruida; lo que sí espero es que deje de estar dividida. Debe decantarse hacia un lado u otro.

Abraham Lincoln, al aceptar el nombramiento
de senador del Partido Republicano
16 de junio de 1858

I

En las horas previas al amanecer del 23 de febrero de 1861, un hombre alto y cubierto con una capa fue conducido apresuradamente, antes incluso de que el tren en el que viajaba se detuviera, al andén de la estación del Baltimore & Ohio Railroad, diez horas antes de que nadie esperara su llegada. Sus pies apenas tocaron el suelo cuando una multitud de hombres armados lo transportaron a un carruaje que aguardaba, el cual partió tan pronto como la portezuela reforzada se cerró. En el interior, el viajero se reunió, detrás de las cortinillas negras, con dos guardaespaldas, los cuales empuñaban sus revólveres como si esperaran que en cualquier momento sonaran unos disparos en la noche. Fuera, un tercer hombre iba sentado junto al conductor, sin dejar de escudriñar las oscuras calles de Washington, atento a cualquier señal de peligro. En el hotel aguardaban otros como él, asegurándose de que nadie entrara sin su conocimiento y autorización; asegurándose de que su valiosa carga fuera depositada sana y salva en su lecho. Incluso había un hombre apostado en el tejado del edificio situado enfrente, con la misión de localizar a cualquiera que intentara deslizarse por la fachada y colarse a través de una ventana.

Henry Sturges había insistido en este despliegue de seguridad sin precedentes, y su insistencia había demostrado ser más que oportuna...

Pues el presidente electo Abraham Lincoln acababa de sobrevivir al primer atentado contra su vida.

A fines de 1857, poco después de su regreso de la memorable reunión en Nueva York, Abe anunció que se postularía contra Stephen Douglas para ocupar un escaño en el Senado. Sus partidarios no lo sabían, pero este anuncio había estado precedido por la llegada de una carta.

Abraham:

Como adivinaste en tu carta del 13 de septiembre, debemos pedirte que te postules contra el señor Douglas. El senador, como sin duda sospechas, es uno de los muchos hombres vivos que han caído presa de la influencia de nuestro enemigo. No te inquietes por los resultados de estas elecciones; en lugar de ello, utiliza tu singular pasión y oratoria para combatir la esclavitud en todo momento. Nosotros nos encargaremos de que los resultados sean favorables a nuestra causa. Confía en ti mismo, Abraham. No olvides nunca que éste es tu propósito.

Tu amigo, Henry.

P.D. Mateo 12, 25*

El 16 de junio de 1858 Abe aceptó la nominación del Partido Republicano para el Senado, con su discurso de «Una Cámara dividida». En él, acusaba al senador Douglas de formar parte de la «maquinaria» destinada a extender la esclavitud a toda Norteamérica. Sin ninguna referencia directa a los vampiros, Abe aludió a «los elementos extraños, discordantes e incluso hostiles» que se habían unido para combatir a un «enemigo orgulloso y mimado» en el sur.

Entre el 21 de agosto y el 15 de octubre, Abe y Douglas sostuvieron siete debates en todo Illinois, algunos de los cuales contaron con la asistencia de diez mil observadores. Los debates causaron sensación, colocando a ambos hombres en la escena nacional mientras las transcripciones de su batalla

---

* «Todo reino dividido contra sí mismo quedará devastado, y toda ciudad o casa dividida contra sí misma no podrá subsistir.» *(N. de A.)*

aparecían en los periódicos de todo el país. Douglas trató de presentar a Abe como un abolicionista radical. Era un maestro a la hora de espolear la furia de las multitudes con imágenes de esclavos liberados desplazándose en masa hacia Illinois; de negros construyendo sus asentamientos en los jardines traseros de las casas de los blancos; de hombres negros que se casaban con mujeres blancas.

Si queréis que [los negros] voten en pie de igualdad con vosotros, que puedan acceder a cargos públicos, servir de jurados y os adjudiquen vuestros derechos, no tenéis más que apoyar al señor Lincoln y al Partido Republicano Negro, los cuales están a favor de conceder la ciudadanía de los negros.

Abe replicaba a las incendiarias declaraciones de Douglas con una simple verdad moral, la cual debía (por más que se negara a reconocerlo) a la educación baptista que le había dado su padre.

Estoy de acuerdo con el juez Douglas: [el hombre negro] no es igual a mí en muchos aspectos, ciertamente no en el color, ni quizás en su dotación moral o intelectual. Pero en el derecho a comerse el pan, sin permiso de nadie más, que él mismo se ha ganado, es igual a mí y al juez Douglas, e igual a todo hombre vivo.

No obstante, Abe se sentía frustrado por no poder abordar el tema principal: el hecho de que Douglas era el sirviente de unos seres que deseaban ver a toda la humanidad encadenada.* A raíz de un debate en Charleston, Illinois, Abe dio rienda suelta a su frustración en su diario.

Hoy he observado más signos entre el público. «¡Conceder la igualdad de derechos a los negros es inmoral!», «¡Norteamérica para los blancos!» Cuando contemplo a estas multitudes, a estos mentecatos... Estos mentecatos incapaces de vivir de acuerdo con la moral que proclaman. Estos mentecatos que se declaran hombres de Dios, pero no muestran el menor respeto por Su palabra. ¡Cristianos que defienden la esclavitud! ¡Dueños de esclavos que predican la moralidad! ¿Qué les diferencia de un borracho que predica la abstinencia del alcohol? ¿De una prostituta que predica la decencia? Cuando miro a estos mentecatos que hacen campaña en favor de su condenación, me siento tentado a revelarles toda la verdad sobre lo que les aguarda. ¡Imaginad su reacción! ¡Imaginad su terror! ¡Ojalá pudiera pronunciar siquiera una vez la palabra «vampiro»! ¡Ojalá pudiera señalar a ese obeso canalla** y avergonzarlo delante de todo el mundo! ¡Ojalá viera a hombres como Douglas y Buchanan encadenados, víctimas de la institución que defienden!

Su frustración (o su afán de pillar a Douglas desprevenido) llevó a Abe a insertar varias referencias veladas a la amenaza de los vampiros en el último debate del 15 de octubre.

---

* No hay constancia de que Douglas estuviera al tanto de esos planes, sólo que estaba confabulado con varios de sus arquitectos vampiros. *(N. del A.)*

** Abe se refiere a Douglas. *(N. del A.)*

Ilustración 29. Un hombre y una mujer (probablemente vampiros) posan frente a una casa de subastas de esclavos en Atlanta, Georgia, poco antes de la Guerra Civil.

Este problema persistirá en este país cuando la insignificante lengua del juez Douglas y la mía hayan callado. Es la lucha eterna entre estos dos principios —el bien y el mal— que se libra en todo el mundo. Los dos principios que vienen enfrentándose desde los albores del tiempo, y que seguirán enfrentándose. *Uno es el derecho común de la humanidad y el otro el derecho divino de reyes.*

Abe había conseguido enardecer a las fuerzas antiesclavitud en todo Illinois y en el norte. Lamentablemente, en 1858 los senadores eran elegidos por sus legislaturas estatales. La mayoría Demócrata en Springfield (mejor dicho, sus partidarios vampiros) había enviado a Stephen Douglas de regreso a Washington para otros seis años. «Otros seis años —escribió Abe en su diario— para hacer lo que le ordenen los vampiros del sur.» Por primera vez desde hacía años, tuvo que esforzarse en combatir la depresión que le acechaba.

He fallado a los oprimidos..., a los rostros desesperanzados que claman justicia. No he logrado satisfacer las expectativas de las gentes amantes de la libertad que hay en todas partes. ¿Es éste el «propósito» al que Henry se refiere con tanta frecuencia? ¿Fracasar?

Su melancolía no duraría mucho. Tres días después de su derrota, Abe recibió una carta de Henry consistente en tres breves frases.

Nos hemos enterado con satisfacción de tu derrota. Nuestros planes siguen adelante. Dentro de poco recibirás nuevas instrucciones.

II

Con los años, el teatro se había convertido en uno de los medios de evasión favoritos de Abe. Quizá fuera su afición a las historias lo que le atraía; los toques teatrales que añadía a sus calculadas apariciones públicas que le permitían comunicarse con la gente. Quizá fuera la nerviosa emoción que experimentaba cuando hablaba ante miles de personas lo que hacía que apreciara a los actores y actrices. Los musicales y la ópera le gustaban, pero era especialmente aficionado a las representaciones teatrales (tanto a las comedias como a las tragedias). Ante todo, gozaba viendo a su amado Shakespeare cobrar vida en el escenario.

Una tempestuosa noche de febrero, tras dejar atrás los recientes problemas de las elecciones, Mary y yo nos deleitamos con una función de *Julio César*. Nuestro estimado amigo, el comandante [William] Jayne tuvo la amabilidad de prestarnos su palco y sus cuatro butacas.

Los Lincoln compartieron esa velada con el socio del bufete de Abe, Ward Hill Lamon, y su esposa Angelina, que tenía treinta y cuatro años. La función, según Abe, «fue un espléndido espectáculo, con vestuario antiguo y decorados pintados», a excepción de un verso recitado de forma incorrecta en el primer acto.

Por poco rompí a reír cuando el desdichado adivino advirtió a César: «Guárdate de los idus de abril».* Me pareció un milagro (y un alivio) que nadie en el público prorrumpiera en carcajadas o gritara una rectificación. ¿Cómo es posible que un actor cometa semejante error? ¿Me habían engañado mis oídos?

---

* En lugar de decir «Guárdate de los idus de marzo» (15 de marzo). *Julio César* (Acto I, Escena 2). *(N. del A.)*

En el tercer acto, escena segunda, Marco Antonio se sitúa junto al cadáver de César y pronuncia el parlamento más icónico de la obra:

Amigos, romanos, compatriotas, prestadme atención. Vengo a inhumar a César, no a ensalzarlo. El mal que hacen los hombres perdura sobre su memoria. A menudo el bien queda sepultado con sus huesos...

La apasionada oratoria del joven actor hizo que a Abe se le saltaran las lágrimas.

Yo había leído esas palabras multitud de veces, maravillado de su genial construcción. Sólo ahora, sin embargo, en boca de este talentoso joven, comprendí la verdad que encierran. Sólo ahora comprendí todo su significado. «Todos le amasteis una vez, y no sin causa —dijo—. ¿Qué razón, entonces, os impide llorarle ahora?» Tras estas palabras, se detuvo. Saltó del escenario al patio de butacas.

¿Qué extraña interpretación era ésta? Le observamos entre divertidos y fascinados mientras el actor echaba a correr hacia el lado del teatro donde nos encontrábamos y desaparecía a través de una puerta que daba acceso a nuestro palco. De pronto me invadió el temor, pues estaba seguro de que el joven se proponía organizar un espectáculo a cuenta de mi presencia allí. Tenía motivos fundados para preocuparme, pues ya había sucedido varias veces en el pasado. Esas exhibiciones constituían uno de los riesgos de ser un personaje público, lo cual me causaba siempre un profundo bochorno.

Tal como temía Abe, el joven actor entró en el palco con gesto teatral, suscitando las risas y los aplausos del público. Todos los ojos en el teatro estaban fijos en él cuando se colocó detrás de los Lincoln y sus amigos. Abe sonrió nervioso, imaginando lo que iba a suceder. Pero (para su sorpresa y alivio) el actor se limitó a proseguir con su parlamento:

«¡Oh, raciocinio! —exclamó—. ¡Has ido a buscar asilo en los irracionales, pues los hombres han perdido la razón!» Al decir esto sacó un revólver de su traje, lo apuntó a la parte posterior de la cabeza [de Angelina] y disparó. El ruido me sobresaltó, y me eché a reír, pensando por un momento que formaba parte de la función. Pero cuando vi el vestido de Angelina cubierto con fragmentos de sesos; cuando la vi caer hacia delante en su butaca, con la sangre manando no sólo de sus heridas, sino de sus orejas y su nariz como agua de un pozo, comprendí lo que había ocurrido.

Los gritos de Mary desencadenaron el pánico en el patio de butacas, mientras los asistentes se empujaban y pisoteaban unos a otros tratando de alcanzar la parte posterior del teatro. Yo saqué el cuchillo de mi chaqueta (desde mi reunión con la Unión solía llevar siempre uno encima) y me levanté para encararme con ese hijo de perra mientras Lamon atendía a su esposa, alzándole la cabeza y pronunciado en vano su nombre al tiempo que la sangre de ésta se derramaba sobre sus manos. Yo alcancé al actor en el preciso momento en que éste apuntaba a Mary con su pistola. Alcé el cuchillo y le clavé toda la hoja en el músculo donde se unían su cuello y su hombro, haciendo que soltara la pistola antes de que disparara. Extraje el cuchillo para volver a clavárselo. Pero antes de que pudiera hacerlo, el mundo se puso patas arriba.

El joven actor asestó una patada a Abe y logró derribarlo al suelo, obligándole a soltar el cuchillo. Abe miró hacia abajo, hacia el extraño y pulsante dolor que sentía en su pierna izquierda. Estaba torcida a la altura de la rodilla, en una posición anómala, ni doblada hacia delante ni hacia atrás.

De pronto sentí ganas de vomitar. Al verme en este estado, Lamon dejó a su esposa para intervenir en la pelea. Se encaró con ese diablo empuñando su revólver, pero antes de que pudiera apuntar, el actor le propinó un puñetazo en la boca con tal fuerza que le saltó unos dientes y le desencajó la mandíbula.

Un maldito vampiro...

Mary no pudo soportar más la escena y se desmayó; cayó al suelo junto a su butaca. Lamon retrocedió tambaleándose y se apoyó en la barandilla para conservar el equilibrio, llevándose la mano a la mandíbula, tratando instintivamente de volver a encajarla. El vampiro recogió su arma, la apuntó a la cabeza de Lamon y disparó, haciendo que fragmentos de cráneo volaran sobre la barandilla y cayeran sobre las butacas vacías en la platea. Estaba muerto. A continuación el vampiro apuntó a Mary con su revólver, y pese a mis gritos de protesta, le disparó en el pecho mientras ella seguía inconsciente. Ya no se despertaría.

Luego vino a por mí, deteniéndose a mi lado mientras yo yacía postrado en el suelo, impotente. Apuntó el cañón de su revólver a mi cabeza. Nos miramos a los ojos.

Eran los ojos de Henry.

«*Sic semper tirann...*»

El sonido del disparo sofocó la última palabra.

Abe se despertó sobresaltado.

Se incorporó en la cama y se protegió el rostro con las manos, como había hecho años atrás, la noche en que había visto a su padre hablando con el diablo. La noche en que Jack Barts había condenado a su madre a muerte.

Mary dormía apaciblemente a su lado. Sus hijos estaban a salvo en sus lechos. Recorrió toda la casa, pero no halló ninguna prueba de que unos intrusos —vivos o no— hubieran penetrado en ella. Sin embargo, Abe no volvió a conciliar el sueño esa noche de febrero. Había algo en el sueño que le resultaba familiar. Muy real. Veía cada detalle del teatro en su imaginación; cada detalle del vestuario y el decorado. Sentía el lacerante dolor en su pierna, y oía la sangre de Angelina deslizándose por el suelo. Pero por más que lo intentaba, no conseguía recordar esas tres malditas palabras que su asesino había murmurado antes de que él se despertara.*

• • •

—————————
* Angelina Lamon murió dos meses después de que Abe tuviera ese sueño. Se desconoce la causa de su muerte. Es dudoso que vampiro alguno estuviera implicado en ella. *(N. del A.)*

Poco después del sueño de Abe, William Seward, que seguía siendo el favorito para la candidatura presidencial de los Republicanos en 1860, tomó una extraña decisión táctica:

> Seward ha partido inesperadamente para una gira por Europa, y estará ausente durante seis meses como mínimo. ¿Qué significa esta decisión en vísperas de unas elecciones tan cruciales? ¿Cómo puede beneficiarle su ausencia? Muchos han criticado [el viaje] como prueba de su arrogancia, su actitud distante. Sin embargo, me resisto a reprochárselo, pues sospecho que ha partido por orden de la Unión.

La próxima carta de Henry confirmó la sospecha de Abe.

> Abraham:
> Nuestro amigo S ha sido enviado a una misión, la cual confiamos que consiga llevar a cabo para apuntalar nuestra causa durante los próximos meses y años. Te pedimos que a partir de ahora te dediques en cuerpo y alma a la más importante de las contiendas políticas.
> H

En ausencia de Seward, los aliados políticos de Abe se esforzaron en recabar apoyo para su candidatura presidencial, mientras él trataba de espolear la conciencia nacional. La tarde del 27 de febrero de 1860, en el Cooper Institute de Nueva York, Abe pronunció lo que algunos historiadores consideran el discurso político más brillante de toda su carrera ante un público de más de mil personas.

«No debemos dejar que las falsas acusaciones contra nosotros nos desvíen de nuestro deber —gritó Abe—, ni dejarnos atemorizar por amenazas de destrucción contra el gobierno o prisión para nosotros. Debemos confiar en que la justicia nos dará fuerza, y, con esa convicción, cumplir con nuestro deber, tal como lo entendemos, hasta el fin.»

Al día siguiente el texto completo fue publicado en todos los periódicos más importantes de Nueva York, y al cabo de unas semanas, panfletos con «el discurso de Lincoln en el Cooper Institute» fueron repartidos en todo el norte. Abe empezaba a emerger como el líder intelectual del Partido Republicano, y su mejor orador.

Entretanto, el Partido Demócrata se había escindido en dos.

Los demócratas del norte nominaron como candidato presidencial al viejo rival de Abe, Stephen Douglas, mientras que los del sur eligieron al vicepresidente titular, John C. Breckenridge. La fractura no era casual, sino el resultado de décadas de esfuerzos por parte de la Unión. Desde principios del siglo XIX, Henry y sus aliados habían aprovechado cada oportunidad para socavar a sus enemigos: transportando esclavos al norte en el Ferrocarril Subterráneo, enviando a espías al sur, y recientemente, oponiéndose a componendas secesionistas en las legislaturas estatales. Pero su mayor logro se produjo el 18 de mayo de 1860, en la tercera votación de la Convención Nacional Republicana en Chicago.

Abe se hallaba en Springfield cuando se enteró de que había sido a él, no a Seward, a quien habían nominado para presidente.

Apenas alcanzo a comprender que me hayan dispensado semejante honor, sin embargo (dado que es imposible expresarlo con modestia, no lo intentaré) no me ha sorprendido. Se avecina una guerra. No será una guerra del hombre, pero el hombre derramará su sangre en ella, pues está en juego su derecho a ser libre. Y yo soy precisamente el hombre que debe ganarla.

III

En 1860, los candidatos presidenciales no tenían que hacer campaña en favor de ellos mismos. Tradicionalmente, los discursos y la tarea de estrechar manos corría por cuenta de los aliados políticos y los subordinados, mientras los candidatos permanecían entre bastidores, dedicados a escribir cartas y saludar a sus simpatizantes. Abe no veía motivo alguno para romper esa tradición. Mientras sus partidarios (inclusive Seward, quien pese a no haber sido nominado prestó todo su apoyo a Abe) recorrían sin descanso todo el país haciendo campaña a favor del candidato Lincoln, éste permanecía con su familia en Springfield. De una entrada fechada el 16 de abril:

Cada mañana voy y vuelvo de mi despacho a pie, saludando a amigos durante el camino; dando las gracias a extraños por sus buenos deseos. Cuando termino de atender mis asuntos, juego con mis dos hijos menores en casa antes de que se acuesten, y si hace buen tiempo, salgo a dar un paseo con Mary. La vida transcurre más o menos como siempre, con tres excepciones: los tres vampiros que han venido para custodiarnos.

Ilustración 13-2. Abe posa delante de la cabaña abandonada de su familia en Little Pigeon Creek, en 1860, apoyado en su vieja y leal hacha. La imagen estaba destinada a potenciar su fama como candidato de raíces humildes, y fue concebida por el propio Henry Sturges.

Los ágiles vampiros habían sido contratados por Henry y la Unión. Ahora eran sus guardaespaldas personales, tras haber jurado protegerlo a toda costa.

Sospecho que sienten cierta amargura por tener que llevar a cabo esta misión (aunque es imposible asegurarlo, pues apenas dicen una palabra). En varias ocasiones me he referido a ellos en broma como «mi diabólica trinidad», pero no he conseguido arrancarles siquiera una sonrisa. Son muy serios, lo cual supongo que es una de las cualidades por las que fueron elegidos para la tarea de mantenerme vivo.

Abe contó a Mary y a los niños que esos hombres trabajaban como «voluntarios» en la campaña, que habían venido para «mantener a raya a simpatizantes demasiado entusiastas». Era una explicación verosímil. Abe se había hecho muy famoso, y la casa de los Lincoln era asediada a todas las horas del día por simpatizantes y gente que venía a pedir favores al candidato. Pero los guardaespaldas vampiros fueron sólo uno de los secretos que «el honrado Abe» ocultó ese verano a su esposa y a su rendido público.

También había afilado su hacha.

Y por primera vez su objetivo era un hombre vivo.

Abraham:

Debo pedirte que lleves a cabo otra misión. Se trata de un hombre de tu especie, pero que es custodiado en todo momento por dos de la mía. Debes ser muy precavido.

Abe se quedó estupefacto cuando leyó el nombre que figuraba debajo...

Jefferson Davis.

No existía un político sureño más consumado en toda Norteamérica. Davis se había graduado en West Point, había combatido valientemente en la guerra contra México, había servido como gobernador de Misisipi, había formado parte del gabinete de Franklin Pierce y había sido elegido en dos ocasiones para ocupar un escaño en el Senado. Era un claro defensor de la esclavitud y, como ex secretario de Guerra, el hombre más capacitado para conducir al Sur contra el populoso Norte, mejor armado que su enemigo.

Esta vez, Abe se negó a cumplir esa misión.

Henry:

Soy un anciano con tres hijos y una esposa que ha llorado sobre demasiadas tumbas. No quiero causarle más pesar haciendo que me maten. Debe de haber un centenar, o un millar de los de tu especie más indicados para esa tarea. ¿Por qué insistes en encomendármela a mí cuando hace años que ya no estoy en mi plenitud?

Envía a otro.

Tu amigo,

Abraham.

La respuesta de Henry llegó por correo urgente cuatro días después de que Abe le remitiera su negativa a Nueva York.

Abraham:

Es difícil adivinar el futuro. Lo vemos reflejado como en las ondas del agua, distorsionado y en constante movimiento. No obstante, en algunos momentos las ondas se calman y el reflejo adquiere nitidez. La Unión vio tu futuro en uno de esos momentos aquella noche en Nueva York: estás destinado a derrotar a Jefferson Davis, Abraham. Sólo tú. Por lo demás, no creo que sea tu destino morir en esta misión. Estoy convencido de ello. De otro modo, no te enviaría. Tienes que hacerlo tú, Abraham. Te ruego que recapacites.

Tu amigo,

Henry.

• • •

Abe había cumplido cincuenta y dos años. Y aunque seguía conservando una asombrosa agilidad para su edad, distaba mucho de ser el joven cazador capaz de partir un tronco a una distancia de cincuenta metros. Necesitaba refuerzos.

He enviado recado a Speed para que se reúna conmigo en Springfield de inmediato, y, tras meditarlo detenidamente, he revelado también a Lamon la verdad. Cuando le conté por primera vez la historia de los vampiros y sus malvados propósitos con respecto a los hombres, me dijo que «estaba chiflado» o que era «un maldito embustero». Casi se enfureció conmigo, hasta que convencí a uno de la trinidad para que corroborara mi historia, lo cual hizo dotándola de gran dramatismo. Hay pocos hombres en quienes puedo confiar en esta guerra, y aunque [Lamon] y yo discrepamos en muchas cosas (entre ellas, el tema de la esclavitud), ha demostrado ser un amigo leal. Puesto que Jack ha muerto, he creído conveniente reclutar a un hombre de su envergadura, sobre todo teniendo en cuenta lo menudo que es Speed y que yo ya no soy joven.

Cielo santo..., me siento como [el rey] Enrique en Harfleur.*

En julio, los tres cazadores viajaron en tren al condado de Bolívar, Misisipi, donde, según había sido informado Abe, Jef-

---

* Una referencia a la obra *Enrique V*, de Shakespeare. En el Acto III, Escena 1, Enrique pronuncia una enardecida arenga a sus tropas, empezando con la célebre frase: «¡A la brecha, una vez más, estimados amigos!» *(N. del A.)*

ferson Davis se recuperaba de una intervención quirúrgica. En el equipaje se ocultaba un arsenal de revólveres, cuchillos, ballestas y el hacha de Abe, recién afilada y lustrosa. El candidato Lincoln había pasado varios días afilando unas estacas para su aljaba y confeccionando un nuevo peto para colocárselo debajo de la chaqueta. Se había retirado al bosque con su hacha para practicar el tiro, lanzándola primero a diez y luego a veinte metros contra los troncos de los árboles. Incluso había desempolvado su vieja receta del mártir y había preparado una nueva remesa.

Insistí en que la trinidad se quedara en Springfield para proteger a mi familia. Les aseguré que se trataba de una misión sencilla. A fin de cuentas, nuestro objetivo era un hombre vivo, muy debilitado y medio ciego debido a la intervención quirúrgica. Speed, Lamon y yo éramos más que capaces de eliminar a Davis y a sus guardaespaldas vampiros.

Poco después de la una de la madrugada del lunes, 30 de junio, los cazadores ataron sus monturas en los límites de la propiedad de Davis. Se mantuvieron a una distancia prudencial de la mansión, tumbados en el bosque circundante durante media hora, vigilando, murmurando de vez en cuando entre sí, aguardando bajo el tenue resplandor de una luna cubierta de nubes.

Abe había recibido una segunda carta de Henry antes de partir de Springfield, una carta que contenía nuevos datos. Los espías de la Unión habían averiguado que Davis guardaba cama en una alcoba en el lado oeste del segundo piso. Su esposa, Varina, deseosa de ofrecerle tranquilidad mientras se recuperaba, se había mudado a una habitación contigua con sus dos hijos de corta edad y su hija de cinco años. Por la noche, los dos guardaespaldas de Davis se turnaban para patrullar la finca, mientras los otros dos permanecían en la casa.

Me pareció extraño no ver señales de esas patrullas, ni luces encendidas en ninguna de las ventanas. No obstante, las instrucciones de Henry eran precisas, y habíamos recorrido muchos kilómetros hasta aquí. Era imposible volverse atrás. Cuando pensamos que habíamos esperado el tiempo suficiente, tomamos nuestras armas y salimos sigilosamente al claro que rodeaba la casa de dos plantas. Era blanca (o amarilla, en la oscuridad no pude verlo con claridad), con un porche elevado en la parte delantera y un primer piso, dado que esta zona se inundaba con frecuencia cuando el Misisipi crecía y se desbordaba. Casi imaginé ver a un vampiro esperando junto a la puerta de entrada, alertado de nuestra presencia por los lejanos relinchos de nuestros caballos y el olor de los mártires ocultos en mi chaqueta. Pero no había nada. Sólo silencio. Cuando subimos los escalones del porche me asaltaron las dudas. ¿Tenía todavía la fuerza necesaria para derrotar a un vampiro? ¿Había preparado a Lamon para enfrentarse a un adversario tan veloz y fuerte? ¿Sería Speed capaz de llevar a cabo la misión que nos proponíamos? Lo cierto es que el hacha que sostenía en la mano se me antojaba más pesada que cuando era un niño.

Abe empujó lentamente la puerta principal mientras Lamon apuntaba su arma, dispuesto a disparar contra el vampiro que estaba seguro que saldría de la penumbra en cuanto se abriera la puerta.

Pero no apareció ninguno.

Entramos, yo sosteniendo en alto mi hacha; Speed apuntando con su [rifle] del calibre 44; Lamon empuñando un revólver con cada mano. Registramos la planta baja, que estaba a oscuras y austeramente amueblada, anunciando nuestra presencia con cada crujido de las tablas del suelo mientras avanzábamos. Si había un vampiro custodiando a Davis arriba, ya debía de saber que estábamos allí. Comoquiera que abajo no vimos señal de nadie (ni vivo ni muerto), regresamos a la parte delantera de la casa y nos dirigimos hacia la estrecha escalera.

Abe condujo a los otros escaleras arriba. Estaba convencido de que ahí había vampiros, lo presentía.

Mientras subía la escalera vi en mi imaginación cómo se desarrollarían los próximos minutos. Al llegar arriba, uno de los vampiros saldría de su escondrijo y me atacaría por la derecha. Yo me volvería hacia él y le clavaría el hacha en el pecho, pero al hacerlo caería hacia atrás y ambos nos precipitaríamos escaleras abajo. Mientras peleábamos, Lamon caería presa del pánico (puesto que era su primera misión) y dispararía enloquecido, pero las balas no alcanzarían su objetivo. Por tanto, tendría que ser Speed quien silenciara al vampiro con su rifle, lo cual haría disparándole en el corazón y la cabeza. El ruido despertaría a la señora Davis y a los niños, que saldrían apresuradamente al pasillo en el preciso momento en que yo extraía mi hacha del pecho del vampiro y le decapitaba al pie de la escalera. Los gritos de su mujer y sus hijos harían que Jefferson Davis, debilitado y medio ciego, saliera trastabillando de su alcoba, momento en que Speed y Lamon le abatirían a tiros. Tras ofrecer nuestras sinceras disculpas a su familia, daríamos media vuelta y huiríamos en la oscuridad de la noche.

Pero al llegar a la cima de la escalera, Abe no encontró nada. Todas las puertas estaban abiertas. Todas las habitaciones estaban vacías.

¿Era posible que nos hubiéramos equivocado de casa? ¿Era posible que Davis hubiera abandonado súbita e inexplicablemente su lecho y hubiera partido para Washington? No, no, las instrucciones de Henry eran muy meticulosas. Ésa era la casa que nos había indicado. Ésa era la fecha convenida y la hora en que debíamos atacar. Algo había salido mal.

Aquí hay vampiros... Lo presiento.

De pronto comprendí la verdad. ¡Qué estúpido había sido al no hacer caso de mis instintos! ¡Al haber ido hasta allí! ¡Maldito Henry y sus ondas en el agua! ¿Cómo pude haber sido tan imprudente? ¿Cómo pude haber arriesgado mi vida con tres hijos en casa? ¿Con una esposa traumatizada por lo que había sufrido? No..., esa noche no moriría. Me negaba en redondo.

—Salgamos —murmuró Abe—. Salgamos de inmediato y empuñad vuestras armas... Nos han traicionado.

Bajamos la escalera apresuradamente y nos dirigimos hacia la puerta principal, pero al alcanzarla comprobé que la habían cerrado desde fuera. Oímos el ruido de madera contra madera a nuestro alrededor al tiempo que alguien cerraba todas las contraventanas de la casa y un coro de martillazos las aseguraba con clavos para que no pudiéramos abrirlas. «¡Arriba!», grité. Pero allí también habían cerrado las contraventanas y las habían asegurado con clavos.

—¡Estamos atrapados! —exclamó Lamon.

—Sí —dijo Speed—. No obstante, dadas las circunstancias, prefiero estar aquí con vosotros que fuera con ellos.

Abe calló. Sabía que dentro de poco percibirían el olor a humo, antes de que sintieran el calor del fuego al traspasar los muros y las tablas del suelo. Como en respuesta a este pensamiento, Lamon exclamó «¡Mirad!», señalando el destello anaranjado que penetraba por la rendija de debajo de la puerta principal.

No tenían opción.

Fueran cuales fueran los horrores que les aguardaran fuera, no podían ser peores que una muerte segura abrasados por el fuego. Empezaron a ver las llamas a su alrededor a través de los listones de las contraventanas.

Se me ocurrió un plan. Cuando lográramos atravesar la puerta, permaneceríamos hombro contra hombro, los tres alineados, y echaríamos a correr hasta alcanzar los árboles. Yo ocuparía el centro, utilizando mi hacha para derribar todo cuanto nos atacara de frente. Speed y Lamon se situarían a mi derecha y a mi izquierda, disparando contra todo lo que nos atacara por los costados. Era un plan destinado a fracasar (a tenor de lo rápidamente que habían cerrado las contraventanas a nuestro alrededor, calculé que había por lo menos una docena de hombres, vampiros o una mezcla de ambas cosas, esperándonos fuera), pero era el único que teníamos. Empuñé mi hacha y me preparé. «Caballeros», dije.

La puerta principal se abrió con un golpe del hacha de Abe, levantando una nube de humo y cenizas candentes en el porche.

De inmediato sentimos el calor. Al principio nos obligó a retroceder, chamuscando nuestra piel y casi prendiendo fuego a nuestras ropas. Cuando mis ojos se adaptaron a la luz de las llamas en el porche delantero (que había quedado engullido por el fuego), vi que la puerta derribada nos proporcionaba una estrecha vía de escape. Contuve el aliento y conduje a los otros a través de la puerta, bajamos los escalones del porche y alcanzamos la hierba. No bien pisé el suelo comprendí que nuestro intento era inútil. Pues a la luz de la casa que ardía a nuestras espaldas, vislumbré al menos veinte figuras frente a nosotros, algunas apuntándonos con rifles, otras luciendo gafas oscuras para proteger sus ojos de las llamas. Hombres vivos y vampiros, confabulados para dar al traste con nuestras esperanzas de huir. Uno de los vivos, un anciano caballero, avanzó y se detuvo a unos tres metros frente a mí.

—El señor Lincoln, supongo —dijo.
—Señor Davis —respondió Abe.

—Le agradecería —dijo Davis— que pidiera a sus acompañantes que depusieran sus armas. No quisiera que uno de mis hombres se sobresaltara y les cosieran a balazos.

Abe se volvió hacia Speed y Lamon e hizo un gesto con la cabeza. Ambos bajaron sus armas.

—El grandullón oculta otra pistola —dijo uno de los vampiros detrás de Davis—. En estos momentos está pensando en echar mano de ella.

—En tal caso —contestó Davis—, sugiero que lo mates. —Se volvió de nuevo hacia Abe—. Su hacha, por favor.

—Si no tiene inconveniente, señor Davis —respondió él—, puesto que imagino que me quedan unos pocos instantes de vida, quisiera morir sosteniendo el hacha que mi padre me regaló de niño. Sin duda uno de sus hombres se apresuraría a disparar contra mí si se me ocurriera alzarla para atacarle a usted.

Davis sonrió.

—Usted me cae bien, señor Lincoln, se lo aseguro. Nacido en Kentucky, como yo. Un hombre hecho a sí mismo. El mejor orador que ha existido jamás, ¡y entregado a su causa! ¡Capaz de venir hasta aquí para matar a un hombre! Incluso al precio de dejar a su familia sola y desprotegida en Springfield... No, señor, nadie puede echarle en cara sus convicciones. Podría cantar sus alabanzas hasta que amaneciera, caballero, pero algunos de mis socios son un tanto sensibles a la luz y..., me temo que no disponemos de tanto tiempo.

»Dígame —dijo Davis—, dadas sus numerosas y excelentes cualidades y su célebre intelecto, ¿cómo es que ha acabado en el lado equivocado de esta lucha?

—¿Yo? —preguntó Abe—. Sin duda no le he entendido bien, pues, de los dos, sólo uno conspira contra sus congéneres.

—Señor Lincoln, los vampiros son superiores al hombre, al igual que el hombre es superior al negro. Es el orden natural de las cosas. Supongo que al menos estará de acuerdo en esto.

—Estoy de acuerdo en que algunos vampiros son superiores a algunos hombres.

—¿Me equivoco, entonces, al reconocer que es inevitable que ellos gobiernen? ¿Me equivoco al alinearme con la principal potencia en la guerra que se avecina? Señor, no me complace pensar en hombres blancos enjaulados. Pero si ha de suceder, si los vampiros están destinados a erigirse en reyes de los hombres, colaboremos con ellos cuando aún estamos a tiempo. Regulemos esto, circunscribiéndolo al negro y a los indeseables de nuestra raza.

—Ya —dijo Abe—. Y cuando la sangre de los negros ya no les baste, cuando hayan consumido la sangre de los «indeseables» de nuestra raza..., dígame, señor Davis, ¿de quiénes se alimentarán entonces sus «reyes»?

Davis calló.

—Norteamérica —prosiguió Abe— se forjó con la sangre de quienes se oponían a la tiranía. ¿Usted y sus aliados... serían capaces de entregarla a los tiranos?

—Norteamérica está allí, señor Lincoln —respondió Davis riendo y señalando al norte—. Ahora está usted en Misisipi. —Avanzó un paso, hasta casi el borde de donde el hacha de Abe podía alcanzarle si éste decidía arrojársela—. Hablemos sin rodeos, señor. Ambos somos sirvientes de vampiros. Pero cuando estas hostilidades concluyan, yo gozaré tranquilamente de los años que me queden rodeado de comodidades y dinero, y usted habrá muerto. Así de claro.

Davis se detuvo un momento, hizo una ligera reverencia y retrocedió. Tres de los hombres vivos se situaron frente al grupo, cada uno apuntándonos con un rifle. Esperando a que Davis diera la orden.

—Maldita sea, Abe —dijo Lamon—. ¿Vamos a quedarnos aquí plantados sin hacer nada?

—Llevo un reloj —dijo Speed a los verdugos con voz temblorosa—. Era de mi abuelo. Sólo les pido que alguien se lo envíe a mi esposa en Louisville.

Éstos son los últimos segundos de mi vida.

—Si voy a morir —terció Lamon—, lo haré empuñando una pistola. —Extendió la mano hacia el interior de su chaqueta.

—Chicos —dijo Abe a sus amigos—, lamento haberos metido en este...

Antes de que pudiera terminar la frase sonaron unos disparos de rifles en la oscuridad.

En ese instante vi los rostros de todos mis seres queridos que habían muerto: mi adorado hijito; mi musculoso amigo Armstrong, mi amada Ann. Vi a mi hermana, y al ángel de mi madre. Pero cuando el instante pasó, y mis ojos retornaron a la realidad, mis verdugos permanecían a la luz de la casa que ardía, el estupor pintado en sus semblantes. Speed y Lamon seguían en pie, flanqueándome.

Aún estábamos vivos. Nuestros verdugos no tuvieron tanta suerte. Los tres se desplomaron al unísono, con la cabeza destrozada por las balas.

Era un milagro.

Ese milagro era Henry Sturges.

Salió de pronto de la oscuridad con once vampiros de la Unión pisándole los talones. Algunos iban armados con rifles, otros con revólveres; todos disparaban mientras avanzaban. El vampiro sureño más cercano a Davis le eliminó rápidamente, mientras los otros se disponían a enfrentarse a sus homólogos del norte. Pero uno de ellos recordó que aún no habían llevado a cabo mi ejecución. Se abalanzó hacia mí desde una distancia de veinte metros, mostrando sus colmillos y sus garras, sus ojos negros detrás de sus gafas oscuras. Le arrojé mi hacha y la hoja dio en el blanco; pero yo no tenía tanta fuerza como cuando era joven y sólo se hundió un par de centímetros en su tripa. El vampiro retrocedió unos pasos y contempló los oscuros hilos de sangre que brotaban de la herida en su vientre. No era grave. Recogió mi hacha del suelo y se precipitó de nuevo hacia mí. Me llevé una mano a mi chaqueta, buscando un cuchillo que hacía veinte años que ya no estaba allí..., impotente. Cuando el vampiro se hallaba a menos de un metro y medio de donde me encontraba yo, Lamon apuntó sobre mi hombro y disparó, reduciendo para siempre la potencia auditiva de mi oído izquierdo, pero silenciando al vampiro con una bala a través de su rostro.

Mientras el humo del revólver de Lamon flotaba en el aire alrededor de su cabeza, Abe sintió un agudo dolor en la barbilla.

Me llevé la mano a la barbilla. [El vampiro] se había acercado lo suficiente para hacerme un corte con la punta de mi hacha. La sangre manaba de la herida y se deslizaba por la pechera de mi camisa mientras los vampiros peleaban entre sí a la luz de las llamas, salvando distancias increíbles de un salto, chocando unos contra otros con tal fuerza que el suelo temblaba debajo de nuestros pies.

Entonces vi por primera vez combatir a Henry Sturges. Le observé lanzarse contra un vampiro sureño y arrojarlo contra un árbol, partiendo el tronco en dos. Pero el adversario de Henry apenas se inmutó, sino que se incorporó y empezó a agitar las manos frenéticamente, como si sostuviera una espada en ambas. Henry se defendió de los golpes con sus garras, hasta que, siendo como era mejor espadachín que el otro, aprovechó la oportunidad de liquidar a su adversario clavándole cinco dedos a través del vientre, los cuales asomaban por la espalda, y partiéndole de paso la columna vertebral. Henry retiró su mano, y su adversario cayó al suelo, incapaz de moverse. Entonces le vi inclinar la cabeza del vampiro hacia atrás y arrancársela de los hombros.

Los hombres vivos que tuvieron la desgracia de hallarse en medio de la refriega fueron despedazados, sus extremidades arrancadas de cuajo por numerosas garras, sus huesos triturados por la fuerza de los vampiros que chocaban a su alrededor. Al comprender que los números no estaban a su favor, los vampiros sureños que quedaban emprendieron una rápida retirada. Les persiguieron varios vampiros de la Unión; los otros, incluido Henry, se apresuraron hacia nosotros.

—Abraham —dijo—, celebro ver que estás vivo, viejo amigo.

—Y yo ver que estás muerto.

Henry sonrió. Se arrancó una manga de la camisa y la oprimió contra la barbilla de Abe para detener la hemorragia, mientras sus compañeros atendían a Lamon y a Speed (los cuales temblaban aterrorizados, pero no habían sufrido daño alguno).

La Unión había recibido una información falsa a través de un espía traidor, una información destinada a conducirme a la muerte. Henry y sus aliados no se enteraron de esta traición hasta que nosotros habíamos partido de Springfield. No pudiendo avisarnos de ninguna manera (pues viajábamos con nombres falsos), habían cabalgado durante dos días y dos noches para prevenirnos, al tiempo que enviaban recado a la trinidad para que ocultaran a Mary y a los niños en lugar seguro.

—¿Estás seguro de que están a salvo? —preguntó Abe.

—Estoy seguro de que están ocultos, y protegidos por tres de mis aliados más astutos y brutales —respondió Henry.

Era suficiente. Abe sabía que la trinidad se tomaba su trabajo muy en serio.

—Henry —dijo tras una larga pausa—, estaba convencido de que iba a...

—Ya te lo dije, Abraham... No había llegado tu hora.

Fue la última cacería que Abe llevaría a cabo en su vida.

El 6 de noviembre de 1860, Abe se hallaba en una pequeña oficina de telégrafos en Springfield.

Conforme se aproximaban las elecciones la multitud de simpatizantes y personas que trataban de entrevistarse conmigo había aumentado hasta extremos insoportables. Cuando por fin llegó el 6, declaré que no deseaba ver a nadie hasta después del recuento de los votos. Mi única compañía sería el joven telegrafista. Si el resultado era el que mis partidarios y yo esperábamos, me aguardaban pocos días de paz en los años venideros.

Abe se había dejado crecer la barba por primera vez en su vida para ocultar la cicatriz en la barbilla.* Hacía que su rostro pareciera más redondo, más lleno. «Más distinguido —dijo Mary—. Un rostro como corresponde al próximo presidente.»

Al principio, Mary se opuso a que me presentara a las elecciones presidenciales, pues no se había sentido a gusto durante

---

* Muchos creen que la idea de dejarse barba se la dio Grace Bedell, una niña de once años. Aunque es cierto que Bedell le escribió sugiriéndoselo (insistiendo que «a las señoras les gustan los bigotes» y por tanto pedirían a sus maridos que votaran por él), Abe ya había empezado a dejársela cuando recibió su famosa carta. *(N. del A.)*

su primera estancia en Washington y era consciente del tiempo que el cargo me exigiría. No obstante, a medida que mi campaña empezó a cosechar éxitos, cambió de parecer. Sospecho que le gustaba que mis simpatizantes se presentaran en casa a todas horas; que las parejas adineradas nos invitaran a cenar en sus casas, y que ofrecieran elegantes fiestas en mi honor. Sospecho que empezó a vislumbrar las numerosas posibilidades sociales de estar casada con el presidente de Estados Unidos.

Conforme empezaron a recibirse los resultados a través de los hilos telegráficos ese martes por la noche, todo parecía indicar que Abe sería el próximo presidente.

Confieso que apenas me sorprendió, pues sabía que la Unión se encargaría de que obtuviera la victoria, tanto si la había ganado como si no.* Por tanto, no experimenté la sensación de honor que había experimentado al ser elegido capitán por mis compañeros soldados. El peso de la responsabilidad era inmenso. Los retos y sinsabores que me aguardaban, imprevisibles y numerosos.

El telegrama de Henry fue el primero que llegó esa mañana, mucho antes de que se efectuara el recuento de un solo voto.

ENHORABUENA, SEÑOR PRESIDENTE
SU AMIGO H

---

* La Unión no tuvo que intervenir; Abe ganó por amplio margen las elecciones por sus propios méritos. *(N. del A.)*

IV

El viaje del presidente electo Abraham Lincoln a Washington comenzó en Springfield el 11 de febrero de 1861. Un tren privado trasladó a Abe, su familia, sus amigos íntimos y sus escoltas personales a Washington.

La transición no había sido fácil.

Poco más de un mes después de las elecciones, la Legislatura de Carolina del Sur votó a favor de separarse de la Unión. El día de la toma de posesión, otros estados habían hecho lo propio. En total eran siete: Luisiana, Misisipi, Alabama, Florida, Georgia, Carolina del Sur y Texas. Abe no pudo sino observar impotente mientras el presidente Buchanan no movía un dedo para frenar la crisis.

[Buchanan] permanece sentado sobre sus posaderas mientras el país se hunde. Mientras los barcos de nuestra marina y los fuertes se rinden a diario ante el sur, y la Unión se disuelve ante nuestros propios ojos. Su debilidad es increíble. Está claro que ha decidido propinar una patada a la crisis y hacerla rodar calle abajo. Yo, por el contrario, ansío el momento de propinarle una patada a él y hacerle rodar por Pennsylvania Avenue.

Tres días antes de que el tren de Abe partiera de Springfield, los autoproclamados «Líderes del pueblo del Sur» se reunieron en Montgomery, Alabama, para adoptar formalmente una constitución y proclamar los Estados Confederados de América.

Eligieron a Jefferson Davis como su presidente.

La trinidad de Abe patrullaba el tren día y noche. Oficialmente, eran unos «detectives» de Springfield que se habían ofrecido como voluntarios para custodiar al nuevo presidente. Entre sus escoltas personales había también un par de humanos, un detective llamado Allan Pinkerton y su viejo amigo Ward Hill Lamon, que se había ofrecido para hacer de guardaespaldas a Abe movido sólo por la amistad que le unía a él y la preocupación por su seguridad. Era uno de los pocos que rodeaban al nuevo presidente que conocía la gravedad de las amenazas a las que éste se enfrentaba. En los años siguientes, el personal de la Casa Blanca se acostumbraría a ver a Lamon patrullar los jardines de la mansión al anochecer, o dormir frente a la puerta de la alcoba del presidente. Era un hombre fornido, rudo y hábil con un arma, además de profundamente leal, y su ayuda era más que necesaria.

Estaba previsto que el tren de Abe se detuviera al menos en diez ciudades importantes durante el viaje a Washington. En cada una, miles (si no decenas de miles) de lugareños se acercaban con la esperanza de ver al flamante presidente con sus propios ojos. A menudo Abe improvisaba un discurso desde el último vagón, en ocasiones a escasa distancia de quienes se habían acercado para oírle hablar. A continuación abandonaba la estación en coche para reunirse con los líderes locales, asistir a banquetes o a los desfiles organizados en su honor. Era una pesadilla para las personas encargadas de su seguridad.

Han sido unos días de mucho agobio. Los chicos, sin embargo, lo pasan estupendamente, correteando por el tren y observando el paisaje a través de las ventanillas. A Bob todo «le parece muy excitante», mientras que a Willie y Tad no parece que les afecten ni las multitudes ni la presencia de tantas caras nuevas. Mary también parece tomárselo todo con filosofía, aunque la cabeza le ha causado muchos problemas durante el viaje.*

Pese a la emoción que reinaba a bordo, en el tren se palpaba una evidente tensión. Todos los que viajaban en él la sentían, aunque nadie hizo ningún comentario al respecto.

Algunos han jurado que no viviré para contemplar la Casa Blanca. Esas habladurías provocan gran preocupación (lógica teniendo en cuenta el asunto) en los rostros de mis protectores. No obstante, puedo afirmar sinceramente que no me quita un instante de sueño, pues he conocido la muerte toda mi vida, y he llegado a considerarla una vieja amiga. Como es natural, estos rumores causan gran inquietud a Mary (que tiende a preocuparse por todo). Con tal de que mis hijos no se enteren de esas habladurías, me doy por satisfecho.

El viaje prosiguió sin incidentes durante diez días, a través de Indiana, Ohio, Nueva York, Nueva Jersey y Pensilvania, hasta el punto de que empezaron a pensar que los rumo-

---

* Mary padeció intensas cefaleas (probablemente migrañas) durante toda su vida adulta. Muchos historiadores sugieren que estaban relacionadas con sus célebres crisis depresivas. Algunos incluso apuntan a que era esquizofrénica, aunque es imposible verificarlo. *(N. del A.)*

res de asesinato no eran más que eso, rumores. Pero el 22 de febrero, en Filadelfia, Abe recibió una visita urgente de Frederick, el hijo de William Seward. Portaba una carta sellada.

Estimado presidente electo:

Nuestro mutuo amigo desea informarle de que han descubierto un complot en Baltimore. Cuatro hombres se proponen apuñalarlo y abatirlo a tiros cuando haga transbordo en la estación de Calvert Street. Nuestro amigo ha creído oportuno que lo sepa, para que tome todas las precauciones posibles.

Suyo afectísimo,

Wm. Seward

Decidieron que Abe, acompañado por Pinkerton y Lamon, y luciendo un sombrero y una capa para ocultar su identidad a los otros pasajeros, tomaría otro tren desde Baltimore hasta Washington. Pinkerton y Lamon irían armados; Abe, no.

Recuerdo que esto causó gran revuelo. Lamon insistió en que se me entregaran un revólver y una navaja (pues sabía que yo manejaba ambas armas con destreza). Pinkerton se negó en redondo. «¡Me niego a que se diga que el futuro presidente de Estados Unidos entró en la capital armado!» Ambos estuvieron a punto de llegar a las manos, hasta que propuse una solución intermedia: Lamon portaría dos de cada una de esas armas, y me las entregaría sólo si éramos atacados. Después de que todos nos mostráramos de acuerdo, nos dispusimos a partir.

Pero sus planes cambiaron cuando Pinkerton se percató de que la trinidad había desaparecido.

Se habían esfumado entre Filadelfia y Harrisburg, sin ofrecer ninguna explicación por su ausencia. Cuando me negué a abandonar a Mary y a los niños sin unos escoltas armados, convinimos sobre la marcha en que Pinkerton se quedaría con ellos para protegerlos mientras Lamon me acompañaba en el otro tren. Los hilos telegráficos entre Pensilvania y Maryland fueron cortados, a fin de que los conspiradores no pudieran enviar recado de nuestra partida desde Harrisburg.

Poco después de la medianoche del 23, el tren «secreto» de Abe pasó por Baltimore de camino a Washington.

Hubo unos momentos de tensión cuando atravesamos el centro de la ciudad (me pareció que más lentamente que los demás trenes en los que había viajado). ¿Era posible que los asesinos hubieran descubierto nuestra argucia? ¿Se dispondrían en estos momentos a bombardear nuestro tren a cañonazos?

Abe no tenía motivos para preocuparse. Cuando su tren entró en la estación, tres de sus asesinos en ciernes estaban muertos, y el cuarto yacía agonizando debajo de sus pies.

A la mañana siguiente fueron hallados los cadáveres despedazados de cuatro hombres cerca de la estación de Calvert Street. De la edición del 23 de febrero del *Baltimore Sun*:

Dos caballeros habían sido decapitados. Otro había sido salvajemente golpeado, hasta el extremo de que la policía no ha podido identificar aún su edad o raza. Al parecer el cuarto fue partido en dos por las ruedas de una locomotora. Por increíble que parezca, un testigo asegura que el caballero sobrevivió durante varios minutos después del accidente, que tenía la columna vertebral partida de forma que aún podía mover la cabeza y los brazos. Al parecer emitía débiles gemidos mientras se arrastraba a fin de retirar el resto de su maltrecho cuerpo de la vía antes de morir.

Aunque nunca dijeron una palabra sobre el incidente, Abe no tenía ninguna duda de que sus tres protectores vampiros eran responsables de la carnicería.

V

El 4 de marzo de 1861, Abraham Lincoln —el niño excepcional de Sinking Springs Farm, el ojito derecho de su difunta madre, superviviente de numerosos infortunios y uno de los mejores cazadores de vampiros del país— juró su cargo como decimosexto presidente de Estados Unidos.

No somos enemigos, sino amigos. No debemos ser enemigos. Aunque la pasión pueda haber tensado nuestros vínculos de afecto, no debemos permitir que éstos se rompan. Los místicos acordes de la memoria, que se extienden desde todos los campos de batalla y tumbas de patriotas hasta todos los corazones vivos y hogares en este inmenso país, seguirán emitiendo el coro de la Unión, cuando los ángeles bondadosos de nuestra naturaleza los pulsen.

Decenas de miles de personas se congregaron frente a la plataforma de madera sobre los escalones del Capitolio para oírle hablar. Qué poco imaginaban que asistían al operativo de seguridad más gigantesco de la historia. Numerosas tropas estaban apostadas en toda la ciudad, dispuestas a aplastar cualquier manifestación violenta o ataque a gran escala. Multitud de policías (uniformados y de paisano) montaban guardia debajo del podio sobre el que Abe pronunció su discurso, escrutando la multitud por si veían a alguien empuñar un revólver o un rifle de cañón largo. Ward Hill Lamon, más cerca del presidente electo, vigilaba desde la plataforma con dos revólveres ocultos en su chaqueta y una navaja en su cinturón. Los vampiros de la trinidad estaban apostados en distintos lugares, pero no muy lejos de Abe.

No fue hasta más tarde que me enteré de que durante mi discurso dos hombres armados habían sido discretamente apuñalados en el corazón. A diferencia de los asesinos de Baltimore, eran vampiros.

Cinco semanas después de inaugurarse la joven presidencia de Abe, los tensos «vínculos de afecto» del país se rompieron por fin.

El Fuerte Sumter, un bastión federal en Charleston Harbor, Carolina del Sur, estaba sitiado por los confederados desde enero. Los sureños exigían que las tropas de la Unión (a las órdenes del comandante Robert Anderson) les entregaran el fuerte, puesto que se hallaba en Carolina del Sur, y por tanto no pertenecía al gobierno federal. Abe había hecho cuanto había podido por impedir que estallaran las hostilidades, pero los soldados de Anderson andaban escasos de provisiones y la única forma de avituallarlos era enviar buques de guerra a territorio confederado.

> Estoy obligado a elegir entre dos males. O permito que unos cuantos soldados se mueran de hambre, o provoco una guerra que sin duda matará a multitud de soldados. Por más que me esfuerzo, no veo una tercera opción.

Abe envió los buques.

El primero arribó a Charleston Harbor el 11 de abril. A la mañana siguiente, antes del alba, el coronel confederado James Chestnut, Jr., dio orden de disparar contra el fuerte.

Fue el primer disparo de la Guerra Civil.

11

Bajas

Conciudadanos, no podemos escapar de la historia.
Los que integramos este Congreso y esta administra-
ción seremos recordados para bien o para mal. Nuestra importancia o insignificancia personal no podrá
impedirlo. El riguroso juicio al que seremos someti-
dos nos mostrará, a la luz del honor o el deshonor, a
la última de las generaciones.

Abraham Lincoln, en un mensaje al Congreso
1 de diciembre de 1862

I

El 3 de junio de 1861, Stephen A. Douglas fue hallado muerto en la escalera de su casa en Chicago.

Acabo de enterarme de la trágica noticia. Aunque aún no
se conocen todos los datos, no me cabe duda de que es obra de
vampiros, y que tengo cierta responsabilidad en su asesinato.

Para la opinión pública la causa de la muerte era el tifus, aunque ninguno de los amigos de Douglas recordaba haberle visto indispuesto la noche antes de que lo hallaran. El cadáver fue trasladado en coche al Mercy Hospital, donde fue examinado por un joven médico, el doctor Bradley Milliner. Del informe de la autopsia:

- El cuerpo del difunto presenta cuatro pequeñas heridas circulares, como punciones: dos en el hombro izquierdo sobre la [arteria] axilar; dos en el cuello sobre la [arteria] carótida común.
- Las heridas están rodeadas por grandes hematomas; espaciadas de forma uniforme y separadas por unos cuatro centímetros.
- Todo el cuerpo del difunto está muy descompuesto y presenta un color azul grisáceo; la cara está hundida; la piel quebradiza, indicando que la muerte se produjo semanas o meses antes del examen.
- El estómago contiene fragmentos enteros de comida, de color vivo, sin digerir, lo que significa que el difunto comió poco antes de morir, y que la muerte se produjo menos de veinticuatro horas antes del examen.

Junto con sus observaciones, el doctor Milliner escribió una palabra en el margen de su informe:

«Increíble.»

El informe fue considerado «no concluyente» y ocultado por los superiores de Milliner, quienes pensaron que la publicación de esos datos sólo serviría para intensificar «el clima de conjeturas y sospechas» que rodeaba la muerte del senador.*

Lincoln y Douglas habían sido los rivales más famosos de Norteamérica. Durante dos décadas, habían competido por todo, desde el amor de una mujer hasta al cargo más importante del país. Pero pese a sus diferencias políticas, con los años ambos habían llegado a respetarse, incluso a simpatizar. A fin de cuentas, Douglas era, según Abe, uno de los «faros luminosos en la bruma de majaderos» que invadía Washington. Y aunque el llamado «Pequeño Gigante» dedicó años a avivar las pasiones en el sur, en el fondo no era hijo del sur. De hecho, Douglas detestaba la idea de la desunión, llegando incluso a calificar a los secesionistas de «criminales» y a declarar: «Debemos luchar por nuestro país y olvidar nuestras diferencias. Sólo pueden haber dos partidos: el partido de los patriotas y el partido de los traidores. Nosotros pertenecemos al primero».

Cuando la Unión empezó a desintegrarse poco después de su fallida campaña presidencial en 1860, Stephen Douglas fue el primero en tender la mano a su viejo rival, el nuevo presiente electo.

---

* Se creía que el informe se había perdido en el Gran Incendio de Chicago de 1871, hasta que fue hallado durante la renovación del Mercy Hospital en 1967. El día en que se publicó la noticia, el Mercy recibió un donativo anónimo de un millón de dólares. Al día siguiente, las autoridades del hospital declararon que el informe era falso. *(N. del A.)*

Douglas desea unirse a mí en la causa contra la secesión. A tal fin, le he pedido que emprenda una gira de discursos por los estados fronterizos y el noroeste (los lugares donde nuestros esfuerzos pueden atizar la llama de la unidad, evitando que se apague). No se me ocurre un mensajero más eficaz, un aliado más simbólico de la necesidad de unidad. Confieso que su ofrecimiento me sorprendió. Supongo que es posible que se haya arrepentido de su relación con el sur de los vampiros, y busca el medio de redimirse. Sean cuales sean sus motivos, acepto complacido su ayuda.

Douglas pronunció unos discursos a favor de la Unión en tres estados antes de regresar a Washington. Durante la toma de posesión del presidente, con la amenaza de asesinato que gravitaba sobre Abe, se situó junto al podio y declaró: «¡Si alguien ataca a Lincoln, me ataca a mí!» Y el domingo, 14 de abril de 1861, cuando el Fuerte Sumter fue entregado a los confederados, Stephen Douglas fue uno de los primeros en acudir apresuradamente a la Casa Blanca.

Douglas se ha presentado hoy sin cita previa, pero yo estaba reunido con el gabinete y no podía recibirlo hasta al cabo de un rato. [El secretario presidencial] John Nicolay le pidió que viniera más tarde, pero el juez Douglas se negó en redondo. Cuando me cansé de oír su conocida voz de barítono proferir palabrotas en el pasillo, abrí la puerta de mi despacho y exclamé: «¡Por el amor de Dios, dejen pasar a ese hombre o tendremos que pelear en dos guerras!»

Douglas y yo nos reunimos en privado durante más de una hora. Nunca le había visto tan aterrorizado. «¡Marcharán sobre Washington y me matarán! —exclamó—. ¡Nos matarán a todos! ¡Exijo saber qué planes tiene para combatir esta amenaza, señor!» Le dije, con el tono más sereno posible, la verdad, que a la mañana siguiente iba a reunir a setenta y cinco mil milicianos; que iba a sofocar esta rebelión utilizando todos los poderes de mi cargo y las armas de mi arsenal. Pero estas frases destinadas a tranquilizarlo sólo consiguieron incrementar su pánico. Me pidió que reuniera al triple de milicianos. «Señor presidente —dijo—, no conoce los infames propósitos de esos hombres como yo. No conoce, y lo digo con el mayor respeto, al verdadero enemigo al que se enfrenta.»

—Le aseguro, señor Douglas, que los conozco muy bien.

Gracias a Henry, Abe conocía la relación que mantenía Douglas con los vampiros sureños desde que ambos se habían presentado a las elecciones para el Senado tres años antes. No obstante, Douglas jamás sospechó que ese hombre larguirucho y de pelo canoso que tenía ante sí había sido el cazador de vampiros más feroz del Misisipi.

No puedo describir su asombro al oírme pronunciar la palabra «vampiros». Tras haberle revelado la verdad, ambos nos relatamos nuestras respectivas historias: yo le hablé sobre la muerte de mi madre y mis años como cazador de vampiros; Douglas me habló del fatídico día en que, siendo un joven y ambicioso demócrata de la Legislatura del Estado de Illinois, fue abordado por un par de hombres sureños «de piel cetrina». «Fue entonces cuando averigüé que existían los vampiros —dijo—. Fue entonces cuando me sentí embriagado por su dinero e influencia.»

Douglas les recompensó por su apoyo atacando a los abolicionistas en el Senado y utilizando su talento natural para los discursos con el fin de recabar fuerzas en todo el país. Pero últimamente había empezado a cuestionarse la actitud de sus benefactores vampiros.

«¿Por qué rechazan todo compromiso con el norte? —preguntó—. ¿Por qué están tan empeñados en que estalle una guerra? ¿Y por qué diablos defienden con tanto fervor la institución [de la esclavitud]? No veía ninguna lógica en ello, y en conciencia no podía continuar por la senda de la desunión.»

Estaba claro que Douglas no conocía toda la verdad; que, aunque era culpable de una pequeña traición, no podía ser juzgado a la par de traidores del calibre de [Jefferson] Davis. Conmovido por su arrepentimiento, decidí contárselo todo: el maridaje de la esclavitud y los vampiros sureños. Su plan para esclavizarnos a todos los de nuestra especie, salvo a unos pocos afortunados; mantenernos enjaulados y encadenados como nosotros habíamos hecho con los negros. Le expliqué su plan para crear una nueva Norteamérica; una nación de vampiros, libres de la opresión, de la oscuridad, pudiendo gozar de un sinfín de hombres vivos a quienes chuparles la sangre.

Cuando terminé de hablar, Douglas rompió a llorar.

• • •

Esa noche, Abe se sentó a la cabeza de una larga mesa en su despacho, con el secretario de Estado William Seward a su izquierda. Estaban acompañados por el resto del gabinete, impacientes por averiguar el motivo por el que habían tenido que levantarse de la mesa de cenar y acudir apresuradamente a la Casa Blanca.

«Caballeros —dije por fin—, deseo hablarles esta noche sobre vampiros.»

Abe se había reunido con su gabinete casi a diario desde que había tomado posesión de su cargo. Habían comentado todos los pormenores de la guerra que se avecinaba: uniformes, líneas de avituallamiento, comandantes, caballos, provisiones..., todo menos el verdadero motivo por el que luchaban, y contra quiénes luchaban en realidad.

¡Y sin embargo yo había pedido a estos hombres que planificaran una guerra! ¿Acaso no era como pedir a un grupo de hombres ciegos que pilotaran un barco de vapor?

Su encuentro con Davis había hecho a Abe cambiar de parecer. Cuando se despidieron esa noche, había ordenado a Nicolay que convocara de nuevo al gabinete de inmediato.

Me parecía crucial que estos hombres —estos hombres que serían mis consejeros durante muchos momentos de dolor— supieran con exactitud a qué se enfrentaban. Estaba decidido a que no hubiera más revelaciones en este despacho. No más medias verdades u omisiones. Ahora, tal como había hecho con Douglas, les contaría toda la verdad, y Seward podría corroborar cada una de mis palabras. Mi historia. Mi época de cazador de vampiros. Mi alianza con una pequeña banda de vampiros llamada la Unión, y las incalculables consecuencias de la guerra que iba a estallar.

Algunos se mostraron escandalizados cuando les hablé de los vampiros. Al parecer, [el secretario de la Marina Gideon] Wells y [el secretario del Tesoro Salmon] Chase habían vivido hasta la fecha convencidos de que los vampiros no eran sino un mito. Wells guardaba silencio, demudado. Pero Chase se indignó. «¡No consiento estas bromas cuando nos enfrentamos a una guerra! —declaró—. ¡No consiento que se me obligue a ausentarme de mi casa para que el presidente se divierta tomándome el pelo!» Seward salió en mi defensa, insistiendo en que cada palabra que yo había dicho era verdad, y confesando su complicidad al ocultarla al resto del gabinete. Pero Chase no estaba convencido.

No era el único que tenía dudas. [El secretario de Guerra Edwin] Stanton, que hacía tiempo que creía en la existencia de los vampiros, pero que pensaba que estaban relegados a las sombras, tomó la palabra.

—¿Qué sentido tiene? —preguntó—. ¿Por qué iba [Jefferson] Davis..., por qué iba un hombre a conspirar contra sí mismo? ¿Por qué iba un hombre a acelerar su propia esclavitud?

—Davis sólo piensa en su supervivencia —respondí—. Él y sus aliados son peces pilotos, que limpian los dientes de los tiburones para no ser devorados. Quizá les han prometido poder y riqueza en esta nueva Norteamérica, garantizándoles que no serán encadenados. Pero les aseguro que, sea lo que sea que les hayan prometido, es mentira.

Chase no pudo soportarlo más. Se levantó de su silla y abandonó la habitación. Supuse que otros le imitarían. Pero en vista de que nadie lo hizo, proseguí.

—Incluso ahora —dije—, hay una parte de mí que se niega a creer esto. Una parte de mí que cree que se despertará de un sueño que dura medio siglo. Incluso al cabo de tantos años, y de todas las cosas que he visto. ¿Y por qué no? A fin de cuentas, creer en los vampiros equivale a rechazar la razón. Reconocer una presencia siniestra que se supone que ya no existe. Al menos aquí, en esta gran época, cuando la ciencia ha arrojado luz sobre todos los misterios, salvo unos pocos. No..., esa presencia siniestra pertenece al Viejo Testamento; a las tragedias de Shakespeare. Pero no es de aquí.

»Por esto, caballeros, consiguen prosperar. Los vampiros se han esforzado incansablemente durante siglos en inculcarnos la creencia de que estamos más allá del alcance de su siniestra presencia. ¡Yo les aseguro que es la mayor mentira que se ha contado a la humanidad!

II

Tres días después de la caída del Fuerte Sumter, Virginia se separó de la Unión, y la capital confederada fue trasladada a su corazón industrial, Richmond. En semanas sucesivas, Arkansas, Tennessee y Carolina del Norte siguieron su ejemplo. Ahora había once estados en la Confederación, con una población combinada de nueve millones de personas (cuatro millones de las cuales eran esclavos). No obstante, la mayoría de las gentes del norte estaban convencidas de que la guerra sería breve, y de que los *sechers* (secesionistas) serían derrotados antes de que terminara el verano.

Tenían motivos para estar convencidos de ello. A fin de cuentas, el norte tenía más del doble de población que el sur. Contaba con ferrocarriles que podían transportar tropas y provisiones al campo de batalla en poco tiempo; mejores fábricas capaces de suministrar botas y municiones; buques de guerra preparados para bloquear puertos y arrasar ciudades costeras. Los periódicos partidarios de la Unión exhortaban al presidente a «poner fin cuanto antes a esta penosa situación». En todo el norte se oían gritos de «¡A Richmond!» Henry Sturges estaba de acuerdo. En un telegrama fechado el 15 de julio, utilizó una cita de Shakespeare para enviar a Abe un mensaje cifrado.*

Abraham:

«En nombre de Dios, avancemos con buen ánimo, valerosos amigos, para recoger la cosecha de la paz perpetua con esta sangrienta prueba de una guerra feroz.»**

H

Abe siguió su consejo. Al día siguiente de recibir la carta, ordenó que la mayor fuerza de combate que se había reunido

---

* Por temor a los espías, todos los mensajes que Henry envió a Abe durante la guerra eran cifrados. *(N. del A.)*

** Parlamento del personaje de Richmond en *Ricardo III* (Acto V, Escena 2). *(N. del A.)*

en suelo norteamericano —treinta y cinco mil hombres— marchara de Washington a Richmond a las órdenes del general de brigada Irvin McDowell. Buena parte de las tropas de McDowell procedía de los setenta y cinco mil milicianos que el presidente se había apresurado a convocar a raíz del episodio del Fuerte Sumter. En su mayoría eran agricultores y comerciantes. Adolescentes de rostro aniñado y ancianos achacosos. Algunos no habían disparado un tiro en su vida.

McDowell se queja de que sus hombres carecen de experiencia. «Sois novatos —le dije—, pero [los confederados] también lo son. ¡Todos sois novatos! No debemos esperar a que el enemigo marche sobre Washington. ¡Debemos enfrentarnos a él en su territorio! ¡A Richmond!»

Para llegar allí, McDowell y sus hombres tenían que recorrer cuarenta kilómetros hacia el sur hasta Virginia, donde les aguardaban el general Pierre Beauregard y veinte mil confederados. Bajo el sofocante calor del lunes, 21 de julio de 1861, dos ejércitos se enfrentaron cerca de la población de Manassas. Sería recordada como la Primera Batalla de Bull Run, denominada así por el arroyo cuyas aguas pronto se teñirían de rojo.

Dos días después de la batalla, un soldado raso de la Unión llamado Andrew Merrow escribió a su novia en Massachusetts.* Su carta describe un cuadro desolador de los aconteci-

---

* La carta de Merrow, que se conserva en los archivos de la Universidad de Harvard, ha sido considerada erróneamente durante mucho tiempo una obra de ficción epistolar. (N. del A.)

mientos de la jornada, y ofrece una de las primeras pruebas de que el ejército confederado contaba con vampiros entre sus filas.

Al principio propinamos una soberana paliza [a los confederados]. Gracias a nuestra superioridad numérica, obligamos a esos diablos a replegarse hacia el sur, hacia Henry House Hill, hacia una arboleda situada en la cima de la colina. ¡Qué espectáculo verlos dispersarse como ratones! ¡Ver a nuestros hombres desplegarse a lo largo de un kilómetro! ¡Oír el estruendo de los disparos en todas direcciones! «¡Les perseguiremos hasta Georgia!», gritó el coronel Hunter, para regocijo de los soldados.

Cuando nos aproximamos a la cima de la colina, los rebeldes cubrieron su retirada abriendo fuego contra nosotros. El humo de los disparos era tan denso que apenas veíamos los árboles, situados a diez metros, tras los cuales se ocultaban. De pronto surgió detrás de esta cortina de humo un coro de enardecidos gritos. Las voces de unos veinte o treinta hombres, que cada vez sonaban más fuertes. «¡Primeras filas! ¡Calad las bayonetas!», ordenó el coronel. Mientras lo hacían, un pequeño grupo de confederados salieron entre el humo, corriendo hacia nosotros a una velocidad pasmosa. Incluso de lejos, vi sus ojos extraños y febriles. No había un rifle, pistola o espada entre ellos.

Nuestras primeras filas empezaron a disparar, pero sus rifles no surtían efecto alguno. Juraré hasta que me muera, Melissa, que vi cómo las balas les alcanzaban en el pecho, las extremidades y el rostro. ¡Pero siguieron cargando como si no sintieran nada! Los rebeldes se lanzaron contra nuestras filas y despedazaron a los soldados ante mis ojos. No me refiero a que los atravesaron con sus bayonetas, o que dispararan contra ellos con sus revólveres. Me refiero a que esos rebeldes —unos treinta hombres desarmados— despedazaron a un centenar de soldados con sus manos. Vi cómo arrancaban a algunos los brazos. Cómo giraban a otros la cabeza hacia atrás hasta arrancársela de cuajo. Vi la sangre que manaba de los cuellos y vientres de hombres a quienes los enemigos destripaban con sus dedos; a un chico, llevarse las manos a los orificios donde hacía un momento habían estado sus ojos. A un soldado situado a tres metros de donde me hallaba le arrebataron el rifle. Yo estaba lo bastante cerca para sentir su sangre sobre mi rostro cuando le destrozaron la cabeza con él. Lo bastante cerca para sentir el sabor de su muerte en la lengua.

Nuestras líneas se dispersaron. No me avergüenza confesar que dejé caer mi rifle y eché a correr junto con los demás, Melissa. Los rebeldes nos persiguieron, nos alcanzaron y despedazaron a hombres que corrían junto a mí mientras retrocedíamos. Los gritos me siguieron colina abajo.

Los comandantes de McDowell remitieron numerosos informes similares sobre «las cargas de los rebeldes». Se dice que al averiguar que la Unión se había batido en retirada, McDowell dijo: «Nosotros hemos traído a un ejército superior, pero al parecer ellos han traído a unos hombres superiores». Ignoraba que esos «hombres superiores» no eran hombres.

El combate duró pocas horas. Cuando el humo de las balas se disipó, más de un millar de hombres habían muerto, otros tres mil estaban grave o mortalmente heridos. Del diario de un general de división de la Unión, Ambrose Burnside:

> Pasé a caballo junto a una pequeña charca al anochecer y vi a los hombres lavándose las heridas en ella. El agua estaba teñida de rojo, pero ello no impidió que algunos hombres sedientos bebieran de ella cuando lograron acercarse a rastras. Cerca de la charca, vi el cadáver de un joven rebelde que había sido alcanzado por un obús. Sólo quedaban sus brazos, hombros y cabeza; tenía los ojos abiertos y el semblante inexpresivo. Un grupo de buitres se había agolpado a su alrededor y devoraban sus entrañas. Devoraban los fragmentos de sesos desparramados por el suelo. Es un espectáculo que jamás olvidaré.
>
> Sin embargo, hoy he contemplado un centenar de atrocidades similares. Uno podía caminar un par de kilómetros en cualquier dirección sin que sus pies tocaran el suelo, pues estaba sembrado de cadáveres. En el momento en que escribo estas líneas, oigo los gritos incesantes de los heridos. Implorando ayuda. Agua. En algunos casos, implorando morir.
>
> Ya no temo al infierno, pues hoy lo he visto con mis propios ojos.

Después de la batalla de Bull Run, el norte estaba conmocionado y de luto.

¡Ojalá hubiera hecho caso a Douglas! ¡A McDowell! De haber reunido a más hombres y haberles concedido más tiempo para adiestrarse, esta guerra quizás habría ya terminado y el sufrimiento y muerte de miles podría haberse evitado. Ahora está claro que el sur se propone compensar la inferioridad numérica de sus tropas enviando a vampiros a los campos de batalla. Sea. He dedicado toda mi vida a cazar vampiros con mi hacha. A partir de ahora me dedicaré a cazarlos con mi ejército. Si ésta ha de ser una contienda larga y costosa, debemos redoblar nuestro propósito de ganarla.

Cuando se recobró de la conmoción que había sufrido, el norte hizo lo que pedía su presidente y redobló sus esfuerzos. Los hombres acudían en masa a alistarse, y los estados prometieron nuevos regimientos y provisiones. El 22 de julio de 1861, el día en que firmó un proyecto de ley reclamando otras quinientas mil tropas, Abraham Lincoln escribió un pensamiento premonitorio en su diario.

Roguemos ahora por los futuros muertos. Aunque todavía no conocemos sus nombres, sabemos que serán demasiado numerosos.

III

Había sido un invierno duro y amargo para el presidente y su gabinete. Con los ríos helados y las carreteras cubiertas de barro y nieve, ninguno de los ejércitos combatientes podía hacer más que encender hogueras y esperar a que el hielo se fundiera. El 12 de febrero de 1862, la fecha de su cincuenta y tres cumpleaños, Abe se hallaba en su despacho cuando aparecieron por fin los primeros indicios de primavera.

Acabo de enterarme del éxito del general Ulysses S. Grant en el Fuerte Henry, en Tennessee. Es una victoria crucial para nosotros en el oeste, y una grata novedad tras estos largos meses de espera. Junto con el sonido de mis diablillos jugando fuera, ¡es un domingo espléndido!

Los «diablillos» Tad y Willie Lincoln —de siete y diez años, respectivamente— constituían sin duda la alegría (algunos dirían «la plaga») de la Casa Blanca. Los chicos pasaban horas correteando por la mansión y los jardines durante el primer año de la presidencia de su padre, un hecho que irritaba profundamente a algunos de los colaboradores de Abe, pero que ofrecía al presidente una grata y necesaria distracción de las tensiones de dirigir un país y una guerra.

Oír a mis hijos jugando constituye la única alegría (confieso que demasiado a menudo) que me depara el día desde que me levanto hasta que me acuesto. Por tanto me complace pelear con ellos y perseguirles cada vez que se presenta la ocasión, sin importarme quién pueda vernos. Hace menos de una semana, [el senador de Iowa James W.] Grimes entró en mi despacho para entrevistarse conmigo, y me encontró postrado e inmovilizado contra el suelo por cuatro chicos: Tad y Willie me suje-

taban por las piernas, Bud y Holly* por los brazos. «Senador
—dije—, haga el favor de negociar los términos de la rendición.»
Mary cree que es indigno que un presidente retoce de esa forma, pero si no fuera por estos momentos —estos dulces momentos de la vida— al cabo de un mes me habría vuelto loco.

Abe era un padre cariñoso y entregado con sus tres hijos,
pero dado que Robert estudiaba en Harvard (donde era custodiado por un puñado de lugareños y vampiros) y Tad «era
demasiado joven y atolondrado para estarse quieto», se volcó de forma especial en Willie.

Es un lector voraz; le encanta resolver rompecabezas. Cuando estalla una pelea, siempre se apresura a intervenir para im-
poner paz. Algunos no dudan en señalar las semejanzas entre él y yo, pero no creo que seamos tan parecidos, pues Willie
tiene un corazón más bondadoso que yo, y una mente más
ágil.

Mientras celebraba la buena noticia ese domingo por la
tarde, Abe vio a sus hijos jugando en el South Lawn, el jardín
que rodeaba la fachada, cubierto de nieve, debajo de la ventana de su despacho.

---

* Horatio «Bud» Nelson Taft, Jr., y Halsey «Holly» Cook Taft eran los
mejores amigos de Willie y Tad. Con frecuencia les acompañaba su hermana
adolescente, Julia, a quien Abe llamaba con afecto «una casquivana». Cincuenta
y nueve años más tarde, Julia escribiría sobre Abe y sus hijos en sus memorias
Tad Lincoln's Father. (N. del A.)

Tad y Willie habían montado un consejo de guerra contra Jack*, como hacían a menudo, acusándole de algún que otro delito. A unos diez metros de donde jugaban, dos jóvenes soldados (apenas unos muchachos) les custodiaban, tiritando y sin duda preguntándose qué habían hecho para merecer que les asignaran semejante misión.

Sólo dos docenas de guardias vivos patrullaban la Casa Blanca y sus jardines día y noche. A instancias de Abe, su esposa y sus hijos eran escoltados por no menos de dos hombres (o un vampiro) cada vez que salían de la mansión. En 1862 no había vallas que separaran ésta de la calle. El público podía pasearse por los jardines, incluso visitar la primera planta de la mansión. Como escribió el periodista Noah Brook, «la multitud, lavada o sin lavar, puede entrar y salir a su antojo». No obstante, la multitud no podía entrar en la propiedad portando armas de fuego.

A las tres y media, un hombre de baja estatura, barbudo y armado con un rifle fue visto aproximándose a la Casa Blanca desde Lafayette Square. El centinela apostado en la entrada norte le apuntó con su arma y le ordenó que se detuviera, gritando a voz en cuello.

---

* Un pequeño soldado de juguete que habían regalado a Tad. Él y su hermano se divertían sometiendo al muñeco a consejos de guerra por traición o abandono de sus deberes, sentenciándolo a muerte, enterrándolo, para luego repetir el proceso. En cierta ocasión los chicos rogaron a su padre que redactara un perdón para el muñeco, y Abe no dudó en complacerles. «El muñeco Jack es perdonado por orden del presidente A. Lincoln.» *(N. del A.)*

Ilustración 3A-I. El South Lawn de la Casa Blanca custodiado
por numerosos guardias, hacia 1862.
Todo indica que el hombre en el pórtico es un miembro
de la trinidad de Abe.

Al oír el tumulto me acerqué a las ventanas que daban al norte, desde las cuales observé a ese hombre menudo que seguía avanzando, sosteniendo un rifle sobre su pecho. De pronto acudieron corriendo guardias de todos los rincones del jardín, alertados, al igual que nosotros, por los repetidos gritos de «¡Deténgase en el acto o disparo!»

Tres de estos guardias, que corrían más deprisa que los otros, se precipitaron hacia el intruso sin temor a que éste disparara contra ellos. Al verlos avanzar hacia él (y sospecho que al ver sus colmillos), el hombrecillo soltó su rifle y levantó las manos. No obstante, los guardias le derribaron al suelo. Lamon le registró los bolsillos mientras los componentes de la trinidad le sujetaban por los brazos y las piernas. Más tarde me informaron de que parecía asustado; confundido. «Él me dio diez dólares —dijo con los ojos llenos de lágrimas—. Él me dio diez dólares.»

De pronto, una vez que había pasado el peligro inmediato, me fijé en dos de los soldados que formaban un círculo alrededor del intruso.

Abe sintió que el corazón le daba un vuelco. Eran los jóvenes soldados que habían estado vigilando a Willie y a Tad. Sus hijos estaban solos.

Los chicos estaban tan enfrascados en sus juegos que no habían hecho caso de los gritos, ni se habían percatado de que sus ateridos centinelas se alejaban apresuradamente para investigar lo ocurrido. En este momento tan vulnerable, fueron abordados por un extraño.

Mis hijos tampoco repararon en el extraño hasta que éste pisoteó con el tacón de su bota el muñeco, poniendo fin al juego. Al alzar la vista Willie y Tad vieron junto a ellos a un hombre de estatura y complexión medianas, vestido con un abrigo negro, una bufanda y una chistera del mismo color. Lucía unas gafas oscuras que ocultaban sus ojos y un espeso bigote castaño que le tapaba el labio superior. «Hola, Willie —dijo—. Traigo un mensaje para vuestro padre. Quisiera que tú se lo entrergases.»

Entonces fueron los gritos de Tad los que alertaron a los guardias, los cuales acudieron a la carrera.

Los primeros en llegar fueron los vampiros, seguidos de cerca por Lamon y varios soldados. Yo bajé apresuradamente los escalones del pórtico sur y encontré a Tad aterrorizado y llorando, pero al parecer ileso. Willie, sin embargo, se restregaba la lengua con la manga de la chaqueta y escupía una y otra vez. Lo tomé en brazos y le examiné de arriba abajo, girándole la cara y el cuello de un lado a otro mientras rogaba a Dios que no tuviera ninguna herida en su cuerpo.

«¡Allí!», gritó Lamon, señalando a una figura que corría hacia el sur. Él y la trinidad le persiguieron, mientras los otros nos condujeron apresuradamente hacia la casa. «¡Vivo! —grité—. ¡Vivo!»

Lamon y la trinidad persiguieron al intruso por Pennsylvania Avenue y a través del Ellipse.* Cuando comprendió que no podía seguir el ritmo de los otros, Lamon se detuvo resollando, empuñó su revólver y, sin prestar atención a los observadores inocentes a los que pudo haber herido, disparó contra la lejana figura hasta agotar sus cartuchos.

La trinidad estaba a punto de alcanzar su objetivo. Los cuatro vampiros echaron a correr hacia el sur, hacia el Monumento a Washington, aún sin terminar, y entraron en un campo que lo rodeaba donde pacía ganado. La construcción del gigantesco obelisco de mármol (en esos momentos medía cuarenta y cinco metros, una tercera parte de la altura prevista) se había detenido, y junto a él estaban haciendo un mata-

---

* Un parque circular de veintiuna hectáreas en el que las tropas de la Unión acampaban con frecuencia. *(N. del A.)*

dero temporal para contribuir a satisfacer las necesidades del famélico ejército. Fue dentro de este edificio largo de madera donde el extraño desapareció, tratando desesperadamente de esquivar a los asesinos, que le seguían a unos cincuenta metros. Quizá confiaba en hallar en su interior cuchillos con que defenderse..., sangre que arrojarles para despistarlos..., ¡lo que fuera!

Pero ese domingo por la tarde en el matadero no había reses muertas. Ni empleados rebanando el cuello a los animales. Sólo docenas de ganchos de metal que colgaban del techo, en los cuales se reflejaba el sol crepuscular que se filtraba por las puertas abiertas en cada extremo del largo edificio. El extraño echó a correr sobre el suelo de madera manchado de sangre en busca de un lugar donde esconderse, un arma que esgrimir. Pero no encontró ninguna de esas cosas.

El río... Me zafaré de ellos en el río...

Corrió hacia una puerta abierta en el otro extremo, decidido a dirigirse al sur hacia el Potomac. Allí podría zambullirse en las aguas del río y huir. Pero la silueta de un hombre le interceptó el paso.

La otra puerta...

El extraño se detuvo y dio media vuelta... Pero a su espalda había otras dos siluetas.

No tenía escapatoria.

Se detuvo junto al centro del largo edificio mientras sus perseguidores avanzaban hacia él, lenta y cautelosamente. Querían capturarlo. Torturarlo. Exigirle que les dijera quién le había enviado, y qué le había hecho al niño. Si lo capturaban, probablemente lograrían que les revelara toda la verdad. Y eso no podía consentirlo.

El extraño sonrió mientras sus perseguidores se aproximaban.

—Sabed —dijo—, que sois los esclavos de esclavos.

Tras estas palabras respiró hondo, cerró los ojos y saltó sobre uno de los ganchos que colgaban del techo, clavándoselo en el corazón.

Quiero pensar que en sus últimos momentos, cuando su cuerpo se agitaba convulsivamente y la sangre manaba de su nariz y su boca, mezclándose con la de los animales en el suelo, vio las llamas del infierno debajo de sus pies y sintió la primera de las agonías de una eternidad. Quiero pensar que sintió temor.

Mientras los guardias sellaban la Casa Blanca y exploraban los jardines, Willie estaba sentado en el despacho de su padre, relatándole con calma lo ocurrido, al tiempo que un médico le examinaba.

El extraño le sujetó la cara, según explicó el niño, le obligó a abrir la boca y vertió algo «amargo» en ella. De inmediato pensé en la muerte de mi madre provocada por una pequeña dosis de sangre de vampiro, y me invadió una silenciosa desesperación al pensar que mi adorado hijo pudiera sufrir la misma suerte. El médico no halló signo alguno de lesión ni síntomas de envenenamiento, pero hizo que Willie ingiriera varias cucharadas de carbón en polvo* como precaución (una experiencia que al niño le pareció peor que la propia agresión que había sufrido).

Esa noche, mientras Mary atendía a Tad (que estaba muy afectado por lo sucedido), permanecí junto al lecho de Willie, observándole mientras dormía por si mostraba algún signo de estar enfermo. A la mañana siguiente comprobé con profundo alivio que parecía sentirse bien, y empecé a albergar la remota esperanza de que no hubiera sido más que un susto.

Pero conforme transcurría el día, Willie empezó a mostrarse cansado e indispuesto, y a la segunda noche, tenía fiebre. En vista del empeoramiento de su hijo, todos los asuntos de Estado quedaron relegados, y los Lincoln llamaron a los mejores médicos de Washington para que lo visitaran.

Hicieron cuanto pudieron para tratar sus síntomas, pero no hallaban ninguna cura para ellos. Durante tres días y tres noches, Mary y yo le velamos a la cabecera de su lecho, rogando a Dios que se curara, creyendo fervientemente que su juventud y la Providencia le ayudarían a superar el trance. Yo le leía pasajes de sus libros favoritos mientras el niño dormía; le acariciaba su suave pelo castaño y le enjugaba el sudor de la frente. Al cuarto día, parecía que nuestras oraciones habían sido atendidas. Willie empezó a recuperarse y mis remotas esperanzas re-

---

* El carbón desmenuzado se utiliza desde hace tiempo como tratamiento contra el envenenamiento. Absorbe las toxinas del intestino antes de que alcancen el torrente sanguíneo. (N. del A.)

tornaron. No podía ser una dosis de sangre de vampiro, me dije, pues en tal caso ya habría muerto.

Pero tras unas horas de mejoría, el estado de Willie empezó a empeorar de nuevo. No podía comer ni beber sin que le acometieran los vómitos. Su cuerpo presentaba un aspecto débil y consumido, y la fiebre no remitía. Al noveno día, no consiguieron despertarlo del coma en el que había caído. Y al décimo, pese a los esfuerzos de los afamados médicos que le atendían, comprendieron que Willie iba a morir.

Mary no se sentía con ánimos de sostener en sus brazos a otro de nuestros hijitos cuando abandonara este mundo. Fui yo quien sostuve en brazos a nuestro hijo mientras dormía, estrechándolo contra mi pecho, acunándolo suavemente durante toda la noche..., durante la mañana siguiente..., y durante el resto del día. Me negaba a desprenderme de él; me negaba a desprenderme de la remota esperanza de que Dios no sería tan cruel.

El jueves, 20 de febrero de 1862, a las cinco de la tarde, Willie Lincoln expiró en brazos de su padre.

Elizabeth Keckley era una esclava libre que trabajaba principalmente como costurera de Mary Lincoln. Años más tarde, recordaría ver a Lincoln sollozar amargamente, su alta figura presa de espasmos de emoción. «Genio y grandeza —diría Elizabeth—, llorando por la pérdida del idolatrado amor.» John Nicolay recordó ver al rudo y gigantesco presidente atravesar la puerta de su despacho «como en un trance». «Nicolay —dijo con la vista fija en el infinito—, mi hijo ha muerto...,

*Ilustración 19-I. Mary Todd Lincoln posa con dos
de los tres hijos que enterraría: Willie (a la izquierda)
y Tad (a la derecha).*

se ha marchado.» Apenas entró en su despacho, Abe prorrumpió en sollozos.

Durante los cuatro siguientes días, Abe apenas se ocupó de los asuntos de gobierno. No obstante, llenó casi dos docenas de páginas en su diario. Algunas con lamentaciones...

[Willie] nunca conocerá la delicada caricia de una mujer, ni experimentará las singulares alegrías del primer amor. Nunca conocerá la absoluta paz de sostener a su hijito en brazos. No leerá las grandes obras de la literatura, ni verá las grandes ciudades del mundo. No volverá a contemplar otro amanecer, ni a sentir otra gota de lluvia sobre su dulce rostro...

Otras con pensamientos de suicidio...

He llegado a la conclusión de que la única paz en esta vida es el fin de ella. Ojalá pudiera despertar por fin de esta pesadilla..., de esta breve y absurda pesadilla de pérdida y dolor. De infinitos sacrificios. Todo cuanto amo me espera al otro lado de la muerte. Ojalá tuviera el valor de abrir por fin los ojos.

Y a veces con una furia ciega...

¡Deseo ver el rostro del Dios cobarde que se deleita con estas desdichas! ¡Que se deleita matando a niños! ¡Robando hijos inocentes a sus madres y padres! ¡Ojalá pudiera ver su rostro y arrancarle su negro corazón! ¡Abatirlo como he hecho con tantos de sus demonios!

Hicieron los arreglos pertinentes para transportar el cadáver de Willie a Springfield, donde sería enterrado cerca del hogar permanente de los Lincoln. Pero Abe no soportaba la idea de tener a su hijito tan lejos, y en el último momento decidieron sepultar a Willie en una cripta en Washington hasta el término de la presidencia de su padre. Dos días después del funeral (al que Mary, abrumada por el dolor, no pudo asistir), Abe regresó a la cripta y ordenó que abrieran el ataúd de su hijo.

Me senté junto a él como había hecho tantas noches durante su breve vida; casi esperaba que se despertara y me abrazara, pues tal era la maestría del embalsamador, que parecía como si durmiera. Permanecí junto a él más de una hora, hablándole con ternura. Riendo mientras le contaba anécdotas de sus primeras travesuras..., sus primeros pasos..., su característica risa. Diciéndole lo mucho que le querríamos siempre. Cuando nuestro tiempo juntos se agotó, y volvieron a cerrar la tapa de su ataúd, rompí a llorar. No soportaba la idea de que estuviera solo en esa fría y oscura caja. Solo, sin que yo pudiera confortarlo.

Durante la semana siguiente a la muerte de Willie, mientras Mary guardaba cama, Abe se refugió detrás de la puerta cerrada de su despacho. Temiendo por su salud, Nicolay y Hay anularon todas sus entrevistas hasta nueva orden, y Lamon y la trinidad montaron guardia a su puerta a todas horas. Durante esa semana acudieron docenas de simpatizantes para ofrecer al presidente sus condolencias. A todos les dieron las gracias y los despacharon cortésmente, hasta la noche del 28 de febrero, cuando un hombre fue conducido directamente al despacho de Abe.

Había dado un nombre al que nadie se atrevía a impedir la entrada.

IV

—No puedo imaginar el peso que sobrellevas —dijo Henry—. El peso de la nación sobre tus hombros..., de una guerra. Y ahora, el peso de otro hijo enterrado.

Abe estaba sentado a la luz de la chimenea, su vieja hacha colgada sobre la repisa de la chimenea.

—¿Para esto has venido, Henry? ¿Para recordarme mis desdichas? En tal caso, te aseguro que soy muy consciente de ellas.

—He venido para ofrecer mis condolencias a un viejo amigo..., y ofrecerte una alterna...

—¡No! —se apresuró a protestar Abe—. ¡No quiero oírlo! ¡No quiero que vuelvas a atormentarme!

—No pretendo atormentarte.

—Entonces, ¿qué pretendes, Henry? Dímelo, ¿qué quieres? ¿Verme sufrir? ¿Ver las lágrimas rodar por mis mejillas? ¡Pues míralas! ¿Te satisface este rostro?

—Abraham...

Abe se levantó de su butaca.

—¡He dedicado toda mi vida a cumplir las misiones que me encomendabas, Henry! ¡Toda mi vida! ¿Y para qué? ¿Qué felicidad me ha proporcionado? ¡Todo cuanto he amado ha caído presa de los de tu especie! Te lo he dado todo. ¿Qué me has dado tú a cambio?

—Mi eterna lealtad, mi protección de...

—¡La muerte! ¡Me has dado la muerte!

Abe miró el hacha que colgaba sobre la repisa de la chimenea.

Todo cuanto he amado…

—Abraham, no te rindas a la desesperación. Acuérdate de tu madre…, de las palabras que murmuró antes de expirar.

—¡No trates de manipularme, Henry! ¡Y no finjas que te importa mi sufrimiento! ¡Sólo te importa tu propio beneficio! ¡Tu guerra! ¡No sabes lo que significa una pérdida!

Henry se levantó.

—¡He pasado trescientos años llorando la pérdida de una esposa y un hijo, Abraham! ¡Llorando la pérdida de la vida que me robaron, de los mil amores que he perdido! ¡No sabes hasta qué extremo me he esforzado en protegerte! No sabes lo que he sufri…

Henry recobró la compostura.

—No —dijo—. No…, no debe ser así. Hemos llegado demasiado lejos para acabar así. —Tomó su abrigo y su sombrero—. Tienes mis respetos, y mi oferta. Si decides dejar a Willie enterrado, sea.

Al oír el nombre de Willie enloquecí. El tono despiadado de Henry suscitó en mí tal furia que tomé el hacha del gancho del que colgaba y traté de asestarle un hachazo en la cabeza, pero no le alcancé por escasos centímetros e hice añicos el reloj sobre la repisa del hogar. Me recobré y le ataqué de nuevo, pero Henry saltó sobre la hoja del hacha. De pronto la puerta del despacho se abrió detrás de nosotros y dos miembros de la trinidad entraron apresuradamente. Al vernos se quedaron helados, dudando sobre a quién debían mayor lealtad. Pero a Lamon no le asaltaron esas dudas. Nada más entrar empuñó su revólver y apuntó con él a Henry, pero uno de los vampiros se lo arrebató antes de que pudiera disparar.

Henry se quedó inmóvil en el centro de la habitación, con los brazos perpendiculares al cuerpo. Me precipité de nuevo hacia él blandiendo mi hacha. Henry no pestañeó. Cuando me abalancé sobre él, agarró el mango del hacha, me la arrebató y la partió en dos, arrojando los pedazos al suelo. Yo traté de atacarle con mis puños, pero él me los sujetó, retorciéndolos y obligándome a postrarme de rodillas. Mientras me sujetaba, se arrodilló a mi espalda y acercó sus colmillos a mi cuello. «¡No!», gritó Lamon abalanzándose hacia él. Pero los otros le detuvieron. Sentí la punta de esas dos cuchillas sobre mi piel.

—¡Hazlo! —grité.

La única paz en esta vida es el fin de ella...

—¡Hazlo, te lo suplico!

Sentí un hilo de sangre deslizarse por mi cuello cuando sus colmillos me perforaron la piel. Cerré los ojos, dispuesto a sumirme en lo desconocido; ver de nuevo a mis seres queridos..., pero no ocurrió nada de ello.

Henry retiró sus colmillos y me soltó.

—Algunas personas son demasiado interesantes para matarlas, Abraham —dijo levantándose. Acto seguido tomó de nuevo su abrigo y se encaminó hacia la puerta, hacia los tres atemorizados guardias cuyos corazones latían más deprisa que el mío.

—Henry...

Se volvió.

—No cejaré hasta que esta guerra concluya..., pero no deseo volver a ver a un vampiro en mi vida.

Henry le ofreció una ligera reverencia.

—Señor presidente...

Tras estas palabras, desapareció.

Abe no volvió a verlo en su vida.

12

«Matad de hambre a esos diablos»

Confiamos con firmeza, rogamos con fervor para que
la terrible plaga de esta guerra acabe pronto. Sin embargo, si la voluntad de Dios es que continúe..., hasta
que cada gota de sangre arrancada con el látigo sea pa-
gada con otra vertida por la espada, como dijo alguien
hace tres mil años, debemos decir «los juicios del Señor son nobles y justos».

Segundo discurso inaugural de Abraham Lincoln
4 de marzo de 1865

I

Washington, D.C., era atacada por el enemigo y Abe no quería desaprovechar la oportunidad de presenciar el combate de
cerca.

El 11 de julio de 1864, haciendo caso omiso de los ruegos
de su guardia personal, partió a caballo, solo, hacia el Fuer-

te Stevens,* donde el general confederado Jubal E. Early comandaba a diecisiete mil rebeldes en un audaz asalto contra las defensas septentrionales de Washington. El presidente fue saludado por los oficiales de la Unión y conducido apresuradamente al fuerte, donde podría descansar y refrescarse con un vaso de agua a salvo detrás de sus gruesos muros de piedra.

Yo no había venido para que me agasajaran ni para oírles describir la batalla; había venido para presenciar personalmente los horrores de la guerra. Ver lo que otros habían padecido durante estos tres largos años, mientras yo permanecía detrás de unos muros que me proporcionaban calor y cuanto necesitara. Por más que lo intentaron, los oficiales no lograron impedir que me asomara sobre el parapeto para observar a los jóvenes alinearse y disparar ceremoniosamente unos contra otros, destrozados por [los cañonazos] y atravesados por las bayonetas.

El hecho de ver a Abraham Lincoln, con su chistera, contemplar el campo de batalla desde lo alto debió de ser un regalo del cielo para los francotiradores en el Fuerte Stevens ese día. Tres balas pasaron volando junto a él en otros tantos minutos, provocando cada una de ellas un ataque de nervios a sus escoltas. Por fin, cuando un oficial de la Unión que estaba junto a él fue alcanzado en la cabeza y abatido, el presidente

---

* La Batalla de Fuerte Stevens fue la única vez en la historia de Norteamérica en que un presidente en ejercicio estuvo bajo fuego enemigo en combate. (N. del A.)

notó que alguien tiraba del faldón de su chaqueta y oyó al teniente (y futuro juez del Tribunal Supremo) Oliver Wendell Holmes gritar: «¡Agáchese, majadero!»

Pero Abe no se agachó.

Había perdido todo temor a la muerte.

No había más vampiros en la Casa Blanca. Abe los había expulsado a todos a raíz de la muerte de Willie y su disputa con Henry. Incluso la trinidad —sus protectores más eficaces y feroces— fueron enviados de regreso a Nueva York.

> Salvaré a esta Unión porque merece ser salvada. La salvaré para honrar a los hombres que la construyeron con su sangre e ingenio, y a las futuras generaciones que merecen gozar de la libertad que les ofrece. Dedicaré cada angustiosa hora a la causa de la victoria y la paz, pero no quiero volver a ver un vampiro.

La primera familia estaba ahora custodiada única y exclusivamente por hombres vivos, mientras que el presidente, por propia instancia, pasaba cada vez más tiempo sin escolta alguna. Cada día imponía nuevas restricciones a sus guardaespaldas; cada día les vedaba la entrada en más habitaciones. Desoyendo las protestas de Ward Hill Lamon, Abe insistía en salir a pasear en un coche abierto cuando hacía buen tiempo, y en dirigirse a pie, solo, desde la mansión hasta el Ministerio de Guerra al anochecer. Como recodaría Lamon en sus memorias años más tarde: «Creo que era algo más que la ausencia de temor. Creo que era una invitación a la muerte».

Una entrada en su diario fechada el 20 de abril de 1862 resume el creciente fatalismo de Abe.

En una semana, saludo a un millar de extraños en la Casa Blanca. ¿Debo tratar a cada uno de ellos como a un asesino? A cualquiera dispuesto a sacrificar su vida para arrebatarme la mía no le costaría gran esfuerzo conseguirlo. ¿Debo por tanto encerrarme en una caja de hierro y esperar a que esta guerra termine? Si Dios desea llevarse mi alma, ya sabe dónde encontrarla, y puede hacerlo en el momento y en la forma que desee.

Con el tiempo, gracias a su fuerza de voluntad, Abe logró superar su depresión, como había hecho en otras ocasiones. Poco después de la muerte de Willie, cuando su viejo amigo William McCullough murió peleando por la Unión, Abe envió una cara a su afligida hija. El consuelo y consejos que ofrecía en ella iban dirigidos tanto a él mismo como a la joven.

Un alivio perfecto es imposible, excepto al cabo de un tiempo. En estos momentos no imagina que algún día se sentirá mejor. ¿No es así? Sin embargo, es un error. Le aseguro que volverá a sentirse feliz. Este convencimiento, que no deja de ser verdad, hará que se sienta menos triste ahora. Tengo la suficiente experiencia para saber lo que digo; y basta con que lo crea, para sentirse mejor de inmediato. El recuerdo de su amado padre, en lugar de dolor, le producirá un triste y dulce sentimiento en el corazón, un sentimiento más puro y sagrado de cuantos haya experimentado antes.

Pero mientras Abe trataba de superar su depresión y seguir adelante, el estado de Mary se agravaba.

Es incapaz de permanecer levantada de la cama durante más de una hora. No puede atender a Tad, quien no sólo llora a su hermano, sino también por su madre. Me avergüenza confesar que en ciertos momentos el mero hecho de verla me enfurece. Me avergüenza porque ella no tiene la culpa de sufrir arrebatos de ira, o de creer a los charlatanes que «se comunican» con nuestro amado hijo a cambio de dinero. Mary ha padecido más de lo que cualquier madre debe padecer. Temo que ha perdido la razón, y que no volverá a recobrarla.

II

Aunque Abe se negaba a tener contacto directo con Henry o con la Unión, era lo bastante pragmático como para aceptar su ayuda con el fin de ganar la guerra. En Nueva York, el suntuoso salón de baile (donde Abe se había enterado de la existencia de la Unión y de los planes que tenían para él) había sido transformado en una sala de operaciones con mapas, pizarras y un telégrafo. Desde él actuaban como emisarios con los vampiros que simpatizaban con su causa en Europa. Luchaban allí donde podían, reforzando la inteligencia de la Casa Blanca con la información que recababan sus espías. Esta información era pasada a Seward, quien —después de leer y quemar los mensajes— transmitía su contenido al presidente. De una entrada fechada el 10 de junio de 1862:

Hoy nos hemos enterado de que los confederados entregan a los prisioneros de la Unión a los vampiros sureños para que los torturen y ejecuten. «Sabemos que a algunos hombres —dijo Seward— los cuelgan boca abajo y sujetan sus extremidades entre dos postes. Con una sierra de leñador, dos vampiros cortan lentamente al prisionero por la mitad, comenzando por su [entrepierna]. Mientras lo hacen, un tercer vampiro se tumba boca arriba debajo del desdichado, para beber la sangre que mana de su cuerpo. Puesto que la cabeza es lo que está más cerca del suelo, el cerebro recibe un buen riego sanguíneo, y el prisionero permanece consciente hasta que la sierra le saja lentamente el estómago y luego el pecho. A los otros prisioneros les obligan a contemplar este espectáculo antes de padecerlo ellos mismos.»

Durante el segundo verano de la guerra empezaron a correr rumores entre las filas de la Unión de que «fantasmas» y «diablos» confederados raptaban a hombres de sus tiendas de campaña y bebían su sangre. Por las noches los soldados solían entonar una canción popular alrededor de las hogueras:

Sus carcajadas resuenan desde Florida hasta Virginia,
pues Johnny el Rebelde ha hecho un pacto con el diablo.
Ha enviado a ese embustero de ojos de serpiente al norte
para que nos rapte y lleve al lago de fuego...

En al menos un caso, esos rumores llevaron a un grupo de soldados de la Unión a volverse contra uno de los suyos. El 5 de julio de 1862, el soldado raso Morgan Sloss fue asesinado por cinco de sus compañeros mientras se hallaban acampados cerca de la Plantación Berkley en Virginia.

Lo sacaron de su tienda de campaña en plena noche y le apalearon, acusándole de ser un maldito diablo «bebedor de sangre». (De haber sido el chico un vampiro, habría conseguido defenderse mejor.) Le ataron a un poste donde amarraban a los caballos, y le golpearon con palos y palas, exigiéndole que confesara. «¡Dinos que eres un diablo bebedor de sangre y te soltaremos!», gritaban, y seguían golpeándole mientras que el joven les imploraba llorando que se apiadaran de él. Al cabo de un cuarto de hora de este tormento, de los labios ensangrentados del prisionero brotó, en un murmullo, la confesión. Sospecho que habría confesado ser el mismo Jesucristo si con ello ponía fin a su agonía. Después de tomar nota de su confesión, vertieron sobre él aceite de lámpara y le quemaron vivo. El terror que debió de sentir ese pobre chico..., la confusión y el terror... Cuando pienso en ello mis puños se crispan de ira. Ojalá hubiera podido, a través de un milagro del tiempo y el cielo, estar presente para intervenir.

Este incidente afectó profundamente a Abe, no sólo debido a su crueldad, sino porque significaba que la estrategia de los confederados era eficaz.

¿Cómo podemos confiar en ganar esta guerra cuando nuestros hombres han empezado a matarse entre sí? ¿Cómo podemos confiar en vencer cuando dentro de poco los hombres se sentirán demasiado atemorizados para luchar? Por cada vampiro que simpatiza con nuestra causa, hay diez que pelean para el enemigo. ¿Cómo puedo derrotarlos?

Como le ocurría a menudo, Abe obtuvo la respuesta en un sueño. De una entrada fechada el 21 de julio de 1862.

Yo era de nuevo un niño..., y estaba sentado sobre la verja en un día frío y nublado, observando a los viajeros que transitaban por el Viejo Sendero de Cumberland. Recuerdo haber visto un carromato tirado por un caballo lleno de negros, esposados, sin siquiera un puñado de heno que amortiguara los baches de la carretera o una manta que les protegiera del frío invernal. Cuando pasaron miré a los ojos a una niña negra, de unos cinco o seis años. Su semblante expresaba tal congoja que sentí deseos de desviar la vista, pero no pude..., pues sabía adónde la llevaban.

Había anochecido. Yo había seguido a la negrita (ignoro cómo) hasta un enorme granero cuyo interior estaba iluminado con antorchas y quinqués que pendían del techo. Observé desde la oscuridad mientras obligaban a la niña y a los otros a colocarse en fila, con los ojos fijos en el suelo. Vi cómo un vampiro se situaba detrás de cada uno de los esclavos. La niña me miró a los ojos al tiempo que unos colmillos aparecían detrás de ella y unas garras la sujetaban por su pequeño cuello.

«Justicia...», dijo, sin dejar de mirarme.

Los colmillos se clavaron en ella.

Sus gritos se unieron a los míos cuando me desperté.

●　●　●

A la mañana siguiente Abe convocó a su gabinete.

«Caballeros —dije—, hemos hablado en numerosas ocasiones sobre el auténtico carácter de esta guerra; sobre nuestro
auténtico enemigo. Hemos discutido, siempre en tono amistoso, sobre la forma más conveniente de enfrentarnos a este enemigo, lamentando su poder de infundir temor en los corazones
de nuestros soldados. Me atrevo a decir que nosotros mismos
hemos llegado a compartir ese temor. No podemos seguir así.

»Caballeros..., debemos hacer que nuestro enemigo nos
tema a nosotros.

»Debemos privarle de los peones que trabajan en los campos de sus aliados vivos; que construyen sus guarniciones y
transportan su pólvora. Debemos privarle de los desdichados
que son cultivados como cosechas para ser consumidos por
las tinieblas. En suma, caballeros, debemos matar de hambre
a esos diablos proclamando que cada esclavo del sur es libre.»

Todos los que estaban sentados alrededor de la mesa aplau-
dieron. Incluso Salmon Chase (que seguía negándose a creer
que los vampiros existían) comprendió la brillante estrategia
de atacar el motor del sur. Seward, aunque se unió a los otros
en las muestras de aprobación, ofreció su humilde consejo:

[Seward] sugirió que hiciéramos esa proclamación al país
tras una victoria, para no dar la impresión de que obrábamos
movidos por la desesperación.

«En tal caso —dije—, supongo que necesitamos una victoria.»

III

El 17 de septiembre de 1862, los ejércitos confederados y de la Unión se enfrentaron en Antietam Creek, cerca de la población de Sharpsburg, Maryland. Las fuerzas confederadas estaban encabezadas por el general Robert E. Lee, quien había gozado de una estrecha amistad con el presidente antes de la guerra. Las huestes de la Unión estaban dirigidas por el general George B. McClellan, un demócrata que detestaba a Abraham Lincoln con cada fibra de su ser. Abe escribió:

> [McClellan] me considera un bufón, indigno de dar órdenes a un hombre de su linaje e inteligencia. Esto no me preocuparía lo más mínimo si ganara más batallas. En lugar de ello, permanece sentado en su campamento, utilizando al ejército del Potomac como su guardia personal. Peca de un exceso de cautela: observa en lugar de atacar, se repliega en lugar de mantenerse firme y plantar batalla. Es un pecado que no puedo perdonar en un general.

Ese miércoles, 17 de septiembre, los ejércitos de Lee y McClellan aguardaban en silencio en las horas previas al amanecer, sin saber que iban a embarcarse en el día más sangriento en la historia militar norteamericana. Cuando despuntaron las primeras luces, ambos bandos desencadenaron los ataques de artillería. Durante casi una hora los obuses volaron uno tras otro, muchos provistos de espoletas para que estallaran sobre sus objetivos, lanzando fragmentos candentes de metralla que atravesaban los cuerpos de los soldados que tuviesen la desgracia de hallarse cerca. Del diario de un soldado de la Unión, Christoph Niederer,* del Vigésimo de Infantería de Nueva York, Sexto Cuerpo:

Acababa de instalarme cómodamente cuando una bomba estalló sobre mí y me dejó completamente sordo. Sentí un impacto en el hombro derecho y mi chaqueta quedó cubierta con una sustancia blanca. Instintivamente, me palpé para comprobar si aún conservaba mi brazo y di gracias a Dios por estar ileso. Al mismo tiempo sentí algo húmedo en la cara. Al limpiármela, vi que era sangre. Entonces me fijé que al hombre que estaba junto a mí, Kessler, le faltaba la parte superior del cráneo, y que buena parte de sus sesos había aterrizado sobre el rostro del hombre que estaba a su lado, Merkel, de forma que éste apenas podía ver. Puesto que era algo que podía ocurrirnos a todos en cualquier momento, apenas le dimos importancia.

Cuando los cañones cesaron de disparar, las tropas de la Unión recibieron la orden de calar las bayonetas y cargar a través de un maizal contra los confederados, que estaban atrincherados. Pero entre los elevados tallos de maíz les aguardaba una batería de artillería, y cuando se acercaron, los cañones

***

* Civil War Misc. Collection, USAMHI. *(N. del A.).*

de los rebeldes dispararon una andanada tras otra de botes de metralla*, decapitando a hombres y diseminando fragmentos de cuerpos por todo el campo. De una carta escrita por el teniente Sebastian Duncan, Jr.,** del Decimotercero de Infantería de Nueva Jersey, Duodécimo Cuerpo:

> Balas perdidas y obuses empezaron a pasar volando sobre nuestras cabezas y a estallar a nuestro alrededor... Frente a nuestras líneas había un gran número de hombres muertos y heridos. Ante nosotros yacía un pobre soldado que había perdido una pierna, tenía la otra destrozada y estaba gravemente herido, gritando de dolor.

Cuando el ataque cesó, el maizal era una humeante ruina sembrada de cadáveres y hombres agonizantes de un extremo al otro. Dejaron que los heridos sufrieran solos mientras los obuses seguían cayendo sobre ellos, arrancando extremidades y diseminando las que ya habían sido arrancadas. La batalla apenas duró dos horas.

Más de seis mil hombres morirían ese día en Antietam, y otros veinte mil quedarían heridos, algunos mortalmente.

Por fin Lee se vio obligado a retroceder. Pero después de utilizar dos terceras partes de las fuerzas de que disponía para combatir (un dato que sigue desconcertando a historiadores

---

* Un tipo de munición de cañones semejante a un obús. Llenaban un proyectil con balines de metal y al dispararlo, los balines se dispersaban causando graves destrozos. Estos proyectiles eran introducidos en botes y utilizados en combates a corta distancia. *(N. del A.)*

** Duncan Papers, New Jersey Historical Society. *(N. del A.)*

militares), el general George B. McClellan se limitó a observar mientras el maltrecho ejército confederado se dirigía renqueando a Virginia para reagruparse. De haberles perseguido, hubiera podido asestar un golpe mortal al sur y haber acelerado el fin de la guerra.

Abe estaba furioso.

—¡Maldita sea! —gritó a Stanton al averiguar que McClellan no había perseguido al enemigo cuando éste se había batido en retirada—. ¡Me ha causado más problemas que los confederados!

Partió de inmediato para el campamento de McClellan en Sharpsburg.

Hay una famosa fotografía de Abraham Lincoln y George B. McClellan sentados uno frente a otro en la tienda de campaña del general en Sharpsburg. Ambos muestran una expresión cansada y tensa. La historia sabe que Abe dijo a McClellan con tono frívolo: «Si no quiere utilizar al ejército, le agradecería que me lo prestara». Lo que la historia ignora es lo que ocurrió poco antes de que fuera tomada esa fotografía de esa incómoda reunión.

Tras saludar [a McClellan] en su tienda y estrechar la mano a sus oficiales, les pedí que nos concedieran unos momentos para estar a solas. Después de bajar la especie de cortina de lona que hacía las veces de puerta de su tienda deposité mi sombrero sobre una mesita, me alisé la chaqueta y me planté delante de él.

*Ilustración 8-47. Abe en compañía de un nervioso general
George McClellan poco después del enfrentamiento de ambos
en Sharpsburg. Obsérvese el hacha apoyada contra la silla
del presidente, que había llevado consigo por si su presentimiento
sobre McClellan resultaba ser cierto.*

—General —dije—, debo hacerle una pregunta.

—Adelante —respondió.

Le agarré del cuello de la guerrera y le atraje hacia mí, hasta el punto de que nuestras caras casi se rozaban.

—¿Puede enseñármelos?

—¿A qué diantres se refiere?

Le acerqué más.

—¡Sus colmillos, general! ¡Quiero verlos!

McClellan empezó a revolverse contra mí, pero sus pies no tocaban el suelo.

—Si no es usted un vampiro —insistí, obligándole a abrir la boca con una mano—, ¿cómo puede un hombre vivo tratar de prolongar la agonía de la guerra? ¡Venga, muéstreme esos ojos negros! ¡Muéstreme esos colmillos afilados como cuchillos y enfrentémonos cara a cara! —Le zarandeé con violencia—. ¡Muéstremelos!

—No... no comprendo —respondió por fin.

Su confusión era sincera. Su temor palpable.

Le solté, avergonzado por haber perdido los estribos.

—No —dije—, ya veo que no.

Me alisé de nuevo la chaqueta y abrí la puerta de la tienda de campaña.

—Vamos —dije—. Dejemos que Gardner* nos fotografíe y pongamos fin a esta reunión.

Un mes más tarde Abe relevó a McClellan de su cargo.

Después de abandonar el campamento en Sharpsburg, Abe quiso contemplar los resultados de la batalla. El espectáculo de cadáveres rígidos y destrozados y diseminados por Antietam

---

* Alexander Gardner, el fotógrafo de Washington, D.C., que realizó el último retrato de Abe. *(N. del A.)*

*Ilustración 27-C. Esclavos libres recogen los cadáveres
de los confederados en Cold Harbor, Virginia, después
de la guerra en 1865. Obsérvese los colmillos que aparecen
en el cráneo del hombre arrodillado a la izquierda.*

Creek bastó para que el presidente, cuyas emociones estaban
a flor de piel, rompiera a llorar.

> Lloré, pues cada uno de esos chicos era Willie. Cada uno
> había dejado a un padre tan destrozado como yo; a una madre
> que lloraba como lo hacía Mary.

Abe se sentó en el suelo junto al cadáver de un soldado
de la Unión durante casi una hora. Le informaron de que el
chico había sido herido en la cabeza por un cañonazo.

Tenía la parte posterior de la cabeza destrozada, y había perdido buena parte del cráneo y los sesos, por lo que su rostro y su cuero cabelludo yacían en el suelo como un saco de grano vacío. Al verlo sentí repugnancia, pero no pude apartar la vista. Este chico —este chico anónimo— se había levantado esa mañana de septiembre, sin saber que no volvería a ver otra. Se había vestido y había comido. Había peleado valerosamente en la batalla. Y luego había muerto, cada momento de su vida reducido a una sola desgracia. Todas sus experiencias, pasadas y futuras, vertidas sobre un extraño campo de batalla lejos de su hogar.

Lloro por su madre y por su padre; por sus hermanos y hermanas. Pero no lloro por él, pues he llegado a creer a pies juntillas ese viejo refrán...

«Sólo los muertos han visto el fin de la guerra.»

IV

Por trágica que fuera la batalla de Antietam, fue la victoria que Abe ansiaba. El 22 de septiembre de 1862, promulgó la primera Proclamación de Emancipación, declarando que todos los esclavos de los estados rebeldes eran «libres para siempre».

La reacción no se hizo esperar. Los abolicionistas alegaron que al liberar sólo a los esclavos de los estados del sur, Abe no había ido lo bastante lejos. Los moderados temían que la medida sólo serviría para que el sur luchara con redoblada determinación. Algunos soldados norteños amenazaron con sublevarse, afirmando que luchaban para preservar la Unión, «no la libertad [de los negros]».

Abe no hizo caso.

La única reacción que le preocupaba era la de los propios esclavos. Y a juzgar por los informes que empezaron a llegar durante los últimos meses de 1862, era justamente la que él esperaba.

Hoy he recibido un sorprendente informe de nuestros aliados en Nueva York (que me ha transmitido Seward), sobre un reciente amotinamiento en una plantación cerca de Vicksburg, Misisipi. Me aseguran que no han añadido nada, que es el relato de un joven negro que presenció los hechos de primera mano. «Cuando la feliz noticia [de la Proclamación de Emancipación] llegó esta mañana a sus dependencias —dijo Seward—, los negros lo celebraron con alegres cantos. Su regocijo, sin embargo, fue castigado con feroces latigazos por sus amos, que cogieron a una joven negra y le pusieron grilletes en los tobillos, el método habitual de llevarse a alguien que no volvía a aparecer jamás. En lugar de permitir que la joven fuera víctima de esa triste suerte, como habían permitido que les ocurriera a tantos otros con anterioridad, los negros se sublevaron y rodearon el corral de engorde al que la habían conducido. Cuando irrumpieron en él, armados con hoces y guadañas, contemplaron un espectáculo que hizo que hasta el hombre más valiente exclamara horrorizado. Dos caballeros de mirada febril estaban arrodillados junto a la joven con grilletes, sus ensangrentadas bocas adheridas a cada uno de sus desnudos pechos. La muchacha estaba inconsciente y su piel presentaba un color ceniciento. Tras reponerse de la impresión, varios negros empuñaron sus armas y se lanzaron contra esos diablos, creyendo que eran mortales. Pero los vampiros se movían con tal velocidad que se quedaron perplejos. Empezaron a saltar por el corral, sujetándose a los muros con la facilidad de insectos, mientras las hoces y guadañas se agitaban con violencia a su alrededor. Los que encabezaban el ataque fueron asesinados, sus cuellos destrozados por afiladas garras; sus cabezas golpeadas con tal fuerza que murieron antes de caer al suelo. Pero la turba era tan numerosa que los negros consiguieron reducir a los caballeros. Aunque se precisaron seis hombres para sujetar a cada vampiro, por fin lograron sacarlos del corral de engorde, sostenerlos sobre un abrevadero y cortarles la cabeza.»

La noticia empezó a propagarse. Los vampiros tenían los días contados en Norteamérica.

El 19 de noviembre de 1863, Abe se presentó ante una multitud de quince mil personas. Sacó un pedazo de papel del bolsillo, lo desdobló, carraspeó y empezó a hablar.

Hace ochenta y siete años nuestros padres construyeron en este continente una nueva nación, concebida en libertad y consagrada al principio de que todos los hombres son creados iguales...

Había ido a Gettysburg para dedicar un monumento a los ocho mil hombres que habían entregado su vida en la batalla

Ilustración II-2. Las esperanzas de Abe se hicieron realidad cuando los esclavos empezaron a sublevarse contra sus captores vampiros a raíz de la Proclamación de Emancipación.

de tres días que había dado la victoria a la Unión. Mientras hablaba, Ward Hill Lamon (al que vemos sentado junto a Abe en una de las pocas fotos del acontecimiento que han sobrevivido) escrutaba nervioso la multitud —su mano sobre el revólver que ocultaba dentro de la chaqueta, sintiendo una opresión en el estómago—, pues ese día era el único hombre que protegía al presidente.

Permanecimos tres horas sobre ese escenario. Tres horas de incesante inquietud, pues yo estaba seguro de que un asesino trataría de atacar al presidente. Cada rostro parecía mostrar una expresión de odio hacia él. Cada movimiento parecía preludiar un atentado contra su vida.

*Ilustración 14C-3. Ward Hill Lamon, sentado a la derecha de Abe,
instantes después del discurso de Gettysburg, mirando nervioso
a la multitud, por miedo a la presencia de vampiros asesinos.
Un análisis detallado de la foto revela que quizá sus temores
estaban justificados (véase detalle resaltado en el margen
de la foto).*

Al principio, Abe había insistido en ir a Gettysburg sin sus escoltas, preocupado por que el hecho de ver a hombres armados resultara «impropio» en un acto dedicado a quienes habían muerto por su país. Sólo después de que Lamon amenazara medio en broma con sabotear el tren presidencial para impedir el viaje, Abe accedió a que le acompañara.

... los aquí presentes estamos decididos a que los muertos no hayan muerto en vano, que esta nación, con la bendición de Dios, renazca bajo el signo de la libertad y que el gobierno del pueblo, por el pueblo, para el pueblo, no desaparezca de la tierra.

Abe dobló el papel y ocupó su asiento mientras la multitud aplaudía con moderación. Había hablado durante dos minutos. En ese breve tiempo, había pronunciado quizás el discurso más importante del siglo XIX, un discurso que quedaría grabado para siempre en la conciencia de Norteamérica. Y en ese breve tiempo, Ward Hill Lamon, el guardaespaldas humano más entregado a Abraham Lincoln, había tomado una decisión que alteraría para siempre el rumbo de la historia norteamericana.

La ansiedad que había experimentado en Gettysburg había sido insoportable. Durante el viaje de regreso en tren a Washington, Lamon comunicó respetuosamente al presidente que no podía seguir custodiándole.

V

La noche del 8 de noviembre de 1864, Abe caminó a solas bajo la lluvia torrencial y el fuerte viento.

Decidí permanecer a solas en la oficina de telégrafos y esperar los resultados, como había hecho en Springfield hacía cuatro largos años. Si perdía, no deseaba que me consolaran.

Si ganaba, no deseaba que me felicitaran. Tenía sobrados motivos para recibir con satisfacción el primer resultado, y lamentarme del segundo.

El día de las elecciones la guerra se había cobrado casi quinientas mil vidas. Pese a estas inimaginables bajas, la creciente oposición a la guerra y la división de criterios sobre la emancipación en el norte, Abe y su nuevo vicepresidente, el demócrata Andrew Johnson de Tennessee, ganaron por abrumadora mayoría contra George B. McClellan (el mismo McClellan con quien Abe se había encarado después de Antietam). El ochenta por ciento del ejército de la Unión votó a favor de reelegir a su comandante en jefe, una cifra asombrosa habida cuenta de que Abe se había presentado contra un ex general de la Unión, y las penosas condiciones que habían soportado durante años. Al enterarse de los resultados de las elecciones, las tropas de la Unión estacionadas en las afueras de la capital confederada de Richmond estallaron en unos vítores tan apoteósicos que sus atribulados ciudadanos creyeron que el sur acababa de rendirse.

Tenían motivos para pensar que habían sido derrotados. Hacía meses que Richmond estaba sitiada. Atlanta (el corazón del sur industrial) había sido capturada. En todo el sur, decenas de miles de esclavos emancipados seguían huyendo a las líneas del norte, paralizando la agricultura sureña y obligando a los vampiros confederados a buscar sangre fresca entre la basura. Como consecuencia, los temidos «soldados fantasmas» que habían asesinado y aterrorizado a las tropas de la Unión comenzaron a escasear. Cuando Abe inauguró su segundo mandato el 4 de marzo de 1865, la guerra prácticamente había terminado.

Sin malicia hacia nadie, con caridad hacia todos, con firmeza en la justicia tal como Dios nos permite entender la justicia, esforcémonos en completar la tarea que hemos iniciado, en curar las heridas de la nación, asistir a quienes han participado en la contienda, a sus viudas y huérfanos, hacer cuanto podamos para alcanzar y atesorar una paz justa y duradera entre nosotros y con todas las naciones.

Durante el desfile que hubo después de su discurso, un batallón de soldados negros se unió a los otros que marchaban frente a la tribuna que ocupaba el presidente.

Cuando desfilaron ante mí, saludándome, me sentí tan conmovido que las lágrimas afloraron a mis ojos, pues en cada uno de sus rostros vi el rostro de una víctima anónima clamando justicia; el de una niña al pasar frente a mí por el Viejo Sendero de Cumberland hace muchos años. En cada uno de sus rostros vi la angustia del pasado, y la promesa del futuro.

El general Robert E. Lee, comandante del ejército sureño, se rindió el 9 de abril de 1865, poniendo fin a la Guerra Civil. Al día siguiente, Abe recibió una carta escrita en una letra familiar.

Abraham:

Te ruego que dejes de lado nuestra enemistad y leas estas líneas de enhorabuena.

Celebro comunicarte que nuestros enemigos han iniciado el éxodo, muchos de regreso a Europa, otros hacia Sudamérica y Oriente, donde no se sentirán tan perseguidos. Han mirado hacia el futuro, Abraham, y han visto que Norteamérica es ahora, y siempre será, una nación de personas vivas. Como tu homónimo, durante estos cuatro largos años has sido «un padre para muchos». Y como tu homónimo, Dios te ha exigido unos sacrificios terribles. Pero tú lo has sobrellevado todo de forma tan brillante como cabía esperar de ti. Has bendecido el futuro de quienes comparten esta época en la tierra, y de los que aún no han nacido.

Ella se sentiría orgullosa de ti.

Tu amigo,

H

De niño, Abe había jurado «matar a todos los vampiros en Norteamérica». Aunque eso había sido imposible, había conseguido algo no menos admirable: expulsar a los peores de ellos de Norteamérica. No obstante, un vampiro se negaba a marcharse..., un vampiro que creía que el sueño de una nación de inmortales aún era posible..., a condición de que Abraham Lincoln muriera.

Se llamaba John Wilkes Booth.

*Ilustración 3E. John Wilkes Booth (sentado) posa para
un retrato con el presidente confederado Jefferson Davis
en Richmond, hacia 1863. Es la única fotografía
que conocemos de Booth en su forma vampírica.*

13

Así siempre con los tiranos

Os dejo, confiando en que la lámpara de la libertad
arda en vuestro pecho hasta que no quede ninguna
duda de que todos los hombres son creados libres e
iguales.

Abraham Lincoln,
en un discurso en Chicago, Illinois
10 de julio de 1858

I

El 12 de abril de 1865, un hombre caminaba solo por el césped
de la Casa Blanca hacia las gigantescas columnas del pórtico
sur, donde, en las soleadas tardes de primavera como ésta, solía verse al presidente en el balcón de la tercera planta. El hombre caminaba apresuradamente, portando un pequeño male-
tín de cuero. Esa tarde de miércoles la legislación que crearía
el Servicio Secreto se hallaba sobre la mesa de Abraham Lincoln, y allí seguiría el resto de su vida.

A las cuatro menos tres minutos, el hombre entró en el edificio y dio su nombre a uno de los mayordomos.

—Soy Joshua Speed, he venido a ver al presidente.

Toda una vida de guerra había acabado pasándole factura a Abe. Desde la muerte de Willie se había sentido cada vez más débil. Aturdido e inseguro. Las arrugas de su rostro eran más profundas, y tenía marcadas ojeras, lo cual le hacía parecer siempre cansado. Mary casi siempre estaba deprimida, y los raros momentos en que se sentía animada se dedicaba con frenesí a decorar o redecorar las estancias de la mansión, o a una sesión para «comunicarse» con sus adorados Eddy y Willie. Ella y Abe apenas se hablaban, salvo para cambiar frases corteses. Entre el 3 y el 5 de abril, durante un viaje que emprendió río abajo para inspeccionar la ciudad caída de Richmond, el presidente escribió el siguiente poema en el margen de su diario:

La melancolía,
mi vieja amiga,
me visita de nuevo
con frecuencia.

Deseoso de que alguien le distrajera y le hiciera compañía. Abe invitó a su viejo amigo y colega cazador de vampiros a pasar la noche en la Casa Blanca. Cuando le informaron de la llegada de Speed, se excusó con educación de una reunión y se dirigió apresuradamente a la sala de visitas. Después de la muerte del presidente, Speed recordaría la entrada de Abe en una carta a William Seward, otro cazador de vampiros.

Apoyando la mano derecha sobre mi hombro, el presidente se detuvo unos instantes mientras nos mirábamos cara a cara. Imagino que mi rostro le parecería sorprendido y triste, pues cuando le observé, vi una fragilidad que no había visto nunca. El gigante de amplias espaldas capaz de clavar un hacha en el pecho de un vampiro había desaparecido. Los ojos risueños y el aire confiado habían desaparecido. En su lugar, vi a un caballero encorvado, enjuto, cuya piel mostraba una palidez enfermiza, cuyos rasgos eran los de un hombre veinte años mayor que él. «Querido Speed», dijo abrazándome.

Los dos cazadores cenaron solos, pues Mary se había acostado alegando que tenía jaqueca. Después de cenar, se retiraron al despacho de Abe, donde permanecieron hasta primeras horas de la mañana, riendo y evocando recuerdos como si se hallaran de nuevo en la habitación sobre la tienda en Springfield. Hablaron sobre su época de cazadores; de la guerra, de los rumores de que los vampiros huían de Norteamérica en tropel. Pero ante todo, hablaron de cosas intrascendentes: sus familias; sus trabajos; el prodigio de la fotografía.

Todo discurrió tal como yo había confiado. Mis problemas se me antojaban lejanos, mis pensamientos se habían sosegado, volvía a sentirme como antes... Siquiera durante esas efímeras horas.

Pasada la medianoche, después de que Abe hubiera hecho reír a su amigo con su infinita colección de anécdotas, le relató un sueño. Un sueño que hacía días que venía preocupándole. En una de sus últimas entradas en el diario, Lincoln dejó constancia de él para la posterioridad.

Sentí como si me rodeara una quietud mortal. De pronto oí unos tenues sollozos, como si multitud de personas estuvieran llorando. Me levanté de la cama y bajé la escalera. Unos sollozos rompieron de nuevo el silencio, pero quienes lloraban eran invisibles. Recorrí todas las estancias; no vi a nadie; pero mientras avanzaba seguí oyendo esos lamentos... Estaba perplejo y alarmado. ¿Qué significaba eso? Continué adelante hasta llegar a la habitación del ala este y entré. Allí me encontré con una desagradable sorpresa. Vi ante mí un catafalco, sobre el que reposaba un cadáver envuelto en una mortaja. A su alrededor había unos soldados que lo custodiaban. Multitud de personas contemplaban afligidas el cadáver, cuyo rostro estaba cubierto; otras lloraban desconsoladas. «¿Quién ha muerto en la Casa Blanca?», pregunté a uno de los soldados. «El presidente —respondió—, abatido por un asesino.» Entonces la multitud prorrumpió en una sonora exclamación de dolor, que me despertó del sueño. Esa noche no volví a pegar ojo.

II

John Wilkes Booth detestaba la luz del sol. Le irritaba la piel; los ojos le escocían. Hacía que los rostros orondos y sonrosados de los jactanciosos norteños le deslumbraran cuando se cruzaban con él en la calle, ufanándose de las victorias de la Unión, celebrando el fin de la «rebelión». *No tenéis ni idea del verdadero motivo de esta guerra.* Booth, de veintiséis años, siempre había preferido la oscuridad, incluso antes de convertirse en su siervo. Su hogar había sido siempre el escenario. Sus cordones trenzados y sus cortinas de terciopelo. La cálida luz de las candilejas. El teatro había sido el centro de su vida, y fue en un teatro en donde entró poco antes del mediodía para recoger su correo. Sin duda habría cartas de admiradores, quizá de alguien que había visto su legendaria interpretación de Marco Antonio en Nueva York, o que se había emocionado con su reciente interpretación de Pescara en *El apóstata*, representado sobre las mismas tablas que pisaban ahora sus botas.

La puerta de acceso a la parte posterior del escenario, a través de la cual transportaban el decorado y demás material, había sido abierta para que penetrara la luz del día, al igual que las puertas de salida del resto del edificio, pero el Ford's Theater seguía principalmente en penumbra. La primera y segunda galería estaban en sombra, y cada vez que los tacones de las botas de Booth aterrizaban sobre el escenario, el eco resonaba en el espacio vacío. No había un lugar más agradable, que le resultara más natural que éste. Con frecuencia Booth pasaba las horas diurnas en los teatros en penumbra, durmiendo sobre una pasarela, leyendo en una galería superior a la luz de una vela o ensayando para un público compuesto por fantasmas. *Un teatro vacío es una promesa. ¿No era eso lo que decían? Un teatro vacío es una promesa incumplida.* Dentro de unas horas, a su alrededor todo serían luces y ruido. Risas y aplausos. Gentes pintorescas congregadas en un mismo lugar ataviadas con coloridos atuendos. Esta noche, la promesa se cumpliría. Y luego, cuando el telón cayera y las candilejas se apagaran, volvería a imperar la oscuridad. Ésa era su belleza. Así era el teatro.

Booth se fijó en dos hombres que trabajaban en el escenario, a la izquierda de los palcos, a unos tres metros sobre su cabeza. Retiraban la mampara entre dos palcos pequeños para convertirlos en uno de gran tamaño, sin duda para un personaje importante. Reconoció a uno de los tramoyistas, Edmund Spangler, un viejo conocido de rostro rubicundo y manos encallecidas. «¿Quiénes van a ser tus invitados de honor, Spangler?», le preguntó Booth. «El presidente y la primera dama, señor, acompañados por el general Grant y su esposa.»

Booth salió apresuradamente del teatro sin decir otra palabra. No recogió su correo.

Tenía que localizar a amigos, trazar planes, preparar las armas..., y disponía de poco tiempo. *¡El tiempo apremiaba, pero era una gran oportunidad!* Booth se dirigió rápidamente a la pensión de Mary Surratt.

Mary, una viuda poco agraciada, corpulenta y de pelo oscuro, era la antigua amante de Booth y una ferviente simpatizante del sur. Le había conocido hacía diez años, cuando Booth se había alojado en la taberna de su familia en Maryland. Aunque era catorce años mayor que él, Mary se había enamorado perdidamente del joven actor y ambos habían mantenido una relación sentimental. Cuando su marido murió, ella vendió la taberna y se mudó a Washington, donde había abierto una pequeña pensión en la calle H. Booth se alojaba allí con frecuencia, pero de un tiempo a esta parte se mostraba menos interesado en los «placeres carnales». Sin embargo, los sentimientos de Mary hacia él no habían cambiado. De modo que cuando Booth le pidió que se dirigiera a la antigua taberna y dijera a su actual propietario, John Lloyd, que «preparara las armas de fuego», Mary no vaciló en obedecer. Booth había dejado un arsenal de armas en casa de Lloyd una semana antes, con el propósito, que había resultado fallido, de secuestrar a Lincoln y canjearlo por prisioneros confederados. Ahora utilizaría esas armas para llevar a cabo un ataque más directo.

El amor de Mary por Booth sería su perdición. Por haber transmitido su mensaje, moriría ahorcada tres meses más tarde.

Mientras Mary llevaba a cabo la fatídica misión, Booth fue a casa de Lewis Powell y luego a la de George Atzerodt. Ambos habían participado en el fallido intento de secuestro, y Booth los necesitaba para llevar a cabo el temerario plan que había empezado a cobrar forma en su mente. Atzerodt, un inmigrante alemán mayor que él, de aspecto rudo, que reparaba carruajes, era un viejo conocido de Booth. Powell, apuesto y de aspecto juvenil, aún no había cumplido veintidós años, era un ex soldado rebelde, miembro del Servicio Secreto Confederado y amigo de los Surratt. Acordaron reunirse esa tarde a las siete. Booth no les explicó el motivo.

Se limitó a decirles que fueran puntuales, y que templaran sus nervios.

III

Abe estaba de un humor excelente.

«La risa resonó en su despacho durante toda la mañana —escribiría Nicolay años más tarde—. Al principio no daba crédito a mis oídos, pues estaba acostumbrado al abatimiento del presidente.» Hugh McCullough, el secretario del Tesoro, recordaba: «Nunca había visto al señor Lincoln tan animado». La buena disposición de ánimo de Abe se debía a la reunión con sus cazadores, y a los telegramas que llegaban del Ministerio de la Guerra casi cada hora. Lee se había rendido a Ulysses Grant hacía cinco días en el palacio de justicia de Appomattox, en Virginia, poniendo fin a la contienda. Jefferson Davis y su gobierno se habían dado a la fuga.

A fin de felicitar personalmente a Ulysses Grant por la brillante derrota de Robert E. Lee, los Lincoln le habían invitado a él y a su esposa al teatro esa noche. En el Ford's representaban una nueva comedia, y unas horas de distendidas carcajadas era justamente lo que necesitaban el presidente y la señora Lincoln. Pero el general había declinado respetuosamente la invitación, pues él y Julia iban a partir en tren de Washington esa misma tarde. Esto les había obligado a apresurarse a invitar a otras personas en su lugar, las cuales habían excusado su asistencia puntual y respetuosamente por diversos motivos. «Cualquiera diría que les invitamos a asistir a una ejecución», se dice que comentó Mary durante el día. A Abe no le preocupaba. Por numerosas que fueran las negativas a aceptar su invitación —respetuosas o no—, no podían empañar su buen humor esa cálida tarde de Viernes Santo.

Me siento curiosamente animado. [El presidente de la Cámara de los Representantes Schuyler] Colfax ha venido esta mañana para hablar de la reconstrucción, y tras observarme durante un cuarto de hora, se detuvo y me preguntó si había cambiado mi café por un whisky, pues le sorprendía verme tan alegre. Ni los miembros de mi gabinete ni [el vicepresidente Andrew] Johnson han logrado empañar hoy mi excelente ánimo (por más que todos se esforzaran en conseguirlo). Sin embargo, no me atrevo a hablar de esta alegría en voz alta, pues a Mary sin duda le parecería jactancioso y un mal presagio. Hace tiempo que tanto ella como yo desconfiamos de estos momentos de tranquilidad, pues consideramos que son el preludio de algún desastre imprevisible. No obstante, hoy los árboles están en flor y no puedo por menos de reparar en ello.

La entrada en el diario estaba fechada el 14 de abril de 1865. Fue la última que escribiría Abe.

A última hora de la tarde, después de concluir los asuntos oficiales del día, el presidente se dispuso a dar un paseo en coche con su esposa. Aunque no estaba de un humor tan jovial como su marido, Mary parecía también de buen humor, y había pedido a Abe que la acompañara a dar «un breve paseo por el jardín». Cuando el presidente salió del pórtico norte, un soldado de la Unión al que le faltaba un brazo (que llevaba esperando allí casi todo el día confiando en verlo) gritó:

—¡Estaría casi dispuesto a sacrificar mi otra mano con tal de estrechar la de Abraham Lincoln!

Abe se acercó al joven y le tendió la mano.

—Aquí tienes mi mano, y estrecharla no te costará nada.

IV

Booth llegó a la habitación alquilada de Lewis Powell a las siete en punto, acompañado por un farmacéutico de veintidós años, de baja estatura y nervioso, llamado David Herold, a quien había conocido a través de Mary Surratt. Atzerodt ya se encontraba allí. Booth no perdió tiempo.

Dentro de unas horas, los cuatro pondrían de rodillas a la Unión.

A las diez en punto, Lewis Powell debía matar al secretario de Estado William Seward, que actualmente guardaba cama tras haberse caído de un carruaje. Powell, que no conocía bien Washington, sería conducido a casa de Seward por el nervioso farmacéutico. Después de haber matado al secretario de Estado, los dos conspiradores se dirigirían a través del Navy Yard Bridge y entrarían en Maryland, donde se reunirían con Booth. A esa misma hora, Atzerodt debía matar al vicepresidente Andrew Johnson en su habitación de Kirkwood House, antes de reunirse con los otros en Maryland. En cuanto a Booth, regresaría al Ford's Theater. Allí asesinaría al presidente con una pistola derringer de un solo disparo antes de apuñalar al general Grant en el corazón.

Con el gobierno de la Unión descabezado, Jefferson Davis y su gabinete tendrían tiempo de reorganizarse. Los generales confederados como Joseph E. Johnston, Meriwether Thompson y Stand Watie, cuyos ejércitos seguían luchando valientemente contra los diablos yanquis, podrían rearmarse. Desde Maryland, Booth y sus tres compinches se dirigirían hacia el sur, confiando en la amabilidad de otros simpatizantes con su causa para que les ofrecieran comida y alojamiento mientras la Unión les perseguía. Cuando la noticia de sus hazañas se propagara, un coro de jubilosas voces se alzaría desde Texas hasta las Carolinas. Cambiarían las tornas. Serían aclamados como héroes, y John Wilkes Booth sería proclamado «el salvador del sur».

Atzerodt protestó, insistiendo en que había accedido a participar en un secuestro, no en un asesinato. Booth le endilgó una conmovedora perorata. No hay constancia de lo que dijo, sólo que fue un discurso apasionado y convincente. Probablemente contenía referencias a Shakespeare. Sin duda lo había ensayado para esa ocasión. Al margen de lo que Booth dijera, el caso es que surtió efecto. Atzerodt accedió a regañadientes a seguir adelante. Pero lo que el preocupado alemán no sabía —lo que ninguno de los conspiradores vivos sabría nunca, ni siquiera cuando subieron los tres escalones del cadalso— era la verdad detrás del odio que el joven actor sentía por Lincoln.

A primera vista, no tenía sentido. De John Booth Wilkes se ha dicho que era «el hombres más apuesto de Norteamérica». La gente acudía en masa a los teatros en todo el país para verlo actuar. Las mujeres se empujaban y pisoteaban unas a otras para verlo de cerca. Había nacido en el seno de una célebre familia de actores, y había hecho su debut profesional de adolescente. A diferencia de sus famosos hermanos mayores, Edwin y Junius, que eran unos actores en el sentido clásico de la palabra, John, emocional e instintivo, se movía con vehemencia por el escenario declamando a voz en cuello. «Cada palabra, por inocua que sea, parece pronunciada con ira —escribió un crítico del *Brooklyn Daily Eagle*—, pero uno no puede evitar sentirse cautivado por su actuación. Este caballero posee una cualidad casi etérea.»

Una noche, después de una representación de *Macbeth* en el Richmond Theater, al parecer Booth se llevó a seis señoritas a la pensión donde se alojaba y no fue visto en tres días. Era rico. El público le adoraba. Hacía lo que le apasionaba. Booth debía de sentirse el ser vivo más feliz sobre la faz de la tierra. Pero no estaba vivo.

La vida es una sombra ambulante, un pobre actor
que sobre el escenario se pavonea y agita en su hora asignada,
y luego no se le oye más. Es un cuento
contado por un idiota, lleno de ruido y furia,
que no significa nada.*

Cuando tenía trece años, Johnny Booth pagó a una vieja gitana para que le leyera la palma de la mano. Siempre había estado obsesionado con el destino, especialmente el suyo, debido principalmente a una historia que su excéntrica madre solía relatar con frecuencia. «La noche que naciste —decía—, pedí a Dios que me enviara una señal indicando qué le aguardaba a mi hijito recién nacido. Y Dios me respondió.» Durante el resto de su vida, Mary Ann Booth juraría que de pronto las llamas habían saltado del hogar formando la palabra

---

* *Macbeth* (Acto V, Escena 5). *(N. del A.)*

«país». Johnny dedicaba un sinfín de horas a analizar el significado de eso. Sabía que el destino le tenía reservado algo especial. Lo presentía.

«Una mano funesta —dijo la gitana de inmediato, retrocediendo un poco—. Sólo veo dolor e infortunio..., dolor e infortunio.» Booth había acudido a ella esperando atisbar su futura grandeza. Pero la gitana le pronosticó un destino aciago. «Morirás joven —dijo—, pero no antes de cosechar una gigantesca multitud de enemigos.» Booth protestó. ¡Estaba equivocada! ¡Tenía que estar equivocada! La gitana meneó al cabeza. Nada podía impedirlo...

John Wilkes Booth «acabaría mal».

Siete años más tarde, la primera parte de su sombrío pronóstico se cumplió.

De las seis jóvenes que Booth se llevó a su pensión en Richmond esa noche, por la mañana sólo quedaba una. Había arrojado a las otras de la habitación antes del amanecer, despeinadas, sosteniendo sus ropas en las manos. Cuando las brumas del whisky se disiparon, el actor había comprobado que eran las típicas muchachas tontas, parlanchinas y oportunistas que iban a saludarle a la puerta de su camerino en todas las ciudades. Después de utilizarlas para lo que cabe imaginar, no quiso saber nada más de ellas.

La joven que estaba en la cama con él, sin embargo, era muy distinta. Era una belleza menuda, de cutis marfileño, morena, de unos veinte años, pero que demostraba una seguridad en sí misma propia de una mujer mayor. Tenía un aire astuto, y aunque apenas hablaba, cuando lo hacía demostraba un gran sentido del humor e inteligencia. Se pasaron horas haciendo el amor. Ninguna mujer —ni Mary Surratt ni las innumerables conquistas que Booth había hecho entre las jóvenes que se acercaban a la puerta de su camerino— le habían hecho sentirse de esta forma. Se sentía atraído por ella como sólo el teatro había conseguido atraerle.

Cada mujer antes que ella ha sido una promesa incumplida.

En los momentos de descanso, Booth llenaba los silencios con historias de su juventud: la palabra «país» dibujada en el fuego..., la gitana..., la ineludible sensación de que estaba destinado a la grandeza, algo más que lo que la fama y el dinero podían proporcionar. La joven de piel marfileña acercó sus labios al oído de Booth y le explicó cómo podía alcanzar la grandeza. Quizás él la creyó; quizá deseaba complacer a su joven amante, pero lo cierto es que durante la segunda noche, John Wilkes Booth accedió a beber su sangre.

Durante los dos próximos días, padeció la peor, y última, enfermedad de su vida. Empapó las sábanas de sudor; sufrió unas visiones terribles, unas convulsiones tan violentas que las patas de su cama golpeaban el suelo.

Tres días después de la última vez que había sido visto en público, Booth se despertó. Se levantó y se detuvo en el centro de la habitación, solo. La muchacha de piel marfileña había desaparecido. No le importó. Nunca se había sentido tan vivo como en esos momentos; nunca había visto u oído con tal claridad.

Ella había dicho la verdad.

Booth ansiaba alcanzar la inmortalidad desde niño. Ahora era suya. Siempre había sabido que le aguardaba algo especial. Aquí estaba. Se convertiría en el actor más grande de su generación..., de todas las generaciones. Su nombre se haría célebre en todas partes, como Edwin y Junius jamás podían imaginar. Actuaría en los teatros de todo el mundo; vería cómo caían imperios; memorizaría cada palabra de Shakespeare. Era el amo del tiempo y el espacio. Booth sonrió al pensar: *La vieja gitana estaba en lo cierto*. Él había muerto joven, tal como ella había pronosticado. Y ahora viviría eternamente.

Soy un vampiro, pensó. *Alabado sea Dios*.

No obstante, al principio la inmortalidad resultó un tanto decepcionante. Al igual que muchos vampiros, Booth tuvo que aprender por sí mismo las duras lecciones de la muerte. No tuvo un mentor que le explicara los mil susurros que resonaban ahora en su mente cuando se enfrentaba al público. Nadie que le aconsejara sobre las gafas oscuras que debía lucir, o la forma más adecuada de eliminar una mancha de sangre de la manga del abrigo. Cuando sintió los primeros deseos de beber sangre, que invadían su mente en oleadas, deambuló por las oscuras calles de Richmond durante horas, siguiendo a innumerables borrachos que caminaban tambaleándose por infinitos y serpenteantes callejones, sin lograr hacer acopio del suficiente valor para atacarlos.

Cuando los deseos se hicieron tan acuciantes que temió enloquecer, Booth consiguió hacer acopio del suficiente valor, pero no en Richmond. Veinte días después de convertirse en inmortal, montó en su caballo al anochecer y se dirigió a una plantación cercana a Charles City. Un rico agricultor que cultivaba tabaco llamado Harrison había ido a verle representar *Hamlet* y le había invitado a cenar la semana siguiente. Booth se proponía aceptar su invitación unos días antes.

Amarró su caballo a un árbol en un huerto a ochenta metros de las dependencias de los esclavos, que consistían en diez cobertizos de ladrillo idénticos. De sus chimeneas no salía humo. Sus diminutas ventanas estaban oscuras. Booth eligió el edificio más próximo (por una cuestión de conveniencia) y miró a través de una de las ventanas. Dentro no ardía un fuego, y en el cielo no brillaba la luna, pero lo vio todo como si estuviera iluminado por las candilejas que le deslumbraban todas las noches.

En el interior dormía una docena de negros de distinto sexo y edad, algunos en camastros, otros en el suelo, sobre alfombras tejidas. Frente a él, junto a la ventana, dormía una niña de unos siete u ocho años, tumbada boca abajo, cubierta con un raído camisón blanco.

Unos minutos más tarde, Booth se hallaba en el huerto, sollozando, sosteniendo en brazos el cuerpo exánime de la niña, cuya sangre se deslizaba sobre sus colmillos y su barbilla. Cayó de rodillas y la estrechó con fuerza contra su pecho.

Se había convertido en el diablo.

Booth sintió sus colmillos hundirse en el grueso músculo del cuello de la niña. Comenzó a beber de nuevo.

V

Después de recibir durante todo el día respetuosas negativas a su invitación, los Lincoln hallaron por fin a una pareja dispuesta a acompañarlos al teatro. El comandante Henry Rathbone y su novia, Clara Harris, hija del senador por Nueva York Ira Harris, iban sentados de espaldas a la calzada, frente a Abe y Mary, mientras la comitiva presidencial avanzaba bajo una leve bruma. Mary sentía el aire frío a través de su vestido de seda negro y sombrero a juego. Abe iba bien abrigado con su abrigo de paño negro y guantes blancos. El grupo se detuvo ante el Ford's Theater unos minutos antes de las ocho y media, cuando la obra, *Our American Cousin*, ya había comenzado. Abe, que detestaba llegar tarde, se disculpó con el portero y saludó a su guardaespaldas de relevo, John F. Parker.

Parker, un policía de Washington, se había presentado para iniciar su turno en la Casa Blanca con tres horas de retraso sin explicación alguna. Furioso, William H. Crook, el guardaespaldas de día de Lincoln, le había enviado al Ford's ordenándole que esperara la llegada del presidente y su grupo. Al cabo de un tiempo, la nación averiguaría que Parker era un empedernido bebedor que había sido sancionado en más de una ocasión por quedarse dormido mientras estaba de servicio.

Esta noche, era el único responsable de proteger la vida de Abraham Lincoln.

Los Lincoln y sus invitados fueron conducidos por una estrecha escalera hasta el doble palco, donde habían sido dispuestas cuatro butacas. En el extremo izquierdo había una mecedora negra de nogal para el presidente. Mary se sentó en la butaca a su lado, y junto a ella Clara y el comandante, en el otro extremo. Tan pronto como los cuatro ocuparon sus asientos la obra fue interrumpida para anunciar la llegada del presidente. Abe se levantó, un tanto abochornado, mientras la orquestas tocaba «Hail to the Chief», y el público compuesto por más de mil personas se ponía en pie y aplaudía cortésmente. Cuando la función se reanudó, John Parker ocupó su asiento en el pasillo, frente a la puerta del palco. Desde ahí podía ver a cualquiera que se aproximara al palco presidencial.

Detrás del escenario nadie prestó atención a John Wilkes Booth cuando llegó una hora después que Abe y su grupo. Era una presencia habitual en el Ford's, del que entraba y salía a au antojo, y a menudo contemplaba la función entre bastidores. Pero esa noche a Booth no le interesaba la función; no tenía tiempo para detenerse a charlar con las jóvenes e impresionables actrices. Utilizando sus conocimientos de la disposición del teatro, avanzó a través de un laberinto de pasillos y recovecos hasta alcanzar la escalera que conducía a los palcos situados a la izquierda del escenario. Al llegar allí, le chocó comprobar que no había ningún guardia apostado junto a la puerta. Había supuesto que habría por lo menos uno, y había decidido echar mano de su fama para acceder al presidente. *Un gran actor presenta sus respetos a un gran hombre.* En el bolsillo de su chaqueta llevaba una tarjeta de visita para utilizarla con este propósito.

Tan sólo había una silla vacía.

● ● ●

A John Parker le fastidiaba no poder ver el escenario. Por increíble que parezca, durante el segundo acto, había abandonado su puesto en busca de otro asiento. Al comienzo del tercer acto, había abandonado el teatro para ir a beberse una copa en el Star Saloon. Ahora, lo único que se interponía entre Booth y Lincoln era una estrecha escalera.

En el palco, Mary Lincoln sostenía la mano de su marido. Miró brevemente a Clara Harris, cuyas manos reposaban modestamente en su regazo, y susurró al oído de Abe:

—¿Qué pensara la señora Harris al verme sostenerte la mano?

—No le dará ninguna importancia.

La mayoría de historiadores coinciden en que éstas fueron las últimas palabras de Abraham Lincoln.

Booth subió sigilosamente la escalera y se detuvo frente al palco, esperando la frase que sabía que suscitaría las carcajadas del público.

Unas carcajadas lo bastante estrepitosas como para sofocar el ruido de un disparo.

En el escenario, Harry Hawk estaba solo, declamando un alegre soliloquio frente al público. Booth aguardó mientras la voz de Hawk resonaba a través del teatro. Avanzó lentamente, apuntó la pistola a la parte posterior de la cabeza de Lincoln y, con mucho cuidado, amartilló el arma. Si Abe hubiera tenido diez años menos, quizás habría oído el *clic*, quizás habría reaccionado con la celeridad y fuerza que le habían salvado la vida en tantas ocasiones. Pero estaba viejo. Estaba cansado. Lo único que sintió fue la mano de Mary sobre la suya. Lo único que oyó fue la estentórea voz de Harry Hawk:

«De modo que no sabes cómo se comporta la buena sociedad, ¿eh? ¡Pues yo sé lo suficiente para darte tu merecido, vieja manipuladora de ancianos!»

El público prorrumpió en carcajadas. Booth disparó.

La bala hirió a Abe en la cabeza y éste cayó hacia delante en su asiento, inconsciente. Los gritos de Mary se mezclaron con las ensordecedoras carcajadas mientras Booth sacaba un cuchillo de caza y se volvía hacia su siguiente objetivo, pero en lugar del general Grant se encontró con el comandante Rathbone, quien saltó de su butaca y se abalanzó hacia él. Booth le clavó el cuchillo en el bíceps y se precipitó hacia la balaustrada. Los gritos de Clara se unieron a los de Mary mientras las risas daban paso a murmullos y los asistentes volvían la cabeza hacia el lugar donde se había producido el tumulto. Rathbone agarró a Booth de la chaqueta con el brazo que tenía ileso, pero no consiguió sujetarlo. El actor saltó sobre la balaustrada. Pero al hacerlo, una de sus espuelas se enganchó en la bandera del Tesoro que Edmund Spangler había colocado unas horas antes. Booth cayó sobre el escenario y se partió la pierna izquierda, torciéndosela de forma grotesca a la altura de la rodilla.

Aunque herido, el consumado actor no pudo resistir un gesto dramático. Poniéndose en pie, se dirigió al público, entre el cual había empezado a cundir el pánico, y gritó: «¡*Sic semper tyrannis!*» El lema de Virginia. *¡Así siempre con los tiranos!* Tras estas palabras, John Wilkes Booth hizo mutis por el foro por última vez.

Al igual que el discurso que soltó a sus conspiradores, fue un momento que probablemente había ensayado.

*Ilustración 6E. El ojinegro John Wilkes Booth efectúa
su fatídico disparo al tiempo que el comandante
Henry Rathbone reacciona.*

VI

Aproximadamente en ese momento, Lewis Powell salió corriendo de la casa del secretario de Estado Seward gritando: «¡Estoy loco! ¡Estoy loco!» Aunque aún no lo sabía, su misión había fracasado.

Herold, el nervioso farmacéutico, había hecho lo que le habían ordenado. Había conducido a Powell a la mansión de Seward. Ahora observaba de lejos mientras Powell llamaba a la puerta principal poco después de las diez. Cuando le abrió un mayordomo, Powell pronunció las palabras que había ensayado también minuciosamente: «Buenas tardes. Traigo una medicina para el secretario de Estado, que sólo yo puedo administrarle». Al cabo de unos momentos, se hallaba en al segundo piso, a pocos metros de donde dormía su indispuesto objetivo. Pero antes de que pudiera entrar solo en la habitación de Seward, el hijo del secretario, Frederick, se acercó a él.

—¿Qué asunto le trae a ver a mi padre?

Powell repitió las frases que había ensayado, palabra por palabra. Pero el joven Seward no estaba convencido. Intuía que algo no encajaba. Dijo a Powell que su padre dormía, y que regresara por la mañana.

Pero Powell no tenía opción. Sacó su revólver, lo apuntó a la cabeza de Frederick y apretó el gatillo. Nada. El revólver se había encasquillado.

¡Estoy loco! ¡Estoy loco!

No había tiempo que perder. Powell golpeó a Frederick en la cabeza con el revólver y lo derribó al suelo mientras la sangre manaba de su nariz y sus oídos. Acto seguido, Powell entró apresuradamente en la habitación de su objetivo, donde se encontró con Fanny Seward, la hija del secretario, que se puso a chillar. Haciendo caso omiso de ella durante unos momentos, Powell sacó su cuchillo y lo clavó en el rostro y cuello del anciano repetidas veces, hasta que éste cayó al suelo, muerto.

O eso creía Powell. Seward llevaba un collarín de metal debido al accidente que había sufrido al caerse del carruaje. Pese a unos profundos cortes en la cara, la hoja no le había alcanzado la yugular.

Powell acuchilló a Fanny Seward en las manos y los brazos al pasar corriendo junto a ella y precipitarse hacia el pasillo. Mientras bajaba la escalera, otro hijo del secretario, Augustus, y un amigo que se alojaba esa noche en la casa, el sargento Robinson, trataron de detenerlo. Ambos recibieron varias puñaladas, al igual que Emerick Hansell, un mensajero de telégrafos que tuvo la mala fortuna de llegar a la casa en el momento en que Powell salía de forma apresurada de ella.

Increíblemente, ninguna de las víctimas murió.

Fuera, no había rastro del nervioso farmacéutico. Los gritos de Fanny Seward le habían hecho darse a la fuga. Powell, que apenas conocía la zona, tuvo que arreglárselas solo. Arrojó el cuchillo ensangrentado a una alcantarilla, desató a su caballo y partió a galope en la oscuridad de la noche.

Pese a su desastroso atentado contra Seward, Powell se habría consolado de saber que había tenido mejor suerte que George Atzerodt. El recalcitrante alemán, abrumado por la angustia, se había emborrachado en el bar de la pensión del vicepresidente y había vagado por las calles de Washington hasta el amanecer.

VII

Charles Leale, de veintitrés años, ayudó a sus compañeros soldados a acostar al presidente en una cama en el primer piso de la pensión Petersen's, situada frente al Ford's Theater. Tuvieron que tumbarlo en diagonal, pues era demasiado alto para que lo colocaran recto. Leale, un médico militar que había estado entre el público, había sido el primero en atender al presidente. Se había abierto camino a codazos a través de la multitud, había subido la estrecha escalera y había entrado en el palco, donde había encontrado a Lincoln desplomado en su asiento. Tras depositarlo en el suelo y examinarlo, Leale había comprobado que no tenía pulso y no respiraba. Rápidamente, el joven médico había palpado la parte posterior de la cabeza de Lincoln y halló un orificio justo detrás de la oreja izquierda. Después de extraer un coágulo de sangre de la herida, Lincoln había empezado a respirar de nuevo.

Leale era joven, pero no ingenuo. Había visto suficientes heridas de ese tipo para conocer las consecuencias. Unos minutos después de que el presidente hubiera sido alcanzado por el disparo, Leale había expresado su sombrío pero acertado diagnóstico: «La herida es mortal. Es imposible que se recupere».

Mary no soportaba estar en la habitación con su esposo que agonizaba. Permaneció toda la noche en el salón de la pensión Petersen's, llorando. Robert y Tad llegaron después de medianoche y se sentaron a la cabecera de Abe, al igual que éste se había arrodillado junto al lecho de su madre moribunda hacía casi cincuenta años. Estaban acompañados por Gideon Welles, Edwin Stanton y un interminable desfile de los mejores médicos de Washington, los cuales acudieron para ofrecer consejo. Pero no podía hacerse nada. El doctor Robert King Stone, el médico de la familia Lincoln, examinó al presidente durante la noche y declaró que su estado «era desesperanzador».

Era cuestión de tiempo.

Al amanecer, una numerosa multitud se había congregado fuera. La respiración del presidente se había debilitado sensiblemente durante la noche, y los latidos de su corazón eran cada vez más irregulares. Tenía la piel fría. Varios de los médicos comentaron que una herida de esta gravedad habría matado a la mayoría de personas al cabo de dos horas, o incluso menos. Abe había durado nueve. Pero Abe Lincoln siem-

pre había sido diferente. Abe Lincoln siempre había sobrevivido.

> El niño al que una madre atendía y amaba;
> la madre a la que el niño demostraba su cariño;
> el esposo al que la madre y el niño bendecían,
> todos ellos reposan en sus moradas de eterno descanso.*

Abraham Lincoln murió a las siete y veintidós minutos
de la mañana, en los idus de abril de 1865.

Los hombres junto a su lecho inclinaron la cabeza y reza-
ron. Cuando terminaron, Edwin Stanton declaró: «Ahora pertenece a la historia». Tras estas palabras, prosiguió con sus telegramas. John Wilkes Booth se había fugado, y Stanton estaba
decidido a atraparlo.

VIII

Booth y Herold consiguieron esquivar al ejército de la Unión
durante once adías, huyendo primero a Maryland y luego a
Virginia. Habían pasado varios días ocultos en ciénagas; durmiendo sobre la fría tierra. Booth había imaginado que sería
aclamado como un héroe, como el Salvador del Sur. En lugar
de ello, todos le habían dado la espalda. «Has ido demasiado
lejos», decían. «Los yanquis prenderán fuego a todas las granjas de Baltimore a Birmingham hasta dar contigo.»

---

* Del poema favorito de Abe, obra del escocés William Knox. *(N. del A.)*

El segundo pronóstico de la gitana se había cumplido. Booth había cosechado «una gigantesca multitud de enemigos».

El 26 de abril, el actor se despertó al oír gritos y comprendió de inmediato lo ocurrido.

Maldito hijo de perra traidor...

Richard Garrett había sido uno de los pocos virginianos que no les había dado la espalda. Les había proporcionado comida y un cálido granero de tabaco donde dormir. A juzgar por los soldados de la Unión que había fuera, les había vendido a cambio del dinero de la recompensa.

Herold había desaparecido. *El muy cobarde se ha entregado.* Pero a Booth no le importaba. Sin él avanzaría más deprisa. Había caído la noche, y la noche pertenecía a los de su especie. *Que esperen*, pensó. *Entonces se darán cuenta de lo que soy.* Su pierna se había curado hacía tiempo, y aunque estaba desfallecido de hambre, no podrían con él. No en la oscuridad.

—¡Entrégate, Booth! ¡No volveremos a advertírtelo!

Él no se movió. Tal como habían dicho, los soldados de la Unión no repitieron su advertencia. Prendieron fuego al granero. Las tablas empezaron a arder; arrojaron antorchas sobre el tejado. El fuego engulló el viejo y seco granero en cuestión de segundos. Las cegadoras llamas hacían que los rincones en sombra del granero pareciesen más oscuros. Booth se puso sus gafas oscuras mientras las viejas vigas empezaban a crujir sobre su cabeza y espirales de humo gris ascendían por las paredes. Se situó en el centro y se estiró el faldón de su chaqueta, una vieja costumbre de los actores. Quería ofrecer su mejor aspecto. Quería que los diablos yanquis vieran exactamente quién era antes de que...

Hay alguien aquí conmigo..., alguien que pretende hacerme daño...

Booth dio unas vueltas en círculo, dispuesto a repeler un ataque que podía provenir de cualquier parte en cualquier momento. Sus colmillos descendieron; sus pupilas se dilataron hasta que sus ojos eran unas canicas negras. Estaba dispuesto a todo...

Pero no había nada. Nada más que fuego, llamas y sombras.

¿Qué truco es éste? ¿Cómo es que no he intuido su presencia hasta que...?

—Porque eres débil...

Booth se volvió hacia el lugar donde sonaba la voz del hombre.

Henry Sturges salió del rincón más oscuro del granero.

—... y piensas demasiado.

Quiere destruirme...

De alguna forma, Booth lo comprendió todo. Quizás este extraño quería que lo comprendiera, le obligaba a comprenderlo.

—¿Vas a destruirme por un hombre vivo? —Booth retrocedió al tiempo que Sturges avanzaba.

—¿Por un hombre vivo?

Henry no respondió. Había un momento y un lugar para las palabras. Sus colmillos descendieron; sus ojos cambiaron.

Éstos son los últimos segundos de mi vida.

Booth sonrió.

La vieja gitana estaba en lo cierto...

John Wilkes Booth acabaría mal.

14

En casa

Sueño que un día esta nación se levantará y vivirá conforme al auténtico significado de su credo: «Afirmamos que estas verdades son evidentes: que todos los hombres son creados iguales».

Doctor Martin Luther King, Jr.
28 de agosto de 1963

I

Abraham Lincoln tuvo un sueño.

Observó a su presa moverse entre los hombres más abajo; observó la seguridad con que giraba alrededor de ellos. Seleccionando. Mirándoles como un dios. Mofándose de ellos; deleitándose con su impotencia. *Pero esta noche*, pensó, *el impotente eres tú.*

Faltaba tan sólo un momento. Dentro de un momento comenzaría. Unos movimientos ensayados. Una actuación que pulía cada noche. Que perfeccionaba. Tan sólo un momento, y luego la fuerza, el barullo, la velocidad. Le miraría a sus ojos negros y vería cómo la vida le abandonaba para siempre. Luego todo habría terminado. Por esta noche.

Tenía de nuevo veinticinco años, y era fuerte. Muy fuerte. Todos los sinsabores de su vida —todas las dudas, muertes y desengaños— habían tenido este propósito. Eran los fuegos que ardían en su pecho. Eran su fuerza. Eran *ella*. Eran la oración que se le ocurrió en estos momentos. Antes de los gritos. Antes de la negociación y la sangre. No era muy aficionado a las oraciones, pero ésta le gustaba.

Si mis enemigos son rápidos, concédeme rapidez. Si son fuertes, Señor, concédeme la fuerza para derrotarlos. Pues la mía siempre ha sido la causa de la rectitud. La causa de la justicia. La causa de la luz.

Había afilado la hoja de su hacha una y otra vez. *Si la esgrimo con suficiente fuerza, puedo hacer que sangre el aire.* Con los años, el mango se había gastado hasta convertirse en el perfecto compañero para sus grandes manazas. Cada surco era un amigo reconfortante. Era difícil adivinar dónde terminaba él y comenzaba el hacha. Imposible saber cuántos...

Ahora.

Saltó del tejado del granero y voló sobre su presa. El monstruo alzó la vista. Sus ojos se tornaron negros como el carbón. Sus colmillos descendieron, vacíos y voraces. Él blandió el hacha con todas sus fuerzas y sintió que el mango abandonaba sus manos, su cuerpo suspendido todavía sobre la tierra. Mientras caía, vio uno de los rostros con el rabillo del ojo. El rostro de un hombre impotente, atemorizado y perplejo. Que aún no se había percatado de que él le había salvado la vida. *No hago esto por ti*, pensó, *lo hago por ella*. Observó a su vieja amiga dar una voltereta en el aire... *madera metal madera metal madera metal*. Él lo *sabía*. Desde el momento en que la había lanzado, sabía que el hacha alcanzaría su objetivo. Sabía el sonido que emitiría al clavarse en el cráneo de ese falso dios, partiendo su arrogante sonrisa en dos..., atravesándole el cerebro..., privándole de la vida eterna. Lo sabía porque éste era su propósito.

Siempre había sido su propósito...

Abe se despertó en su despacho de la Casa Blanca.

Se vistió y se sentó ante un pequeño escritorio junto a una de las ventanas que daban al South Lawn. Era una mañana agosteña perfecta.

Celebro estar en Washington. Me resulta extraño escribir estas palabras, pero supongo que se me ha contagiado la emoción de esta jornada. Promete ser un día histórico. Sólo ruego al Señor que sea recordado por motivos nobles, no por la violencia que algunos han pronosticado (y otros confían en que se produzca). Aún no son las ocho, pero veo a la multitud dirigirse ya a través del Ellipse hacia el Monumento. ¿Cuántos se congregarán allí? ¿Quién hablará, y cómo serán recibidos sus discursos? Lo sabremos dentro de pocas horas. Preferiría que hubieran escogido otro lugar. Confieso que me causa no poca turbación estar cerca de esa mole. No obstante, me chocó comprobar la escasa turbación que me produjo dormir en mi despacho. Supongo que es lógico. Pues fue aquí, en esta habitación, donde estampé mi nombre en la antecesora de esta jornada. Debo acordarme de remitir al presidente Kennedy una nota de agradecimiento por haberme invitado.

II

La mañana del 21 de abril de 1865, el tren que transportaba el ataúd de Abraham Lincoln partió de Washington y emprendió el viaje a Springfield.

Miles de personas invadían la vía cuando el «Lincoln Special» partió de la estación del Baltimore & Ohio Railroad a las ocho y cinco, sus nueve vagones cubiertos con guirnaldas negras, un retrato enmarcado del difunto presidente sobre el quitapiedras de la máquina de vapor. Hombres que lloraban de emoción sosteniendo sus sombreros en las manos; señoras con la cabeza inclinada en señal de respeto. Soldados, algunos de los cuales habían abandonado sus lechos del Saint Elizabeth Hospital para despedir a la comitiva fúnebre, erguidos como flechas, saludando a su comandante en jefe asesinado.

Dos de los hijos de Abe viajaban a bordo con él, Robert, un capitán del ejército de veintiún años, y Willie, cuyo ataúd había sido sacado de su cripta temporal y colocado junto al de su padre. Tad permanecía en Washington con Mary, que estaba demasiado afectada para abandonar la Casa Blanca. Durante trece días y más de dos mil quinientos kilómetros, el tren se detenía en determinadas ciudades para que la gente presentara sus respetos a Lincoln de cuerpo presente. En Filadelfia, trescientas mil personas se abrieron paso a empujones y codazos para contemplar el cadáver del presidente asesinado. En Nueva York, quinientas mil hicieron cola para ver a Abe, y Theodor Roosevelt, que a la sazón tenía seis años, vio pasar la comitiva fúnebre. En Chicago, centenares de miles de personas se agolparon alrededor de una plataforma exterior para ver pasar al tren presidencial, en la que estaban grabadas las palabras «Fiel al Bien. Mártir de la Justicia».

En total, más de doce millones de personas se agolparon junto a las vías para ver pasar al tren fúnebre, y más de un millón hicieron cola para contemplar el ataúd abierto del presidente.

El jueves, 4 de mayo de 1865, un mar de paraguas negros protegía a los asistentes del sol abrasador cuando el féretro de Abe, sellado para siempre, fue transportado al cementerio de Oak Ridge en un coche tirado por seis caballos blancos.

Mientras el obispo Matthew Simpson pronunciaba un conmovedor panegírico por «el Salvador de la Unión», un asistente observaba demudado la escena a través de sus gafas oscuras, sosteniendo una sombrilla en sus manos enguantadas. Aunque sus ojos eran incapaces de derramar lágrimas, sentía la pérdida de Abraham Lincoln más profundamente que cualquier persona viva en Springfield ese día.

Henry permaneció junto a la verja cerrada de la cripta (donde los ataúdes de Abe y Willie reposarían hasta que construyeran un panteón permanente) hasta después de que se pusiera el sol y la multitud se dispersara, montando guardia junto al que había sido su amigo durante cuarenta años. Montando guardia junto al hombre que había salvado a una nación de la esclavitud y había arrojado a la oscuridad de nuevo a las tinieblas. Permaneció allí durante buena parte de la noche, a veces sentado en silenciosa contemplación, otras leyendo los pedazos de papel que la gente había dejado junto con las flores y los regalos al pie de la verja. Uno de ellos le pareció especialmente conmovedor. Decía simplemente:

«Soy enemigo de los tiranos, y amigo de mi patria.»*

En 1871, Tad Lincoln —que vivía con su madre en Chicago— enfermó de tuberculosis. Murió el 15 de julio a los dieciocho años. Sus restos fueron trasladados a Springfield y depositados en la tumba de su padre junto a sus hermanos Willie y Eddy. De nuevo, fue Robert quien acompañó el tren fúnebre, puesto que Mary estaba demasiado trastornada para asistir.

De todos los hijos de Abe, sólo Robert sobrevivió para ver el nuevo siglo. Se casó y tuvo tres hijos, y posteriormente, serviría a dos presidentas, James Garfield y Chester A. Arthur, como secretario de Guerra. Murió apaciblemente en su propiedad de Vermont en 1926, a los ochenta y dos años.

La muerte de Tad asestó un golpe definitivo e irreparable a la salud psíquica de Mary Lincoln. A partir de entonces, su comportamiento era cada vez más errático, jurando a menudo que veía el rostro de su difunto esposo observándola desde

---

* *Julius Caesar* (Acto V, Escena 4). *(N. del A.)*

la oscuridad cuando salía a dar un paseo nocturno. Padecía ataques de paranoia, insistiendo en que unos extraños trataban de envenenarla o robarle sus pertenencias. En cierta ocasión hizo que le cosieran unos bonos del gobierno por valor de cincuenta y seis mil dólares a sus enaguas para guardarlos a buen recaudo. Cuando trató de suicidarse, Robert no tuvo más remedio que ingresar a su madre en un hospital psiquiátrico. Cuando le dieron el alta, Mary regresó a Springfield, donde falleció en 1882, a los sesenta y tres años. Fue enterrada junto a sus tres jóvenes hijos, cuyas muertes tanto había llorado.

Después de la Guerra Civil hubo varios intentos de robar los restos de Abraham Lincoln, hasta que, a instancias de Robert Lincoln, el féretro fue cubierto con cemento en 1901 y nadie volvió a verlo jamás. Ninguno de los ladrones de tumbas en ciernes consiguió su propósito. De hecho, ninguno consiguió levantar la pesada tapa del féretro del presidente.

De haberlo logrado, se habrían quedado estupefactos al contemplar su interior.

III

El 28 de agosto de 1963, Henry Sturges se detuvo frente al Monumento a Lincoln, su indumentaria y su corte de pelo en consonancia con la época; un paraguas negro protegía su piel y unas gafas oscuras ocultaban sus ojos. Iba acompañado por un amigo extraordinariamente alto, sus ojos ocultos por unas Ray-Ban; su cabello largo hasta los hombros cubierto por un sombrero de fieltro. Una espesa barba ocultaba su anguloso rostro, el mismo que le observaba desde su trono de mármol (causándole no poca turbación). Ambos escuchaban con atención, orgullosos, mientras un joven predicador negro se dirigía a más de doscientas cincuenta mil personas.

—Hace cien años —dijo el predicador—, un gran norteamericano, cuya simbólica sombra hoy nos cobija, firmó la Proclamación de Emancipación. Este trascendental decreto fue un inmenso rayo de esperanza para millones de esclavos negros chamuscados por las llamas de una justicia atrofiada. Constituyó un gozoso amanecer que puso fin a la larga noche de cautividad. Pero cien años más tarde, debemos afrontar la trágica realidad de que el negro aún no es libre.

Abe y Henry habían ido para contribuir a completar la labor iniciada hacía un siglo. Habían estado presentes durante la Reconstrucción, expulsando a los vampiros que seguían aterrorizando a esclavos emancipados...

—Sueño que un día, en las rojas colinas de Georgia, los hijos de antiguos esclavos y los hijos de antiguos dueños de esclavos se sienten juntos a la mesa de la hermandad.

Habían estado en Misisipi, arrastrando a diablos con capuchas blancas a la muerte bajo el resplandor de cruces en llamas...

—Ha llegado el momento de que la justicia sea una realidad para todos los hijos de Dios.

Y habían estado en Europa, donde millones sacrificaban sus vidas para derrotar el segundo alzamiento vampírico entre 1939 y 1945.

Pero aún quedaba mucho por hacer.

—¡Al fin libres! ¡Al fin libres! ¡Gracias a Dios omnipotente, al fin somos libres!

La multitud aplaudió enardecida, y el predicador ocupó su asiento. Era un día perfecto de fines de verano. Un día trascendental en la lucha del hombre por la libertad. No distinto del día en que Abraham Lincoln fue enterrado, hacía noventa y ocho años.

El día en que Henry había tomado la decisión...

... de que algunos hombres son demasiado interesantes para que mueran.

Agradecimientos

Gracias a Ben Greenberg, Jamie Raab y todos mis amigos en Grand Central por haberse ilusionado con la idea y haber contribuido brillantemente a que se materializara; a Claudia Ballard, por hacerla realidad, a Alicia Gordon, por hacer realidad otras cosas, y a todos los de William Morris Endeavor; al maravilloso y aterrador Gregg Gellman; a Internet (sin la cual este libro no habría sido posible), en especial Google, Wikipedia y el Lincoln Log, unas fuentes impagables; a Starbucks, por hacer que me sintiera completo; a Stephanie Isaacson, por su maestría con el Photoshop; a David y a todos en MTV, por la paciencia que me demostraron cuando emprendí un proyecto que me desbordaba; y a Sam, mi intrépido asistente de documentación.

Mi gratitud especial a Erin y a Josh por permitir que me aislara durante buena parte de 2009.

Y por último a Abe, por vivir una vida que no necesitaba vampiros para hacerla creíble, y a Henry Sturges, donde quiera que estés...

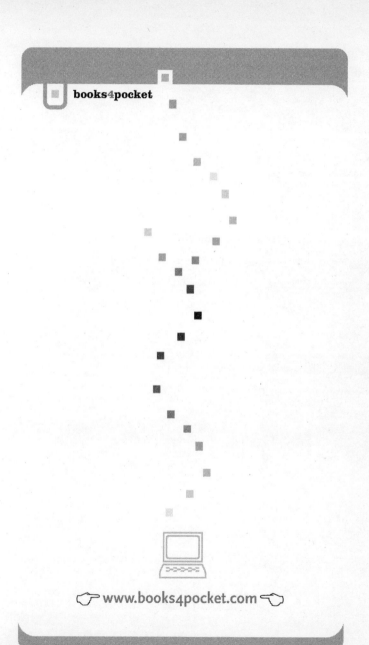

books4pocket

www.books4pocket.com